Das Resort

Sarah Goodwin

Das Resort
Du kannst nicht entkommen

Thriller

Aus dem Englischen von
Dr. Holger Hanowell

Weltbild

Die englische Originalausgabe erschien 2023 unter dem Titel *The Resort* bei AVON,
a division of HarperCollins *Publishers* Ltd, London.

FSC
www.fsc.org
MIX
Papier | Fördert gute Waldnutzung
FSC® C083411

Besuchen Sie uns im Internet:
www.weltbild.de

Genehmigte Lizenzausgabe für Weltbild GmbH & Co. KG,
Ohmstraße 8a, 86199 Augsburg

Übersetzung: Dr. Holger Hanowell
Umschlaggestaltung: Johannes Frick, Neusäß
Umschlagmotiv: © Johannes Frick unter Verwendung von Motiven von
Arcangel Images (© Liubomir Paut-Fluerasu) und iStock (© f28production)
Satz: Datagroup int. SRL, Timisoara
Druck und Bindung: CPI Moravia Books s.r.o., Pohorelice
Printed in the EU
ISBN 978-3-98507-809-7

Diesen Roman widme ich meiner tapferen und wunderschönen Mum.

Prolog

Ich liebe das Geheimnisvolle. Und genau darum sollte es auf dieser Reise gehen. Einem Rätsel auf der Spur sein, einem Mythos, all diesen Geistergeschichten und unerklärlichen Phänomenen. Dieser Ort birgt so viele Geheimnisse. Seine Geschichte, die entweder von Gewalt oder Unglücksfällen bestimmt wurde – vermutlich von beidem –, hat überall ihre Spuren hinterlassen.

Wenn es wirklich Geister gibt, dann frage ich mich, was diese hier gesehen haben mögen. Was für Storys sie wohl erzählen würden, wenn ich sie nur hören könnte. Vielleicht könnten sie mir einige meiner Fragen beantworten oder mich zu neuen Fragen inspirieren.

Vielleicht hätten sie mich gewarnt.

Der Boden unter meinen Füßen ist nur von einer leichten Schneedecke überzogen, noch nicht gefroren. Die Stiefelsohlen rutschen in dem Schneematsch, als ich loszulaufen versuche. Unter den Bäumen und ohne den Mondschein ist es stockdunkel, ich kann kaum zwei Fuß vor mir sehen. Ich bin längst erschöpft von dem langen Weg, und die Muskeln rebellieren spürbar und verlangen, dass ich stehen bleibe. Ich muss weiter, aber die Angst wird irgendwann meine Kraft lähmen. Es ist so schwierig, voranzukommen. Ich strauchele, rutsche weg, meine Beine schmerzen.

Ob ich immer noch verfolgt werde? Ich kann nichts hören. Nur das Blut, das in meinen Ohren rauscht. Und das Keuchen, das panikartige Luftholen. Ich drehe den Kopf, schaue mich um, erhasche einen Blick auf einen Schatten zwischen den Bäumen und wende mich wieder ruckartig mit einem Wimmern ab. Oh Gott! Die schemenhafte Gestalt macht sich noch nicht einmal die Mühe, mich schnell zu verfolgen. Ganz so, als wäre mein Fluchtversuch vollkommen nutzlos, und nur ich weiß es noch nicht.

Die Blockhütten sind im morgendlichen Frühnebel nur zu erahnen. Eben jene Hütten, in denen ich mich wenige Stunden zuvor eifrig umgeschaut habe. Auf der Suche nach Hinweisen. Jetzt, als ich mich die Stufen zur Veranda hinaufwuchte und die Tür hinter mir zuknalle, frage ich mich, welche Hinweise ich für die nächste Person zurücklassen werde, die das Pech hat oder dumm genug ist, hierherzukommen.

Ich drücke mich mit meinem Gewicht gegen die Tür, schiebe den Riegel vor und bereite mich innerlich darauf vor, sie zuzuhalten. Womöglich hatte ich einen gewissen Vorsprung, sodass niemand gesehen hat, dass ich in dieser Hütte verschwunden bin? Doch unmittelbar nach diesem Gedanken wird mir klar, dass ich Spuren im aufgeweichten Boden hinterlassen haben muss. Fußabdrücke, die genau zu meinem Versteck führen. Zu einem Ort, an dem mich selbst ein Kind finden würde, geschweige denn …

Ich lausche angestrengt auf Schritte oder Stimmen. Mit zusammengepressten Lippen zähle ich im Stillen. Ich bin bei zehn, dann bei zwanzig, und nach sechzig Sekunden wird mein Herzschlag ein klein wenig ruhiger. Bin ich vielleicht doch entkommen? Bestimmt war der Vorsprung nicht sonderlich groß. Höchstens ein paar Sekunden, als ich mich vorhin umgeschaut hatte. Andererseits … möglicherweise bin ich nicht die Einzige, die von hier fliehen wollte? Vielleicht hat mir diese schemenhafte Gestalt gar nicht nachgestellt, sondern wollte sich selbst davonstehlen?

Ich wünschte, ich hätte meine Tasche bei mir, das Handy, das da drin liegt. Die GPS-Daten. Irgendetwas, das mir hilft, von hier wegzukommen, um Hilfe zu holen. Aber ich hatte die Tasche abgestellt, um meinem Rücken etwas Ruhe zu gönnen, und genau in diesem Moment sah ich das Blut. Frisches Blut, das am Boden dampfte und die dünne Schneedecke besprenkelte. Mir wird übel, wenn ich nur daran denke. Das Blut und die Laute, die dieser Mann von sich gab. Das Entsetzen und der Schmerz in seinem Gesicht.

Dann höre ich etwas. Schritte auf der Veranda, langsam und zielstrebig. Ein Schauer erfasst mich und lässt mich zusammenzucken, und obwohl ich instinktiv weiß, dass ich die Tür zuhalten muss, weiche ich zurück. Ein knarrendes Geräusch, ein Klicken. Einen Moment lang bilde ich mir ein, ein schwarzes Auge zwischen den verzogenen Holzbrettern zu sehen. Dann nichts als Schmerz.

Kapitel 1

Zum Flughafen zu kommen war wie immer anstrengend. Ich hatte die halbe Nacht wachgelegen, aus Angst, ich könnte den Wecker nicht hören. Die andere Hälfte der Nacht beherrschten Albträume, dass ich längst verschlafen hätte und dann aus Versehen zum falschen Flughafen gefahren sei. Nicht gerade ein entspannter Einstieg. Ethan schlief natürlich wieder wie ein Stein, es war ja auch nicht die Hochzeit seiner Schwester, zu der wir wollten. Anders als ich brauchte er sich nichts zu beweisen.

Letzten Endes wachte ich eine halbe Stunde vor dem Wecker auf und kam zu dem Schluss, dass ich es nicht länger aushielt. Während Ethan also noch schlief, schlich ich auf Zehenspitzen herum und zog mir bequeme Sachen für den Flughafen an, Leggins und einen Hoodie. Im billigen Neonlicht des Badezimmers sah ich schon wie der wandelnde Tod aus. Extra für die Hochzeit hatte ich mir die Haare schneiden und färben lassen – ein dunkelblonder, gestufter Fransenschnitt, der zerzaust und trotzdem cool aussehen sollte. Da ich aber gerade erst das Bett verlassen hatte, sahen die Haare einfach nur platt und erbärmlich aus.

Ich brühte Tee auf, trank eine Tasse und schaute hinaus auf die verwaiste Straße. Tja, ganz leer war die Straße nicht, denn auf der anderen Seite sah ich zwei Ratten, die in einem umgekippten Müllbehälter wühlten. Jedenfalls so lange, bis eine Seemöwe aufkreuzte, die Ratten verscheuchte und anfing, einen schwarzen Müllsack aufzureißen. Andere beobachten frühmorgens vielleicht Rehe, die sich vom Waldrand lösen und den Morgentau trinken – aber nicht in Bristol. Ich zupfte an meiner Nagelhaut herum und fragte mich, ob ich nicht besser noch zur Maniküre gegangen wäre.

Kurz vor der Weckzeit schlich ich zurück ins Schlafzimmer, mit einer Tasse Tee für meinen Mann. Er öffnete müde die Augen, schielte zum Wecker, seufzte und nahm die große Tasse entgegen. Als er sich mit einer Hand über das Stoppelkinn rieb, konnte ich das Tattoo an seinem Rippenbogen sehen. Ein verblasstes Flash-Art-Skelett aus Jugendzeiten. Wir trugen beide ziemlich peinliche Hautverzierungen, von denen man die meisten zum Glück gut verbergen konnte. Ich wuschelte ihm einmal durch seinen dunklen Haarschopf und sagte so was wie: »Verdammte Hochzeiten, für die man so weit anreisen muss.«

Wir hatten ein Taxi bestellt, das allerdings zehn Minuten zu spät kam. Auf dem Weg zum Flughafen von Bristol waren die Straßen schon ziemlich voll, weil irgendwo in der Nähe ein Oldtimer-Treffen stattfand. Normalerweise hätte es mir Spaß gemacht, so viele altmodische Autos und Motorräder auf einem Haufen zu sehen, aber nicht an diesem Tag. Selbst der Anblick eines echten Omnibusses brachte mich nicht dazu, vor Freude zu jauchzen. Dafür war der Tag wirklich nicht geeignet. Zumindest nicht, solange man sich an einen strikten Zeitplan halten muss.

»Im nächsten Jahr sollten wir einen eigenen Stand bei dem Oldtimer-Treffen haben«, sagte Ethan, als mehrere alte VW-Bullis an unserem stehenden Taxi vorbeifuhren. »Ich wette, die stehen auf gute alte Vinylplatten.«

Ich nickte, schrie aber innerlich, der Verkehr solle gefälligst wieder normal fahren.

Als wir endlich am Flughafen eincheckten und in Richtung Security gingen, hyperventilierte ich fast schon. Ethan hatte vergessen, sein Handy aus dem Handgepäck zu nehmen, und deshalb mussten wir eine Extrarunde drehen, das Handy rauskramen und noch einmal durch den Körperscanner. Zum Glück hatte er nicht seine Doc Martens an. Wenn er die Schnürbänder noch auf- und wieder zumachen gemusst hätte, wäre ich schier wahnsinnig geworden. Während wir warteten, schaute ich auf die riesigen Uhren im Terminal und merkte, dass ich mich immer weiter verspannte. Wenn ich zu spät bei Jess' Hochzeitswoche ankäme, würde ich mir das nie verzeihen. Sie würde mir das vermutlich auch nicht verzeihen, obwohl sie nie etwas sagen würde.

Schließlich ließen wir den Security-Bereich hinter uns und gelangten in den Teil des Terminals, der nicht mehr so stressig war. Aber meine innere Unruhe ließ kaum nach.

»Möchtest du vielleicht einen Kaffee?«, fragte Ethan unschlüssig und blickte auf mein nervös wippendes Bein.

»Lieber Tee.«

Erst als er weg war, fiel mir ein, dass ich eine Wasserflasche dabeihatte. Sie war natürlich leer, so verlangten es die Vorschriften am Flughafen, aber ich wollte mir für den Flug was zu trinken holen. Das war wieder eine meiner »Marotten«, wie Ethan immer sagte, denn ich trank nicht gern aus gekauften Flaschen. Einmal hatte ich nämlich in der Weihnachtszeit in einem Supermarkt gejobbt und gesehen, wie Ratten über die aufgestapelten Getränke flitzten. Verdammt, es musste doch irgendwie möglich sein, noch einen Drink auf die Schnelle zu bekommen, ehe wir weitermussten. Ich öffnete meine Tasche, konnte die Flasche aber nicht finden. Offenbar hatte ich sie in Ethans Tasche gestopft, als ich das Hochzeitsgeschenk in meiner verstauen musste. Zumindest das hatte ich nicht vergessen. Selbst bei dem Gedanken, das Geschenk nicht dabeizuhaben, wurde mir ein bisschen übel.

Also gut, an Bord würde es ja wohl Wasser geben. Und das bekam man doch gratis, oder?

Ich war angenehm überrascht, als Ethan mit zwei Pappbechern Tee und meiner Wasserflasche zurückkam.

»Oh, du hast daran gedacht?«, sagte ich und nahm dankbar die volle PET-Flasche.

»Die Pflicht eines Ehemanns«, verkündete er und tippte sich an einen imaginären Hut. »Ich habe dir Eistee mitgebracht, weil die Leute vor dem Wasserspender Schlange standen. Aber der Eistee ist in der Flasche, weil ich ja weiß, wie zimperlich du sein kannst.«

»Ist ja noch besser.« Ich gab ihm einen Kuss auf die Wange. Für eine Weile entkamen wir dem stressigen Trubel des Terminals und nippten in einer Oase der Ruhe an unseren Heißgetränken. Dann hörten wir, dass unser Gate offen sei, und machten uns wieder auf wie müde Rennpferde zum dritten Start des Tages unsere Taschen hinter uns her schleifend.

Der Flug nach Bayern dauerte weniger als zwei Stunden. Nicht, dass es von Belang gewesen wäre, weil wir selbst auf einem Zwanzig-Stunden-Flug Economy gebucht hätten. Wir konnten uns schlichtweg nichts anderes leisten. Jedenfalls noch nicht. Mein Erbe hing noch in der Luft, und ich wollte nicht darüber nachdenken, was es bedeuten würde, wenn das Geld endlich käme. Was es für mich und für mein Verhältnis zu Jess bedeuten würde, meine ich. Denn dieses Geld hatte von Anfang an all das symbolisiert, was zwischen mir und meiner Schwester ungeklärt war. Die Kluft in unserer Beziehung, randvoll mit Pfundmünzen.

Da ich auf keinen Fall darüber nachdenken wollte, stöpselte ich meine Kopfhörer ein und lauschte einem Hörbuch für Kinder, das mich seit meinem fünften Lebensjahr begleitete. Ich brauchte etwas, das mich beruhigte, jene vertraute Story mit einem Sprecher, dessen Stimme und Tonfall ich in- und auswendig kannte. Ethan und ich, wir mochten beide alte Dinge, fanden sie auf seltsame Weise tröstlich. Denn wenn ein Uranglas oder eine Schellackplatte Jahrzehnte ohne einen Kratzer überdauerte, dann konnten wir alles überstehen. Das hatte Ethan seinem Eheversprechen hinzugefügt.

»Mist, jetzt habe ich meine …«, fing Ethan an, doch da zog ich bereits ein zweites Set Earbuds aus meiner Tasche. »Danke.«

»Wenigstens vergisst du immer dieselben Dinge«, sagte ich.

Ich nippte weiter an meinem Eistee und lehnte mich zurück gegen die Kopfstütze. Die schlaflose Nacht holte mich mit Wucht ein, und ehe ich mich versah, berührte mich Ethan sanft am Arm. Mühsam setzte ich mich aufrecht hin, während er mir die Stöpsel aus den Ohren zog.

»Wir sind da«, sagte er und schien es lustig zu finden, dass ich verwirrt dreinblickte. »Du hast nicht mal geschnarcht. Ich hab dich noch nie so tief schlafen sehen.«

Ich stupste sein Knie an, die Stirn spielerisch gerunzelt. Immer noch verschlafen half ich mit, unsere Taschen aus den Fächern zu holen, und dann warteten wir geduldig im Mittelgang darauf, die Maschine verlassen zu können. Die Luft im Freien war kalt, und ich schlang beide Arme um meinen Körper und wünschte, ich hätte meine dicke Jacke angezogen, ehe ich die Taschen schulterte. Ich konnte jetzt schlecht auf die Schnelle versuchen, sie anzuziehen. In Bristol hatte mir die Verzögerung bei der Security schon gereicht, also fand ich mich mit der Kälte ab, anstatt zu bedauern, dass ich unser Zeug nicht intelligenter gepackt hatte.

Der Flieger gehörte zu jenen kleinen Maschinen, die nie direkt am Terminal andocken. Stattdessen steht man in der kalten Morgenluft auf dem Asphalt und wartet auf den Shuttle-Bus. Ich wollte nichts anderes, als so schnell wie möglich zu unserem Mietwagen zu kommen und auf dem Beifahrerplatz zu schlafen.

Endlich durchquerten wir den Terminal und sahen schon das kleine Büro auf dem Parkplatz, auf dem reihenweise polierte Autos standen, die Sitze mit Schutzhüllen versehen. Ich wartete, während Ethan im Büro den Papierkram erledigte, dann kam er wieder heraus und besah sich unser Auto. Kein besonders tolles Modell; keine Sitzheizung, auch kein spezielles Soundsystem. Nur ein Allerweltsauto ohne Sonderausstattung. Wir hatten sogar unser altes Navi von zu Hause mitgenommen, damit wir nicht eins dazubuchen mussten. Ich hoffte bloß, dass die Karten immer noch aktuell waren. Bei dem Gedanken, wir würden vielleicht das Resort-Hotel nicht finden, überkam mich ein Anflug von Panik. Hatte Ethan daran gedacht, die Updates für unser Navi zu überprüfen? Würde letzten Endes ein fehlerhaftes Navi unsere Planung zunichtemachen?

Ich sah auf meinem Handy nach, wie spät es war. Wir lagen noch gut in der Zeit. Allerdings hatte ich gehofft, wir hätten ein kleines Zeitpolster. Es war nämlich sehr wichtig, dass wir nicht zu spät kamen. Dieses eine Mal durfte ich nicht zu spät kommen. In den letzten Jahren hatte ich Jess schon oft genug hängen lassen. Und dazu sollte es diesmal auf keinen Fall kommen. Alles sollte perfekt sein für ihre Hochzeitswoche.

»Wir müssen bald tanken«, moserte Ethan, als wir den Parkplatz der Autovermietung verließen. »Die haben nur ein bisschen reingetan. Die werden das Auto mit weniger als einer Vierteltankfüllung zurückbekommen, das kannst du mir glauben. Oder ich schiebe die Karre zurück auf den Parkplatz, mit dem letzten Tropfen Sprit. Eine scheiß Abzocke ist das!«

Er brummelte vor sich hin wie jeder Engländer, der Urlaub macht, während uns das Navi zur nächsten Tankstelle leitete. Ich hatte schon Mühe, die Augen offen zu halten, obwohl eine Landschaft an uns vorbeiflog, die dann doch ein klein wenig anders als zu Hause aussah. Andere Logos und andersfarbige Verkehrsschilder, die Pflanzen am Straßenrand sahen anders aus als die in England, und im Radio gab es natürlich deutsche Moderatoren und deutschsprachige Werbung zwischen amerikanischen Popsongs.

An der Tankstelle kramte Ethan eine Paper Wallet aus seiner Tasche und gab mir ein paar Euro.

»Möchtest du ein paar Snacks für die Fahrt?«, fragte er. »Und kannst du mir einen Kaffee mitbringen und, oh, Zigaretten?«

Ich nickte.

»Das Feuerzeug nicht vergessen!«, rief er mir nach.

Ich ging in den Shop und nahm Sandwiches, Schokoriegel und Chips mit. Im hinteren Bereich gab es Kaffeeautomaten, aber damit kam ich nicht klar. Entweder waren das die kompliziertesten Maschinen, die ich je gesehen hatte, oder ich war noch so benebelt, dass ich es einfach nicht kapierte. Meine Münzen fielen dauernd durch, und egal, was ich drückte, es kam kein Becher heraus, um gefüllt zu werden. Daher beschloss ich, Ethan stattdessen einen Energy Drink mitzubringen. Anders als ich hatte er kein Problem damit, aus einer Dose zu trinken; trotzdem würde ich sie vorher für alle Fälle mit einem antibakteriellen Tuch abwischen.

Mit den Zigaretten war es am schlimmsten, weil ich auf die Packung zeigen musste, die ich haben wollte, auch auf das billige Feuerzeug. Die Frau hinter dem Tresen versuchte, nett zu sein, aber ich kam mir so dämlich vor. Ich hätte wenigstens ein Buch mit den Standard-Redewendungen im Deutschen mitbringen sollen. Als ich den Shop verließ, brannten meine Wangen.

»Ich habe übrigens noch die hier«, sagte Ethan und zog zwei eingeschweißte Waffeln aus der vorderen Tasche seines Kapuzenpullis aus Biobaumwolle, als ich zum Auto zurückkam. »Sie brachten sie an die Plätze, während du …« Er warf den Kopf in den Nacken und schnarchte pfeifend.

»Du hast gesagt, ich habe nicht geschnarcht!«

»Ich wollte deine Gefühle nicht verletzen. Die Frau in der Reihe vor uns hat die ganze Zeit versucht, dich zu ersticken. Ich musste noch zwei Flugbegleiter holen, um sie von dir wegzuzerren.«

»Du bist ein Held.«

Ethan grinste und steckte sich für später eine Zigarette hinters Ohr.

Derweil gab ich ins Navi die Adresse ein, die Jess mir geschickt hatte. Ihre Hochzeit fand in einem Ski-Resort statt, und sie bezahlte den Aufenthalt dort für uns – Unterkunft, Essen, alles. Sogar mein Kleid und Ethans Anzug, beides wartete vermutlich schon auf uns. Wir mussten nichts anderes tun, als pünktlich anzukommen. Ich wollte das nicht versauen. Nach der Berechnung des Navis würden wir sogar etwas früher als vereinbart eintreffen, wenn auch nicht so früh, wie ich es eigentlich geplant hatte. Wir hatten eine Verzögerung bei der Landung, und danach hatten uns die Schlangen im Terminal noch mal Zeit gekostet. Insgesamt hatten wir eine Stunde verloren. Hoffentlich würden wir ein bisschen während der Fahrt aufholen. Denn sonst hätten wir gerade noch Zeit, uns vor dem Willkommensdinner frisch zu machen, von dem Jess mir erzählt hatte, als ich sie letzte Woche angerufen hatte.

Ich nahm einen Schluck aus meiner Flasche und hoffte, dass mein Outfit fürs Dinner nicht zu sehr in der Tasche zerknittert wurde. Aber neben Jess würde ich sowieso wie ein Stück Dreck aussehen. Ich denke, sie hatte auf Reisen immer ein Bügeleisen dabei, vielleicht sogar ein Set zur Textilreinigung. Jess wurde immer als »natürliche Schönheit« beschrieben; weiches, dunkles Haar, große, dunkle Augen und makellose Haut, ohne etwas dafür tun zu müssen. Die Art von Frau wie gemacht für Perlenohrringe und Shiftkleider. Die Art von Kleidern, die teuer und professionell aussehen. Ich bin diejenige, die sich ständig die Haare anders färbt, die etliche verheilte Piercings und schlecht gemachte Tattoos am unteren Rücken und den Beinen hat. Wann immer ich Jess getroffen habe, sah sie perfekt aus, mit ebenso perfektem Nagellack. Bei mir hielt Nagellack höchstens einen Tag, dann fing ich an, ihn abzukratzen. Aber das war sowieso keine große Sache. Vielleicht wurde ich nur deshalb panisch, weil wir uns zum ersten Mal seit der Beerdigung von Angesicht zu Angesicht sehen würden. Dies sollte ihre Woche sein, ihr großer Tag. Da ich aber, ehrlich gesagt, selbst an einem guten Tag nicht mit ihr mithalten konnte, brauchte ich mir auch keine Gedanken über mein Äußeres zu machen.

Wir fuhren so geschmeidig über die Straßen der Stadt, es fühlte sich fast so an, als wären wir gar nicht unterwegs. Es dauerte nicht lange, und mir fielen die Augen zu. Mit der Stirn lehnte ich an der Scheibe des Beifahrersitzes und verpasste etliche Passagen der Songs, die im Radio gespielt wurden.

Ethan stellte die Musik leiser und tätschelte dann sanft mein Knie. Das Navi meldete sich wieder und sagte, er müsse bei der nächsten Möglichkeit links abbiegen. Ich schloss die Augen, erleichtert, dass wir es rechtzeitig schaffen würden. Diesmal würde ich meine Schwester nicht enttäuschen.

Kapitel 2

Ein Ruck ging plötzlich durch das Auto, sodass ich mit dem Kopf gegen die Scheibe der Beifahrertür knallte. Mein Mund war ganz trocken, meine Lider schwer wie Blei. Wie lange mochte ich geschlafen haben? Ich erinnerte mich an die Auffahrt zur »Autobahn«, wie die Deutschen sagen. Danach musste ich fest eingeschlafen sein. Jetzt hatte ich dieses Gefühl, das einen überkommt, wenn man mittags zu lange in stickigen Räumen schläft: leichte Kopfschmerzen, als hätte man zu wenig getrunken.

»Sind wir schon da?«, brachte ich schlaftrunken hervor.

»Noch … nicht ganz«, erwiderte Ethan nach einer langen Pause. Und diese Pause verriet mir, dass irgendetwas nicht stimmte.

Bewusst öffnete ich die Augen und musste dann blinzeln, als ich die grelle schneeweiße Welt um uns herum wahrnahm. Überall Schnee, und die untergehende Sonne, die von der weißen Schicht reflektiert wurde, tat mir in den Augen weh. Seufzend schloss ich die Augen wieder.

»Mila?«, fragte Ethan über das Geräusch der Scheibenwischer hinweg.

Ich seufzte wieder, riss die Augen auf und schaute auf die vor uns liegende Straße. Auch die war schneebedeckt und wurde auf beiden Seiten von hohen Bäumen gesäumt. Mächtige dunkle Kiefern, deren Anblick in all dem Weiß recht beruhigend wirkte, obwohl die ausladenden Äste vom Gewicht des Schnees nach unten gedrückt wurden. Immer wieder löste sich ein großer Klumpen von den Zweigen und fiel auf unser Dach, während wir langsam weiterfuhren – durch ein Schneetreiben aus dicken Flocken.

»Wo sind wir?«, wollte ich wissen, setzte mich aufrecht hin

und streckte die Hand nach der Wasserflasche aus. Meine Lippen waren trocken wie Papier.

»Tja … also, die Sache ist die: Ich bin mir nicht ganz sicher …«, sagte Ethan.

Mit einem Mal war ich hellwach. Von jetzt auf gleich.

»Wie meinst du das? Was sagt denn das Navi?« Ich sah meinen Mann an.

Er nagte am Winkel der Unterlippe, hatte die Augen zusammengekniffen und starrte auf die Straße vor uns. Klare Anzeichen, dass er unsicher und überfordert war. Erst jetzt wurde mir klar, was in meiner unmittelbaren Umgebung im Auto fehlte: die künstliche Stimme des Navis. Mein Blick huschte zu dem Gerät, aber der Bildschirm war schwarz. Keine Karte, keine Richtungsangaben. Es hatte den Geist aufgegeben.

»Das Ding ist vor einer halben Stunde plötzlich ausgefallen. Bis dahin bin ich immer auf der angegebenen Strecke geblieben. Wir müssten doch fast beim Resort sein, oder?«

»Hat es gesagt, dass du immer geradeaus fahren sollst, ehe es ausgegangen ist?«

»Nein … zuletzt sollte ich dem Streckenverlauf folgen, ich weiß aber nicht mehr, wie weit. Und was ich danach machen sollte, weiß ich nicht. Es gab zwar ein paar Abzweigungen, aber auf keinem der Schilder stand etwas von diesem Resort-Hotel. Daher hielt ich es für das Beste, auf dieser Straße zu bleiben.«

Ein ungutes Gefühl nistete sich in meinem Magen ein. Ein Gefühl, das mir bestens vertraut war. Es war dieses unangenehme Prickeln, das sich immer dann bemerkbar machte, wenn mir wieder einmal klarwurde, dass ich zu einem wichtigen Termin zu spät kommen würde. Und wie Ethan immer so gerne betont, traf das auf fast alle meine Termine zu. Ich gehörte einfach zu der Sorte Mensch, die so gut wie nie pünktlich ist. Aber an diesem Tag durfte das nicht passieren. Immerhin ging es um Jess' Hochzeit, und ich hatte schon genug angerichtet, um ihr das Event zu verderben. Da hatte es dieses unselige Missverständnis bei Petes Handy gegeben …

»Wie spät ist es?« Ich warf einen Blick auf die Digitalanzeige des Armaturenbretts und fluchte. »Wir müssten ja schon seit einer Stunde da sein! Gottverdammt! Ich muss sie anrufen.«

»Aussichtslos – hab ich schon versucht. Ich wollte die App auf meinem Handy aktivieren. Kein Empfang hier oben. Wir können nicht telefonieren, und wir haben kein Internet.«

Ich schnappte mir mein Handy aus der Tassenhalterung zwischen den Vordersitzen und starrte auf das Display. Kein einziger Balken.

»Na toll!« Ich löste das Navi von der Windschutzscheibe und schüttelte es. Als würde das etwas ändern!

»Bleib ruhig, die Hochzeit ist ja erst in ein paar Tagen. Heute Abend ist nur das Willkommensdinner. Sie wird das schon verstehen.«

»Das macht doch alles nur noch schlimmer! Jess hat ja immer Verständnis für alles und betont jedes Mal, es sei keine große Sache. So ist sie eben. Aber das ist ihre spezielle Woche – das bin ich ihr schuldig, nach all dem … was passiert ist.«

»Das mit Pete war nicht deine Schuld«, sagte Ethan sanft. »Ihr war klar, warum du etwas sagen musstest.«

Ich seufzte. Pete war der Verlobte meiner Schwester. Ist es immer noch. Aber vor ein paar Monaten hatte ich aus Versehen sein Handy und nicht meins genommen und Nacktbilder auf dem Display gesehen. Nacktbilder, die ihm gleich mehrere Frauen geschickt hatten. Was mich ziemlich überraschte, weil Pete eigentlich wie ein Erdkundelehrer aussieht, mit seinen karierten Oberhemden und dem brav gescheitelten, hellbraunen Haar. Ethan und ich fragen uns oft, ob er wohl seine Jeans bügelt, mit Bügelfalte.

Für mich war damals klar, dass ich es Jess brühwarm erzählen musste. Sie war am Boden zerstört, fast hätte sie die ganze Hochzeit abgeblasen und sich von Pete getrennt, obwohl die beiden seit Jahren ein Paar waren. Sie waren länger zusammen als Ethan und ich. Inzwischen hatte Pete sie überzeugen können, dass er keine der Nachrichten geöffnet hatte, aus Angst, es wäre

Malware. Er dachte, es wäre alles nur Spam, trotzdem hatte er ihr nichts von diesen Fotos erzählt. Aber letzten Endes verzieh Jess ihm, und mir blieb nicht viel anderes übrig, als ihm auch zu verzeihen. Ich hatte Pete immer gemocht, aber nach diesem Vorfall war unser Verhältnis ziemlich angespannt. Noch bevor Mum und Dad starben. Und vor Mums Beerdigung.

»Ich wünschte, ich hätte nie etwas gesagt.« Ich beobachtete, wie die Scheibenwischer die Schneeflocken entfernten. »Wahrscheinlich denkt sie, dass ich ihr alles mit Absicht verderben will.«

»Aber so denkt Jess doch nicht«, versuchte Ethan mich zu beruhigen. »All das ist jetzt Vergangenheit. Ihr beiden seid alles, was von eurer Familie übrig ist – und das weiß sie. Und sie weiß auch, dass dich keine Schuld trifft bei euren Eltern.«

Ja, ich wusste das; vor ein paar Monaten hatte ich es sogar geglaubt. Aber seit der Beerdigung war für mich nichts mehr selbstverständlich. Ethan konnte nicht wissen, was zwischen Jess und mir an jenem Tag passiert war, und ich hatte nicht die Kraft, es ihm zu erzählen.

Sogar lange vor all diesen Ereignissen hatte ich schon immer das Gefühl gehabt, dass ich Jess etwas schuldig war, dass ich ihr gegenüber etwas wiedergutmachen musste. Als ich zur Welt kam, war meine Schwester schon fünf Jahre alt. Ich war ein Frühchen mit jeder Menge gesundheitlicher Probleme gewesen, und sie musste schon in jungen Jahren Verantwortung übernehmen und mir oft helfen. In unserem ganzen bisherigen Leben war nichts, was sie machte, auch nur annähernd so wichtig oder interessant wie das, was ich tat – zumindest aus Sicht unserer Eltern. Sie verhätschelten mich und verließen sich stets darauf, dass Jess als ältere Schwester schon alles richtig machen würde. Und das tat sie auch, aber es war immer so, dass unsere Eltern es sowieso von ihr erwarteten, und daher lobten sie Jess nur selten. Ich hatte all die Zeit zu meiner großen Schwester aufgeschaut, zu dem Mädchen, das gut fünf Jahre älter als ich war. Sie war das blühende Leben. Und als ich dann älter wurde, fing ich an, zu begreifen, wie ungerecht sich unsere Eltern ihr gegenüber verhalten hatten.

Jetzt würde sie endlich ihren Pete heiraten. Ich glaube, sie hat diese Hochzeit nur deshalb so lange hinausgezögert, weil sie nicht wollte, dass Mum und Dad ihre Feier mit meiner verglichen. Entweder das, oder sie hatte Bedenken, ich könnte als Erste mit einem Enkelkind um die Ecke kommen und ihr die Schau stehlen. Natürlich nicht mit Absicht, aber es wäre nicht das erste Mal gewesen, dass ich Jess aus Versehen eine Sache versaute. Jetzt brauchte man sich keine Sorgen zu machen, dass Mum oder Dad Jess' Hochzeit nicht genug Bedeutung beimaßen. Aber ich wusste, wie enttäuscht meine Schwester war, dass unsere Eltern nicht dabei sein würden. Sie waren beide in den letzten acht Monaten gestorben, erst Dad, dann Mum.

Nach ihrem Tod wurde die Situation zwischen Jess und mir noch komplizierter. Meine Eltern hatten mir neunzig Prozent ihres Besitzes vermacht, weil »ich eine Familie gründete und das Geld deshalb nötiger hatte.« Noch hatte ich das Geld nicht erhalten, aber das war eine reine Formalität. Ich wollte es mir mit Jess teilen, aber inzwischen war ich mir nicht mehr so sicher, ob sie überhaupt noch etwas von mir annehmen würde.

»Sieht wie ein Ortsschild aus«, hörte ich Ethan sagen, der mich in meinem Gedankengang unterbrach. Ich folgte seinem Blick und sah ein Schild, allerdings handelte es sich nicht um ein modernes Ortsschild. Wir befanden uns ja auch inzwischen tief in den Alpen. Das Schild bestand aus einem grob behauenen Stück Holz, das jemand an einen Baumstumpf genagelt hatte. Dem Licht der Scheinwerfer nach zu urteilen, war das Holz grau und verwittert, als hinge es dort schon seit Jahrzehnten. Vielleicht sogar länger. Als Ethan langsamer fuhr, konnte ich im Schneetreiben gerade so den Ortsnamen auf der verwitterten Oberfläche erkennen: Witwerberg.

»Vielleicht haben die Leute dort eine Karte, oder jemand erklärt uns, wo wir hinmüssen«, sagte Ethan.

»Ich bin mir nicht sicher, ob uns das weiterhilft. Wir sprechen doch beide kein Deutsch.«

»Ich vertraue auf das deutsche Bildungssystem. Die Lady bei der Autovermietung sprach ein besseres Englisch als ich«, hob Ethan hervor. »Außerdem – wenn die dort WiFi haben, kann ich eine Karte übers Handy runterladen.«

Ethan bog von der Hauptstraße ab, und mein Blick ging in eine unbestimmte Ferne, meine Angst wurde ein wenig von dem Gedanken verdrängt, dass wir es schaffen würden. Zwar nicht rechtzeitig, aber wir würden zumindest irgendwann während des Dinners ankommen und den ersten Abend nicht komplett verpassen. An diese Hoffnung klammerte ich mich.

Ich sah, wie die Straße vor uns schmaler wurde. Die Bäume zu beiden Seiten der Fahrbahn schienen zum Greifen nahe. Auf meiner Seite begann der schneebedeckte Grund abzufallen, und schon bald folgten wir dem Straßenverlauf über einen steilen Bergkamm. Weit unter uns konnte ich in einer tiefen Senke Schneewehen erahnen, auch ein paar dunkle Flecken, die ich für Kaninchen hielt. Schwer zu sagen in der zunehmenden Dunkelheit. Die Reifen rutschten ein wenig auf der Fahrbahn, und ich biss die Zähne zusammen, aber wir fuhren langsam weiter, und kurz darauf gelang es mir, mich zu entspannen.

Ich atmete bewusst lange aus und versuchte, die innere Anspannung loszuwerden. Ich war geradezu versessen darauf, diesmal nicht zu spät zu kommen. Rechtzeitig da zu sein, um sicherzustellen, dass Jess die perfekte Hochzeit erlebte. Das war ich ihr schuldig, nach all den Jahren, in denen mein Leben immer Vorrang gehabt hatte. Sie hatte eine perfekte Hochzeit verdient, und endlich einmal sollte sie im Mittelpunkt aller Aufmerksamkeit stehen. Jetzt lag es an mir, dafür zu sorgen, dass sie den schönsten Tag ihres Lebens hatte, und hier kam ich nun, mehr als eine Stunde zu spät, gleich am ersten Tag einer ereignisreichen Woche, die Jess geplant hatte.

Die hypnotisierenden Scheibenwischer wurden langsamer. Ich blinzelte, weil ich mir nicht sicher war, ob ich mir das nur einbildete. Dann begann das Auto plötzlich zu stottern und verlor an Fahrt, bis es schließlich ganz stehen blieb.

»Fuck!«, entfuhr es Ethan. »Fuck, fuck, fuck!« Er drosch aufs Lenkrad ein, dann drehte er den Zündschlüssel im Schloss. Ein Röcheln des Motors. Noch einmal. Dann nichts mehr. Das Auto stand einfach nur da, nichts rührte sich. Die Kälte draußen vertrieb in kürzester Zeit die Restwärme im Innern. Lautlos fiel der Schnee auf die Windschutzscheibe, Flocke um Flocke wurde das restliche Tageslicht ausgeblendet.

Ethan hatte ziemlich gefasst auf mich gewirkt, als er erzählte, das Navi sei ausgefallen, doch jetzt sah er aus, als würde er jeden Moment vor Wut das Lenkrad abreißen. Wieder und wieder drehte er den Zündschlüssel, aber nichts tat sich.

»Was ist bloß los?« Meine Frage war dämlich. Der Blick auf die Tankanzeige verriet mir, dass der Tank noch mehr als halb voll war.

»Ich weiß es nicht. Warte mal«, sagte Ethan, löste den Gurt und stieß die Fahrertür auf. Ein eisiger Luftstoß wirbelte Schnee ins Auto, und ich zuckte unwillkürlich zusammen. Der Hoodie und die Jacke, die mir im Umfeld des Terminals gute Dienste erwiesen hatten, waren nicht gemacht für Schneestürme in den Alpen. Ethan, der nur seinen Kapuzenpulli trug, war ausgestiegen und schlug die Tür zu. Unmittelbar darauf raubte mir die Motorhaube die Sicht auf die Windschutzscheibe. Ich hörte, wie Ethan im Motorraum herumhantierte und vor sich hin murmelte. Ich hatte keinen Schimmer, was er da machte. Wir kannten uns beide nicht sonderlich gut mit Autos aus. Als wir noch ein eigenes Auto hatten, konnte ich nur Öl oder Kühlwasser nachfüllen. Ethan war noch schlimmer als ich: Einmal hatte er Diesel statt Benzin getankt, sodass wir irgendwann unterwegs mitten auf dem M5 liegen geblieben waren. So gesehen, war es für mich keine Überraschung, als er die Haube wieder zuschlug und zurück ins Auto stieg, bibbernd vor Kälte.

»Ich habe keine Ahnung, was mit dieser Scheißkarre ist. Vielleicht hat sich etwas gelöst, als ich über diesen Huckel fuhr, von dem du aufgewacht bist.« Er versuchte noch einmal, den Motor anzulassen, doch nichts geschah. »Ob's die Batterie ist?«

»Okay«, sagte ich und zwang mich, ruhig zu bleiben. »Lass uns in dieses Dorf gehen und jemanden holen, der unsere Batterie überbrückt. Das macht man doch, wenn eine Batterie platt ist, oder?«

Ethan zuckte mit den Schultern. »Schätze, ja. Aber wir wissen nicht, wie weit es noch bis ins Dorf ist.«

»Dann sollten wir uns lieber warm einpacken.«

Unsere Taschen waren im Kofferraum, und wir brauchten einen Moment, bis wir beim Durchwühlen des Gepäcks Schals und Mützen gefunden hatten, die wir natürlich nicht im warmen Auto getragen hatten. Ethan zog seinen Mantel an, ich schnappte mir als Erstes meine Handschuhe und wünschte, ich hätte gefütterte Leggins angezogen oder wenigstens eine richtige Hose. Mit der Mütze und der dicken Jacke war mir ein bisschen wärmer, aber mein Unbehagen nahm von Minute zu Minute zu. Es wurde immer später und später, wir würden das Dinner verpassen, und ich konnte Jess nicht einmal anrufen, um ihr alles zu erklären. Was sie jetzt wohl dachte? Dass mir nicht viel an der Feier lag und ich mir keine Mühe gab, pünktlich zu erscheinen? Oder glaubte sie, ich würde überhaupt nicht kommen?

»Hey«, sagte Ethan, und ich schaute zu ihm auf. Ich merkte, dass ich Tränen in den Augen hatte. Wenn ich frustriert war, kamen mir immer schnell die Tränen. »Wir schaffen das schon noch. Versprochen.«

»Okay.« Ich zwang mich, langsamer zu atmen und ruhiger zu werden. Dann legte ich meine Hand in seine und spürte, wie er meine Finger sacht, aber aufmunternd drückte.

Wir hatten keinen Rucksack dabei, deshalb stopfte ich meine Wasserflasche und die Snacks von der Tankstelle in meine Handtasche, dazu die billige Taschenlampe, die wir im Handschuhfach gefunden hatten. Solche Dinger bekam man in Ein-Pfund-Läden an der Kasse; nicht gerade die Art Lampe, auf die man sich im Ernstfall verlässt. Über den schneebedeckten Bäumen hatte der Himmel ein tiefes, dunkles Blau angenommen, das allmählich in Schwarz überging. Der Abend brach an, und wir hatten immer noch keine Ahnung, wie weit entfernt dieses Witwerberg lag und ob wir es überhaupt zu Fuß bis dorthin schaffen konnten.

Dicht nebeneinander stapften Ethan und ich die schmale Bergstraße hinauf und ließen den liegen gebliebenen Mietwagen zurück.

Kapitel 3

An diesem Tag lernte ich, dass die Nacht sehr schnell hereinbricht, wenn es keine Straßenbeleuchtung oder einladend erleuchtete Häuser gibt, die der Dunkelheit Paroli bieten. Es dauerte nicht lange, und wir stolperten durch den Schnee, immer dem schmalen Lichtkegel der Taschenlampe nach. Völlige Dunkelheit hatte uns umschlossen, und ich erschrak bei jedem noch so kleinen Geräusch: Schnee, der von Ästen fiel, knarrende Bäume im Wind, Zweige, die unter unseren Schuhsohlen knackten. Ich hatte mich nicht groß über den Ort informiert, an dem die Hochzeit stattfinden sollte, aber auf der Website des Resort-Hotels gab es eine generelle Warnung vor Wölfen. Natürlich hatte ich keine Ahnung, wie oft man diese Tiere hier in den Bergen tatsächlich sah, aber im Stockdunkeln dachte ich nicht über Wahrscheinlichkeiten nach. Nur über Fangzähne.

Ethan bestand darauf, unmittelbar vor mir zu gehen, damit ich mich auf dem unebenen Untergrund an seinen Fußspuren orientieren konnte. Er scherzte oft, ich sei der Typ, der über die eigenen Füße stolpert, aber im Augenblick fand ich das überhaupt nicht lustig. Insbesondere dann nicht, als ich mit einem Fuß durch dünnes Eis brach, in einer Furche hängen blieb und mir den Knöchel verstauchte. Ich ging zu Boden, mein Schrei hallte von den Bäumen wider.

»Mila!« Ethan half mir auf, aber es war schon zu spät. Ich zuckte zusammen, als ich den lädierten Fuß aufsetzte. »Ist er gebrochen oder verstaucht?«

»Verstaucht, denke ich. Mist!«

»Hast du an Schmerztabletten gedacht?«, fragte er.

»Ja, die müssen irgendwo sein. Lass uns versuchen, das Dorf zu finden, dann suche ich nach den Tabletten, sobald ich mehr Licht habe.«

Ich stützte mich bei ihm ab, und gemeinsam humpelten wir weiter, kamen aber wesentlich langsamer voran als zuvor. Wie weit waren wir von der Zivilisation entfernt?

Auf dem Schild, auf dem Witwerberg stand, hatte ich keine Kilometerangabe gesehen. War das Dorf so nah, dass es keiner Angabe bedurfte, oder waren schicksalsträchtige Worte wie »20 Kilometer« im Laufe der Zeit verblichen? Wie in einem Horrorstreifen, wenn die glücklosen Teenager genau den Bereich des Schilds übersehen, der von einer losen Planke verdeckt wird: »Lebensgefahr – Betreten verboten.«

Wir sprachen beide kaum. Ich denke, wir waren zu sehr damit beschäftigt, endlich dieses Dorf zu erreichen, und lauschten auf den kleinsten Hinweis von Zivilisation: Motorengeräusche, zu laut eingestellte Fernseher, Stimmen. Aber wir hörten rein gar nichts. Mir war kalt, mein Knöchel schmerzte, außerdem war ich absolut verzweifelt, dass wir zu spät zu Jess' Dinner kommen würden, ganz zu schweigen von meiner Angst, in der Dunkelheit auf Wölfe zu stoßen.

Wir waren gefühlt eine Ewigkeit unterwegs, aber es war so still um uns herum, dass keine Ortschaft in unmittelbarer Nähe sein konnte. Meine dünnen Leggins nützten gar nichts gegen die Kälte, im Gegenteil, sie sogen den feuchten Schnee geradezu auf, sodass mir noch kälter wurde, weil mir der Stoff auf der Haut klebte. Genauso verhielt es sich mit meinen Turnschuhen: Im Terminal waren sie bequem gewesen, jetzt waren sie nass. Ich stellte mich innerlich auf einen langen, schmerzhaften Weg ein, als wir den höchsten Punkt einer kleineren Anhöhe überwanden und vor uns eine Siedlung erahnten. Ein kleines Dorf, genauer gesagt.

Die Straße, die an dieser Stelle nicht mehr als ein Pfad war, schlängelte sich an dem Ort vorbei, ganz so, als wolle sie die traurige Ansammlung von Gebäuden meiden. Ethan leuchtete mit seiner Taschenlampe mal hierhin, mal dorthin. Die wenigen Behausungen, die wir sahen, bildeten einen Halbkreis. In der Mitte stand ein altertümlich anmutender Ziehbrunnen aus

Stein mit einer Holzkonstruktion und einem dicken, quer verlaufenden Balken, in den man professionell den Namen »Witwerberg« geschnitzt hatte. Hätte ich diesen Schriftzug nicht gesehen, wäre ich nie auf die Idee gekommen, dass dies der Ort sein sollte, den wir suchten. Der Ort, auf dem all unsere Hoffnung ruhte.

Wir sahen insgesamt sechs Behausungen, besser gesagt Blockhütten mit langen Dachtraufen und geschlossenen Fensterläden. Beim Anblick dieser schneebedeckten Hütten dachte ich spontan an Kuckucksuhren und dekorative Miniatur-Weihnachtsdörfer für Kinder. Jede Hütte hatte eine Veranda, einige mit Schnitzwerk und verzierten Querbalken. Aber in diesem Moment dachte ich nicht in erster Linie daran, wie urig und volkstümlich diese Blockhütten aussahen. Alles, was ich wahrnahm, waren sechs Behausungen, die in völliger Dunkelheit dalagen. Nicht in einer der Hütten brannte Licht. Und als ich im Schein der Taschenlampe genauer hinsah, fiel mir auf, dass einige Fensterläden schief in den Angeln hingen. Mehr noch, die an etlichen Stellen eingesunken Dächer und die morschen Holzstufen der Veranden erzählten ihre ganz eigene, unwillkommene Geschichte: Dieser Ort war verlassen. Vielleicht hatte hier oben schon seit hundert Jahren niemand mehr gelebt.

»Mist«, sagte Ethan. »Das kann doch nicht wahr sein … das hier ist eine Geisterstadt.«

Ein eiskalter Windstoß erfasste uns. Ich zitterte am ganzen Leib und spürte, wie mir die Kälte bis auf die Knochen ging. Ich musste so schnell wie möglich ins Warme. Wir beide mussten raus aus diesem Frost.

»Ich kann nicht mehr«, sagte ich, »wir müssen irgendwo Schutz suchen.«

Ethan sah mich einen Augenblick an und nickte dann. Ich ahnte, dass es ihm widerstrebte, die Suche nach einer belebten Ortschaft aufzugeben. Er war so voller Tatendrang, wahrscheinlich wäre er die ganze Nacht weiter durch den Schnee gestapft, wenn ich mir nicht den Knöchel verstaucht hätte. Diese

Willenskraft war der Grund, warum wir unser Auskommen hatten. Denn Ethan hatte sich voll reingehängt, als wir unseren Plattenladen und Reparaturservice eröffneten. Unmittelbar nach der Uni hatten wir zunächst mit einem Marktstand angefangen, aber inzwischen hatten wir eine richtige Ladenfront. Ich wünschte nur, wir beide könnten ein Auto so leicht reparieren, wie es uns mit einem Plattenspieler fiel.

»Hier drüben«, sagte Ethan und brachte mich zu der ersten Blockhütte. Anders als ihr direkter Nachbar sah sie intakt und stabil aus. Zumindest das Dach schien nicht eingefallen zu sein. Ethan ließ mich am Geländer der Veranda zurück und versuchte, die Tür aufzumachen. Mit seinem ganzen Gewicht stemmte er sich dagegen und drückte die Klinke herunter. Die Tür bestand aus stabilem Holz, das im Laufe der Jahre von Feuchtigkeit aufgequollen war. Als die Tür schließlich nachgab und aufschwang, kam aus dem Innern der Hütte ein Geruch von Moder und Verfall. Ich hörte lautes Rascheln und hoffte, dass es nur trockenes Laub war, das im jähen Luftzug aufgewirbelt wurde. In unserer angespannten Lage konnte ich mich nicht auch noch mit Ratten befassen.

Ethan leuchtete ins Innere. Ich hatte schon erwartet, dass die kleine Blockhütte fast leer wäre, aber soweit ich das beurteilen konnte, befand sich rein gar nichts mehr darin. Nicht einmal ein zerbrochener Stuhl oder ein weggeworfenes Buch waren übrig. Wer auch immer zuletzt hier gelebt haben mochte, hatte alles mitgenommen. Der Fußboden war übersät von trockenen Kiefernnadeln, Laub und Staub. Eines der Fenster war nur noch ein klaffendes Loch, die Läden entweder abgefallen oder sie hingen schief in den Angeln; am gegenüberliegenden Fenster waren sie fest verschlossen. An der Wand gegenüber der Eingangstür befand sich ein offener Kamin mit einem kleinen, völlig verrosteten Rost.

»Wie gemütlich«, murmelte ich vor mich hin. Es sollte lustig klingen, war aber nichts als ein müder Scherz. Ethan hatte die Hütte betreten und blickte sich finster um, als wäre dieser verlassene Ort das Schlimmste an unserer total verfahrenen Situation.

Jetzt betrat auch ich die Hütte und merkte, dass unter all den Nadeln und Laub auf dem Fußboden eine Art Matte lag, die aber so dünn war, dass man nicht von einem Teppich sprechen konnte. Es kam mir eher wie unidentifizierbares verrottendes Gewebe vor, das sich mit all dem Schmutz zu einer Einheit verbunden hatte. Die Schicht auf dem Fußboden dämpfte meine Schritte, als ich in die Hütte humpelte und sofort Halt an der Wand suchte.

»Wir brauchen Holz, um ein Feuer zu machen«, sagte Ethan. »Mein Feuerzeug ist in deiner Handtasche, oder?«

»Ja, das erste Mal, dass ich froh bin, dass du rauchst«, sagte ich, und diesmal hatte ich mit meinem Versuch, lustig zu klingen, zumindest ein klein wenig Erfolg.

Ethan gab ein Schnauben von sich, ehe er sich mir zuwandte und halb entschuldigend sagte: »Ich muss die Taschenlampe leider mitnehmen. Ist es okay für dich, hier im Dunkeln zu bleiben?«

»Klar«, log ich. »Ich versuche, ein Feuer in Gang zu bringen mit all dem trockenen Laub hier drinnen.«

»Also gut, ich bin nur kurz drüben bei den anderen Hütten und guck nach, ob es da lose Bretter oder so was in der Art gibt, die wir benutzen könnten. Und gleich versuche ich, das offene Fenster dort zuzumachen. Damit die Wärme drinnen bleibt. Setz dich ruhig und nimm Schmerztabletten gegen den verstauchten Knöchel.« Schon war er zur Tür hinaus und nahm die einzige Lichtquelle mit, die wir hatten.

Vorsichtig schob ich mit meinem lädierten Fuß die Schicht aus Laub und was auch immer weg, ließ mich dann langsam nach unten sinken und setzte mich auf die freie Fläche. In eine halbwegs sitzende Position zu kommen, tat ein bisschen weh, aber ich war froh, meinen Knöchel entlasten zu können. Ich hatte mich ganz in der Nähe des offenen Kamins auf den Boden sinken lassen und fing nun an, trockene Kiefernnadeln und

Laub auf dem Rost im offenen Kamin aufzuschichten, wobei ich inständig hoffte, jetzt bloß nichts Lebendiges zu berühren. Dann tastete ich in meiner Tasche nach dem Feuerzeug. Ich würde Ethan nie wieder die Hölle heiß machen, weil er rauchte, so viel stand fest.

Es dauerte eine Weile, und zweimal verbrannte ich mir die Finger, aber schließlich bekam ich ein kleines Feuer zustande, das leider ziemlich qualmte. Jetzt zahlte es sich also aus, dass ich früher oft verbotenerweise Lagerfeuer im Wald gemacht hatte, um mit Freunden etwas zu trinken. Mein Material bestand hauptsächlich aus Laub und ein paar kleineren Zweigen vom Fußboden, aber erste, zarte Flämmchen brannten. Langsam gab ich Nadeln dazu, auch ein paar alte Kassenbelege aus meiner Tasche, während ich auf Ethans Rückkehr wartete. Er war mittlerweile schon ziemlich lange fort, und ich hörte auch nichts mehr von ihm. Ich redete mir ein, dass ich ihn gehört hätte, wenn er angegriffen worden wäre. Seine Hilferufe – oder Schreie.

Ich versuchte, ruhig zu bleiben, öffnete meine Wasserflasche und nahm zwei Ibuprofen, weil mein Knöchel angeschwollen war, und Paracetamol gegen den Schmerz. Abgesehen von der Wasserflasche mit dem Eistee hatten wir noch Ethans Energy Drink und die Snacks, die wir für unterwegs mitgenommen hatten. Sandwiches, Chips, Schokoriegel und ein paar eingeschweißte Waffeln aus dem Flugzeug. Ich hatte eigentlich zu viel eingekauft, aber das kam uns jetzt zugute. Auf diese Weise hatten wir genug Brennstoff für unsere Körper, damit wir in der Nacht nicht auskühlten.

Immer noch keine Spur von Ethan. Ich schaute erneut aufs Handy. Er hatte seins mitgenommen. Weiterhin weder 4G noch Empfang. Mein Akku war weniger als halb voll, weil ich im Auto eingeschlafen war und ihn nicht aufgeladen hatte. Na, großartig. Ich beschloss, die Taschenlampen-Funktion nicht zu nutzen, um den Akku zu schonen.

Bei einem unerwarteten Geräusch hinter mir fuhr ich herum.

»Ich bin's«, rief Ethan von draußen und versuchte offenbar, die Fensterläden von dort zu schließen. »Augenblick.«

Kurz darauf kam er herein, unterm Arm einen Stapel Holz. Ein paar Bretter und einige Rundhölzer, an denen sich schon Moos und Flechten gebildet hatten.

»Da ist noch mehr, doch ich wollte nicht zu lange fortbleiben. Das hier müsste aber auch reichen, um uns heute Nacht warm zu halten. Oh, prima, du hast ja schon ein Feuer gemacht.« Er legte etwas feuchtes Holz in den Kamin, daher qualmte es noch mehr als zuvor. Gemeinsam schauten wir auf die kümmerlichen Flammen und hofften, dass das Holz von draußen Feuer fing. Als die Flammen schließlich größer wurden, seufzten wir beide vor Erleichterung.

Ethan zog die nassen Handschuhe aus und wärmte seine Hände. »Gibt's noch Sandwiches?«

»Rindfleisch mit Meerrettich oder Schinken und Käse?«

»Hälfte, Hälfte?«

Wir teilen uns die Sandwiches und aßen mit Heißhunger. Sie waren fast gefroren, weil sie so lange in meiner Handtasche gelegen hatten, und sorgten leider nicht dafür, dass ich ein warmes Gefühl im Bauch bekam. Dennoch, wir konnten wenigstens etwas gegen den Hunger tun. Ich merkte, dass Ethan immer noch genauso besorgt wie ich war, denn er machte nicht die üblichen Scherze: Dass ich nämlich kein Problem damit hatte, Sandwiches aus Plastikverpackungen zu essen, aber nicht aus PET-Flaschen trinken wollte. Düster kaute er vor sich hin, sagte keinen Ton und stierte gedankenversunken ins Feuer.

Ich musste an Jess denken und an das Willkommensdinner, das inzwischen wohl vorüber war. Was dachte meine Schwester jetzt gerade? Vielleicht versuchte sie, mich zu erreichen. Womöglich ahnte sie, dass etwas schiefgelaufen war, und hatte ein paar Leute losgeschickt, um nach uns zu suchen? Ich wollte es glauben, aber vermutlich dachte sie bloß, dass ich zu spät kam, wie gewöhnlich eben. Bestimmt dachte sie, dass wir zu spät am Flughafen angekommen waren oder den Flug verpasst hatten.

Und wenn sie mich übers Handy nicht erreichte, musste sie davon ausgehen, dass wir noch in der Luft waren. Gott, mir war klar, dass ich mich noch lang und breit bei ihr zu entschuldigen hatte, sobald wir am Resort ankamen. Okay, nichts auf unserer Reise war wirklich meine Schuld, aber es fühlte sich trotzdem so an. Dabei hatte ich mir so sehr vorgenommen, diesmal alles richtig zu machen. Vorbei!

»Hey«, sagte Ethan und unterbrach mich in meinen sorgenvollen Gedanken. »Jess wird das alles schnell wieder vergessen, sobald sie weiß, was passiert ist. Außerdem können wir an der Rezeption eine tolle Geschichte erzählen.«

»Ich will aber keine tolle Geschichte – ich möchte, dass sie eine perfekte Hochzeit hat. Mit einer Geschichte, wie du es nennst, stehe ich nur wieder im Rampenlicht – ›Oh, seht euch nur Jess' mitgenommene Schwester an, die viel zu spät kommt und eine total verrückte Story parat hat!‹ Das ist ihr Tag, deshalb soll es nicht wieder um *mich* gehen, denn früher ist es immer nur um mich gegangen.«

»Also gut, morgen holen wir Hilfe, lassen uns zum Resort fahren, bleiben gelassen und halten uns zurück. Wir hatten eine Verspätung, aber jetzt sind wir ja da, und alles läuft wie geplant.«

»Versprochen?«

»Versprochen!«, sagte Ethan und legte den Arm um mich. »Morgen sieht die Welt anders aus, und diese Nacht wird uns wie ein schlechter Traum vorkommen.«

Ich seufzte, wusste aber, dass er recht hatte. So gut wie jedenfalls. Normalerweise wusste Ethan immer genau, was er sagen musste, aber diesmal konnte er nicht wissen, was zwischen Jess und mir gelaufen war, als wir uns das letzte Mal gesehen hatten. Aber das war buchstäblich Schnee von gestern. Fast. Ich musste nur dafür sorgen, dass nicht wieder irgendetwas passierte, das ihr die Hochzeit vermiesen könnte.

Während das Feuer neben uns prasselte, machten wir es uns auf dem harten Boden bequem und versuchten, etwas Schlaf zu finden. Trotz des langen Nickerchens im Auto war ich erschöpft.

Mein Knöchel pochte, und ich konnte kaum noch die Augen offen halten. Normalerweise schlief ich erst ein, wenn ich mich mindestens fünfmal von einer Seite auf die andere gewälzt hatte, und in Hotelbetten störte mich die kleinste Unebenheit der Matratze. Aber nachts als Nervenbündel durch den Schnee zu stapfen, raubt einem die Kraft. Ich schlief so schnell ein, der klamme Fußboden der Blockhütte hätte genauso gut eine teure Memory-Foam-Matratze sein können.

Das Letzte, an das ich mich erinnern kann, war, dass Ethan sich an mich kuschelte und mit dem Kopf an meiner Schulter schlief. Ich weiß noch, dass ich Gott dankte, dass mein Mann bei mir war und in der schlimmsten Nacht meines Lebens beruhigend auf mich einwirkte. Ich konnte mir nicht vorstellen, wie ich die letzten zwölf Stunden ohne ihn geschafft hätte.

Kapitel 4

»Mummy!«

Ich hörte Jess schreien und Mums lautes Rufen. Alles war so plötzlich passiert. Eben war ich noch hoch oben im alten Apfelbaum und schüttelte die Äste, damit die besten Äpfel zu Boden fielen. Ich konnte einen am Rücken spüren, rund und hart. Sie machten so tolle Geräusche, wenn sie ins Gras plumpsten. Ich machte nicht so ein Geräusch.

Mum tauchte neben mir auf, sah auf mich herab. Mein Kopf schmerzte, und ein Bein brannte wie Feuer. Ich musste an die schroffe graue Rinde gekommen sein. Die Finger taten mir immer noch weh, weil ich mich so krampfhaft an einem Ast festgehalten hatte.

»Was ist passiert?«, fragte Mum und tastete mich überall ab. »Jessica, ich habe dir gesagt, dass du aufpassen sollst. Ihr wisst, dass ihr nicht auf diesen Baum klettern dürft – das ist zu gefährlich.«

»Aber ich hab doch aufgepasst!«, rief Jess. »Sie hat gesagt, sie holt einen Saft, und ich hab den Swingball aus dem Schuppen geholt.«

»Ich glaube, da ist nichts gebrochen«, sagte Mum. »Aber lauf und hol deinen Dad, Jess, damit er sie ins Krankenhaus fahren kann. Vielleicht hat sie eine Gehirnerschütterung.«

Ich hörte, wie die Gummisohlen von Jess' Sandalen quietschten, als sie zurück zum Haus lief.

»Millie, du weißt doch, dass der alte Baum gefährlich ist. Letztes Jahr ist ein größerer Ast abgebrochen. Hat Jess dir denn nicht gesagt, dass du nicht klettern sollst?« Sie strich mir das Haar aus der Stirn.

»Sie …« Ich hielt inne und dachte an mein neues Fahrrad in der Garage. Ich hatte es erst seit zwei Tagen. Würden sie es mir wegnehmen, wenn sie herausbekamen, dass ich es mir mit dem Fruchtsaft anders überlegt hatte und stattdessen einen Apfel haben wollte? Dass ich Jess drüben im Schuppen gesehen hatte und dachte, dass sie es

schon nicht mitbekommen würde, wenn ich nur schnell genug auf den Baum kletterte?

»Und?«, drängte Mum mich. »Hat sie es dir nicht gesagt?«

»Sie hat gesagt, ich soll ruhig auf den Baum klettern.«

Mum gab einen verärgerten Laut von sich und schüttelte den Kopf. Ich spürte, wie sich mir der Magen drehte. Jetzt war sie stinksauer auf Jess. Dabei hatte ich nur gewollt, dass sie nicht sauer auf mich war.

Dad und Jess kamen zusammen zurück, Dad hatte sofort ein Erste-Hilfe-Buch und eine Taschenlampe mitgebracht, mit der er mir in die Augen leuchtete. Währenddessen sah ich, wie Mum meine Schwester am Arm packte und ihr mit erhobenem Zeigefinger drohte.

Jess suchte meinen Blick, sie war verdutzt und hatte Tränen in den Augen. Ich sah in das Licht der Taschenlampe.

Sie brachten mich ins Krankenhaus, um alles abzuklären, danach kauften sie mir auf dem Heimweg ein Happy Meal. Ich fragte, ob wir noch ein zusätzliches Spielzeug für Jess mitnehmen könnten, weil Beanie-Baby-Woche war. Mum lobte mich und sagte, ich sei eine rücksichtsvolle Schwester, daraufhin gab mir die Dame an der Kasse ein extra Spielzeug.

Zu Hause war Jess in unserem Zimmer, und ich gab ihr den Baby-Hummer. Ich ließ ihn über das Kopfkissen krabbeln und tippte Jess' Nasenspitze mit den kleinen Scheren an. Ihre Augen waren gerötet vom Weinen, und all die Tiere aus der Beanie-Baby-Kollektion lagen auf dem Fußboden, wo Jess sie hingeworfen hatte.

»Hallo, ich bin Pinchy«, sagte ich. »Er ist ein Zwilling.«

Jess schniefte noch, nahm den kleinen Hummer aber und ließ ihn über meinen Arm bis zu meinem Hals laufen. Es kitzelte. Dann kramte sie das alte Aquarium hervor, um Pinchy und Snapper ein Haus zu bauen. Ich hörte, dass Dad unterdessen draußen die tiefer liegenden Äste des Apfelbaums absägte. Ich fühlte mich schlecht, weil Jess und ich jetzt nicht mehr Vater, Mutter, Kind unter dem Baum spielen konnten. Aber zumindest war sonst wieder alles normal.

Kapitel 5

Die Kälte weckte mich.

Ich öffnete die Augen, und das Erste, was ich sah, waren das leere Kaminrost und die Asche unseres Feuers. Irgendwann in der Nacht war es ausgegangen. Ich stieß einen Seufzer aus und machte mir bewusst, dass einer von uns hätte wach bleiben müssen, um das Feuer zu schüren. Jetzt war es wieder saukalt in der Blockhütte. Außerdem hatten wir das ganze Holz verbraucht, das Ethan am Abend zuvor geholt hatte. Nun, viel war es ohnehin nicht gewesen. Also müsste wieder einer von uns losziehen und weiteres Brennmaterial holen, wenn wir es warm haben wollten, ehe wir überlegten, was wir tun wollten. Als ich die Zehen bewegte, spürte ich, dass meine Turnschuhe immer noch feucht waren. Die Socken hatten sich mit geschmolzenem Schnee vollgesogen. Widerlich!

Ich versuchte, mir vorzustellen, was für Optionen wir nun hatten, und da mich das Gefühl beschlich, dass dieser Tag unüberwindbar war, schloss ich verzweifelt die Augen. Sollten wir wieder zurück zum Auto gehen und noch einmal versuchen, den Motor anzulassen? Oder besser in dieser verlassenen Hütte warten, in der Hoffnung, dass Hilfe unterwegs war? Oder sollten wir ganz woanders hingehen? Ich bewegte meinen lädierten Fuß und verspürte augenblicklich einen stechenden Schmerz. Okay, woanders hinzugehen, das kam also nicht infrage. Na, toll.

Erst da merkte ich, dass ich Ethans Wärme nicht mehr am Rücken spürte. Mühsam setzte ich mich aufrecht hin und versuchte, das Pochen in meinem Knöchel zu ignorieren. Doch der Schmerz ließ sich nicht ausblenden und vertrieb die Benommenheit vom Aufwachen. Ethan war fort? Aber wo steckte er bloß?

»Ethan?« Meine Stimme war ein Krächzen.

Keine Antwort. Draußen vor der Hütte hörte ich ihn auch nicht. War er wie gestern bei den anderen Hütten auf der Suche nach Holz und außer Hörweite? Ich kämpfte gegen meinen rasenden Puls an und griff nach der Packung mit Schmerztabletten. Meine Wasserflasche war leer, daher musste ich die Dinger so runterschlucken. Und die ganze Zeit redete ich mir gut zu, nur die Ruhe zu bewahren. Ethan würde jeden Moment zurückkommen, mit Brennholz und einem Plan, wie wir wieder aus diesem Schlamassel herauskämen.

Aber er kam nicht zurück, Feuerholz hin oder her. Länger als beabsichtigt hockte ich in der Kälte, bis ich das Warten nicht mehr aushielt. Ich rappelte mich auf, stützte mich mit einer Hand an der Wand ab und humpelte dann zur Tür, die nur angelehnt war. Draußen auf der Veranda lehnte ich an dem Holzgeländer und blickte mich um, auf der Suche nach meinem Mann. Ich schaute von einer Blockhütte zur anderen, sah aber nirgendwo eine Spur von ihm.

»Ethan!«, rief ich in die Stille. Meine Stimme wurde von den hohen Bäumen ringsumher zurückgeworfen. Wenn sich jemand irgendwo bei den paar Blockhütten aufhielt, konnte er mein Rufen nicht überhören. Aber nach wie vor keine Antwort.

Einen Moment stand ich halb benommen da und hörte nichts anderes als meinen unregelmäßigen Atem. Mein Herz raste, das Blut rauschte mir dumpf in den Ohren. Was, wenn ihm auf der Suche nach Holz irgendwas zugestoßen war? Vielleicht war er in einer der Blockhütten mit einem Fuß durch den morschen Fußboden gebrochen und hatte sich verletzt. Oder ein Deckenbalken war heruntergekracht, und jetzt lag Ethan irgendwo bewusstlos in einer der Hütten. Für mich gab es nur eine einzige Erklärung, warum er nicht antwortete: Weil er dazu nicht in der Lage war. Ich durfte keine Zeit verlieren. Ich musste nach ihm suchen.

Immerhin konnte ich gehen, so schmerzvoll das auch war. Ich humpelte zur nächsten Blockhütte mit ihrem eingesackten Dach. Keine Spur meines Mannes zwischen den Balken, die aus dem beschädigten Giebel ragten. Bei der Hütte dahinter fehlte die Haustür. Auch kein Ethan. Ich schleppte mich von einer Hütte zur nächsten, spähte durch Fenster ins Innere, sah nichts als abgebrochene Balken, morsche Fußböden, aber nirgends eine Spur von meinem Mann. Auf dem bescheidenen Erkundungsgang fand ich einen heruntergefallenen Ast und nutzte ihn als Krücke, um den geschwollenen Knöchel zu entlasten. Allerdings änderte das nichts an meiner Hilflosigkeit.

Wo war Ethan bloß? War er kurz im Wald, um zu pinkeln? Hatten ihm Wölfe aufgelauert, oder hatte er jemanden im Umkreis der Blockhütten entdeckt und war losgelaufen, um Hilfe zu holen? Ich malte mir alle möglichen Szenarien aus, nur um sie nach und nach wieder zu verwerfen. Nichts fühlte sich richtig an. Keine Vermutung trug dazu bei, meine Angst zu lindern. Ich hatte immer noch das Gefühl, dass hier wirklich etwas schiefgelaufen war.

Schließlich stand ich auf der Veranda der letzten Hütte, stützte mich mit beiden Händen an dem Geländer ab und versuchte wieder, meinen Knöchel zu entlasten. Ich spürte, dass sich mein Turnschuh wie eine Schraubzwinge um die Schwellung legte, aber das stand nicht oben auf der Liste meiner Probleme. Die Liste begann und endete mit der Frage: »Was ist meinem Mann widerfahren?«

Ich war froh, dass er nicht irgendwo bewusstlos zwischen den Blockhütten lag, unfähig zu antworten. Aber was, wenn er sich von den Hütten entfernt hatte und ihm dann etwas passiert war? Wie sollte ich ihn finden? Missmutig humpelte ich zurück zu der Hütte, in der wir übernachtet hatten, und schaute mich um, ob ich vielleicht irgendeine Notiz von Ethan finden konnte. Ich checkte mein Handy auf Nachrichten. WhatsApp, SMS. Nichts. Falls Ethan sich von der kleinen Siedlung entfernt hatte, hatte er keinen Hinweis hinterlassen, wo ich ihn finden konnte.

Ungebetene Bilder blitzten vor meinem geistigen Auge auf, und ich sah meinen Mann am Grund einer tiefen Senke liegen oder von Wölfen zerrissen mitten im Wald. Oh, Gott, was dachte er sich nur dabei? Es war zu gefährlich, wenn der eine den anderen zurückließ, selbst wenn Ethan nur aufs Klo musste. Warum war er nur einfach so auf eigene Faust losgezogen? Es sei denn, er hatte versucht, mich zu wecken, doch es war ihm nicht gelungen? Ich hatte tief und fest geschlafen. Wenn er nur kurz im Wald verschwinden wollte, dann hatte er vielleicht nicht daran gedacht, eine Nachricht dazulassen. Aber das war doch inzwischen eine Ewigkeit her. Was, wenn er sich im verschneiten Wald verirrt hatte?

Ich ging wieder ins Freie und stapfte hinter den Blockhütten durch den Schnee. Mein Knöchel war doppelt so dick wie normal, der Schmerz machte sich in Form eines Stechens bemerkbar, aber ich konnte nicht einfach dasitzen und nichts tun. Ethan war vielleicht gestürzt und mit dem Kopf gegen einen Stein geknallt, oder er hatte sich an einem großen Ast verletzt. Bei dieser Kälte würde er nicht lange im Freien durchhalten.

Der Boden unter den Bäumen war uneben, abgebrochene Zweige lagen unter der Schneedecke verborgen. Nichts deutete darauf hin, dass Ethan diese Richtung eingeschlagen hatte. Trotzdem humpelte ich weiter und rief seinen Namen, immer und immer wieder. Verzweifelt hielt ich Ausschau nach seinem Kapuzenmantel im Militärlook und nach der roten Mütze, die man in all dem Weiß gut hätte sehen müssen. Aber da war nichts.

Bald stolperte ich wieder zurück auf die Lichtung bei den Hütten, allmählich erfasste mich Panik, und der Schmerz wurde unerträglich. Wenn Ethan weder im Wald war noch in einer der Hütten steckte, wohin war er dann gegangen? Vielleicht hatte er sich aus irgendeinem Grund weiter von den Blockhütten entfernen müssen, hatte aber keinen Zettel in der Tasche, um eine Nachricht zu hinterlassen? Beziehungsweise keine Zeit, mir eine Message aufs Handy zu schicken?

Aus meiner Sicht gab es nur einen Ort, den er aufgesucht haben könnte, und das war die Stelle, an der wir den Mietwagen zurückgelassen hatten. Vielleicht dachte er, er könnte das Problem bei Tageslicht lösen, oder er hoffte, dass das Auto spontan ansprang. Diese Taktik verfolgte er oft; er sagte dann immer: »Man muss den Dingen Zeit geben.« Wenn er bei einem kaputten Plattenspieler den Fehler nicht auf Anhieb finden konnte, zuckte er mit den Schultern und sagte: »Der braucht noch etwas Zeit.« Dann ließ er den Plattenspieler eine Stunde oder so in Ruhe. Manchmal klappte es sogar. Meistens aber nicht. Aber er war jedenfalls fest entschlossen, es wenigstens auf diese Weise zu versuchen.

Je länger ich darüber nachdachte, desto überzeugter war ich davon, dass er zurück zum Auto gegangen war. Vielleicht war er extra losgezogen, während ich schlief, damit ich nicht in Panik geriet, allein in der Hütte zu sein? Das hatte ja richtig gut funktioniert! Wenn das wirklich sein Plan war, dann würde ich ihm ordentlich die Meinung geigen, wenn er zurückkehrte.

Jetzt stand ich da, starr vor Unentschlossenheit. Wenn ich mit meiner Vermutung richtiglag und er zurück zum Auto gegangen war, dann müsste er bald wiederkommen – entweder mit einer guten oder einer schlechten Nachricht. Also brauchte ich nur auf ihn zu warten. Es sei denn, er war verletzt. Und was, wenn der Wagen angesprungen war und Ethan mich abholen wollte? Bei der Witterung würde das Auto es nie über den schmalen Weg schaffen, dem wir gefolgt waren. In diesem Fall müsste Ethan den Motor laufen lassen und den Rest des Wegs zu Fuß zurücklegen. Aber vielleicht hatte der Motor dann längst wieder den Geist aufgegeben. Nein, wenn das Auto wieder lief, müssten wir sofort von hier weg und versuchen, das Resort zu finden oder Leute um Hilfe zu bitten. Allerdings durfte ich immer noch nicht außer Acht lassen, dass er sich verletzt haben konnte oder stecken geblieben war – mit dem Wagen oder ohne. Außerdem konnte ich nicht wissen, wie lange er schon fort war. Ich malte mir aus, dass das Auto plötzlich einen Satz nach vorn gemacht und Ethans Fuß zerquetscht hatte. Alles Mögliche mochte passiert sein. Also musste ich mich auf den Weg zu ihm machen.

Mit meiner improvisierten Krücke humpelte ich zu unserer Hütte, hängte mir die Handtasche über die Schulter und schrieb groß in den Schnee auf der Veranda: »Bin am Auto«. Falls Ethan zurückkehrte, wüsste er, wo ich war. Aber noch während ich die Nachricht im Schnee hinterließ, fragte ich mich, warum er nicht selbst auf diese Idee gekommen war. Wir hatten kein Papier, aber er hätte überall etwas in den Schnee schreiben können.

Ich ging den Weg zurück, den wir am Abend zuvor in der Dunkelheit gekommen waren. Die ganze Zeit quälte mich diese latente Angst. Was, wenn ich nun falschlag, und Ethan ganz woanders steckte? Was, wenn das Auto wirklich im Arsch war, und ich diesen mühsamen Weg wieder zurückhumpeln müsste? Und falls mir jetzt ein Wolf oder sogar ein verdammter Bär über den Weg lief? Falls es hier in den Alpen überhaupt Bären in freier Wildbahn gab. Bei diesem Gedanken blieb ich unweigerlich stehen, aber als ich mir dann vorstellte, dass Ethan irgendwo im Schnee lag und sich seine Haut allmählich bläulich verfärbte, beschleunigte ich meine Schritte.

Ich merkte, dass ich Ethan nicht lange böse sein konnte, nur weil er mich schlafend zurückgelassen hatte. Denn inzwischen machte ich mir große Sorgen, dass etwas Schlimmes passiert sein könnte. Gut, sobald ich wüsste, dass es Ethan gut ging, würde ich vielleicht meine Wut an ihm auslassen. Es sei denn, er hatte das Auto wieder ans Laufen gekriegt – in diesem Fall würde ich ihn vom Fleck weg ein zweites Mal heiraten.

Als ich mich dem Abschnitt der Straße näherte, an dem wir liegen geblieben waren, hätte ich fast geweint. Dort war der Bergkamm, über den wir gefahren waren. Es konnte nicht mehr weit sein. Unterdessen hatte erneuter Schneefall eingesetzt, und der frische Wind blies mir ins Gesicht, die Schneeflocken scharf wie Flugsand. Mein Fußknöchel stand in Flammen, und der Rücken tat mir weh, weil ich so krumm ging. Meine Beine zitterten schon vor Anstrengung. Am liebsten hätte ich mich hingesetzt und ausgeruht, aber nirgends bot sich die Gelegenheit. Außerdem würde ich erst dann anhalten, wenn ich bei Ethan wäre.

Endlich erreichte ich die Stelle, an der wir liegen geblieben waren. Wir hatten tiefe Reifenspuren im Schnee hinterlassen, dazu jede Menge Fußspuren, als wir unser Gepäck aus dem Kofferraum geholt hatten. Obwohl all diese Spuren halb verweht waren, konnte man sie noch erahnen. Das waren die einzigen Anzeichen, die mir verrieten, dass ich die richtige Stelle gefunden hatte. Denn das Auto war nirgends zu sehen.

Dümmlich starrte ich auf die Reifenspuren im Schnee, auf die Stelle also, wo der Wagen ohne jeden Zweifel zuletzt gestanden hatte. Genau hier war er liegen geblieben, dafür gab es klare Beweise. Aber das Auto war nicht mehr da.

Für einen Moment war ich zu schockiert, um an irgendetwas anderes zu denken als unseren Mietwagen, der sich scheinbar in Luft aufgelöst hatte. Doch dann wurde mir schlagartig klar, dass dies der letzte Ort war, an dem Ethan meiner Ansicht nach hätte sein können. Wenn er nicht hier steckte, wohin war er dann gegangen? Und überhaupt: Wie konnte ein Auto, das nicht mehr ansprang, plötzlich nicht länger da sein?

Einen Moment war ich wie benommen, konnte keinen klaren Gedanken mehr fassen. Doch dann registrierte mein Geist einige Details, etwa die Richtung, in die die Reifenspuren verliefen. Einmal gab es die Reifenabdrücke, die wir hinterlassen hatten, als wir liegen geblieben waren, doch es gab frische Spuren, die schräg links wegführten. Die zeigten aber nicht an, dass jemand den Wagen wieder auf die rechte Fahrbahn gebracht hatte – sie ließen vielmehr den Schluss zu, dass das Auto von der Straße abgekommen war.

Hastig humpelte ich zum Straßenrand und blickte hinab in die tiefe Senke. Von der Stelle, an der ich stand, ging es ziemlich steil bergab. Selbst ohne verstauchten Knöchel wäre ich nicht imstande gewesen, bis ganz nach unten zu klettern. Aber am tiefsten Punkt der Senke, zwischen zwei Kiefern, lag unser Mietwagen. Er war tatsächlich von der Straße abgekommen und hatte auf dem Weg nach unten eine breite Schneise im verschneiten Unterholz hinterlassen.

Mir gefror das Blut in den Adern. War es Ethan gelungen, das Auto wieder flottzukriegen, nur um dann auf der rutschigen Straße die Kontrolle zu verlieren und bis hinunter in die Senke zu rutschen? Nichts deutete darauf hin, dass er den Wagen verlassen hatte, nirgends konnte ich in der breiten Schneise irgendwelche Fußspuren erkennen. Keine Anzeichen, dass der Fahrer sich aus dem Auto befreit und dann zurück zur Straße geklettert war. Saß Ethan etwa immer noch da drin? War er bewusstlos? War ihm … Schlimmeres widerfahren?

»Ethan!«, schrie ich aus Leibeskräften und versuchte zu erkennen, ob sich im Wagen etwas bewegte. Nichts. Falls er dort unten feststeckte, lag er reglos da. Ich wollte nicht darüber nachdenken, was das zu bedeuten hatte.

Es musste mir gelingen, bis zu dem Auto zu kommen – aber wie nur, wo mein Knöchel so stark geschwollen war? Wenn ich versuchte, bis nach unten zu steigen, würde ich vermutlich irgendwo auf dem Abhang stecken bleiben, genau wie das Auto. Aber der Versuch wäre immer noch besser, als herumzustehen, während Ethan bewusstlos auf dem Fahrersitz saß.

Gerade als ich mich nach einer Möglichkeit umsah, vom Straßenrand hinab in die Senke zu steigen, fiel mir ein, wo wir zuletzt die Autoschlüssel gelassen hatten. Ein kalter Schauer durchfuhr mich. Rasch wühlte ich in meiner Handtasche und hoffte, dass Ethan die Schlüssel an sich genommen hatte, aber dann ertastete ich den eckigen Anhänger mit den Infos der Autovermietung. Wir hatten nur diesen einen Schlüssel, und den hielt ich nun in der Hand. Ethan hatte ihn mir gereicht, damit er sich die Handschuhe anziehen konnte, und dann hatte ich ihn in meiner Handtasche verschwinden lassen.

Jetzt wusste ich zumindest, dass Ethan das Auto unmöglich hatte fahren können, selbst wenn er es kurzgeschlossen hatte – was ich ihm nicht zutraute. Also hatte er auch keinen Unfall gehabt. Das Auto musste den Steilhang bis hinab in die Senke gerollt sein, so unerklärlich das auch erschien. Und hätte Ethan gesehen, was mit dem Mietwagen passiert war, wäre er sofort zurückgekommen und hätte mir alles erzählt. Ohne diesen Wagen steckten wir beide fest. Und das bedeutete ... Ethan war überhaupt nicht zurück zum Auto gegangen.

»Ethan!«, rief ich und hoffte verzweifelt auf eine Antwort, aber es kam keine.

Plötzlich sträubten sich mir die Nackenhaare, und ich drehte mich um, weil ich Angst hatte, dass irgendjemand mich beobachtete. Ein Fremder vielleicht. Aber da war niemand. Nur der Schnee wirbelte durch die Luft, als der Wind über die verharschten Flächen wehte und in den Baumwipfeln seufzte. Ich musste Schutz suchen; das sah mir nicht nach normalem Schneefall aus. Da zog ein Sturm auf. Ich konnte nirgends hingehen außer zurück zu den Blockhütten. Ohne Ethan. Ohne zu wissen, wohin er, um alles in der Welt, gegangen war.

Auf dem Rückweg litt ich Schmerzen, aber im Vordergrund stand meine Angst. Dauernd hörte ich Zweige knacken oder knarrende Äste im Wind, schwer vom Schnee. Immer wieder ging mein Blick zum Waldrand, und jedes Mal war ich mir sicher, dass ich jemanden sah. Nicht Ethan, sondern jemand anders. Ich wurde das Gefühl nicht los, dass ich beobachtet wurde. Nicht nur beobachtet, sondern regelrecht verfolgt, von einer Person, die sich vor meinen Blicken verbarg. Ein Prickeln lief über meine Arme, ganz gleich, wie oft ich mir einredete, dass ich mir nur Sorgen um Ethan machte und Angst hatte, allein zu sein.

Ich war fast erleichtert, als im Schneetreiben das kleine Dorf in Sichtweite kam. Der Ort war mir wenigstens vertraut, ich wusste, dass ich dort Unterschlupf vor dem aufziehenden Sturm finden würde. Und womöglich war Ethan ja inzwischen zurück, wo auch immer er gewesen sein mochte, und ich würde ihn jeden Augenblick in der Hütte antreffen, wo er voller Sorge auf mich wartete. Vielleicht hatte er die ganze Zeit nach Holz gesucht, die Mütze fest über beide Ohren gezogen, sodass er mein Rufen nicht gehört hatte.

Ich schaute eher zufällig nach unten, während ich durch den

Schnee humpelte und versuchte, nicht das Gleichgewicht zu verlieren. Dann erstarrte ich. Meine Angst, hier im Wald könnte ein Stalker unterwegs sein, verblasste angesichts dieser neuen Entdeckung.

Vor mir im Schnee sah ich meine eigenen Fußspuren vom Abend zuvor, daneben Ethans Spuren. Der Neuschnee hatte sie ein wenig undeutlich werden lassen, aber ich konnte sie trotzdem noch sehen. Neben den alten Fußstapfen waren meine Spuren, die ich vor etwa einer Stunde hinterlassen hatte, ehe ich mich bei den anderen Hütten und im Wald umgesehen hatte. Deutlich zu sehen waren auch die Fußabdrücke, die mich in Richtung des Autos geführt hatten.

Aber andere Fußspuren gab es nicht.

Von meinem gegenwärtigen Standort aus sah ich nur meine eigenen frischen Spuren im Schnee. Nirgends Anzeichen auf dem weißen, verharschten Boden, dass Ethan die Hütte verlassen hatte oder in Richtung des Mietwagens davongestapft war. Und keine Spur führte zurück zu unserem Unterschlupf.

Langsam humpelte ich in das kleine Dorf und suchte den Boden nach weiteren Hinweisen ab. Irgendetwas musste ich doch finden! Vermutlich hatte ich die Dinge nur aus einem falschen Blickwinkel betrachtet. Aber nachdem ich eine Runde zwischen den Blockhütten gedreht hatte – inzwischen zog ich den lädierten Fuß nach –, war ich mir sicher, dass ich nichts übersehen hatte. Die Fußspuren waren der Beweis, oder besser gesagt: die fehlenden Spuren.

Dort im Schnee waren meine Fußabdrücke. Ein Zickzack-Band von einer Hütte zur anderen. Und es gab Ethans leicht verwehte Fußspuren vom Abend unserer Ankunft, denen man entnehmen konnte, dass auch er von einer Hütte zur nächsten gestapft war, um Brennholz zu holen. Da etwas Neuschnee gefallen war, sah ich, dass Ethans Spuren nicht mehr so tief wie meine waren. Und an den Rändern wirkten sie weniger scharf – genau wie die Abdrücke, die wir beide beim Eintreffen in diesem verlassenen Kaff hinterlassen hatten.

In der Zeitspanne, seit wir hier angekommen waren und ich nach meinem Mann gesucht hatte, war niemand sonst bei den Blockhütten aufgetaucht. Es gab keinen Hinweis darauf, dass Ethan am Morgen losgezogen war, um neues Holz zu holen. Wie es aussah, hatte er, seitdem wir am Abend zuvor eingeschlafen waren, gar nichts unternommen.

Mühsam schleppte ich mich zurück zu der Blockhütte, in der wir übernachtet hatten. Ich hoffte, bei genauem Hinsehen das zu entdecken, womit ich die ganze Zeit rechnete. Nämlich den Beweis, dass Ethan die Hütte verlassen hatte. Aber da war nichts. Es war unmöglich …

Ethan war nicht in der Hütte, aber soweit ich das beurteilen konnte, hatte er auch keinen Schritt nach draußen gemacht.

Er war einfach … verschwunden.

Kapitel 6

Da die Sturmböen durch den Wald heulten, blieb mir nur eine Wahl: Ich musste mich in der Blockhütte einschließen. Obwohl das im Grunde das Letzte war, was ich wollte. Vor weniger als vierundzwanzig Stunden war die kleine Hütte unsere Rettung gewesen, ein Unterschlupf, der Sicherheit bot. Jetzt durchrieselte mich ein Schauer, wenn ich die Blockhütte nur sah. Dies war der Ort, an dem mein Mann spurlos verschwunden war.

Es gab keine andere Beschreibung dafür. Mir fiel keine andere Erklärung mehr ein. Ethan hatte weder Holz geholt noch das Auto repariert, er war offenbar nicht einmal zum Pinkeln in den Wald gegangen. Er war … wie vom Erdboden verschluckt.

Ich denke, ich hätte mir irgendeine der verlassenen Hütten aussuchen können. Aber ich wollte nicht an einen Ort, den ich überhaupt nicht kannte. Zumal bei den meisten Hütten die Tür oder Fensterläden fehlten, wahrscheinlich drang auch Schnee durchs undichte Dach. Außerdem war jede einzelne Blockhütte Teil dessen, was passiert war. Dies kleine Bergdorf kam mir unwirklich vor. Als wäre ich in einen Horrorfilm geraten.

Ich humpelte in die Hütte und schloss die Tür hinter mir. Im ersten Moment war ich froh, rechtzeitig vor dem aufziehenden Schneesturm Schutz gefunden zu haben. Ich weiß nicht, warum ich fast erstaunt war, die Hütte genauso leer vorzufinden, wie ich sie verlassen hatte. Es schien mir beinahe so, als hätte ich geglaubt, Ethan würde wieder auftauchen, wenn ich ihm nur genügend Zeit dazu ließ. Als wäre er Teil eines Zaubertricks, der damit endete, dass alles wieder so war wie zuvor.

Hilflos blickte ich mich in der Hütte um, betrachtete die vier kahlen Wände, den konturenlosen Boden, sah hinauf zu den Dachsparren. Was war Ethan widerfahren, und wohin war er gegangen? Wieso hatte ich nichts davon mitbekommen, als er wegging, und wie hatte er sich von diesem Ort entfernen können, ohne eine einzige Spur draußen im Schnee zu hinterlassen?

All dies kam mir vollkommen unwirklich und unerklärlich vor, und das bereitete mir noch größeres Unbehagen als meine anfängliche Panik bei der Frage, wo Ethan stecken könnte. Es war ja nicht nur, dass er fort war, sondern dass er keinerlei Spuren hinterlassen hatte. Als wäre er weggezaubert worden, ohne einen einzigen Beweis seines Daseins. Ich konnte mich an nichts klammern, es gab schlichtweg keine Tatsache oder Erklärung, die ich für realistisch hätte halten können. Ohne einen Bezug zur Realität gingen all meine Gedanken in unbestimmte Richtungen, ich war nicht imstande, länger bei einer der schrecklichen Theorien zu verweilen, die mein Geist heraufbeschworen hatte. Der Mangel an Hinweisen hatte etwas Unheimliches, das unerklärliche Verschwinden meines Partners jagte mir eine Heidenangst ein. Unweigerlich dachte ich an meine Kindheit zurück, als ich noch an Monster und Geister geglaubt hatte, aber nur, wenn es dunkel war. Nur wenn ich allein war.

Erneut blickte ich mich um, verzweifelt auf der Suche nach Hinweisen auf meinen Mann. Die Blockhütte hatte zwei Fenster, jeweils an den schmaleren Wänden, beide waren geschlossen. Ethan hatte eines eigenhändig von außen wieder verschlossen. Ich ging zu diesem Fenster und rüttelte an den schweren Läden. Sie wollten sich nicht öffnen lassen, daher vermutete ich, dass Ethan von außen einen Balken vor die Fensterläden geklemmt hatte. Die Läden am zweiten Fenster waren von innen arretiert, wie es gedacht war. Ob Ethan durch dieses Fenster nach draußen geklettert war? Aber wieso sollte er das tun? Und wohin wäre er dann gegangen? Ich hatte gehört, dass sich manche Leute total merkwürdig benehmen, wenn sie an Unterkühlung leiden; sie entledigen sich zum Beispiel im Schnee ihrer Kleidung. Aber ohne Grund aus einem Fenster klettern?

Durchgefroren versuchte ich, mich zu erinnern, ob ich draußen vor genau diesem Fenster nachgesehen hatte, als ich Ethan suchte. Hatte er aus irgendeinem Grund nachts die Fensterläden geöffnet, um rauszuschauen, und war dann gepackt und nach draußen gezerrt worden? Was, wenn es neben Wölfen auch Bären in diesen Wäldern gab, und einer davon hatte Ethan mit seinen Pranken erwischt und dann übel zugerichtet unter dem Fenster liegen lassen? Ich hatte so tief und fest geschlafen, vielleicht hatte ich ihn nicht einmal schreien hören. Oder die Bestie hatte ihm mit dem ersten Schlag die Kehle zerfetzt, sodass Ethan keinen Laut mehr von sich geben konnte.

Ich hatte Angst vor dem, was sich meinen Blicken womöglich bieten würde, trotzdem stieß ich die Fensterläden auf. Sofort riss sie mir der böige Wind aus den Händen und hämmerte sie an die Außenwand. Schnee flog mir ins Gesicht. Ich kniff die Augen gegen die Flocken zusammen und schaute nach unten. Aber dort war nichts. Kein Blut, kein Körper und keine einzige Spur im Schnee. Ethan konnte unmöglich durchs Fenster gestiegen sein, es sei denn, er wäre aufs Dach geklettert. Und das erschien mir noch unwahrscheinlicher als der Angriff eines hungrigen Bären. Und wohin hätte er vom Dach aus gehen sollen, selbst wenn es einen Grund gegeben hatte, dort hinaufzuklettern? Die anderen Blockhütten standen zu weit entfernt, man konnte nicht einfach so von Dach zu Dach springen.

Nur mit Mühe gelang es mir, die Fensterläden bei dem Wind wieder zu schließen und zu arretieren. Mit einem Mal spürte ich, dass ich seit dem Aufwachen am Morgen so gut wie ununterbrochen auf den Beinen war. Vollkommen erschöpft ließ ich mich langsam zu Boden sinken. Mein Knöchel pochte, der Rücken tat mir weh vom harten Fußboden, ganz zu schweigen von dem langen Marsch zum Auto und wieder zurück. Besser gesagt zu der Stelle, wo der Wagen hätte stehen müssen. Auch dafür hatte ich keine Erklärung. Und wieso lag er jetzt dort unten in der Senke? Der Schmerz im Knöchel wurde stärker, und ich merkte, dass ich nicht mehr klar denken konnte.

Ich wusste nicht, wann ich zuletzt das Medikament genommen hatte, schluckte noch etwas von dem entzündungshemmenden Zeug und hoffte, dass ich damit nichts überdosierte.

Ächzende Bäume, die vom heftigen Wind geschüttelt wurden, zeigten an, dass der Schneesturm an Kraft gewann. Im Innern der Hütte war es fast genauso kalt wie im Freien, und mein Atem bildete weiße Wölkchen. War Ethan jetzt in diesem Schneesturm? Hatte ich etwas übersehen, hatte ich Ethan übersehen und war an ihm vorbeigelaufen? Aber falls er irgendwo draußen bewusstlos im Schnee lag, konnte ich mir nicht erklären, wie er dorthin gekommen sein sollte.

Was geht hier nur vor, verdammt? Ich vergrub mein Gesicht in den Händen und zwang mich, Ruhe zu bewahren. Doch ich spürte, wie Panik von mir Besitz ergriff, die bald wie eine Welle über mir zusammenbrechen würde. Ethan war fort, und ich hatte keinen Schimmer, wo er steckte und warum er sich von der Hütte entfernt hatte. Ich saß in einem verlassenen Kaff fest, und die einzige Möglichkeit, von hier wegzukommen, lag unten in einer Senke.

Während ich gedankenversunken auf dem Boden saß, spürte ich dem unguten Gefühl nach, das mich erfasst hatte, seitdem ich zu den Hütten zurückgekehrt war. Ich entsann mich des Gefühls, dass ich beobachtet wurde. Allmählich fühlte sich das Ganze so an, als gelte es mir persönlich. Anders konnte ich es mir nicht mehr erklären. Das Navi, das den Geist aufgegeben hatte, das liegen gebliebene Auto, das jetzt dort unten lag … Dann war Ethan auf unerklärliche Weise verschwunden. Ich hatte nicht mehr das Gefühl, dass das einfach nur Pech war. Hier spielte mir jemand übel mit. Ganz so, als hätte man mich in eine Falle gelockt. Ein Unbekannter hatte unseren Mietwagen von der Straße geschoben und Ethan entführt. Etwas, das keine Spuren hinterließ, etwas, das im Wald lauerte und jede Bewegung beobachtete.

»Reiß dich zusammen, Mila«, wisperte ich zu mir selbst. »Reiß dich zusammen, verdammt.«

Ich flüsterte nur, weil ich Angst hatte, von draußen könnte mich jemand hören, trotz des Sturms. Ich war einfach nicht überzeugt davon, dass ich allein hier an diesem Ort war. Draußen tobte der Sturm, ich hüllte mich in meine Jacke und hielt mir beide Ohren zu, um nicht das Heulen des Windes ertragen zu müssen – und trotzdem spürte ich, dass dort draußen etwas war. Etwas, das nichts mit dem Sturm zu tun hatte und das nicht natürlichen Ursprungs war. Etwas Böses.

Der Schneesturm wütete so lange, dass ich nicht zu sagen vermochte, ob es inzwischen Nacht geworden war oder ob es nur deshalb so duster in der Hütte war, weil die Fensterläden von Neuschnee bedeckt waren. Schließlich erwachte ich aus meiner starren Sitzposition und kroch zum Rost, um ein Feuer im Kamin anzumachen. Allerdings gab es nicht viel, was ich hätte verbrennen können. Ein paar verkohlte Überreste von letzter Nacht und das Ende eines Scheites, der nicht ganz verbrannt war. Und Laub. Das Feuer, das ich zustande brachte, wärmte nicht mal ein Drittel der Hütte, aber ich kauerte mich dicht an den Kamin. Nah beim Licht und der Wärme saß ich an einer Art heiligem Feuer, das meine nagende Furcht fernhielt. Doch sosehr ich mir auch einredete, dass es nur ein Gefühl von Panik und Angst war, ich konnte diese Eindrücke nicht loswerden.

Während ich wartete, dass der Sturm nachließ, und jedes trockene Blatt und jeden Zweig aus der Hütte ins Feuer warf, um warm zu bleiben, dachte ich an Ethan und Jess. An die beiden Menschen, die ich am meisten liebte. Ethan war verschollen. Vermutlich hatte ihn jemand gegen seinen Willen mitgenommen, und er saß irgendwo fest oder wurde gefangen gehalten. Hatte er Angst, war er verletzt? Was würde mit ihm passieren? Könnte er vielleicht entkommen? Was, wenn er meine Hilfe brauchte? Was musste er im Augenblick durchmachen und warum? Warum passierte uns das?

Hilflos dachte ich an Jess, die auch am zweiten Tag ihrer Hochzeitswoche immer noch auf mich wartete. Ob sie sich Sorgen machte? Hatte sie inzwischen die Polizei oder die Bergwacht verständigt oder irgendeine Notrufnummer, die Deutschland eingerichtet hatte, um Touristen in Not zu helfen? Waren längst Leute auf der Suche nach uns? Würden sie mich überhaupt hier im verwaisten Witwerberg finden? Und wie sollten sie Ethan finden, wenn nicht mal ich wusste, wo er steckte?

Letzten Endes kreisten meine Gedanken um die Ansammlung von Blockhütten hier oben im Schnee. Warum waren die verlassen? Was war hier vorgefallen, das zu dieser gegenwärtigen Atmosphäre geführt hatte? Was konnte ich hier spüren? Auch wenn ein Teil von mir ständig versuchte, all das wegzureden – es blieb dieses Gefühl, beobachtet zu werden, etwas Unheilvollem ausgesetzt zu sein.

Irgendwann gab der Fußboden nichts Brennbares mehr her. Das Feuer erstarb allmählich, und die Temperatur, die ohnehin nicht für Behaglichkeit gesorgt hatte, fiel rapide, während der Schneesturm andauerte. Ich brauchte etwas anderes, das ich verbrennen konnte, denn sonst lief ich Gefahr, in wenigen Stunden zu erfrieren. Sicher, die Hütte, in der ich mich befand, bestand aus Holz, aber Material aus meinem Unterschlupf zu entfernen, würde mir kaum etwas bringen. Hier war alles so alt und morsch – ich hatte Angst, dass mir ein Dielenbrett in den Händen zerbröselte, sobald ich es hochnahm. Nicht, dass ich das Werkzeug gehabt hätte, um eine Diele auszuhebeln.

Ich wartete so lange, wie es ging, aber schließlich wurde mir klar, dass das nichts brachte. Es tat nichts zur Sache, dass ich Schmerzen hatte, dass das Wetter wie ein lebendiges Geschöpf durch den Wald schlich. Ob ich es wollte oder nicht, ich musste wieder nach draußen. Davor konnte ich mich nicht drücken.

Inzwischen nahm die Schwellung am Fußknöchel ein wenig ab, aber es tat weiterhin weh. Gerade so, dass sich die Verstauchung leicht wieder verschlimmern könnte. Ich hatte schon alle Klamotten angezogen, die ich im Gepäck hatte, trotzdem war mir kalt bis auf die Knochen. Als ich zur Tür sah, war das eigentliche Problem nicht die Kälte, wusste ich doch, dass ich im Freien, im Wind und dem gleißenden Schnee noch mehr frieren würde. Aber es war nicht die Angst vor den Unbilden des Wetters, die mich zwingen wollte, hier in der eiskalten Hütte zu bleiben. Es war die Angst davor, was im Sturm womöglich auf mich wartete: Diese Ungewissheit, was Ethan widerfahren war. Die Angst vor dem Unbekannten, das ihn hatte verschwinden lassen.

Ich kam wieder auf die Füße und ließ die behandschuhte Hand zunächst auf der Türklinke ruhen. Mit der anderen Hand umschloss ich das Handy in meiner Tasche. Denn ich musste die Taschenlampen-Funktion draußen in der unnatürlichen Düsternis des Schneesturms nutzen.

»Du brauchst Feuerholz«, sagte ich streng zu mir selbst. »Das spielt sich alles nur in deinem Kopf ab. Du wirst panisch, aber du musst dafür sorgen, dass du es warm hast.«

Ich versuchte, so zu sein wie Ethan – praktisch veranlagt und rational. Normalerweise war er es, der mich beruhigte, wenn ich wieder mal zu viel Wind machte. Dann versicherte er mir etwa, dass ich die Tür abgeschlossen hatte, dass es nicht die Scheibe unseres Autos war, die eingeschlagen wurde oder dass wir nicht gleich aus unserem Shop gespült würden, nur weil die Wettervorhersage Starkregen gemeldet hatte. Er nannte meine Panikattacken den »inneren Unheil-Propheten«, Ethan war mein Faktencheck. Jetzt musste ich das selbst in die Hand nehmen.

»Komm schon, Mila«, murmelte ich vor mich hin. »Je eher du gehst, desto schneller kommst du mit Holz zurück und hast es schön warm an einem hellen Feuer.« Ehe ich dieses Mantra beendet hatte, riss ich die Tür auf und trat hinaus in den Schneesturm, der mir sofort die Sicht raubte.

Ich hatte mir bereits ausgemalt, wie es draußen sein würde, aber das war nichts im Vergleich zur Realität gewesen. Der Schnee fiel fast waagerecht, und der Wind war so stark, dass sein Wirbeln mir das Atmen erschwerte. Das Heulen des Windes stach mir in den Ohren, ich hatte nach kurzer Zeit das Gefühl, dass sie mir abfrieren würden. Und die ganze Zeit knarrten und ächzten die Bäume rings um die Blockhütten.

Ich konnte die Hand nicht vor Augen sehen in diesem Schneetreiben. Die Flocken flogen dicht wie Sand, ich konnte kaum die Augen aufmachen, um die absolute Dunkelheit des Blizzards zu durchdringen. Das Licht meines Handys reichte nicht weit, das meiste davon wurde vom Schnee reflektiert. Den Kopf gesenkt, streckte ich eine Hand aus und tastete nach irgendetwas Festem.

Ich stapfte los, biss die Zähne zusammen und versuchte, flach zu atmen. Die eiskalte Luft tat mir in der Brust weh, meine Zähne schmerzten. Nach wenigen Sekunden lief meine Nase unkontrolliert, und ich spürte, wie der Rotz an der Oberlippe gefror.

Plötzlich stieß ich gegen etwas Festes, fiel auf die Knie und ließ mein Handy fallen. Halb blind tastete ich danach, kam mit den Fingern daran und schob es aus Versehen fort. Mist.

Der Untergrund war eben und gleichförmig. Nach einigem Herumtasten merkte ich, dass ich über die unterste Stufe einer der Veranden gestolpert war. Ich überlegte. Die Hütte in unmittelbarer Nähe war halb verfallen, das Dach eingesackt, die Veranda morsch. Offenbar war ich im Schneesturm daran vorbeimarschiert und weiter gekommen, als ich eigentlich wollte. Wie sollte ich jetzt den Weg zurück finden?

Panik erfasste mich, mein Herzschlag beschleunigte sich, die Gedanken wirbelten mir ungeordnet durch den Kopf. Das war eine schlechte Idee gewesen. Ich hätte lieber in der kalten Hütte ausharren sollen, anstatt mitten im Schneesturm loszulaufen. Typisch! Selbst wenn ich versuchte, eine vernünftige Entscheidung zu treffen, lag ich furchtbar daneben.

Ich tastete mich auf der Veranda entlang und hatte das Gefühl, als hätte mich gerade jemand in einer Wanne mit eiskaltem Wasser untergetaucht. Schließlich fand ich den Weg ins Innere der Hütte, die Tür war offen. Dort drin sah genauso aus wie in meiner, nur war hier der Fußboden von Schnee bedeckt. Ich tastete nach der Eingangstür, um sie zu schließen, bis ich merkte, dass dies die Blockhütte war, bei der die Tür fehlte. Es musste also die dritte in dem Halbkreis sein. Jetzt wusste ich zumindest, wo ich mich befand.

Vorerst sicher vor dem Schneegestöber, tastete ich den Fußboden ab und fühlte Konturen unter dem Schnee; Zweige und kleinere Äste, die mit den Jahren hereingeweht worden waren. Dann fiel mir ein, dass ich nichts mitgebracht hatte, um das Zeug zu transportieren. Ich seufzte. Wie dämlich! Auf dem Rückweg bräuchte ich wenigstens eine freie Hand, um zurück zur Hütte zu finden. Nach kurzem Überlegen nahm ich meine Beanie-Mütze ab und fing an, Zweige hineinzustopfen. Jetzt hatte ich keine Kopfbedeckung mehr im Sturm. Na, wunderbar!

Nachdem ich die Mütze mit kleineren Zweigen vollgestopft hatte und meine Taschen prall mit dickeren Stücken gefüllt waren, beschloss ich, dass es an der Zeit war, zur Hütte zurückzukehren. Trotz der Kleidungsschichten war mir eiskalt, und ich musste rasch ein Feuer in Gang bringen. Eine Weile hatte ich am Boden gehockt, mit dem Rücken zum Schnee, der durch die offene Tür gewirbelt wurde. Langsam stand ich wieder auf, drückte den Rücken durch und spürte, wie die Wirbel knackten. Unweigerlich drehte ich mich zum Eingang und blickte hinaus in das Schneetreiben.

Das war der Moment, als ich ihn sah.

Sie.

Es.

Ein Schemen im Schnee, mit menschlichen Umrissen. Ein Schatten, kaum wahrnehmbar in all den verwirbelten, vom Sturm gepeitschten Flocken, aber für einen kurzen Augenblick stand er dort. Da war jemand am Rand der Lichtung. Eine Person, die in meine Richtung blickte. Das konnte ich deutlich spüren.

Ich war so verblüfft, dass ich nicht rief. Vom Verstand her war klar, dass es eigentlich nur Ethan sein konnte, aber dieses Prickeln, das mir über den Rücken lief, verriet mir, dass das dort hinten nicht mein Mann war. Nichts an dieser Erscheinung kam mir vertraut oder beruhigend vor. Das musste der Fremde sein, von dem ich mich schon zuvor beobachtet gefühlt hatte. Es war das Böse, das im Wald lauerte.

Wer auch immer es war – *was* es auch immer war –, es war sofort wieder verschwunden. Einen Moment lang war ich mir sicher, dass ich die Umrisse einer anderen Person gesehen hatte. Im nächsten Augenblick war da nichts als Schnee, und ich hörte allein das Heulen des Windes.

Ich rannte los. Das war dumm und kindisch, aber in diesem Moment konnte ich nicht klar denken. Ich wollte nur vier Wände um mich haben, wollte eine Tür hinter mir zumachen können – wollte Schutz suchen vor diesem Etwas, das mich angestarrt hatte und dann verschwunden war. Ich stürzte die Stufen der Veranda in den tieferen Schnee und stapfte hastig in Richtung meiner Hütte, wobei ich mich an meinen eigenen Spuren orientierte. Allerdings waren die schon wieder halb verweht, sodass ich fast mit der Nase im Schnee steckte, um die Abdrücke meiner Schuhe nicht zu übersehen. Bei diesem Sturm wären die Spuren in kurzer Zeit wieder verschwunden.

Ich polterte regelrecht in meine Hütte, verriegelte die Tür und lehnte mich dagegen. Hätte ich einen Stuhl oder irgendein Möbelstück gehabt, hätte ich mich verbarrikadiert. Aber so stand ich einfach nur da. Mit der letzten Kraft meines halb erfrorenen Körpers hielt ich die Tür von innen zu und betete darum, dass sich nichts auf der anderen Seite der Tür bemerkbar machte.

Kapitel 7

Was mich letzten Endes von der Tür wegbekam, war die Kälte. Denn sonst hätte ich vielleicht so lange dort gestanden, bis Hilfe gekommen wäre und mich jemand gefunden hätte: Man hätte eine junge Frau entdeckt, die sich verkrampft an einer Türklinke festkrallte.

Ich weiß nicht mehr, wie lange ich am Boden saß, mit einer Schulter an der Tür, die Hand an dem kalten Türgriff. Eine Stunde? Zwei Stunden? Jedenfalls Zeit genug für meinen Geist, wieder aus den Gefilden großer Angst zurückzukehren. Jener Sorte Angst, die einen in ihren Bann schlägt, wie ein Kaninchen, das wie erstarrt auf das Auto blickt, das auf es zurast. Genügend Zeit für mein Gehirn, um wieder normal zu arbeiten. Es sagte mir, dass Geistererscheinungen im Wald nicht tödlich waren, Unterkühlung aber schon. Und so machte ich mir bewusst, dass die Tür mich nicht vor der schleichenden Kälte beschützen würde, wie die ersten Anzeichen von Taubheit an meinen Füßen bewiesen. All dies brachte mich schließlich dazu, von der Tür abzulassen und hektisch zu versuchen, ein Feuer zu entzünden. Doch erst nachdem ich mir eine lose Planke gesucht hatte, die ich wie einen Keil unter den Türspalt klemmte.

Dummerweise hatte ich all mein Zunderholz verbraucht, als ich mich davor gedrückt hatte, auf die Suche nach Brennmaterial zu gehen. Jetzt hatte ich bloß die feuchten Zweige, die ich gesammelt hatte. Die Taschenlampe war mit Ethan verschwunden, und so tastete ich im Dunkeln herum. Ich betätigte das Feuerzeug und versuchte, die Zweige anzuzünden, aber sie zischten nur und qualmten. Schließlich gab ich es auf und durchsuchte meine Tasche, in der Hoffnung, irgendwo etwas Papier oder einen Zettel zu finden, der Feuer fangen würde. Ganz unten in einer der inneren Taschen fand ich einen extrem gequetschten Tampon. Nie hatte ich einen nötiger gebraucht.

Der Tampon und die Einführhilfe aus Pappe ließen sich gut anzünden, sodass die ersten Zweige Feuer fingen. Zwar brauchte ich eine Weile, alles auf dem Rost zu arrangieren, aber dann brannte das Feuer. Rasch legte ich die größeren Holzstücke dicht an die Flammen, dass deren Feuchtigkeit verdampfte. Ich zog meine nassen Handschuhe und Turnschuhe aus und hielt meine Hände vor das Feuer. Dann setzte ich mich so hin, dass ich auch die Füße näher an die Flammen bringen konnte, damit das taube Gefühl verschwand. Gegen meine feuchten Leggins konnte ich nicht viel machen, ich musste sie anbehalten und hoffen, dass die Wärme sie irgendwie trocknete. In erster Linie war ich natürlich froh, die Kälte etwas zurückzutreiben, aber es war das Licht, das ich im Augenblick am meisten willkommen hieß. Licht, um die Schatten fernzuhalten.

Hatte ich wirklich gesehen, was ich zu sehen glaubte – eine Person dort draußen im Schnee? Da ich mir nicht mehr so sicher war, ob das überhaupt ein Mensch gewesen war, hatte ich mir alles womöglich nur eingebildet. Es war ein Trugbild in all dem Schnee, begünstigt durch meine Angst. Denn wer trieb sich schon bei diesem Sturm hier oben herum? Und außerdem: Wenn das ein Mensch gewesen war, der in meine Richtung blickte, dann hätte diese Person doch gerufen, oder nicht? Dieser Jemand hätte doch wissen wollen, warum ich dort in der verlassenen Hütte war. Niemand hätte einfach nur zugesehen, wie ich auf dem Fußboden der Hütte nach Zweigen suchte. Kein Mensch hätte regungslos beobachtet, wie ich zurück durch den Schnee eilte und die Tür hinter mir zuknallte. Die Person hätte sich Sorgen gemacht und wissen wollen, was ich hier trieb.

Es sei denn, dieser Jemand scherte sich nicht darum, wie es mir ging, und plötzlich kam die Angst wieder in mir hoch. Derjenige war vielleicht gar nicht zufällig hier oben aufgetaucht, sondern absichtlich gekommen, um mich im Auge zu behalten; ein Stalker, der es schon die ganze Zeit auf mich abgesehen hatte. Ich entsann mich des Gefühls, dass sich mir die Haare gesträubt hatten, erinnerte mich an die knackenden Zweige im Wald. An das Gefühl, dass mich jemand beobachtete. Was, wenn jemand – oder sogar mehrere Leute – bereits hier oben gewesen war, als unser Mietwagen liegen blieb? Was, wenn diese Leute verantwortlich für Ethans Verschwinden waren? Und ich jetzt als Nächste an der Reihe war.

Ich versuchte, diese Ängste abzuschütteln. Ethan hatte keine Fußabdrücke hinterlassen, fremde Personen schon gar nicht. Soweit ich das beurteilen konnte, hatte sich niemand der Hütte genähert oder sie verlassen, seit ich aufgewacht war und mich auf die Suche nach Ethan gemacht hatte. Dass dort jemand durch den Wald streifte, war nichts als Ausdruck meines verängstigten Denkens. Wenn dort wirklich Leute ihr Unwesen trieben und meinen Mann entführt hatten, wieso ließen sie mich dann hier zurück? Ich wäre doch ein viel besseres Ziel, zumal ich verletzt und in Panik war.

Wenn ich logisch an die Sache heranging, wie Ethan es getan hätte, war alles auf Paranoia zurückzuführen. Im Wald gab es jede Menge Tiere, die Geräusche machten, und in einem Schneegestöber konnte man sich allerhand Umrisse und Gestalten einbilden, die mein Geist sodann als menschliche Formen interpretierte. Vielleicht lag es daran, dass man sich zwar gegen eine Person wehren oder von der Hütte fernhalten konnte, aber die Gefahr, an Unterkühlung zu sterben oder zu verhungern, ließ sich nicht einfach so abwehren. Auch nicht die Angst, niemals gefunden zu werden. Im Geist erschuf ich also einen Feind, dem ich theoretisch gewachsen war, anstatt mich mit den sehr viel beängstigenderen Dingen auseinanderzusetzen, denen ich nicht entfliehen konnte.

Wenn ich mir das immer wieder sagte, würde ich sicher anfangen, zu glauben, dass die einfacheren, instinktiven Ideen von Geistern und Gespenstern sich schließlich fügen und ich sie mit meinem logischen Verstand kontrollieren würde. Ich musste mich nur ablenken und meine Gedanken in Zaum halten.

Im Schein des Feuers versuchte ich, den Überblick zu behalten, und ging meine Vorräte durch. Es war nicht viel. Was zunächst nach genügend Proviant ausgesehen hatte, da es ja nur für einen Abend gedacht war, würde nicht weit reichen, jetzt, da ich in diesem Dorf festsaß. Die traurige Ration bestand aus gerade mal vier Tüten Chips, drei Schokoriegeln, einem Energydrink und zwei separat verpackten Waffeln aus dem Flugzeug. Seit ich bemerkt hatte, dass Ethan verschwunden war, hatte ich in meiner Panik nichts mehr gegessen und keinen Schluck getrunken. Jetzt holten Hunger und Durst mich ein. Beides ließ sich nicht mehr unterdrücken von der Dringlichkeit, Ethan zu finden.

Als ich meine Tasche nach brennbaren Sachen durchsuchte, fand ich auch ein paar Tütchen mit Instant-Kaffee, Zucker und Milch: All das hatte ich irgendwann in Hotels mitgehen lassen und wieder vergessen. Zum Glück hatte die Security am Terminal nichts dazu gesagt. Ich entdeckte auch eine kleine Ketchup-Packung aus einem McDonald's. Allerdings waren das nicht gerade geeignete Rationen, um den Everest zu besteigen oder in einem verlassenen Dorf zu überleben.

Eine Weile sortierte ich die wenigen Tütchen und Packungen ohne System und versuchte, herauszufinden, wie lange ich damit auskommen würde. Noch zwei Tage? Drei? Was, wenn bis dahin keine Hilfe kam? Plötzlich durchzuckte mich ein Gedanke: Jemand stolperte über meine sterblichen Überreste beim längst erkalteten Feuer, über mein Skelett, das in Embryonalstellung dalag. Verhungert. Ich schluckte, mein Hals war trocken. Ich ermahnte mich, nicht weiter darüber nachzudenken. Hilfe würde kommen. Ich musste nur bis dahin durchhalten.

Zumindest würde ich nicht verdursten; draußen lag genügend Schnee, den ich schmelzen konnte, obwohl es mich ekelte, als ich überlegte, wie viele Bakterien und Viehzeug in diesem »sauberen« Weiß stecken könnten. Könnte ich den Schnee filtern? Ich wünschte, ich hätte einen Topf oder etwas Ähnliches gehabt, um darin Wasser zu kochen. Oder einige der Wasseraufbereitungstabletten, die Dad einmal gekauft hatte, als wir Urlaub in Griechenland machten. Er war immer übertrieben vorbereitet gewesen. Das hätte ich mir von ihm abgucken sollen.

Ich wünschte, dieser Urlaub wäre mir nicht eingefallen. Das war noch so ein wunder Punkt in meiner Erinnerung, weil Jess wieder einmal außen vor blieb. Sie hatte ihre Abschlussprüfung an der Uni, als meine Eltern die Reise buchten. Umzubuchen hätte bedeutet, zwei Wochen später zu fliegen, und dann hätte ich meine Abschlussveranstaltung in der Schule verpasst. Das war damals für mich als Teenager undenkbar, aber meinen Eltern hätte es nicht so viel bedeuten sollen. Das Ende vom Lied war, dass Jess nicht mitkommen konnte, und ich das ganze Doppelzimmer für mich hatte.

Gott, ich hoffte, dass meine Schwester bald merkte, dass ich fehlte. Aber ehrlich gesagt konnte ich ihr keinen Vorwurf machen, wenn sie nicht sofort zu dem Schluss kam, dass ich in Schwierigkeiten steckte. Vermutlich dachte sie bloß, dass meine Wünsche mal wieder an erster Stelle kamen und ich sie mit ihrer Hochzeit sitzengelassen hatte, um mich anderweitig zu vergnügen.

Mein Magen rebellierte und brachte mich zurück in die Gegenwart. Seit den Sandwiches am Abend zuvor hatte ich nichts mehr gegessen, weil mir die Angst auf den Appetit geschlagen war. Doch die Kälte weckte mein Hungergefühl, und mein Magen krampfte. Schnell aß ich eine der Waffeln und leckte sogar den Puderzucker aus der Innenseite der Packung. Der Energydrink enthielt laut Aufdruck ziemlich viel Zucker, daher wischte ich einmal über die Dose und machte sie auf. Meine antibakteriellen Tücher waren im Auto, also tief unten in der Senke. Als ich das viel zu süße Zeug trank, verspürte ich einen stechenden Schmerz des Verlusts, weil ich daran denken musste, dass Ethan mich bestimmt aufgezogen hätte, brach ich doch mit der Regel, nicht aus gekauften Flaschen oder Dosen zu trinken. Was, wenn ich nie wieder hören würde, wie er sich auf meine Kosten lustig machte? Was, wenn ich ihn nie wiedersah?

Ich kämpfte gegen den Kloß in meinem Hals an und kippte den Energydrink herunter. Er würde mich wachhalten, und das war genau, was ich wollte. Es kam nicht infrage, dass ich bereitwillig in dieser Hütte schlief. Beim letzten Mal, als ich nichts mitbekommen hatte, war mein Mann spurlos verschwunden. Zumindest das hatte ich mir nicht nur vorgestellt. Die Gestalt im Schnee mochte ein Hirngespinst gewesen sein, begünstigt durch meine Angst, dass aber Ethan nicht mehr da war, war die harte Realität.

Ein wenig von neuer Energie beseelt, fing ich an, mich genauer in der Hütte umzuschauen. Bis dahin war ich abgelenkt gewesen, hatte impulsiv und irrational gehandelt. Jetzt untersuchte ich die Hütte Zoll für Zoll. Aber das dauerte auch nicht lange. Die Wände bestanden aus massiven Stämmen, in die man zwei Fensteröffnungen eingepasst hatte. An einem Fenster konnte ich die Läden öffnen, beim anderen waren sie von außen blockiert. Über mir gab es nichts als Deckenbalken und Schatten, viel konnte ich dort nicht erkennen, da mein Handy irgendwo draußen im Schnee steckte. Auf dem Fußboden lag diese seltsame Schicht aus Sackleinen, die jetzt ohne das Laub und den Dreck viel besser zu erkennen war. Ich versuchte, den Bodenbelag an den Ecken anzuheben, aber entweder klebte das Zeug auf den Dielenbrettern oder es war über die Jahre mit dem Staub und dem Boden eins geworden. An einigen Stellen hatte sich die Schicht fast ganz aufgelöst oder war verschmutzt, sodass nur noch einige Fasern zu erkennen waren.

Zuletzt tastete ich die Wände ab. Ich wusste nicht, wonach ich eigentlich suchte; geheime Schalter oder ein Astloch, das in Wirklichkeit ein Türgriff war? Gab es da vielleicht noch eine Tür, von der ich nichts wusste? Aber da war nichts, bis ich zur rückwärtigen Wand kam.

Mit den Fingern blieb ich an einer scharfkantigen Stelle hängen und ertastete dann ein Loch, das vielleicht einen Zoll breit war und tief in die Wand ging. Ich hockte mich hin, denn das Loch lag vielleicht zwei Fuß über dem Boden. Ich hätte das auf normale Abnutzung zurückgeführt, aber diese Öffnung war das Einzige in der Hütte, das irgendwie herausstach. Ich veränderte meine Position, sodass der Feuerschein auf die Wand fiel, und untersuchte das Loch genauer. Es war schartig und unförmig, aber etwas hatte darüber gekratzt. An einer Seite hatte jemand hineingestochen. Als wäre es mit einem Werkzeug in die Wand gehauen worden. Eine Weile fingerte ich daran herum, brachte sogar mein Auge ganz dicht an die Öffnung, als wäre es ein Guckloch. Aber es schien nichts anderes zu sein als ein Loch in der Wand. Hatte das damit zu tun, wie die Stämme gefällt worden waren? Hatte jemand ursprünglich eine Kerbe hineinhauen wollen?

Seufzend lehnte ich mich zurück und fuhr mir mit der Hand durchs Gesicht. Das hatte alles keinen Zweck. Wo, zum Teufel, steckte Ethan bloß? Wieso war er fortgegangen? Und auf welchem Weg? Nichts ergab Sinn. In der Blockhütte sah ich nichts, das auch nur ansatzweise darauf hindeutete, wie ein erwachsener Mann nach draußen gelangte, ohne Spuren im Schnee zu hinterlassen. Hatte ich vorher den richtigen Riecher gehabt? War er doch aus dem Fenster und von dort aufs Dach geklettert?

Mein Blick ging hinauf zu den in Schatten liegenden Dachbalken. War das etwa die Erklärung? Ich kam mir albern vor … aber wie hätte er es sonst bewerkstelligen sollen? Das erklärte mir allerdings noch nicht, warum er weg war. Entweder war er von jemandem entführt worden – von etwas –, oder, auch wenn ich das nicht wahrhaben wollte, er war aus eigenem Antrieb verschwunden. Aber auch das ergab keinen Sinn. Warum sollte Ethan mich im Dorf allein zurücklassen, ohne mir zu sagen, wohin er ging? Er wusste doch, dass ich verletzt war und kein Brennholz mehr hatte. Falls er Hilfe holen wollte und mich warten ließ, hätte er mir das gesagt und mir vorher auch noch Holz besorgt. Er hätte unseren Koffer aus dem Auto geholt, damit ich mehr Kleidung und Utensilien hätte. Und er hätte Fußspuren hinterlassen.

Nein, ich weigerte mich, daran zu glauben, dass Ethan aus eigenem Antrieb verschwunden sein sollte. Etwas hatte ihn bewogen, aufzubrechen, etwas hatte ihn verschwinden lassen. Und zwar das Ding, das mich schon die ganze Zeit beobachtete und mir nachspionierte, während ich beim Auto nach Ethan gesucht hatte.

Das Auto. Wieder eine Sache für sich. Was war dort bloß passiert, zum Teufel? Ich ärgerte mich so sehr über mich selbst, dass ich nicht nach fremden Spuren gesucht hatte, als ich dort auf dem Bergkamm war. Jetzt waren sie vom Sturm verweht. Ich wäre nicht mehr imstande, herauszufinden, was dort passiert war. Das musste jemand mit Absicht getan haben. Ich hatte die Autoschlüssel, aber jemand hatte den Wagen vermutlich in die Senke geschoben, wer auch immer. Mir wurde bewusst, dass ich mich wieder von meinen Gedanken fortreißen ließ und der Paranoia nachgab. Gestern war alles so schnell geschehen. Was, wenn Ethan vergessen hatte, die Handbremse zu ziehen, ehe wir aus dem Auto stiegen?

Unwillkürlich musste ich lächeln, als ich mich an unser erstes und bislang einziges Auto erinnerte, das wir als Paar besessen hatten. Es war kurz nach unserer Zeit an der Uni, und Ethan war seit der Fahrprüfung drei Jahre zuvor nicht mehr Auto gefahren. Er war so aufgeregt, als er es meinen Eltern präsentieren wollte, doch dann verschlug es ihm die Sprache, als er die Vorhänge zurückzog und kein Auto auf der Auffahrt sah. Er hatte die Handbremse nicht angezogen, und das Auto war auf die Straße gerollt. Zum Glück war niemand verletzt worden, aber ich zog Ethan noch eine ganze Weile gnadenlos damit auf. Einige Wochen später fand er heraus, dass das ständige Rauschen beim Fahren daher kam, dass ich seit gut fünf Tagen die Beifahrertür nicht ganz zugedrückt hatte. Von dem Tag an waren wir quitt.

Mein Lächeln schwand. Ich wollte unbedingt wissen, wo er steckte. Nur um Gewissheit zu haben, dass es ihm gut ging. Je länger ich an den Vorfall mit der Handbremse bei meinen Eltern dachte, desto mehr zweifelte ich die Theorie an, dass der Mietwagen von einem geheimnisvollen Stalker von der Straße geschoben worden war. Wir hatten es wahrscheinlich einfach verbockt und die Handbremse vergessen, sodass der Wagen weggerollt war.

Ich war so sehr damit beschäftigt gewesen, warum sich das Auto bewegt hatte, dass ich gar nicht daran gedacht hatte, was das bedeutete: Jetzt würde niemand, der zufällig über den Bergkamm fuhr, unser Auto mehr bemerken. Nichts auf der Straße gab irgendjemandem, der inzwischen vielleicht nach uns suchte, nachdem ich nicht im Resort aufgetaucht war, einen Hinweis. Falls aus Jess' Sicht überhaupt genug Zeit verstrichen war, um uns als vermisst einzustufen. Ich zuckte innerlich zusammen, als mir einfiel, dass sie sich vielleicht noch gar keine Sorgen machte. Denn sie wusste ja, dass ich für gewöhnlich zu spät kam, und außerdem hatte es schon Zeiten gegeben, als ich überhaupt nicht aufgekreuzt war. Speziell an einem Tag nicht.

Damals war sie gerade zwanzig, und ich war fünfzehn. Das rechtfertigt nichts, aber Jess betonte immer, wie jung ich gewesen sei, wenn ich das Thema anschnitt und versuchte, mich zu entschuldigen. Sie hatte ein Einser-Examen hingelegt – wie nicht anders zu erwarten –, und ich wusste, dass sie fürchterlich aufgeregt war. Sie wollte Fotos von sich in ihrem Kleid machen und zum Dinner gehen. Vermutlich rechnete sie mit einem kleinen Geschenk. Verdammt, als ich Jahre später in Musik- und Medientechnik gerade so mit einer Drei davongekommen war, bekam ich eine Halskette aus Sterlingsilber mit einem Anhänger in Form eines Violinschlüssels geschenkt.

Nach der Schule an jenem Freitag sollte ich den Zug nehmen und meine Eltern am Hotel treffen. Sie hatten mich nicht zurücklassen wollen, aber ich bestand darauf, alles sei okay, und Mum wollte noch ein bisschen Sightseeing machen. Aber in meiner Welt als Teenager dachte ich von zwölf bis mittags und beschloss aus einer Laune heraus, mit ein paar Freunden zelten zu fahren. Ohne jemandem Bescheid zu sagen. Später wollte ich einfach erzählen, ich hätte den Zug verpasst und aus Rücksicht gegenüber meinen Eltern nicht gewollt, dass sie mir ein neues Ticket kauften.

Meine Freunde und ich zogen mit unserem Equipment in den Wald, im Gepäck mehrere Flaschen billigen Ciders. Wir machten ein Feuer, rauchten ein paar Tüten, beschallten den Wald mit Musik und erregten natürlich Aufmerksamkeit. Der Farmer, auf dessen Grund und Boden wir uns tummelten, rief die Polizei, und so wurde ich um zwei Uhr morgens verhaftet, sechs Stunden vor Jess' feierlichem Frühstück nach dem Studienabschluss.

Mum und Dad ließen sofort alles liegen und stehen, um zurück nach Hause zu fahren und mich zu holen. Ich muss einen tollen Anblick abgegeben haben, dreckig, immer noch betrunken, am Leib ein Sweatshirt aus dem Fundbüro, weil ich zur Zeit der Festnahme oben ohne gewesen war. Echt schick. Sie brachten mich nach Hause, steckten mich ins Bett und blieben bei mir. Also ging Jess allein zu ihrem Abschluss-Frühstück und der Zeremonie. Ein feierliches Dinner gab es nie für sie, und obendrein hatten meine Eltern nicht einmal ein Geschenk organisiert.

Aber meine Schwester konnte damit umgehen. Ich war minderjährig; offensichtlich konnten unsere Eltern mich nicht einfach so auf der Polizeiwache lassen. Aber das war das erste Mal, dass ich mich schlecht fühlte, weil Mum und Dad mich ständig bevorzugten. Wieso war nicht wenigstens einer bei Jess geblieben und mit ihr zur Abschlussfeier gegangen? Warum hatten sie ihr nichts gekauft? Es war ja nicht so, als hätten wir kein Geld gehabt. Meine Eltern dachten einfach nicht an Jess. Es war schon nötig, dass sie ihnen direkt auf die Nase band, dass sie etwas brauchte. Von selbst merkten sie es nicht.

Vielleicht saß Jess jetzt im Resort-Hotel und vermutete, dass ich beschlossen hatte, nicht zu kommen. Dachte sie, ich hätte ein Musikfestival besucht oder wäre in Urlaub gefahren? Dachte sie wirklich, ich hätte vergessen, dass diese Woche ihre Hochzeit war? Immerhin war ich diejenige, die Weihnachtsgeschenke so spät losschickte, dass sie erst kurz vor Silvester ankamen. Und in neun von zehn Fällen versäumte ich es, mich schriftlich für Geschenke zu bedanken und Geburtstagskarten zu schicken. Da gab es kein Vertun, über etliche Jahre war ich eine schreckliche Schwester gewesen. Es gab so viel Mist, den ich wiedergutmachen musste.

Was, wenn Jess erst nach Tagen merkte, dass ich nicht kommen würde? Was, wenn sie vermutete, dass ich es wieder einmal verbockt hatte, und mich gar nicht anrief? Verdammt, vielleicht dachte sie, dass ich immer noch sauer war wegen der Beerdigung und beschlossen hatte, den Kontakt ganz abzubrechen. Wenn Ethan wirklich verschwunden war, würde mich nie jemand hier in Witwerberg finden.

Dieser Gedanke zeigte eine stärkere Wirkung als jeder Energydrink. Nachdem ich mich auf den harten Boden gelegt hatte, Arme und Beine angezogen, lag ich stundenlang wach. Ich war immer noch hungrig, hatte aber Bedenken, mehr von meinen Rationen zu essen. So lag ich einfach nur da und malte mir das Schlimmste aus: Niemand würde mich finden, mein Körper würde auf dem Dielenboden dieser kleinen Hütte festfrieren. Kein Mensch würde um mich trauern, niemand mich je vermissen.

Kapitel 8

Als ich Jess rufen hörte, wusste ich, dass sie ihr Make-up-Set gefunden hatte. Während der letzten drei Tage hatte ich Bedenken gehabt, wann sie es wieder benutzen würde. In der Hoffnung, dass sie es vielleicht ganz vergessen hätte. Keine Chance. Jess hatte zwei Monate gespart, um es sich bei Woolworths zu kaufen.

Das Set war echt hübsch. Ein großes pinkfarbenes Herz mit Lidschatten und zwei kleine goldene Herzen, eins mit Lippenstift und eins mit Rouge. Dazu gab es drei Bürsten mit Griffen voller Glitter und drei Schwämmchen in Form kleiner Herzen. An den Seiten des Sets steckten sechs Fläschchen Nagellack, deren Deckel glitzerten. Ich hatte all das aus nächster Nähe gesehen, als Jess damit nach Hause kam, das Set auspackte und jedes Teil einzeln auf ihre Kommode stellte.

»Kann ich auch so eins haben?«, bettelte ich Mum am Abend an. »Bitte, bitte, bitte, ja?«

Meine Mutter lachte. »Millie, du bist erst zehn, das ist viel zu jung für Make-up. Jess ist ein Teenager, und was sie mit ihrem Gesicht macht, ist ihre Sache, aber ich möchte nicht, dass du dir in deinem Alter schon deine Haut ruinierst.«

Jess war in ihrem Zimmer, aber sie sagte nichts und versteckte sich hinter ihrem Mathebuch. Dad schaute sich derweil Countryfile *im Fernsehen an und schien uns nicht zuzuhören.*

»Jess, kann ich damit spielen?«, fragte ich sie an diesem Abend, nachdem wir beide im Badezimmer fertig waren.

»Nein, Mils, das ist nicht zum Spielen. Du versaust es noch, und ich habe es gerade neu.«

»Aber—«

»Ich sage Nein«, unterbrach mich Jess. »Hörst du?«

Ich hörte auf sie. Und fasste es danach eine ganze Woche nicht an. Aber dann ging sie mit ihren Freunden ins Kino, und das durfte ich auch nicht. Also schlich ich mich in ihr Zimmer und schaute mich um, was ich machen könnte.

Ich wollte das Schminkset nicht kaputt machen. Ich wollte bloß die Herzchen öffnen und mir die Farben anschauen, vielleicht eine ausprobieren. Aber das pinkfarbene Herz ließ sich so schwer öffnen, und ich zog etwas zu fest. Es glitt mir aus der Hand, schlug auf der Tischkante auf und fiel verkehrt herum auf den Teppich. Als ich das Set aufhob, war das Kästchen mit dem Lidschatten beschädigt, und das pinkfarbene Herz hatte einen Riss.

Ich wusste nicht, was ich tun sollte, wie ich es reparieren könnte. Daher klappte ich das Set einfach wieder zu und stellte es zurück auf die Kommode, und zwar so, dass der Riss zur Wand zeigte. Aber später entdeckte Jess natürlich, was passiert war. Sie war ja nicht blöd – wer hätte es sonst sein sollen außer mir?

»Du dämliche Kuh!« Sie stieß meine Zimmertür auf, hielt mir demonstrativ das pinkfarbene Herz vor die Nase. »Das hast du absichtlich gemacht, oder?«

»Das wollte ich nicht!«

»Erzähl keinen Scheiß! Du wolltest es die ganze Zeit haben, seit ich es mit nach Hause gebracht habe. Du kannst es nicht ertragen, dass ich etwas habe, was du nicht hast.«

»Nein, ich wollte es mir nur angucken. Das war aus Versehen, ich schwör's!«

»Was ist hier los?« Mum kam über den Flur in mein Zimmer. »Jess, hör auf, so mit deiner Schwester zu reden.«

»Mila hat mein Make-up-Set zerbrochen«, sagte Jess und zeigte Mum den Schaden. Mum nahm ihr das Set aus der Hand, betrachtete es von allen Seiten und schnaubte.

»Ach, du liebe Güte, was für ein dünnes Ding. Was erwartest du, wenn es so billig gemacht ist?«

»Das war mein Taschengeld von zwei Monaten«, erwiderte Jess, und Tränen der Wut schillerten in ihren Augen. »Sie muss mir ein neues kaufen.«

»Du hättest es in einer Schublade aufbewahren sollen, wenn du nicht willst, dass deine Schwester damit spielt«, sagte Mum. »Sie ist noch ein kleines Mädchen, Jessica. Sie weiß es nicht besser.«

Ich wollte einwenden, dass ich nicht mehr klein war. Ich war zehn, nicht sechs. Und es war aus Versehen passiert. Ich hatte nicht »damit gespielt«. Doch Jess kam mir zuvor, als ich etwas sagen wollte.

»Es war in meinem Zimmer! Da hat sie nichts zu suchen.«

»Es mag dein Zimmer sein«, fuhr Mum ihr über den Mund, »aber das befindet sich in meinem Haus, junge Dame.« Ich sah, dass sich Mums Nasenflügel bewegten, wie es immer der Fall war, wenn sie sauer war. »Du bestimmst hier nicht die Regeln.«

Jess verspannte sich, ihre Wangen wurden feuerrot.

»Morgen gehe ich mit dir zu Woolworths, dann bekommst du schon etwas von deinem Geburtstagsgeld, von dem du dir ein neues Set kaufen kannst – obwohl du dieses Geld eigentlich sparen müsstest. Aber jetzt gehst du auf dein Zimmer und gibst Ruhe.«

Jess rannte in ihr Zimmer und knallte die Tür zu. Mum betrachtete wieder das beschädigte Set, das sie noch in der Hand hielt.

»Ich schmeiße das hier weg.« Sie hatte sich schon zum Gehen gewandt, schaute dann wieder zu mir. »Möchtest du wirklich so ein Set wie das von Jess?«

Ich nickte, aber innerlich zog sich alles zusammen. Jess war aufgebracht wegen mir, und jetzt war Mum sauer auf sie. Ich hätte ihre Sachen nicht anfassen sollen. Ich nahm mir vor, das nie wieder zu tun.

»Ich rede mit Daddy. Vielleicht stimmt er zu, und dann kaufe ich dir morgen eins«, sagte Mum. »Aber für deine Puppen, nicht fürs Gesicht – okay? Ich möchte nicht, dass du schon wie eine kleine Madame herumläufst. Nachher denken die Leute noch, wir hätten dich nicht richtig erzogen.«

Kapitel 9

Irgendwann musste ich vor lauter Sorgen eingeschlafen sein, denn ich wachte auf, weil ich pinkeln musste. Ich nahm meine Umgebung kaum wahr, verließ die Hütte und hockte mich dahinter in den Schnee. Die Kälte schnitt wie ein Messer durch meine Kleidung. Ich zitterte schon, ehe ich ein paar Meter gegangen war. Erst als ich fertig war und zurück zur Hütte eilte, dachte ich darüber nach, was sonst noch hier draußen sein könnte. Die Schläfrigkeit hatte geschafft, was der Tapferkeit nicht gelungen war – sie hatte mich überredet, nach draußen zu gehen.

Mit einem Mal blickte ich mich voller Angst um. Fast rechnete ich damit, jene Gestalt zu sehen, die mir tags zuvor solche Angst eingejagt hatte. Aber auf der Lichtung war niemand zu sehen, alles lag in völliger Stille. Eine frische Schneeschicht bedeckte Boden, Bäume und Hütten, und im Schnee waren nur meine Fußstapfen zu sehen. Sie führten von der Hütte fort zu der Stelle, wo ich nun stand. Sämtliche Spuren vom Vorabend waren verweht. Es gab auch keinen Hinweis auf meine mysteriöse Gestalt, falls es sie überhaupt gegeben hatte.

Ohne den heulenden Wind lastete eine unheimliche Stille auf dem Dorf, zumal sämtliche Geräusche von der dicken Schneeschicht gedämpft wurden. Ich hörte so gut wie nichts, abgesehen von leise raschelnden Zweigen und meinen eigenen Atemgeräuschen.

Jetzt, im Tageslicht, war es mir fast peinlich, wie verängstigt ich gestern noch gewesen war. Ethan war fort, und das allein war schon unheimlich genug, da brauchte ich mir nicht noch Monster im Dunkeln auszudenken. Ich musste einen klaren Kopf behalten, denn sonst verletzte ich mich noch aus Versehen – den Knöchel hatte ich mir bereits verstaucht, und dann war ich über eine Stufe bei der Veranda gestolpert. Ich konnte von Glück reden, dass ich mich in meiner Panik nicht im Schneegestöber verirrt hatte. Ich hätte im Wald erfrieren oder mir bei einem Sturz das Bein brechen können. Ich musste vernünftig bleiben und so lange durchhalten, bis Hilfe eintraf.

Ich ignorierte die kleine Stimme in meinem Kopf, die mir einreden wollte, dass keine Hilfe kommen würde. Gedanken wie dieser hatten mich wachgehalten, aber inzwischen versuchte ich, sie zum Schweigen zu bringen. Es hatte keinen Zweck, mit dem Schlimmsten zu rechnen. Ich musste mit dem zurechtkommen, was jetzt unmittelbar anstand. Alles andere war nichts als Panikmache.

Das erste drängende Problem, das ich angehen musste, war, dass ich den Leuten, die vielleicht längst nach mir suchten, kein Zeichen geben konnte. Um die Aufmerksamkeit einer Person weiter oben an der Straße zu erregen, brauchte ich eine Art Schild. Ein SOS. Das bedeutete, dass ich trotz Verstauchung wieder zur Straße marschieren musste, aber es ging ja nun mal nicht anders. Außerdem brauchte ich Feuerholz, um mich warm zu halten, vielleicht sogar so viel, um gegen einen weiteren Sturm gewappnet zu sein. Wasser wäre natürlich auch gut. Ich warf einen skeptischen Blick auf den altertümlich anmutenden Ziehbrunnen. Keine Spur eines Eimers. Also musste ich mit geschmolzenem Schnee vorliebnehmen. Ich müsste nur eine Methode finden, um das Schmelzwasser abzukochen.

Doch zunächst galt es, dafür zu sorgen, dass mein Schild an der passenden Stelle stand. Ich wollte nicht hier unten mit Wasser und Brennholz herumhantieren, während oben Autos vorbeifuhren und mich übersahen. Die Vorstellung, dass dort vielleicht seit Monaten nur eine Person vorbeigekommen war, schürte neue Angst in mir.

Ein Schild zu beschriften, war kein großes Problem. Ich hatte roten Lippenstift in meiner Handtasche, der angeblich vierundzwanzig Stunden hielt – ich hoffte, das galt auch bei Schnee und Nässe. Fehlte nur noch etwas, auf dem ich schreiben konnte. Da wäre zum Beispiel der Holzklotz, auf dem Witwerberg stand, aber ich wollte auch die Aufmerksamkeit von Leuten erregen, die in die entgegengesetzte Richtung fuhren. Dafür bräuchte ich noch ein Stück Holz. Ein altes Brett würde genügen. Jetzt musste ich nur noch eines finden, das sich leicht herausbrechen ließ. In meiner Hütte klappte das nicht, wie ich bereits bei dem Bodenbelag festgestellt hatte. Außerdem wollte ich kein klaffendes Loch schaffen, auf das ich ständig achtgeben musste.

Zum Frühstück aß ich die zweite Waffel aus dem Flugzeug. Als ich die Hütte wieder verließ, überlegte ich, wie die Chancen ständen, wenn ich das bisschen Proviant einpackte und versuchte, mich zu Fuß zum Resort durchzuschlagen. Ich benutzte immer noch die Krücke, da ich mir den Weg nicht im Sturm ertasten musste, aber dem Knöchel ging es nach der letzten Nachtruhe etwas besser. War das vielleicht meine größte Hoffnung zu überleben?

So schön diese Vorstellung auch war, sie verblasste schnell wieder. Ich hatte nämlich keine Ahnung, wo sich das Resort-Hotel befand, ich wusste nicht einmal, welche Richtung ich auf der Straße einschlagen müsste, nachdem unser Navi so früh ausgefallen war. Ich wollte nicht aufs Geratewohl losgehen und von Tieren angegriffen werden oder mich im Wald verirren. Selbst wenn ich dem Verlauf der Straße folgte, wäre das keine Garantie auf Rettung. Woher sollte ich wissen, wie stark befahren sie war? Daher war mir klar, dass ich besser dran wäre, dortzubleiben, wo ich Schutz fand und ein Feuer machen konnte. In der Nähe des Autos zu bleiben, wäre vermutlich auch eine gute Idee. Ich hatte keine Ahnung, ob bei Mietwagen eine Standortnachverfolgung zum Einsatz kam, aber wenn es eine Art Sender gab, der die Autovermietung nach einem Unfall zum Ort des Geschehens leitete, war ich gut beraten, mich in der Nähe des Autos aufzuhalten. Doch ein sichtbares Schild zu hinterlassen, war meine beste Hoffnung.

Bei der unmittelbar benachbarten Hütte war das Dach eingestürzt, Balken versperrten den Eingang, daher war es mir nicht möglich, hineinzugelangen und mich umzuschauen. Stattdessen fiel mein Blick auf die marode Veranda. Das Geländer bestand aus zugesägten Stämmen, die eigentliche Fläche der Veranda aber aus Brettern. Sie knarrten unter meinen Schritten, und ich hoffte, dass wenigstens eins lose genug war, um es hochzunehmen.

Nachdem ich mit dem Fuß den Schnee von der Veranda geschoben hatte, sah ich, dass ein Brett der Länge nach gerissen war. Vielleicht unter der Wucht, als der Dachfirst nachgegeben hatte, oder es war einfach alt und morsch. Dennoch, wenn es mir gelänge, das gesprungene Brett herauszulösen, wäre ich imstande, das nächste zu fassen zu bekommen. Mit etwas Glück hätte ich genügend Hebelwirkung, um dessen rostige Nägel zu lösen.

Leichter gesagt als getan. Das Brett war zwar gerissen, saß jedoch immer noch ziemlich fest in dem Gefüge. Mit einem Hammer oder Brecheisen wäre das leicht gewesen, aber nachdem ich es mehrmals mit bloßen Händen versucht hatte, merkte ich, dass ich das Brett nicht richtig zu fassen bekam. Ich konnte es nicht einfach so hochziehen. Ich musste es rausbrechen.

Dafür suchte ich Halt, umfasste das Geländer der Veranda und trat mit meinem unversehrten Fuß zu. Das Brett rührte sich nicht. Ich versuchte es noch einmal, diesmal trat ich mit der Hacke auf die Stelle, an der mir der Riss am breitesten vorkam. Das Brett federte, brach aber nicht. Ich trat wieder zu. Diesmal hörte ich ein ermunterndes Knacken. Nach weiteren gezielten Tritten zerbrach das Brett. Ein größeres Stück fiel nach unten durch, die Lücke war groß genug, um hineinzugreifen und den Rest herauszuholen.

Ich kniete auf den unebenen Brettern und fing an, das zerbrochene Holz abzuziehen. Dann richtete ich mein Augenmerk darauf, ein brauchbares Brett hochzuhebeln. Aber die Nägel wollten nicht nachgeben, so alt und vernachlässigt die Veranda auch war. Ich wünschte, ich hätte Jess' Muskeln gehabt. Ich war dünn, aber überhaupt nicht fit, und es hatte mich schon einiges gekostet, dieses eine Brett einzutreten. Also bot ich all meine verbliebene Kraft auf und zog und zerrte an dem verdammten Ding. Als es schließlich mitsamt den Nägeln unter knackenden Lauten nachgab, flog ich mit dem Rücken gegen das Geländer.

Ich rappelte mich wieder auf und versuchte, den Schnee von meinen Leggins zu klopfen, ehe er schmolz. Die war nämlich immer noch feucht von dem Sturz am Vortag, und ich würde es kaum aushalten, halb nackt beim Feuer zu sitzen, um den Stoff richtig zu trocknen. Ob ich später versuchen könnte, zum Auto zu gelangen, um mein Gepäck zu bergen?

Während ich mir diese Idee durch den Kopf gehen ließ, blickte ich in das Loch, das ich gerade in die Veranda geschlagen hatte, und erstarrte.

Der Raum unter der Veranda mochte etwa einen Fuß hoch sein. Der Untergrund war festgestampfter Boden, der mir seltsam dunkel vorkam, nachdem es hier rings um mich nichts als verschneite weiße Flächen gab. Als würde man sich eine Sonnenbrille aufsetzen, nachdem man lange genug auf das in der Sonne schillernde Meer geschaut hatte. Doch Schatten waren nicht das Einzige, was dort unter den Verandabrettern lag. Zwar konnte ich durch die Öffnung nur einen kleinen Ausschnitt sehen, aber auf dem harten Untergrund lag ein Bündel, eingehüllt in Stoff. Stoff, der dem Wetter ausgesetzt war und zerfaserte. Das Gewebe schien fest an dem Objekt zu kleben, das es umgab. Ein Gewebe, das so fadenscheinig geworden war, dass ich die Konturen eines menschlichen Schädels erahnen konnte – ich sah die leeren Augenhöhlen, erkannte den Mund, der zu einem stummen Schrei geöffnet war.

Ich ließ das Brett fallen, das ich in der Hand hielt, und wich erschrocken zurück, als hätte ich eine giftige Schlange erblickt. Meine Bewegung war so schnell, dass ich mit dem lädierten Fuß unglücklich wegrutschte und vor Schmerz und Angst aufschrie. Einen Moment glaubte ich, den Halt zu verlieren und auf die Veranda zu stürzen, mit dem Gesicht neben den starrenden Schädel. Stattdessen glitt ich über die Stufen, fand wieder Halt und blieb stehen. Das Herz hämmerte mir in der Brust.

Vom Fuß der kleinen Treppe konnte ich die Öffnung im Verandaboden nicht mehr sehen. Aber das Abbild des in das Tuch eingeschlagenen Schädels hatte sich gleichsam auf meiner Netzhaut eingebrannt. Vor dem inneren Auge sah ich das dünne, durchscheinende Gewebe, das in den offenen Mund gesogen war, als würde der Totenschädel noch aus eigenem Antrieb atmen.

Ich krallte mich am Geländer der Veranda fest und registrierte, dass alles vor meinen Augen verschwamm. Übelkeit stieg in mir hoch, und ich schluckte, um dagegen anzukämpfen, meine Haut prickelte, ein Schauder überkam mich, der nichts mit der Kälte zu tun hatte.

Ein Toter. Da lag ein Toter unter dieser Hütte. Seit zwei Nächten hatte ich nur wenige Schritte entfernt von den sterblichen Überresten eines Menschen geschlafen. Und die ganze Zeit hatte ich das Gefühl gehabt, dass etwas Übles irgendwo lauerte, für mich unsichtbar. War das die Erklärung? Hatte ich den Grund für mein Unbehagen gefunden? Gab es eine Art sechsten Sinn für den Tod, der in Millionen von Jahren Evolution nicht ganz verschwunden war?

Als der Schreck nachließ und Unbehagen Platz machte, wagte ich mich wieder ein Stück nach vorn. Ich spürte den Zwang, genauer nachzuforschen. Um das Element der Ungewissheit zu entfernen. Ich musste herausfinden, was diese Knochen bedeuteten. Ob sie mir etwas über das verraten könnten, was hier geschah. Wohin Ethan verschwunden war, oder was womöglich mit ihm passiert war. Genau wie bei einer Giftschlange vermochte ich nicht, dem Schädel den Rücken zuzukehren. Als würde ich Gefahr heraufbeschwören, wenn ich mich abwandte.

Also schlich ich zurück über die Stufen und blickte in das Loch, das ich losgebrochen hatte. Dort stand ich und versuchte, aus dem Anblick schlau zu werden, der sich mir bot – war dies ein Puzzleteil, das mir die Situation erklären könnte, in der ich mich befand? Ich war dem Schädel wieder so nah, dass ich das Muster in dem verschmutzten, verrottenden Stoff sehen konnte:

Blumen in Dreiergruppen, verblasst, stellenweise kaum zu erkennen bei all den Flecken, dem Dreck und … was in all den Jahren sonst noch in den Stoff gelangt war.

Eine ganze Weile starrte ich in diese dunkle Öffnung, und irgendwann fielen mir die Umrisse eines weiteren Stofffetzens ins Auge, unweit des eingehüllten Schädels. Ein weiteres Stück Stoff, aber etwas Gestricktes.

Ich wollte nicht noch einmal mit den Händen unter die Bretter in der Öffnung fassen. Als könnten die Knochen dort drinnen plötzlich zum Leben erwachen und nach mir greifen. Aber ich stand unter dem Einfluss meiner eigenen Neugierde, jener Art Neugierde, die einen an gefährliche Orte lockt und zu dummen Taten verleitet. Also bückte ich mich, ging in die Hocke und zerrte an dem nächsten Brett der Veranda, riss an den widerspenstigen Nägeln. Dann knöpfte ich mir das folgende Brett vor. Ich keuchte, der Schweiß fühlte sich kalt unter meiner Kleidung an, doch eine morbide Faszination siegte über die Erschöpfung. Letzten Endes deckte ich das gestrickte Etwas neben dem Toten auf.

Dem ersten Toten.

Das gestrickte Objekt sah wie eine Decke aus, und auch sie zersetzte sich, zerfaserte an vielen Stellen. Durch diese Löcher konnte ich die weißen Knochen desjenigen erkennen, der in diese Art von Decke eingeschlagen worden war. Wie geschnitzte bleiche Stöcke in der Dunkelheit. Ein zweites Skelett.

Ich sog den Atem ein und keuchte vor Schreck. Erst da merkte ich, dass ich beim Betrachten der Toten vor Anspannung die Luft angehalten hatte. Doch mit diesem Atemzug kam der Geruch; ein modriger Geruch, teils Erdreich, teils Verwesung. Ich hatte plötzlich einen sauren Geschmack im Mund und schaffte es gerade noch bis zum Geländer der Veranda und übergab mich in den Schnee. Zitternd wischte ich mir mit dem Handrücken über den Mund und drehte mich wieder langsam um – mein Blick galt erneut den beiden Skeletten.

Es gab kein Zurück mehr. Ich zitterte, war aber entschlossen.

Als würde ich weiteren Schocks dieser Art entgehen können, indem ich mich dazu zwang, alles aufzudecken, was verborgen unter dieser Veranda lag. Wenn ich all das Grauen jetzt sähe, würde ich später nicht mehr unvorbereitet davon überrascht werden. Vielleicht war ich es leid, keine Kontrolle über meine unmittelbare Umgebung zu haben. Dem Schicksal ausgeliefert zu sein. Also brach ich weitere Bretter aus dem Boden und blickte bald auf das dritte und letzte Skelett, das unter der Veranda verborgen lag. Dieses Skelett war das kleinste, man hatte es eng in einen dicken, festen Stoff eingeschlagen, vermutlich Sackleinen. Ich konnte keinen einzigen Knochen sehen, doch in meiner Vorstellung gab es kein Vertun, dass ich erneut auf einen Toten gestoßen war.

Ich hatte am Boden gekniet und ließ mich nun auf meine Fersen sinken. Meine Finger schmerzten, da ich an den Brettern gezogen hatte, mehrere Fingernägel waren eingerissen und bluteten. Unter mir lagen die drei Skelette, friedlich und unschuldig, als müssten sie an dieser Stelle ruhen. Als wäre ich diejenige, die hier nicht hingehörte. Ein Eindringling.

Was zum Teufel hatten die Toten dort verloren? Wer hatte das gemacht und wann? Und warum? Ich blickte mich ruckartig um, sah hinüber zu den anderen Blockhütten, zum Waldrand. Diese schreckliche Ahnung meldete sich stärker als zuvor zurück, das Gefühl, beobachtet zu werden. Plötzlich fühlte ich mich unglaublich verletzlich, angreifbar. Ich hatte Lärm gemacht beim Entfernen der Bretter, hatte wie besessen gearbeitet, ohne auf meine unmittelbare Umgebung zu achten. Die Angst der letzten Nacht flutete nun zurück. Die Gestalt im Schnee, Ethans Verschwinden, und jetzt diese sterblichen Überreste von Menschen. Was war das nur für ein Ort? Was war hier geschehen?

Ich schnappte mir einen Arm voll Bretter und eilte zurück zu meiner Hütte, wie ein Kind, das schnell das Licht ausknipst und dann ins Bett springt. Doch ich hatte das Gefühl, dass die Hütte sicher war. Auch wenn Ethan von dort spurlos verschwunden war. Auch wenn bei der Hütte nebenan menschliche Knochen lagen, die ich gerade erst entdeckt hatte. Bis jetzt hatte mich meine Hütte jedenfalls vor Unheil bewahrt.

Ich schloss die Tür hinter mir und klemmte wieder das Brett unter den Spalt, dann setzte ich mich an der gegenüberliegenden Wand auf den Fußboden und zog beide Knie an die Brust. Das Feuer war fast ausgegangen, aber ich rührte mich nicht, um es zu schüren. Ich konnte nicht anders, ich musste zunächst eine Weile dort sitzen und auf die Tür starren, in Gedanken bei diesen Knochen, die in der Düsternis unter der Veranda fast zu leuchten schienen. Drei Tote, nur wenige Meter von der Stelle entfernt, wo ich seit zwei Nächten schlief. Hatte mich deshalb diese schreckliche Furcht beschlichen? Hatte ich die Gegenwart des Todes gespürt, weil er sozusagen fast an der Schwelle meiner Hütte lauerte? Ein urtümlicher und animalischer Instinkt, der seit vormenschlicher Zeit überdauert hatte. Ein Gespür dafür, dass Verwesung und Tod in der Nähe waren und Gefahr bedeuteten?

Ein Teil von mir hielt das für lächerlich, aber was für Alternativen gab es? Dass ich tatsächlich beobachtet wurde? Aber von wem oder von was? Von etwas, das keine Spuren hinterließ, keine Geräusche machte und von jetzt auf gleich auftauchen und verschwinden konnte. Nichts konnte das. Nichts Menschliches jedenfalls.

Ein Schauer lief mir über den Rücken, ein Schauer, der nichts mit der ersterbenden Glut zu tun hatte. Was reimte ich mir da bloß zusammen? Dass ich von etwas beobachtet wurde, das nicht … von dieser Welt war? Ein Monster oder ein Schatten, ein Geist? Immerhin hielt ich mich in einer Geisterstadt auf. Ich wollte nicht über die Möglichkeit nachdenken, von Geistern heimgesucht zu werden, aber vor meinem inneren Auge tauchten immer wieder diese Knochen auf. Der Beweis, dass hier etwas Furchtbares passiert war. Etwas, das Spuren hinterlassen haben musste, selbst wenn es keine materiellen Spuren waren. Insbesondere dann nicht, wenn dieses Etwas immateriell war.

Ich ballte meine Hände zu Fäusten und spürte, wie sich die Fingernägel in die Handflächen bohrten. Ich durfte nicht länger Gedanken dieser Art auf mich einströmen lassen. Ich würde nichts erreichen, wenn ich mir vor Angst in die Hosen machte. Ich würde nur wertvolle Zeit vergeuden, indem ich mich verbarrikadierte, anstatt Maßnahmen zu ergreifen, damit ich sicher und geschützt war und Witwerberg endlich hinter mir lassen könnte.

Ich musste logisch vorgehen, mich aufs Überleben konzentrieren. Als Erstes ein Schild aufstellen und dann mehr Feuerholz sammeln. Es war wichtig, solche Dinge in Angriff zu nehmen, Dinge, die ich bewerkstelligen konnte, um so lange am Leben zu bleiben, bis Hilfe eintraf. Da konnte ich es überhaupt nicht gebrauchen, wenn meine Gedanken plötzlich um Geister oder Goblins im Wald kreisten. Das würde mich nur von der eigentlichen Arbeit ablenken, die für mein Überleben unerlässlich war. Ich konnte es mir schlichtweg nicht leisten, mich von paranoiden Vorstellungen hinreißen zu lassen.

Trotzdem gab es Dinge, die ich mir nicht erklären konnte, und ein Aspekt war Ethans Verschwinden. Dann die Gestalt im Schnee und jetzt die in Stoff gehüllten Skelette. Es war mir fast gelungen, das Abrutschen des Mietwagens in die Senke rational zu erklären, nämlich damit, dass wir vergessen hatten, die Handbremse anzuziehen. Aber was, wenn das gar nicht der Grund gewesen war? Was, wenn dort draußen etwas war, ob menschlich oder … nicht menschlich?

Während ich dasaß und ins ersterbende Feuer stierte, wurde mir eins klar: Es tat nichts zur Sache, ob mein Stalker ein Mensch oder ein übernatürliches Wesen war. Ich konnte mich weder gegen die eine noch gegen die andere Variante zur Wehr setzen. Ich konnte lediglich versuchen, am Leben zu bleiben, und abwarten, welchen Schritt mein unsichtbarer Gegner als Nächstes tun würde.

Kapitel 10

Ich tat das Einzige, das ich tun konnte. Ich machte weiter. Denn ich hatte nun ein Brett und war imstande, mein Schild zu entwerfen. Das war die eine Sache, die ich tun konnte, um mir selbst zu helfen. Wenn ich nicht mit diesen sterblichen Überresten in diesem seltsamen kleinen Dorf festsitzen wollte, musste ich auf mich aufmerksam machen und Hilfe holen.

Der Marsch zur Straße dauerte diesmal länger als am Tag davor. Ich musste das Brett mitschleppen, und das bedeutete, dass ich meine behelfsmäßige Krücke zurücklassen musste. Obwohl sich der Knöchel am Morgen schon besser angefühlt hatte, war ich mit dem Fuß weggerutscht und halb umgeknickt, als ich erschrocken vor dem Anblick des Schädels zurückgesprungen war. Unter der Belastung auf dem Weg zur Straße meldete er sich wieder, und das Gehen fiel mir schwer. Irgendwann merkte ich, dass meine Unterlippe pochte, weil ich mir ständig vor Anspannung in die Lippe biss. Die ganze Zeit machte mir zudem die Kälte zu schaffen, sie kroch unter meine Kleidung, ging mir bis auf die Knochen. Ich konnte mir lebhaft vorstellen, wie mein Körper bei jedem Schritt Kalorien verbrannte. Und da ich mir vor Augen hielt, wie wenig Proviant ich hatte, trieb ich mich weiter an. Ich musste aus Witwerberg herauskommen.

Das Verandabrett ließ sich nicht so leicht tragen, weil die rostigen Nägel herausguckten, außerdem schleifte es durch den Schnee, sobald ich meine Arme ein wenig weiter sinken ließ. Mehrmals verfing sich das Endes des Bretts an einer Unebenheit im Boden, sodass ein Ruck durch meine Arme ging. Glücklicherweise schützte mich meine Jacke vor den Nägeln, auch wenn sie nur leidlich gegen die weiterhin herrschende Kälte half.

Aber es lag nicht nur an dem schmerzenden Knöchel und dem sperrigen Brett, dass ich zu langsam vorankam. Ich fühlte mich beobachtet, von dem Moment an, als ich die Hütte verließ. Ob dem nun tatsächlich so war oder ob ich mir alles nur einbildete, jedenfalls hatte ich das untrügliche Gefühl, verfolgt zu werden. Und dieses Gefühl war unangenehmer als am Tag zuvor. Alle paar Schritte wanderte mein Blick zum Waldrand, ständig schaute ich kurz über die Schulter, ob wer hinter mir war. Und jedes Mal rechnete ich damit, jemanden zu entdecken: einen Menschen oder die schemenhafte Gestalt, die im Schneegestöber aufgetaucht war.

Wenn ich auf dem Weg hinter mir niemanden sah, beruhigte mich das überhaupt nicht. Im Gegenteil, mein Unbehagen wuchs, denn ich konnte fühlen, dass dort etwas war. Ich spürte, dass es mich beobachtete, mich verfolgte. Da ich aber nicht imstande war, es zu sehen, jagte mir das noch mehr Angst ein. Wie ein Monster in einem Horrorfilm, das sich ständig verborgen hält und deshalb viel angsteinflößender ist als alle Ungeheuer, die durch Special Effects oder CGI-Technik entstehen. Die Ungewissheit, was mich beobachtete und warum, veranlasste mich dazu, trotz des verletzten Knöchels schneller zu gehen. Ich stand derart unter Strom, dass mir Tränen in die Augen traten, und dabei hatte ich noch nicht einmal die Hälfte des Weges geschafft.

Als ich schließlich die Stelle erreichte, an der unser Mietwagen zuletzt gestanden hatte, konnte ich keine einzige Reifenspur mehr erkennen. Alles war mit frischem Schnee bedeckt. Wieder wünschte ich, dass ich nach Spuren Dritter gesucht hätte, als ich mich am Tag zuvor auf die Suche nach Ethan gemacht hatte. Jetzt könnte ich keinesfalls mehr mit Sicherheit sagen, ob jemand das Auto absichtlich in die Senke geschoben hatte oder ob es von allein den Abhang nach unten gerutscht war.

Ich blieb auf dem schmalen Pfad, bis ich die Hauptstraße erreichte, auf der wir in Richtung Witwerberg abgebogen waren. Wie es aussah, war dort nach uns niemand vorbeigekommen.

Oder zumindest nicht nach dem Schneesturm. Ich hätte nicht schwören können, ob am Vortag Spuren zu sehen waren, denn ich hatte mich nicht so weit vorgewagt. Aber eins war sicher: Seitdem ich mich beinahe in dem heftigen Schneesturm verirrt hätte, war hier kein einziges Auto vorbeigekommen und auch kein Wanderer. Wie lange würde es also dauern, bis das nächste Mal jemand vorbeigefahren kam?

Ich versuchte, nicht darüber nachzudenken, wie nutzlos mein Vorhaben war, und zog die Kappe vom Lippenstift. Dann schrieb ich »Liegen geblieben in Witwerberg – Hilfe« in dicken roten Lettern auf das Brett. Ich achtete darauf, den Schriftzug nicht zu verschmieren, und stellte das Brett senkrecht wie einen Totempfahl in den Schnee, dicht vor einen Baum, sodass der Wind es nicht so einfach umwehen konnte. Wer auch immer aus der entgegengesetzten Richtung kam, würde das Brett entdecken, vor allem aber fiel die rote Schrift in all dem Weiß auf.

Nachdem ich den Schnee von dem Wegweiser aus Holz gewischt hatte, nutzte ich den Rest des Lippenstifts und malte einen gezackten Pfeil, den man aus der anderen Richtung sehen konnte. Darunter schrieb ich klar und deutlich »HILFE«. Dann war der Lippenstift aufgebraucht, und ich ließ ihn in meiner Tasche verschwinden. Hoffentlich widerstand die rote Schrift dem Schneefall und der Nässe. Aber das Rot würde bestimmt auffallen … falls jemand vorbeikam. Wenn es allerdings erneut stark schneite, müsste ich wiederkommen und den Schnee von den Schildern wischen. Der Wegweiser in Richtung Witwerberg war fast vollkommen von Flocken übersät gewesen. Aus Sicht eines Autofahrers hatte er eher wie ein umgestürzter Baum im Schnee ausgesehen.

Da ich mich relativ weit von den Blockhütten entfernt hatte, nahm mein Unbehagen ein wenig ab. Ich hatte zwar noch Angst und machte mir Gedanken, was ich als Nächstes tun und wie ich überleben könnte, aber ich fühlte mich nicht mehr so … in die Enge getrieben. Das Gefühl, dass mich jemand beobachtete, war fast ganz abgeklungen. Spielte sich das alles nur in meinem

Kopf ab? Gruselte ich mich bloß vor dem seltsamen kleinen Dorf mit seinen verwaisten Hütten und den geschlossenen Fensterläden?

Nicht zu vergessen die verborgenen Skelette, die ich entdeckt hatte.

Aber wenn dem so war und mit dem Ort im Grunde alles okay war, was war dann mit Ethan passiert? Denn sein Verschwinden hatte ich mir ja schließlich nicht eingebildet. Außerdem konnte ich das nicht als Unfall abtun, wie bei dem Auto, das womöglich weggerollt war. Ethans Verschwinden stand im Widerspruch zu jeder logischen Erklärung. Tatsache war, er hatte weder Spuren hinterlassen noch einen Grund gehabt, mich zurückzulassen. Also musste ihm etwas widerfahren sein. Nur was?

Jedes Mal, wenn ich versuchte, rational an eine Sache heranzugehen, kam ich an den Punkt, dass sich mein Ehemann in Luft aufgelöst hatte. Dafür gab es schlichtweg keine Erklärung. Egal, ob ich mir einredete, das Auto sei von allein in die Senke gerollt, egal, ob ich mir die Gestalt im Schnee einbildete – die Tatsache, dass Ethan verschwunden war, blieb. Ich musste wieder an das eigenartige Loch in der Wand denken. Wie war es entstanden, warum hatte es jemand in die Wand gehauen? Tat es überhaupt etwas zur Sache, oder versuchte ich gerade, eine Bedeutung zu finden, wo es keine gab? Vielleicht war es nur ein altes Astloch, das genauso wenig mit Ethans Verschwinden zu tun hatte wie ich?

Sosehr ich es auch wollte, ich wusste, dass ich nicht endlos an der Straße bleiben konnte. Zwar schneite es nicht mehr, aber es war immer noch bitterkalt, und untätig herumzustehen, half nicht gerade dabei, warm zu bleiben. Ich hatte fast schon aufgehört zu zittern, was kein gutes Zeichen war. Die Straße zu verlassen, fühlte sich an, als würde ich der realen Welt den Rücken kehren – der sicheren Welt. Ich wanderte zurück ins Unbekannte, und bei jedem Schritt nahm meine Angst zu. Die Augen waren wieder da, die mich verfolgten. In den Bäumen waren

Laute zu hören, Tiere, die sich bewegten, Schnee, der von Ästen rutschte, und jedes Mal schaute ich hinauf in die Baumkronen, blickte mich nach einer menschlichen Gestalt um. Aber da war niemand. Nicht einmal ein Kaninchen oder ein anderes kleines Tier flitzte durch den Wald.

Auf dem Rückweg hob ich Zweige und Holzstücke auf. Je eher ich mich in der Hütte einschließen könnte, desto besser. Nichts von dem, was ich fand, war trocken, auch die Bretter von der Veranda waren feucht, aber das Holz würde in der Hütte trocknen. Ich brauchte nur noch etwas mehr aus einer der anderen Hütten zu holen, um das Feuer in Gang zu halten.

Dann überlegte ich, was ich mit dem Wasser machen sollte. Ich hatte keine Aufbereitungstabletten oder antibakteriellen Tücher. Im Grunde hatte ich kaum etwas Brauchbares. Ich konnte das Wasser nicht sterilisieren, aber meine Kehle war wie ausgedörrt. Dieses Problem hatte ich weggedrückt, konnte es aber nicht länger leugnen: Ich würde geschmolzenen Schnee trinken müssen. Aber vorher musste ich noch etwas mit dem Schnee machen; die Vorstellung, ihn mir einfach so in den Mund zu schieben, rief Übelkeit hervor. Abkochen war vermutlich die einzige Option. Meine PET-Flasche bestand aus Kunststoff, sie taugte nicht zum Wasserkochen, aber ich hatte noch die Dose des Energydrinks. Eine irrationale Angst stieg in mir auf. Ich hasste es, aus Dosen zu trinken, und jetzt war so ein Ding meine sicherste Option. Das musste ich Ethan erzählen, es würde ihm gefallen.

Ich weiß nicht, womit ich rechnete, als ich zu der kleinen Lichtung und dem Flecken Witwerberg zurückkehrte. Nichts schien sich verändert zu haben, trotzdem hatte ich das Gefühl, dass etwas geschehen war. Als würde man mitten im Umzug ein Zimmer betreten. Dinge fehlten oder standen an anderen Orten. Aber wenn hier etwas fehlte oder verändert worden war, so wusste ich nicht, was. All die Hütten sahen genauso aus wie am Morgen. Der Ziehbrunnen war immer noch schneebedeckt, eine dicke Schicht lag auf der Konstruktion mit dem Querbalken, und im Schnee gab es keine anderen Spuren als meine.

Obwohl ich nicht wieder zu der Blockhütte gehen wollte, unter deren Veranda die Toten lagen, blieb mir keine andere Wahl. Denn dort kam ich leicht an Holz heran, da der Dachfirst nach unten gesackt war. Als ich wieder bei dem Loch stand, das ich gemacht hatte, blickte ich hinab auf die drei eingehüllten Toten. Sie sahen kleiner aus als zuvor. Ich vermute, dass ich nichts anderes um mich herum wahrgenommen hatte, als ich auf die Skelette stieß. Die Toten hatten mein ganzes Denken bestimmt. Aber als ich sie jetzt sah, war das Grauen größtenteils verschwunden, und übrig blieb so etwas wie Mitleid. Dies war kein Horrorfilm mit Toten, die sich plötzlich erhoben und einen verfolgten. Sie würden mir nichts anhaben, allerdings konnten sie mir auch nicht erzählen, was ihnen widerfahren war.

Das waren die Überreste von Menschen, die seit Jahrzehnten in Vergessenheit geraten waren, vielleicht sogar seit hundert Jahren. Sie hatten nie richtige Gräber erhalten, man hatte sie einfach dort versteckt, die Leiber gehüllt in Stoff, der womöglich einst ihr Bettzeug gewesen war. Vielleicht waren sie mitten im Winter gestorben, als der Boden gefroren war, eventuell hatte man sie unter die Veranda gelegt, damit die Toten in der Kälte nicht so schnell verwesten? Gut möglich, dass an der ganzen Sache nichts Düsteres war, kein Mord oder irgendein anderes furchtbares Vorkommnis. Ich sah nur die Überreste von drei Personen, deren Leben vermutlich ein trauriges Ende genommen hatte.

Vorsichtig stieg ich über das klaffende Loch und zog das Holz aus dem Innern der Hütte, das sich bewegen ließ. Mit einem Stapel geborstener Bretter eilte ich zurück zu meiner Hütte und verbarrikadierte die Tür hinter mir. Sofort verspürte ich ein Gefühl von Sicherheit, wie Wärme, die man spürt, wenn man aus der Kälte ins Haus tritt. Allerdings war es in der Blockhütte eiskalt und das Feuer auf dem Rost so gut wie erloschen.

Aber es gelang mir, die Glut anzufachen, bis neue Flammen flackerten. Die Wärme an meinen gefrorenen Fingern trieb mir fast die Tränen in die Augen. Ich musste umsichtiger vorgehen, wenn ich meine einzige Wärmequelle nicht verlieren wollte. Was sollte ich machen, wenn das Feuerzeug den Geist aufgab? Daher war es besser, das Feuer nicht ausgehen zu lassen, für den Notfall hätte ich dann immer noch das Feuerzeug. Von jetzt an hatte das Sammeln von Holz also oberste Priorität. Obwohl ich hoffte, nicht mehr allzu lange in Witwerberg festzustecken. Ich warf einen Blick auf meinen Proviant und spürte sofort Unbehagen. Bald musste jemand kommen, jemand, der mein Schild entdeckte und zu Hilfe kam.

Da das Feuer nun hell brannte, hatte ich Zeit, mir die Dose des Energy Drinks genauer anzusehen. Ich könnte sie in die Flammen halten, um Wasser zu erhitzen, aber ich müsste sie oben öffnen, um Schnee hineingeben zu können. Wenn ich mit der PET-Flasche Schnee sammelte, würde ich ihn nur verschmutzen. Ich kramte in meiner Handtasche nach etwas Brauchbarem, obwohl ich wusste, dass ich keine Schere dabeihatte. Aber ich hatte eine Anstecknadel: ein kleines Skelett, das Gitarre spielte – es hatte so viel Ähnlichkeit mit Ethans Tattoo, das ich die Nadel damals einfach hatte kaufen müssen. Mit der Nadelspitze stanzte ich am oberen Rand der Dose ein Loch nach dem anderen in das dünne Blech.

Eine ermüdende Arbeit, aber es war eine willkommene Ablenkung, und allmählich bekam ich all meine Sorgen aus dem Kopf. Es dauerte ewig, aber irgendwann hatte ich einen wahren Kranz aus kleinen Löchern in den Deckel gestanzt. Dann klemmte ich die Dose zwischen meine Knie und schlug vorsichtig mit einem Stück Holz auf den Deckel. Es funktionierte, das kreisrunde Blech löste sich. Der obere Rand war zwar scharfkantig, aber dafür hatte ich eine offene Dose.

Ich ging ins Freie, um Schnee in meinen improvisierten Topf zu geben. Bislang war ich so sehr von Schmerz und Adrenalin vollgepumpt gewesen, dass ich gar nicht gemerkt hatte, wie hungrig und durstig ich inzwischen war. Aber jetzt ließ mein Körper mich wissen, welche Bedürfnisse er hatte. Das bisschen Frühstück hatte ich erbrochen, und seitdem ich die Dose ausgetrunken hatte, hatte ich keine Flüssigkeit mehr zu mir genommen. Ich war zu verängstigt gewesen, was dort vielleicht im Schnee an Keimen lauern mochte. Selbst jetzt machte ich mir Gedanken, wie ich den Schnee abseihen sollte – meine Kleidung hatte ich seit Tagen an, wenn ich ein Stück davon als Sieb nutzte, wäre das Wasser auch nicht sauber.

Ich stopfte die Dose mit Schnee voll, leerte sie aber wieder aus, damit keine Metallsplitter übrig blieben. Dann füllte ich sie erneut. Wie viel Wasser würde eine Dose Schnee ergeben? Nicht viel. Schnee war wie Eis, das Volumen täuschte, im Grunde bestand er aus Kristallen und eingeschlossener Luft.

Während ich dastand, die Dose in der Hand, wurde mir plötzlich bewusst, was sich seit meiner Rückkehr zur Lichtung komisch angefühlt hatte. Die Stille. Auf dem Rückweg hatte ich das Rascheln von Tieren im Unterholz gehört, das Piepen der Vögel. Aber als ich die Lichtung erreichte, hörte ich nur noch den Wind in den kahlen Zweigen. Entweder hatte es hier oben von Anfang an keine Vögel gegeben, oder etwas hatte sie verscheucht. Die Anwesenheit einer weiteren Person. Aber im Schnee existierten nach wie vor nur meine Spuren.

Ich schluckte und sah hinüber zum Waldrand. Nichts, niemand zu sehen, doch diese eigenartige Stille blieb. Als stünde ich auf einem Friedhof, und ungefähr so war es ja auch. Trotzdem fühlte es sich seltsam an, als wäre dort draußen etwas, das jedes lebende Geschöpf außer mir verscheucht hatte. Oder vielleicht war dies ein Ort, den die Vögel und jegliches andere Getier absichtlich mieden. Weil der Ort … verflucht war.

Ich versuchte, diese Gedanken abzuschütteln, musste endlich damit aufhören, mir zusätzlich Angst einzujagen. Die Situation war schon schlimm genug, da brauchte ich nicht noch Theorien zu erfinden von einem verfluchten Dorf oder einer Hütte, in der es spukt. Was auch immer hier geschah, es musste dafür eine rationale Erklärung geben. Ich wusste nur nicht, wie die aussehen sollte, und konnte nicht verhindern, dass mein Geist all diese Schreckgespenster heraufbeschwor, um eine Erklärung für Dinge zu finden, für die es eigentlich keine Erklärung gab.

Als ich glaubte, genug Schnee zu haben, wollte ich möglichst schnell wieder in die Hütte und mich für die Nacht einschließen. Ich war mir sicher, dass es mir besser gehen würde, wenn ich einen Instantkaffee und einen Schokoriegel im Magen hatte. Vermutlich wäre ich dann auch nicht mehr so ängstlich und überempfindlich. Und vielleicht war die folgende ja meine letzte Nacht in Witwerberg. Denn oben an der Straße stand mein Hinweisschild, und irgendwann würde jemand vorbeikommen, selbst wenn noch niemand speziell nach uns suchte. Ich hoffte, dass ich falschläge und Jess mich noch nicht abgeschrieben hatte. Ich bedeutete ihr etwas, ganz gleich, was zwischen uns passiert war. Ihr musste klar sein, dass ich ihre Hochzeit auf gar keinen Fall verpassen wollte. Unabhängig davon, was ich in der Vergangenheit gemacht hatte. Ganz gleich, was bei Mums Beerdigung gesagt worden war. Ich hatte versucht, all das wiedergutzumachen. Das wusste sie. Hoffte ich zumindest.

Als ich mich der Blockhütte näherte, holte ich den Lippenstift aus meiner Tasche. Einer Eingebung folgend, zog ich einen Handschuh aus und steckte einen Finger in die kleine Röhre, um den Rest der roten Farbpigmente herauszuholen. Das raue Holz kratzte an meinem Finger, als ich die Tür mit einem X markierte. Mit einem roten X, das hoffentlich jedem sagte: »Hier bin ich, kommt und helft mir!«

Aber als ich die Tür schloss, musste ich an die Plagen in Ägypten denken, an eine Geschichte aus der Grundschulzeit. Das Blut am Türsturz; eine Hoffnung, dass der Tod vorübergehen möge.

Kapitel 11

Mum weinte, als sie mich an der Uni absetzten. Selbst Dad hatte feuchte Augen. Sie packten all meine Sachen aus und nahmen mich mit zu Sainsbury, damit ich genug im Kühlschrank und im Tiefkühlfach hätte. Dad besorgte uns Lunch in einem Pub ganz in der Nähe und drückte mir später eine Fünfzig-Pfund-Note in die Hand, als sie beide wieder wegfuhren.

Als meine Eltern weg waren, fühlte sich das neue Zimmer sehr still und leer an. Auch wenn all meine Sachen herumstanden. Ich war vorher nie allein gewesen. Immer waren Jess eine Zimmertür weiter und Mum und Dad den Flur hinunter im Wohnzimmer. Jetzt war ich auf mich gestellt, und da Mum nicht länger um mich herum fuhrwerkte und dies und das machte, wusste ich mit mir selbst nichts anzufangen.

Als Letztes musste ich noch meinen Koffer auspacken. Die neuen Klamotten für die Uni. Mum war nicht gerade begeistert gewesen bei einigen der Dinge im Koffer. Sie hatte etliche Rugby-Shirts für Damen gekauft, darüber hinaus Blusen, Jeans und sogar einen Hoodie mit dem Logo der Universität. Derweil hatte ich mir von meinem Taschengeld eigene Sachen besorgt, im Vintage-Shop, in Eine-Welt- und Trödelläden; alte Tournee-T-Shirts, Jeans mit Löchern, Converse-Schuhe und Nietengürtel. Meine CDs standen bereits oben im Regal. Ein paar waren von Dad – die Stones, Queen und Pink Floyd –, aber das meiste stammte aus meiner Sammlung, vieles von Flohmärkten und Gratis-CDs der Musikzeitschrift Kerrang!

Unten im Koffer lag ein Schuhkarton, den ich nicht eingepackt hatte. Der Karton war zugeklebt, auf dem Deckel haftete ein Umschlag. Ich öffnete ihn und fand eine Nachricht von Jess. Dort stand nur: »Sei die, die du sein willst. Liebe Grüße, Jess.«

Ich warf einen Blick in den Karton und musste lachen. Sie hatte mir all die Sachen eingepackt, die Mum mir nie mitgegeben hätte: Haarfärbemittel, auch in Regenbogenfarben, abgefahrenes Make-up, darunter schwarzer Lippenstift, Ohrgehänge, eine Haarschneidemaschine und zwei Bücher. Es handelte sich eher um dicke Broschüren. In dem ersten ging es um Sex und Sexualität, das zweite war ein Ratgeber: »Sicher auf Konzerten und Festivals – alles, was ihr wissen müsst.« Unter den Büchern fand ich eine Packung mit Kondomen, drei eingepackte »Dental Dams« für Safer Sex und ein Alarmarmband für Frauen.

Ich trat vor den Spiegel und betrachtete mein dunkles Haar. Endlich konnte ich damit machen, was ich wollte. Und, wie wollte ich aussehen an meinem ersten Abend an der Uni? Ich nahm zwei Gummihandschuhe und das Haarfärbemittel und machte mich ans Werk.

Zwei Tage nach meiner Verwandlung begegnete ich Ethan. Es war auf einer Party des Studentenwerks, und er stand draußen und rauchte, als ich den Saal verließ, um ein bisschen frische Luft zu schnappen. Na ja, ich brauchte nicht nur frische Luft, sondern auch eine Pause von der grässlichen Musik.

»Nettes Shirt«, sagte er nur und zeigte auf mein Metallica-Top, das ich zurechtgeschnitten hatte, um einen hässlichen Flecken wegzukriegen.

»Danke.«

»Hörst du tatsächlich so was?«

Ich verdrehte die Augen. »Du denn?«

»Nein.« Er lachte. Da merkte ich, dass er sich über Typen amüsierte, die genau solche Fragen stellten, um sich an Mädels ranzumachen. »Ich meine, ich hab mal Metallica gehört, aber ich mag andere Bands lieber, weißt du?«

Also unterhielten wir uns eine Weile über Fleetwood Mac, Blondie, Black Sabbath und die Eagles. Es ging hin und her, wir tauschten uns darüber aus, was wir besonders mochten, und auch über das, was wir gar nicht leiden konnten. Bis er seine letzte Zigarette ins Gebüsch warf und fragte, ob ich mit in sein Zimmer kommen würde.

Meine Antwort war ehrlich, mein Bauch kribbelte vor Aufregung und Vorfreude. »Ja, schon, aber ich komm nicht mit.«

Einen Moment blickte er verdutzt drein, dann lachte er, als wäre das der beste Witz, den er je gehört hatte. »Ach, wirklich?«

Ich nickte. »Du musst schon mit auf mein Zimmer kommen.«

Wir hatten Sex an diesem ersten Abend. Für mich war es das erste Mal. Auf der Tagesdecke mit Blumenmuster, der ich später Batikfarben verpasste, weil ich die kitschigen Blumen nicht mehr sehen mochte. Danach trafen wir uns ein paar Mal die Woche, meistens beim Studentenwerk, manchmal auch in einem schäbigen Pub in der Nähe des neuen Lidl-Markts. Wir tranken was, quatschten, und dann gingen wir wieder in mein Zimmer.

Es war nicht die wahre Liebe oder so was in der Art. Jedenfalls zuerst nicht. Ich war wie berauscht von meiner neuen Freiheit, und Ethan war froh, nicht länger bei seiner Mum und deren beschissenen Partnern zu wohnen. Wir versuchten nur, uns beide ein wenig auszuprobieren, um zu lernen, was wir mochten und was nicht. Wir hatten einen ähnlichen Musikgeschmack und hingen bei mir oder bei ihm ab, weil wir sonst kaum jemanden kannten. Es war nicht so, als würden wir uns richtig gut kennenlernen.

Dann, fast unbeabsichtigt, lud ich ihn Weihnachten zu uns nach Hause ein. Und so kam es, dass daraus eine ernste Beziehung wurde.

Kapitel 12

Ich erwachte an meinem dritten Morgen in Witwerberg und lauschte angestrengt auf Motorengeräusche oder Stimmen. Auf irgendein Anzeichen für baldige Hilfe. Doch da war nichts. Nicht einmal Vögel zwitscherten im Wald. Wieder nur diese unheimliche Stille.

Ich stand auf und aß einen Schokoriegel, damit mein Magen nicht rebellierte. Mit dem ungesüßten schwarzen Kaffee und dem Riegel vom Abend zuvor hatte ich nach dem spärlichen Frühstück nur noch einen Riegel übrig. Da die beiden Waffeln schon weg waren, blieben nur noch vier Tütchen Chips, ein Beutel Kaffee, zweimal Zucker und Milch und eine kleine Ketchup-Packung aus dem Schnellrestaurant. Ich war erschrocken, wie schnell meine Rationen weggingen. Die Nahrung mit den meisten Kalorien war schon fast aufgebraucht. Hilfe musste unbedingt bald eintreffen.

Auf dem Fußboden zu schlafen und den Proviant aus Junk-Food einzuteilen, wurde zusehends ermüdender. Aber schlimmer als das war der Umstand, dass ich mich allmählich daran gewöhnte. Als würde ich mich mit einer langen Gefängnisstrafe abfinden, ohne Chance, je zu entkommen. Zumindest fühlte sich es so an, wenn ich in der Hütte war. Draußen fing mein Herz an zu rasen, und mir sträubten sich die Haare, wenn ich wieder das Gefühl hatte, dass etwas im Verborgenen lauerte.

Keine der Empfindungen war angenehm, aber ich entschied mich für das kleinere Übel und sorgte dafür, dass meine Ausflüge ins Freie kurz und zielgerichtet blieben. Meine »Toilette« war hinter der Hütte, vorn sammelte ich Schnee in der Dose und suchte Holz zum Verfeuern.

Sobald ich genug zusammenhatte, hielt ich die Dose zum Kochen übers Feuer. Am Abend zuvor hatte sich das dünne Metall bereits in der Hitze verzogen, die leuchtende Farbe der Dose war rußverschmiert. Ich hatte mir die Hände verbrannt und meinen Ärmel angesengt, als ich versuchte, die Dose aus dem Feuer zu holen, aber diesmal war ich ein bisschen geschickter. Zumindest schwamm nichts mehr im Wasser, was ich dort nicht haben wollte.

Um die Rationen noch besser einzuteilen, machte ich Kaffee mit der halben Packung des Instantkaffees aus Kolumbien. Den Zucker und die Milch hob ich mir für später auf. Da ich vorerst vor den Gefahren draußen in Sicherheit war, spürte ich, dass die Monotonie wieder Besitz von meinem Denken ergriff. Wenn mich nicht bald jemand fände, müsste ich mir wahrscheinlich einen Begleiter ausdenken, um nicht den Verstand zu verlieren.

Ich versuchte, mir einzureden, dass ich im Augenblick klarkam. Ich hatte Holz, genug zu essen für den Tag, und ich hatte von außen die Tür markiert für etwaige Retter. Was konnte ich schon groß tun, als im Warmen zu bleiben und mich nicht der Angst auszusetzen, die mich jedes Mal überkam, sobald ich einen Fuß ins Freie setzte? Die Sorgen von morgen hatten Zeit bis morgen. Ich saß wieder auf dem Boden, zog die Knie an die Brust und versuchte, meine Arme warm zu rubbeln. Mehr als alles andere wünschte ich mir einen Schlafsack.

Ich trank den dünnen Kaffee, der mehr nach Qualm als nach allem anderen schmeckte. Ich füllte ihn in meine PET-Flasche, und der Kunststoff wurde trübe, weil ich heißes Wasser einfüllte. Zumindest war ich von dem Wasser noch nicht krank geworden. Das Abkochen funktionierte hoffentlich. Aber ich nahm mir vor, Aufbereitungstabletten zu kaufen, wenn ich diesen Ort verließ. Wenn ich das hier überlebte, würde ich einen Faltbecher kaufen und ihn überall hin mitnehmen. Wahrscheinlich würde es dann eine ganze Sammlung an Survival-Sachen geben, die in meiner Handtasche ihren festen Platz fanden: eine Rettungsdecke, ein Taschenmesser, ein tragbares Urinal, ein Erste-Hilfe-Set, ein Feuerstarter-Set, gefriergetrocknete Nahrung. Ich würde nie wieder etwas als gegeben hinnehmen. Außerdem würde ich Ethan auch so ein Survival-Set besorgen, auf dass wir doppelt vorbereitet wären.

Wenn ich ihn je wiedersah.

Ein schrecklich ernüchternder Gedanke, dass ich meinen Mann vielleicht für immer verloren hatte. Bislang hatte ich nicht weiter darüber nachgedacht. Ich hatte immer nur davon gesprochen, dass er verschwunden war. Dass er irgendwo dort draußen steckte, genauso verzweifelt wie ich. Dass auch er zu überleben versuchte, vielleicht zu fliehen probierte, vor wem oder vor was auch immer. Aber in diesem Moment verspürte ich zum ersten Mal diese Furcht, dass ich Ethan womöglich nicht wiedersah. Ich stellte mir vor, dass ich, selbst wenn man mich finden würde, immer noch keine Ahnung hatte, wo er steckte oder wie ich ihn finden könnte.

Jeder Versuch, mich abzulenken oder meine Situation herunterzuspielen, scheiterte und verbrannte angesichts der Vorstellung, dass ich Ethan vielleicht für immer verloren hatte. Ich musste aufhören, zu überlegen, auf welche Weise er verschwunden war, ohne eine einzige Spur draußen im Schnee zu hinterlassen – vielmehr sollte ich darüber nachdenken, wo er sich jetzt befand. Gefolgt von der Überlegung, warum man ihn womöglich entführt hatte und wer das getan hatte – oder was.

In Gedanken kehrte ich wieder zu den Toten unter der Veranda zurück. Irgendetwas stimmte nicht mit diesem Ort. Hier lauerte eine Gefahr, die ich zwar fühlen, aber nicht erklären konnte. Jedes Mal, wenn ich an Ethan dachte, vermutete ich unweigerlich, dass sein Verschwinden auf das zurückzuführen war, was … hier nicht stimmte.

Witwerberg war sicher schon vor einer ganzen Weile aufgegeben worden. Eine Geisterstadt in den Bergen, nur zu erreichen über einen Weg, der so schmal war, dass wir es mit dem Auto nie dorthin geschafft hätten. Ich hatte keine Ahnung, wie alt der Ort sein mochte; hundert Jahre, zweihundert? Oder älter? Wann war er aufgegeben worden? Waren die Familien nach und nach aufgebrochen? Waren sie in größere Städte abgewandert? Gut möglich, aber da war etwas mit den Blockhütten. Sie sahen fast identisch aus. Keine von ihnen war modernisiert worden, nirgends hatten die Leute, die geblieben waren, etwas an- oder umgebaut. Es schien, als wären sämtliche Bewohner gleichzeitig weggezogen. Niemand war mehr da, um Veränderungen vorzunehmen, um weitere Zimmer abzutrennen oder den Dachstuhl auszubauen.

Ich lag auf dem Fußboden neben dem Feuer und schaute hinauf zu den Dachsparren. Wenn alle Leute ungefähr zur selben Zeit aufgebrochen waren, dann musste es dafür doch einen Grund geben, richtig? Irgendein Ereignis, das die Menschen vertrieb. Hatte in Deutschland nicht die Pest gewütet? In ganz Europa, wenn ich im Geschichtsunterricht aufgepasst hatte. Was nicht der Fall war, weil ich die meiste Zeit im Unterricht damit verbracht hatte, mir die Fingernägel mit Tipp-Ex anzumalen. Lagen wegen der Pest Tote unter der Veranda? Aber wer würde die Opfer einer Seuche vor der Haustür bestatten? Und wenn es keine Seuche gewesen war, wieso lag dann der Ort verlassen da? Oder dachte ich zu kompliziert, und die Menschen waren einfach abgewandert? Vielleicht hatten es die Bewohner Witwerbergs nicht so sehr mit der »Do-it-yourself«-Welle wie die Menschen heute gehabt.

Ich seufzte und ballte die Hände zu Fäusten. Die Gedanken gingen wieder mit mir durch, ich wollte Erklärungen finden, verstrickte mich aber in diesem Vorhaben. All die entwirrten Fäden verhedderten sich zu einem Knäuel aus Verzweiflung. Ich wusste, dass mein Geist versuchte, mich von Ethan abzulenken, vom langen Warten auf Hilfe. Aber so beschissen das auch war, mir blieb nichts anderes übrig. Ich konnte nur versuchen, die Ruhe zu bewahren und mich mit meinem Denken auf das Hier und Jetzt zu konzentrieren.

In diesem Moment fiel mir auf, dass einer der Sparren über mir eigenartig aussah. Es war mir vorher nicht aufgefallen, als ich mich in der Hütte umgesehen hatte. Die anderen Sparren waren alle gerade, aber der breiteste in der Mitte wies an einer

Stelle eine merkwürdige Verdickung auf. Es war aber keine natürliche Rundung durch den Wuchs des Baums. Die Stelle war spitz. Wie eine scharfe Kante.

Ich stand auf und stellte mich auf die Zehenspitzen, um besser sehen zu können. Und auf einmal konnte ich erkennen, dass dort oben etwas auf dem Dachsparren lag. Etwas mit Ecken und Kanten, etwas von Menschenhand Gefertigtes.

Da ich die perfekte Ablenkung gefunden hatte, holte ich sofort meine behelfsmäßige Krücke und versuchte, das Ding vom Balken zu stoßen. Ich brauchte mehrere Versuche; was es auch immer war, offenbar lag es dort schon ziemlich lange. Ich konnte mir nur vorstellen, dass viel Schmutz und Fett den Gegenstand gleichsam mit dem Holz verklebt hatten. Unweigerlich musste ich an die Oberfläche der alten Küchenschränke denken, als Ethan und ich in unsere gemeinsame Wohnung zogen, an die Schicht aus Fett und Staub, die sich nur mit einem Wandschaber hatte entfernen lassen.

Schließlich gelang es mir, das Ding von dem Sparren zu stoßen. Es kippte so schnell herunter, dass ich es nicht rechtzeitig auffangen konnte. Es knallte auf den Boden. Ich zuckte zusammen, als der hölzerne Behälter zerbrach und der Inhalt sich auf den Dielen verteilte.

Mir war recht schnell klar, dass das Kästchen und der Inhalt alt sein mussten. Sehr alt. Für mich sah das nach einer Box mit Krimskrams aus, aber es hatte der Person, die all das zusammengetragen hatte, vielleicht eine Menge bedeutet. Die Dinge sahen jedenfalls ganz nach der Art von Kram aus, den man nur aus Nostalgie aufbewahrt; wie meine Kiste mit den Spielzeugen von den Happy Meals, den Geburtstagskarten und kaputten Halsketten zu Hause.

Die Box schien mal eine Zigarrenkiste gewesen zu sein, aber das Label hatte jemand abgekratzt. Bei den Gegenständen in dem Kästchen handelte es sich um zerfaserte Haarschleifen, ein Glasornament in Form eines Schmetterlings (jetzt zersprungen von dem Sturz), einen Champagnerkorken, eine Muschel, eine getrocknete Rosenknospe und ein paar Stickbilder, die sich mit der Zeit halb aufgelöst hatten. Ich sammelte all die Gegenstände wieder ein und fand noch eine angelaufene Armspange und eine verbogene Haarnadel, die etwas weiter entfernt lagen. Hatte hier ein Mädchen Erinnerungsstücke in diesem Kästchen aufbewahrt?

Der Schmetterling aus Glas sah hübsch aus. Es ärgerte mich, dass er zerbrochen war. Oder war er schon kaputt in das Kästchen gelegt worden? Eher unwahrscheinlich, wie ich erkannte, als ich den Fetzen Zeitungspapier aufhob, in den das Glas einst eingewickelt worden war. Das Papier besaß in etwa die Form der kleinen Glasflügel, weil es schon so lange um das Glas gewickelt gewesen war; es war dünn, brüchig, die Druckerschwärze verschmiert. Ich nahm den Papierfetzen, glättete ihn behutsam und suchte aus reiner Neugierde nach einem Datum. Tatsächlich entdeckte ich eine Jahresangabe inmitten der gedruckten deutschen Wörter: 1814. Also war dieser Ort wirklich alt. Die Zeitung stammte vielleicht noch nicht einmal aus der Zeit, als die Blockhütten gebaut wurden.

Ich war im Begriff, den Glasschmetterling wieder einzupacken, als ich noch etwas auf dem Zeitungspapier entdeckte. Ein Wort, das ich kannte, was an sich schon erstaunlich war, da ich in der Sekundarstufe 1 Französisch gewählt hatte (allerdings hatte ich nicht viel gelernt, außer, nach dem Weg zur Bibliothek zu fragen). Ich konnte kein Wort Deutsch, abgesehen von »Auf Wiedersehen«, aber dieses Wort, um das es ging, fiel mir auf, weil es nicht irgendein Wort war, sondern ein Name. Es war jener Name, den jemand in die Holzkonstruktion des Ziehbrunnens geschnitzt hatte sowie in den Holzklotz, den ich am Tag zuvor vom Schnee befreit hatte: Witwerberg.

Ich runzelte die Stirn. Vielleicht hatte der Papierfetzen gar nicht in erster Linie das Glas schützen sollen, womöglich gehörte er auch zu den Dingen, die in dem Kästchen aufbewahrt werden sollten? Oder es handelte sich bloß um eine Notiz, die jemand anders aufbewahren wollte, weil das Dorf namentlich erwähnt wurde. Auf dem Ausschnitt gab es keine fette Schlagzeile, es handelte sich nur um einen kürzeren Text am unteren Ende einer Seite. Die Überschrift, die mir ins Auge gefallen war, enthielt den Ortsnamen, ein paar kurze Wörter, die »in« oder »und« bedeuten könnten, und ein komisches deutsches Wort, dessen Sinn ich zunächst glaubte, entschlüsseln zu können: »verschwunden«. *Versch-* hörte sich für mich als Engländerin jedenfalls wie ... *first* an? Das »erste« Dorf möglicherweise? Aber was hieß dann *-wunden*? *»wooden«* – also irgendwas mit »Holz«? Ich hatte keine Ahnung. Vielleicht hätte ich Deutsch statt Französisch wählen sollen, aber ehrlich gesagt hätte ich dann wahrscheinlich genauso auf dem Schlauch gestanden. Mein Notendurchschnitt von vier spricht da für sich.

Es war frustrierend, ein Puzzle vor Augen zu haben, das ich mithilfe des Internets in Sekundenschnelle hätte lösen können. Erneut etwas, das ich nie wieder für selbstverständlich halten würde: die Möglichkeit, Dinge zu googeln. Dinge wie »was bedeutet dieses Wort« oder »wie reinige ich Wasser ohne chemische Hilfsmittel«.

Doch selbst wenn ich dieses Wort hätte nachschauen können, hätte ich danach wieder nichts zu tun gehabt und nur daran gedacht, wie hungrig ich war. Daher war es vielleicht ein Segen, denn so verbrachte ich eine ganze Weile damit, die Wörter zu lesen und auszusprechen. Mir fielen englische Begriffe ein, die ähnlich klangen, aber das half offenbar auch nichts. Schließlich überlegte ich, was wohl wichtig genug sein könnte, um in einer Zeitung gedruckt zu werden. Soweit ich das beurteilen konnte, ging es in diesem kurzen Ausschnitt um einen örtlichen Handwerker oder irgendeinen Wettbewerb unter Bäckern.

Zwischendurch untersuchte ich den restlichen Inhalt des Kästchens. Aber der Zeitungsausschnitt war noch das Interessanteste. Alles andere war im Grunde Kram, den wahrscheinlich ein Kind gesammelt hatte. Die Muschel stammte bestimmt von einem Aufenthalt am Strand, der Schmetterling war vielleicht ein Geschenk? Die Rose und der Korken der Champagnerflasche stammten womöglich von einem besonderen Ereignis wie einer Hochzeit. Die kleine verbogene Haarnadel wies eine Blume aus Emaille auf und könnte zur Brautausstattung gehört haben.

Vielleicht dachte ich aber auch nur an Hochzeiten, weil Jess' großer Tag in ein paar Tagen stattfinden würde. Irgendwo in den Bergen strich sie im Hotel womöglich versonnen und voller Vorfreude Falten über ihr Kleid, das natürlich gar keine Falten hatte, und dachte an das große Ereignis. Mein Brautjungfernkleid hing bestimmt längst in meinem leeren Zimmer, falls Jess es nicht schon wieder weggepackt hatte. Wie Reste, die keiner mehr haben wollte. Bei diesem Gedanken krampfte sich mein Herz zusammen; Jess faltete mein Kleid und redete sich ein, dass es nicht so wichtig sei, denn bestimmt dachte sie wieder, dass ich das nicht absichtlich tat. Bitte, Gott, mach, dass sie nicht mehr an das denkt, was beim Beerdigungskaffee passiert ist, bitte mach, dass sie weiß, dass ich ihr das nie mit Absicht antun würde!

»Komm schon, Jess«, murmelte ich vor mich hin und merkte, dass meine Zähne klapperten. »Bitte finde mich.«

Aber ich wusste, es war zwecklos zu hoffen, dass sie bereits nach mir suchte. Dass sie meine Abwesenheit als außergewöhnlich empfand. Denn ich hatte es wieder einmal verbockt. Ich verbockte es meist dann, wenn Jess etwas Besonderes zu feiern hatte. Wann immer sie etwas Tolles oder Großartiges erlebte, zog ich die Aufmerksamkeit auf mich und ruinierte alles. Dabei steckte keinerlei Absicht dahinter. Was es nur noch schlimmer machte. Ich war ein selbstsüchtiges, unbedachtes Kind. Und das nicht einmal nur als Kind – hatte ich nicht vollkommen verpennt, das alte Haus auszuräumen, als Mum und Dad ins Heim gingen? Stattdessen hatte ich während eines viertägigen Musik-Festivals unseren Verkaufsstand besetzt.

Wieder überkam mich Scham. Ich hatte nicht mal versucht, mit ihr über das zu reden, was bei der Beerdigung passiert war, hatte nichts unternommen, um diese Kluft zu überwinden. Jess hatte es auch nicht erwähnt, als wir miteinander sprechen mussten, um diese Reise zu organisieren. Als hätte sie Bedenken gehabt, das alles wieder aufzuwärmen. Oder sie hatte es aufgegeben, irgendetwas anderes mit mir aufzubauen als eine rein oberflächliche Beziehung.

Ich hatte nun diese eine Gelegenheit, um einige Dinge wiedergutzumachen, und jetzt nutzte ich die Gelegenheit schon wieder nicht. Jess würde nie wieder heiraten. Ich wäre nie imstande, das wieder einzurenken. Ein Zucken ging durch meinen Körper, ein Schauer vor Kälte und unter dem Eingeständnis, wieder einmal versagt zu haben.

Draußen frischte der Wind auf. Ich spähte durch die Fensterläden und sah, dass es heftig zu schneien begann. Großartig, wieder ein paar Zoll Neuschnee, durch den ich am Morgen stapfen konnte! Weitere Schneemassen, die mich in Witwerberg festhielten. Ich hoffte nur, dass meine Schilder nicht zuschneiten, auch wenn die Chancen gering waren, dass sie jemand sah. Ich dehnte meinen lädierten Fuß und spürte, dass die Schwellung weiterhin schmerzte. Ob ich es am nächsten Morgen noch einmal bis zur Straße schaffte? Oder lief ich Gefahr, zwischen Dorf und Straße im Schnee stecken zu bleiben, unfähig, auch nur einen weiteren Schritt zu gehen? Wieder eine furchtbare Möglichkeit, die ich in Betracht ziehen musste.

Ich setzte mich erneut ans Feuer und versuchte, mich abzulenken. Ich dachte an meine eigene Hochzeit. Das waren zur Abwechslung mal schöne Erinnerungen. Es war eine kleine Hochzeit gewesen, und wir hatten beschlossen, selbst für die Kosten aufzukommen. Mum und Dad versuchten, mir »Geschenke« zu machen, sie wollten die Location bezahlen und mein Kleid, aber ich blieb stur. Im Hinterkopf hatte ich nicht nur Ethans Stolz gehabt, denn er hasste es, großzügige Geschenke anzunehmen, nein, ich dachte auch an Jess. Ich wollte nämlich keine Mega-Hochzeit, die sie nie toppen könnte. Wenn ich ein kleines Event plante, dann hätte sie vielleicht später Gelegenheit, ihren perfekten Tag zu begehen, so dachte ich damals. Sie sollte die bessere Hochzeit von uns beiden haben.

Ethan und ich, wir hatten uns für schicke Sachen aus Second-Hand-Shops entschieden. Die Klamotten rochen noch ein bisschen nach Mottenkugeln, obwohl wir sie in die Reinigung gegeben hatten. Auf dem Standesamt gaben wir uns das Jawort, zu Gast waren meine Eltern und ein paar unserer Freunde. Ethans Vater hatte die Familie verlassen, als sein Sohn noch klein war, seine Mutter war nach Spanien ausgewandert, kurz nachdem Ethan sich an der Uni eingeschrieben hatte. Ihm lag daher nicht allzu viel an seinen Eltern. Seine Mum schickte ihm fünfzig Pfund in einem Geschenkumschlag, das Geld nutzten wir für ein Büfett in unserer Wohnung. Alles war völlig Siebzigerjahre, mit Schwarzwälder Kirschtorte anstatt einer klassischen Hochzeitstorte.

Mum und Dad ließen sich an dem Tag nichts anmerken und lächelten. Aber ich wusste, dass ihnen unsere Planung missfiel. Mir aber war es wichtig, absichtlich etwas zu tun, das mich in ein schlechtes Licht rückte. Jess erstrahlte bereits so hell, doch meine Eltern nahmen das nicht wahr. Sie konnte nicht mehr tun, als perfekt in allem zu sein, deshalb musste ich einen Mittelweg finden und auf Glamour verzichten. Allerdings brauchte ich keine großen Opfer bringen. Denn Ethan und ich genossen die albernen Retrosachen. Mein Kleid war ein tuntiger Albtraum, und Ethans Anzug hätte aus dem Fünfzigerjahre-Streifen *Carrie* stammen können – Rüschenhemd und Fliege und der ganze Kram. Und wenn ich noch so reich gewesen wäre, ich konnte mir keine Hochzeit vorstellen, die besser zu uns gepasst hätte.

Ich hatte nur eine Brautjungfer, Jess. Ich musste sie regelrecht drängen, bei der Wahl ihres Kleids, der Frisur und des Make-ups ihrer eigenen Vorstellung zu folgen. Ich wollte nämlich nicht, dass sie sich in irgendeinem Siebzigerjahre-Fummel unwohl fühlte. Und sie sah dann auch wirklich wunderbar aus. So gut, dass ich sogar ein bisschen eifersüchtig war, als Ethan meiner

Schwester ein Kompliment für ihr Kleid machte – ein weinfarbenes Etuikleid, das ihre Frisur noch mehr zur Geltung brachte. Doch ich schluckte meinen Stolz herunter.

Ich konnte Jess und Pete sogar überreden, mit uns zu tanzen. Selten hatte ich mich ihr derart verbunden gefühlt, während wir beide uns im Wohnzimmer in einem langsamen Walzer mit unseren Partnern drehten. Das Beste aus meiner Sicht war eigentlich, wie glücklich meine Schwester war. Oder wie glücklich sie zumindest wirkte, damals. Seit dem Zerwürfnis auf der Beerdigung hatte ich mich immer öfter gefragt, inwieweit sie nur versuchte, ihre wahren Gefühle zu verbergen. Aber sie war wenigstens bestrebt, nach außen hin ausgeglichen zu erscheinen. Sie hatte Ethan von Anfang an in der Familie willkommen geheißen, hatte uns für alle Details unserer Hochzeit gelobt. Bei allem, was gewesen war, wünschte sie sich für uns, dass dieser Tag in schöner Erinnerung blieb.

Und jetzt wünschte ich mir das für sie. Ich wollte ihr das Gefühl geben, dass alles, was sie entschieden und geplant hatte, wunderbar war. Weil ich nicht glaubte, dass sie das schon einmal so empfunden hat – die Unterstützung vonseiten ihrer Familie, meine ich, die Anerkennung und Aufmerksamkeit. Ich war die Einzige aus der Familie, die ihr geblieben war, und jetzt lag es an mir, einiges wiedergutzumachen, was sie nicht hatte genießen dürfen. Doch jetzt hatte ich auch das wieder verbockt.

Wie ich schon alles andere ruiniert hatte.

Kapitel 13

»Amelia! Wie siehst du denn aus?«

Das war das Erste, was Mum sagte, als sie Ethan und mir die Tür aufmachte. Für den Bruchteil einer Sekunde glaubte ich tatsächlich, dass sie mich nicht erkannt hätte. Dann wurden ihre Augen groß, und ihr blieb der Mund offen stehen.

Ich will fair bleiben, denn in meinem ersten Semester hatte ich mich wirklich äußerlich stark verändert. Die Tattoos konnte sie zwar nicht sehen, denn eins prangte am unteren Rücken, das andere auf meinem Bein, sicher verborgen. Ich hatte mir den halben Kopf glatt rasiert, und der Rest der Haare war ein blasses Türkis. Ich hatte mir eine Augenbraue gepierct und trug einen Ring in meinem Ohr. Obwohl ich für die Fahrt nach Hause auf einiges von meinem üblichen Make-up verzichtet hatte, war ich, wie mir bewusst wurde, immer noch ganz schön stark geschminkt. So viel Schminke hatte meine Mutter jedenfalls noch nie an mir gesehen. Mir wurde auch bewusst, dass ich Ethan hätte bitten sollen, für diesen Besuch auf Nagellack und Kajal zu verzichten. Seit ich von zu Hause ausgezogen war, hatte ich irgendwann nicht mehr darüber nachgedacht, was Mum und Dad akzeptabel fanden und was nicht.

»Ist Jess schon da?«, fragte ich und ignorierte Mums schockierten Ausruf.

»Ja, sie und Pete sind schon längst da«, erwiderte meine Mutter. »Und ist das der … Gast, von dem du erzählt hast?«

»Ja, das ist Ethan, mein …« Ich zögerte, denn wir hatten die Freund-Freundin-Sache noch nicht am Laufen. Ich wollte ihn auch nicht vergraulen. »… ein Freund von der Uni. Er hat auch den Musikkurs belegt; nicht mein Seminar, aber ein ähnliches. Wie gesagt, seine Mum ist in Spanien, da dachte ich, es würde ihm gefallen, Weihnachten mit zu uns zu kommen.«

»Nett, Sie kennenzulernen«, sagte Ethan. »Sie haben ein schönes Haus.«

Am liebsten hätte ich ihm einen Tritt verpasst, weil es in meinen Ohren so offensichtlich sarkastisch klang, denn die Fassade des Hauses war nun wirklich hässlich – auch die ätzenden Netzgardinen und der weiße Spießerzaun –, aber Mum nahm das als Kompliment. Genau wie Dad, als Ethan ihn per Handschlag begrüßte und dann anbot, nach dem Essen die Auffahrt vom Schnee zu befreien. Er verhielt sich wirklich vorbildlich in Gegenwart meiner Eltern. Ich hatte Ethan mit der Aussicht auf ein üppiges Weihnachtsessen und jede Menge Alkohol gelockt, aber für mich war es trotzdem seltsam, dass er sich wie einer von Jess' Freunden verhielt – tadellos und höflich.

Ihr neuer Freund war da keine Ausnahme. Tja, neu in dem Sinne, dass ich ihn noch nicht persönlich kennengelernt hatte. Bislang hatte mir Schwesterherz von Pete nur erzählt, der wie ein Lehrer aussah. Er wirkte so gesetzt, war ordentlich gekleidet, aber die Klamotten sahen altbacken aus, überhaupt nicht der Vintage-Look, den wir mochten. Auf mich wirkte Petes Kleidung eher wie »bis vor Kurzem bin ich immer mit meiner Mutter einkaufen gegangen.« Trotzdem, er war ein netter Kerl.

Jess sah toll aus. Sie hatte das Haar wachsen lassen und zu einem unfassbar komplizierten Zopf geflochten. Sie trug Perlenohrringe und einen beigefarbenen Pullover, der sich unglaublich weich anfühlte, als sie mich umarmte. Kaschmir? Sie musste eine Menge Geld verdienen.

»Du siehst so anders aus«, schwärmte sie und fuhr mir mit einer Hand durchs türkis gefärbte Resthaar. »Gefällt mir.«

»Danke«, sagte ich und war stolz. Allerdings hatte mich Mums Reaktion ein bisschen gehemmt. »Das Shirt habe ich von einem Kilo-Sale, den Ethan kennt.«

Jess schenkte ihm ein breites Lächeln. »Das ist also der Ethan, der dich mit zu all den tollen Konzerten nimmt?«

Ethan errötete zum ersten Mal, seitdem ich ihn kannte, dann nickte er. »Keine große Sache eigentlich. Ich kenne einfach eine

Menge Typen, die den Sound und die Beleuchtung machen, das ist alles.«

»Ihr beide seid echt süß«, sagte Jess. »Ich bin froh, dass Mila jemanden hat, der an der Uni auf sie aufpasst.«

»Oh, Gott«, beklagte ich mich und verdrehte die Augen.

Sie lachte nur. »Komm, Ethan, hast du schon Pete kennengelernt – er ist auch ein kleiner Musik-Nerd. Aber meistens hört er Jazz.«

Ethan warf mir einen »Hilf mir«-Blick zu, als Jess ihn zu ihrem Freund zog. Ich winkte ihm spielerisch zum Abschied zu und schnappte mir ein Glas Wein.

»Nur das eine Glas, ja. Deine Mutter braucht noch was davon«, sagte Dad und pirschte sich gleichsam an mich heran. »Dein neuer Aufzug war … ein kleiner Schock.«

»Verstehe ich gar nicht«, neckte ich ihn, halb im Ernst. »Ich wollte immer schon was mit meinem Haar machen und ein paar Piercings haben. Aber ihr habt mich ja nie gelassen.«

»Wir wollen ja nur ein bisschen auf dich achten.« Dad seufzte. »In zehn Jahren schaust du dir Fotos von heute an und fragst dich, warum du dich nur so gekleidet hast. Glaub mir. Und wo willst du eine Arbeit finden, wenn du in diesem Aufzug erscheinst?«

Innerlich verdrehte ich die Augen. Jess hatte so etwas nicht über sich ergehen lassen müssen. Sie ging mit genau der Kleidung zur Uni, die sie nun trug. Die gleichen Sachen, die Mum trug; neutral, klassisch geschnitten, langweilig. Doch Mum hatte sie trotzdem ständig ausgequetscht, bohrte immer nach, mit wem sie gerade befreundet war, ob sie Alkohol trank oder zu viel Geld ausgab.

»Aber dein Freund macht ja einen ganz netten Eindruck«, sagte Dad mit leichtem Widerwillen und sah hinüber zu Jess, die Ethan mit Pete bekannt gemacht hatte. Meine Schwester warf mir einen Blick zu und lächelte, eine Hand leicht auf Ethans Schulter. »Abgesehen von seinem Modegeschmack ist er ein netter Junge. Sehr nett.«

»Ja, stimmt«, antwortete ich und hoffte, dass Ethan nach diesem Besuch wirklich mein Freund sein würde. Offiziell. »Er ist ein netter Kerl.«

Kapitel 14

Am nächsten Morgen fiel mein Blick als Erstes auf die schwindenden Rationen. Am Tag zuvor hatte ich Chips gegessen und mittags den letzten Kaffee getrunken. Mein Frühstück am vierten Tag bestand aus dem letzten Schokoriegel und einer Tasse heißen Zuckerwassers. Es sah gar nicht gut für mich aus. Obwohl ich mir meinen Proviant streng einteilte, hatte ich jetzt nur noch drei kleine Chipspackungen, zwei haltbare Döschen Kondensmilch, einmal Zucker und das Tütchen Ketchup. Gerade genug für eine karge Mahlzeit heute und vielleicht noch einmal am nächsten Morgen. Dieses Rationieren löste bei mir ein Gefühl aus, als hätte sich mein Magen zu einem kleinen, sich taub anfühlenden Ball zusammengezogen. Doch dann schmerzte er wieder so stark, dass ich glaubte, mir würde speiübel.

Meine Strategie war bisher gewesen, den Magen mit Kaffee und heißem Wasser zu füllen, aber auch das nützte nichts. Den Proviant könnte ich nur noch einen Tag strecken, zwei Tage allerhöchstens, aber danach sah es düster für mich aus. Im Wald hatte ich bislang nichts Essbares entdeckt, allerdings wusste ich nicht einmal, wonach ich suchen müsste. Abgesehen von den Kiefern war der Boden schneebedeckt, und nichts schien zu wachsen. Immer öfter schielte ich zu den grünen Nadeln an den Zweigen und fragte mich, ob ich die vertragen würde – oder mich damit nur vergiftete.

Letzten Endes teilte ich meinen erbärmlichen Proviant in drei kleine Haufen: eine Chipstüte pro Mahlzeit, mit einer Tasse Wasser, gesüßt. Das ergab drei Mahlzeiten. Wenn man das überhaupt so bezeichnen konnte. Mein Blick ruhte auf den Döschen Kondensmilch und dem Tütchen Ketchup. Das waren meine Joker. Was sollte ich damit machen?

Hatte ich nicht einmal eine Sendung über Obdachlose gesehen, die sich Mahlzeiten dieser Art zubereiteten? Angeblich machten sie sich Suppen aus diesen Tütchen, die es gratis gab, und Kaffeeweißer. Was auch immer das genau war. Irgendwas Amerikanisches. Aber vielleicht taugte das für eine weitere Mahlzeit, eine, die zwar kaum Kalorien zur Verfügung stellte, aber zumindest das nagende Hungergefühl lindern könnte.

Nur, was würde ich tun, sobald diese Mahlzeiten verbraucht waren? Ich würde verhungern. Das war die einzig plausible Erklärung. Es sei denn, ich fände ein totes Tier oder etwas, das ich über dem Feuer kochen könnte. Aber wäre ich wirklich imstande, ein Kaninchen zu essen, das vielleicht ein Wolf getötet und zum Sterben zurückgelassen hatte? Im Augenblick konnte ich mir das nicht vorstellen, doch das mochte in einigen Tagen schon anders aussehen. Keine Ahnung, wie verzweifelt ich dann sein würde. Ein Schauer durchrieselte mich.

Zu all meinen Sorgen kam die Kälte noch hinzu. Ich spürte sie die ganze Zeit, als wäre sie mir bis in die Knochen gefahren und weigerte sich, je wieder loszulassen. Da ich so wenig zu essen hatte, konnte ich die Kälte nicht mit einer heißen Mahlzeit bekämpfen. Ich bekam zu wenig Kalorien, um meinen Körper zu stärken. Selbst das Feuer half da nicht viel.

Trotzdem musste ich weiterhin nach draußen gehen. Erstens brauchte ich frisches Wasser. Außerdem musste ich zur Toilette, und das bedeutete, ich musste hinter die Blockhütte zum Waldrand laufen. Diesen Moment schob ich ständig vor mir her, diesen Moment der Verwundbarkeit, aber irgendwann ließ sich der Drang nicht mehr ausblenden. Hätte ich eine Art Eimer gehabt, hätte ich kein Problem damit gehabt, mich in der Hütte zu erleichtern. Wieder etwas, das ich auf die immer weiter anwachsende Liste meiner Survival-Sachen setzte, ohne die ich keine Reise mehr antreten würde.

Außerhalb des verräucherten Halbdunkels der Hütte lag das kleine Dorf in gleißendem Weiß. Die Kälte übertraf alles. Ganz egal, wie oft ich damit konfrontiert wurde, sie raubte mir jedes Mal den Atem. Das ganze Gebiet war von frischem Schnee überzogen. Erneut hielt ich Ausschau nach Fußspuren, entdeckte aber wie immer keine. Am Tag zuvor war ich leise gewesen, und meine Angst war so verblasst wie die alte Zeitung, die ich gefunden hatte. Inzwischen war ich natürlich immer noch unruhig, aber ich hatte keine panische Angst mehr, denn ich war mir ziemlich sicher, dass ich allein in Witwerberg war, was auch immer geschah.

Hinter der Blockhütte kratzte ich ein Loch in den Schnee und bedeckte dann den Nachweis meiner morgendlichen Routine mit einer Ladung Schnee. Dann stapfte ich den Weg, den ich gekommen war, wieder zurück zum Eingang. Dabei stieg mir für einen Augenblick mein eigener Körpergeruch in die Nase. Ich verzog das Gesicht. Auch saubere Kleidung war von nun an für mich etwas, das ich nicht länger für selbstverständlich nehmen würde. Insbesondere Unterwäsche. Ich roch wie ein alter Turnbeutel, verschwitzt und muffig. Mich ließ der Gedanke nicht los, dass ich mehrere Wechselklamotten unten im Auto in der Senke hatte, fein säuberlich im Koffer zusammengefaltet. Wäre das mit dem Knöchel besser gegangen, hätte ich mich sofort auf den Weg zum Auto gemacht; doch das durfte ich nicht riskieren, nur weil ich es sauber und bequem haben wollte. Ich schaute an mir herab und rümpfte die Nase. Meine Leggins hatten sichtbare Ränder, an den Stellen, die feucht vom Schnee wurden und dann wieder trockneten. Die Ärmel des Hoodies waren angesengt, weil ich sie als Ofenhandschuhe missbrauchte, wenn ich die Dose mit Wasser aus dem Feuer nahm.

Gerade stieß ich einen niedrig hängenden Zweig aus dem Weg, als ich auf der anderen Seite der Lichtung eine Bewegung zwischen den Bäumen wahrnahm. Ich erstarrte und wagte kaum zu atmen, während dort drüben ein Schatten zwischen den Stämmen zu erahnen war. Nicht einfach ein Schatten, sondern *der* Schemen. Jene Gestalt, die ich im Schneesturm gesehen hatte. Ich wusste es einfach, obwohl ich den Schemen vor Tagen kaum hatte sehen können und auch jetzt nur einen Blick auf ihn erhascht hatte. Ich konnte seine Anwesenheit spüren. Dort drüben war jemand im Wald, und jetzt lief er fort – oder sie?

Vielleicht lag es daran, dass ich den Unbekannten verjagt hatte. Man hat kaum Angst vor etwas, das flieht. Womöglich lag es auch daran, dass seit Kurzem meine Angst vor geisterhaften Erscheinungen verblasst war. Ich war selbstbewusster geworden, und sobald ich diese Gestalt entdeckte, ging mein Geist davon aus, dass es eine Person war. Kein Geist oder Dämon, auch keine unbestimmbare Kreatur. Nur eine Person, und zwar eine, die ich meiner Ansicht nach abwehren könnte, falls es sich als nötig erwiese.

Inzwischen hätte ich jedoch wissen müssen, dass ich meinem Geist nicht länger trauen durfte. Er gaukelte mir Sachen vor.

Und trotzdem … Meinem Instinkt folgend, ließ ich die Dose fallen, die ich eigentlich mit Schnee hatte füllen wollen, und rannte tiefer in die Lichtung. Mein Knöchel stach noch hier und da, war aber insgesamt belastbarer, zumindest auf ebener Fläche. Ich stapfte wie wild quer durch das Dorf, der Schnee flog in alle Richtungen. Zwar konnte ich die Gestalt nirgends mehr sehen, aber sie war dort gewesen, dessen war ich sicher. Genau dort, zwischen den letzten beiden Blockhütten. Als ich den Waldrand erreichte, wurde ich langsamer. Der Schnce bildete hier kleine Hügel, darunter lagen verdeckte Äste am Boden. Das Gelände war uneben. Dennoch sah ich klar und deutlich, dass es dort keinerlei Fußspuren gab.

Ich stand da, blickte mich um und überlegte, ob ich die Gestalt womöglich weiter links oder rechts gesehen hatte. Aber nirgends waren Spuren im Schnee. Nichts, das darauf hinweisen würde, dass jemand in der Nähe gewesen war. Oder war der Unbekannte doch viel tiefer im Wald geblieben? Nur, wohin war er oder sie dann gelaufen?

Wieder überkam mich das vertraute Prickeln der Angst. Von jetzt auf gleich war meine Gewissheit dahin, und schon stellte ich wieder alles infrage. Ich war auf etwas zugelaufen, das ich für eine Person hielt, doch es gab keinen Beweis, dass dort jemand gewesen war. Ich hatte also entweder nichts gesehen, oder das, auf das ich zugelaufen war, hinterließ aus einem unerklärlichen Grund keine Spuren.

Ich war mir aber sicher, etwas gesehen zu haben. Das waren keine schemenhaften Umrisse im Schneegestöber gewesen. Ich hatte einen realen Körper wahrgenommen, eine physische Präsenz. Und dieses Mal waren keine optischen Täuschungen mit im Spiel gewesen. Blieb also die Frage, wie jemand oder etwas, das ich hier hatte laufen sehen, keine Spuren hinterlassen haben konnte. Ein Dutzend mögliche Erklärungen gingen mir durch den Kopf, eine lächerlicher als die andere: Schneeschuhe, eine Seilrutsche, eine Puppe, die mit einer Winde in die Baumwipfel gezogen wurde. Und plötzlich war keine der durchaus realistischen Vorstellungen so glaubwürdig wie die Idee, dass es doch ein Geist oder Gespenst gewesen sein könnte. Ich bildete mir ein, dass dieses Dorf von den Menschen heimgesucht wurde, die hier gestorben waren … oder von jenen Kreaturen, die einst die Bewohner aus Witwerberg vertrieben hatten.

Ich versuchte, diese Vorstellung zu verwerfen, doch dann kam mir ein anderer beunruhigender Gedanke. Was, wenn ich weder eine Person noch eine Kreatur gesehen hatte, sondern ein Tier? Ein leichtes Tier, das vielleicht nur unscheinbare Spuren hinterließ und keine großen, gut sichtbaren Abdrücke. Etwa ein Wolf, der zwischen den Bäumen schnürte, im Jagdfieber, in der Nase den Geruch leichter Beute.

Das Gefühl, beobachtet zu werden, war wieder da, und ich blickte mich um und suchte den Waldrand ab. Ich hielt Ausschau nach allem und nichts, nach einem Menschen, nach dem Funkeln von Tieraugen oder der Atemwolke eines Raubtiers, bei dem Fleisch auf dem Speiseplan stand. Dann hörte ich einen Zweig knacken, fuhr herum und versuchte, herauszufinden, von wo genau der Laut gekommen war. Doch nichts.

Ich hörte nur mein eigenes, verzweifeltes Atmen, das Blut rauschte in meinen Ohren. Ich wusste nicht mehr, was ich tun sollte: weitermachen und versuchen, dieses Etwas zu fangen? Oder davor wegrennen?

Plötzlich nahm ich wieder eine Bewegung wahr, und ohne nachzudenken, jagte ich diesem Etwas hinterher. Es war keine bewusste Entscheidung, es geschah aus blindem Instinkt. Ich hatte keinen Plan, wie ich mich verhalten würde. Mensch oder Tier, Geist oder Wesen aus Fleisch und Blut, sobald ich ihn oder es gefunden hätte, war ich im Grunde auf nichts vorbereitet.

Ich war nicht weiter als hundert Meter gekommen, als ich mit meinem lädierten Fuß über irgendetwas stolperte und der Länge nach in den Schnee fiel. Der Aufprall presste mir die Luft aus den Lungen; der verschneite Untergrund war überraschend hart. Ich spuckte und schüttelte Schneekristalle aus meinem Gesicht, schaute auf und sah, dass sich bei den Bäumen vor mir nichts regte. Wer oder was auch immer dort gewesen war, die Erscheinung war wieder verschwunden.

Ich suchte im Schnee nach Halt und spitzte die Ohren. Doch alles, was ich hörte, waren meine eigenen Bewegungen; das Rascheln meiner Jacke und mein schneller, schnaufender Atem. Dann strichen meine Finger über etwas Hartes. Ich hielt es für einen Ast und zog daran, in der Hoffnung, ihn als Waffe zu benutzen, falls mich der Schemen plötzlich anfallen sollte. Inzwischen wollte ich nur noch zurück in meine Blockhütte und fortan den seltsamen und beunruhigenden Wald meiden. Dann erst blickte ich auf das, was ich aus dem Schnee gezogen hatte.

Der Schrei, der sich meiner Kehle entrang, hallte durch die Bäume, bis er kaum noch menschlich klang. Eine innere Stimme schrie mir zu, loszulassen, aber meine Finger waren so steif wie die abgetrennte Hand, die sie festhielten. Ich konnte meinen Körper nicht dazu bringen, mir zu gehorchen. Schließlich durchlief mich ein Schaudern, und endlich öffnete sich meine verkrampfte Hand – und ich stolperte hastig von dem grässlichen Stumpf weg. Der Schnee stob in alle Richtungen.

Ein erneuter Schauder erfasste mich, kraftlos sackte ich auf alle viere im Schnee. Ich glaube, ich hätte mich erneut übergeben, wenn mein Körper nicht längst so sehr auf Nahrungsentzug gewesen wäre. Ich merkte, dass ich nichts gegen das Zittern tun konnte, und das Gefühl, diese abgeschlagene Hand in meiner gehalten zu haben, beherrschte meine Gedanken. Für einen

Moment glaubte ich, ich würde komplett zusammenbrechen. Nur eines verschaffte mir einen klaren Kopf – der Ring an der Hand. Ein Ehering, an der Hand eines Mannes, auch wenn die Hand gefroren und stark verstümmelt war.

Ich betrachtete die Hand, sah das bläulich-graue Fleisch und erkannte rissige, rötlich-braune Male, die von Zähnen hinterlassen worden waren. Das Gefühl, diese gefrorene Hand in meiner gehalten zu haben, würde ich bis an mein Lebensende nicht vergessen. Die Haut hatte sich so fremd angefühlt, war unter den eisigen Bedingungen hart wie Stein gewesen. Die Bisswunden – schorfige gefrorene Abdrücke von Zähnen – hatten sich rau an meinen Fingern angefühlt. Ich wusste nicht, ob dies Ethans Hand war. Sie war verstümmelt, ein Klumpen Eis, der von jedem hätte stammen können.

»Ethan?« Meine Stimme war nicht mehr als ein heiseres Krächzen. Ich hatte gefühlt ewig nicht gesprochen. »Ethan?«, brachte ich wieder hervor, als könnte mir die Hand antworten.

Verzweiflung vertrieb den anfänglichen Abscheu, und ich sank auf die Knie, fuhr wahllos mit den Händen durch den Schnee. Handschuhe hatte ich nicht mitgenommen, da ich ja eigentlich nur kurz vor die Hütte treten wollte. Meine Finger wurden schnell rot und rau, während ich im Schnee wühlte, aber das fiel mir kaum auf. Ich war auf das aus, was der Schnee mir womöglich noch alles vorenthielt. Wenn dort die Hand lag, was mochte dann noch alles unter dem Schnee verborgen sein?

Rasch fand ich den Arm, von dem die Hand abgebissen worden war. Ich ließ ihn liegen und wischte nur den Schnee fort. Als Nächstes befreite ich die Schulter von Schnee, dann den Hals, zuletzt das Gesicht: das Gesicht eines Fremden, verzerrt vor Schmerz. Ich wagte nicht, genauer hinzusehen, mein Blick huschte zum neutralen Schnee. Ich wollte nicht länger als nötig in die leeren Augenhöhlen schauen, auch nicht auf die roten Risswunden und die Stellen, an denen einst Haut und Fleisch waren – Bisse von Tieren.

Es war nicht Ethan. Überhaupt keine Ähnlichkeit. Mehr brauchte ich nicht zu wissen.

Ich sank im Schnee auf meine Fersen zurück und betrachtete den Toten, wobei ich weiterhin das entstellte Gesicht mied. Eine eigenartige Taubheit machte sich bemerkbar. All meine Emotionen stürmten gleichzeitig auf mich ein, doch ich vermochte nicht, sie auseinanderzuhalten, und empfand daher gar nichts mehr. Fast so, als befände ich mich außerhalb meines Körpers. Nur mein Atem erdete mich.

Langsam legte ich den Rest des reglosen Körpers frei. Ich weiß nicht, was mich dazu veranlasste. Vielleicht so etwas wie morbide Faszination? Möglicherweise konnte ich auch keine weiteren Geheimnisse ertragen, keine rätselhaften Dinge mehr um mich dulden. Ich musste hinsehen, brauchte Gewissheit. Denn dies war kein Skelett in einem Loch. Dies war ein Mensch, mit Fleisch und Kleidung und einem Gesicht, das ich nicht genauer zu betrachten wagte. Dieser Tote war an dem Ort gewesen, an dem ich mich im Augenblick befand, und hier war er auch gestorben. Ich musste wissen, warum und wie. Musste mir Klarheit darüber verschaffen, was das für mich bedeutete.

Er trug einen Anzug, das war das Erste, was mein Geist registrierte. Ein Anzug auf einem Berg? Ungewöhnlich. Nicht normal. Neben dem Ehering trug er am anderen Handgelenk eine ziemlich teuer aussehende Uhr. Ich konnte mich nicht dazu überwinden, seine Taschen zu durchsuchen oder seine Haut zu berühren. Das wäre zu viel gewesen, zu schrecklich. Ich befreite den Toten lediglich vom Schnee, damit ich ihn ganz sehen konnte. Um mir allmählich Gedanken darüber zu machen, in was ich da, um alles in der Welt, bloß hineingeraten war. In ein verfluchtes Dorf mit Skeletten unter einer Veranda und einer Leiche im Wald. Aber dieser Tote war so viel schlimmer als irgendwelche Knochen im Boden.

Die Skelette unter der Veranda hatte man eingehüllt und zur Ruhe gebettet, die Leichen waren trotz der Kälte verwest, übrig geblieben waren nur die Knochen. Sie lagen dort schon lange Zeit, vielleicht seit Beginn des 19. Jahrhunderts, seit dem Datum auf dem Zeitungsausschnitt, den ich entdeckt hatte. Aber dieser

Mann … Ich sah genauer auf die Uhr, wischte den Schnee vom Glas. Ethan hatte eine Leidenschaft für schräge Uhren und renkte mir oft halb die Schulter aus, wenn er mich wieder mal zum Schaufenster eines Juweliers zerrte, in dem er besondere Stücke entdeckt hatte. Die Uhr des Toten war eine Omega und sah verdammt neu aus, mit den blauen und roten Markierungen einer Taucheruhr. Ich wappnete mich innerlich gegen diese pietätlose Maßnahme, streckte jedoch die Hand aus und nahm dem Toten die Uhr ab. Als meine Finger über die kalte, steife Haut glitten, fühlte ich aufsteigende Galle in meiner Kehle.

Schließlich hielt ich die Uhr in der Hand und rückte rasch wieder ein Stück weit von dem Toten ab. Insgesamt eine saubere Angelegenheit, nur Metall und Glas. Keine zerfetzte Haut, nichts Blutiges.

Oft genug hatte ich die Preise in Schaufenstern gesehen, bei denen einem die Augen übergingen, und wusste daher, dass diese Uhr nicht billig war. Die kostete mindestens fünf Riesen. Ich betrachtete sie von allen Seiten, auf der Suche nach einer Gravur. Ich spekulierte auf eine Jahreszahl, aber was ich fand, war genauso gut. Auf der Rückseite war nämlich das Logo der Olympischen Winterspiele in Peking zu erkennen. Vermutlich hielt ich eine Sonderedition von 2022 in Händen. Was wiederum bedeutete, dass dieser Mann bis vor Kurzem noch gelebt hatte.

Die Uhr glitt mir aus der Hand und versank im losen Schnee, genau zwischen den teuren Schuhen des Mannes. Ich hatte plötzlich so viele Fragen. Wer lag da vor mir, und wieso war er so gekleidet, als hätte er zu einer Vorstandssitzung gewollt? Auf welche Weise war er gestorben, was hatte ihn angefallen und verstümmelt – und trieb sich dieses Tier noch in der Nähe herum?

Beim letzten Gedanken ließ ich den Blick erneut durch den Wald schweifen. Hatte ich in Wirklichkeit keine Person, sondern einen Wolf oder einen Bären gesehen? Wilde Tiere, die durch den Wald zogen? War ich tatsächlich so dämlich gewesen, genau zu der Stelle zu laufen, die ein Raubtier zum Fressen aufsuchte?

Mit einem Mal war der Drang sehr stark, möglichst schnell zur Hütte zurückzukehren. Ich konnte nicht mehr bei dem Toten bleiben, ich musste fort von dort, so weit weg, wie ich nur konnte. Hier durfte ich mich nicht länger aufhalten, falls das Tier, das den Mann angefressen hatte, für einen Nachschlag zurückkam. Außerdem hielt ich es in unmittelbarer Nähe des Toten sowieso nicht mehr aus, bildete ich mir doch langsam ein, seine Blicke zu spüren. Zumindest hatte ich das Gefühl, als würden mich die leeren, blutigen Augenhöhlen anstarren.

Ehe ich aufstand, fasste ich in den Schnee, um die Uhr wiederzufinden. Es war ein Reflex, etwas aufzuheben, das ich fallen gelassen hatte. Denn ich hatte keinerlei Verwendung für die Armbanduhr.

Meine Finger versanken also im Schnee, und dann passierten zwei Dinge gleichzeitig, sodass mein Körper erstarrte und mein Denken zum Erliegen kam. Eher zufällig fiel mein Blick auf das Gesicht des Mannes, und zum ersten Mal machte ich mir bewusst, wie sehr die Gesichtszüge von Schrecken und Schmerz verzerrt waren.

Im selben Moment schlossen sich meine Finger um die Armbanduhr. Aber als das geschah, strich ich mit den Fingerspitzen über die Lippen und die Nase eines Menschen – eines menschlichen Gesichts, das zwischen den beiden polierten Schuhen im Schnee vergraben lag.

Kapitel 15

Ich riss die Hand zurück, als hätte ich mich an der eisigen Haut verbrannt. Dann kroch ich ein Stück weit fort und blickte zu Boden. Dort, gerade erst freigelegt von meiner tastenden Hand, erkannte ich das Gesicht einer Frau. Ihre Augen waren geschlossen, ihr Mund hing schief und war geöffnet, die starre Mundhöhle voller Schnee.

Diesmal kotzte ich auf die Schneedecke, nur einen Fuß von den Leichen entfernt. Mein Körper zitterte so stark, dass ich kaum imstande war, mir über den Mund zu wischen. Inwieweit das Zittern nun auf die Kälte oder auf Abscheu zurückzuführen war, vermochte ich nicht zu sagen. Kurz darauf, mit pochendem Kopf, hielt ich mir mit eiskalten Händen die Ohren zu und versuchte, das Rauschen meines eigenen Pulses auszublenden. Ich hatte das Gefühl, als würden die Bäume auf mich zukommen, als würde mir die Kälte die Luft aus dem Leib saugen. Sogar der Boden unter meinen Füßen schien zu schwanken, als wolle er mich von den Beinen holen.

Es dauerte, bis ich die Fassung wiedererlangt hatte. Ich kniete im Schnee, den Blick abgewendet von den beiden Leichen. Vornübergebeugt kauerte ich am Boden, meine Stirn berührte fast den sauberen Schnee. Kalter Schweiß war mir in den Nacken gelaufen, das Haar klebte mir am Kopf, im Mund hatte ich den Geschmack bitterer Galle. Langsam richtete ich mich auf und sah noch einmal auf das Gesicht im Schnee. Eine Frau, vielleicht in meinem Alter oder etwas älter. Warum lag sie hier draußen? Was, zum Teufel, war mit ihr passiert?

Was stand *mir* noch bevor?

Meine Hände zitterten, als ich langsam anfing, die zweite Leiche freizulegen. Als Erstes befreite ich die Ohrmuscheln von Schnee, dann den Hals und den Kragen einer mehrfarbigen

Outdoor-Jacke. Während ich die Tote mit bloßen Händen freischaufelte, legte sich das lange, dunkle Haar der Frau wie Seegras um meine Finger. Bei der Berührung ging ein Zucken durch meinen Körper. Ein Gefühl von Unwirklichkeit machte sich breit, meine Hände schienen aus eigenem Antrieb zu handeln, während ich ihnen aus weiter Ferne zusah. Jetzt, da der erste Schreck verflogen war, erfasste mich erneut dieses Gefühl von Taubheit, das mich abschirmte und mir eine trügerische Sicherheit verschaffte.

Ein Arm der Frau lag quer über der Brust, als habe sie versucht, etwas abzuwehren. Ihre Finger waren runzlig von der Kälte, aber ihr Ring war nicht abgefallen; ein goldener Reif mit einem glitzernden Diamanten. Im Ohr hatte sie ebenfalls diamantenbesetzten Schmuck. Der Mann und die Frau trugen Schmuck im Wert von über zehntausend Pfund am Leib. Entweder hatte jemand sie einfach dort liegen lassen, der sie nicht ausrauben wollte, oder es war schlichtweg niemand hier oben aufgetaucht, der die Leichen hätte plündern können.

Oder die beiden waren von jemandem ermordet worden, dem Geld vollkommen egal war.

Ich schüttelte den Kopf, versuchte, die Gedanken zu verscheuchen, die schon wieder um das Übernatürliche kreisten. Doch sosehr ich mich bemühte, mein Geist blieb hartnäckig. Selbst hier im Wald, ein Stück weit vom Dorf entfernt, spürte ich Blicke. Ich spürte, dass mich etwas von den Bäumen aus beobachtete.

Während ich auf die beiden Toten vor mir starrte, stellte sich mir die Frage, ob sie mit diesen Erscheinungen zu tun hatten. Ob es eine Art von Geist oder Nachhall dieser Menschen war, der meine ursprüngliche Aufmerksamkeit erregt hatte. Suchten diese Toten den Ort heim, genau wie die Geister der Menschen, neben deren Gerippen ich seit einigen Tagen ausharrte? Wie viele Tote mochte es noch in diesem Witwerberg geben? Wie viele würden es noch sein, bevor ich nicht länger leugnen konnte, dass etwas grundsätzlich nicht stimmte mit dem Ort –

dass hier Sachen vor sich gingen, die nicht mehr rational zu erklären waren? Etwas, das den Tod brachte, und zwar all denen, die zufällig in den Bannkreis des Dorfes gerieten.

Dann wurde mir klar, dass ich bei diesen beiden Menschen genauso wenig wusste, was sie getötet hatte, wie bei den Skeletten. Allerdings war das auch kaum zu beurteilen, da sie Kleidung trugen. Die Frau hatte eine dicke Jacke an, und der Mann verdeckte sie auch noch halb, sodass ich nicht viel von ihrem Oberkörper sehen konnte. Nur den verschränkten Arm, ihren Kopf und die Schultern. Und der Anzug des Toten war so dunkel, auf den ersten Blick konnte ich zumindest kein Blut auf dem Stoff erkennen. Ich konnte nur seine Extremitäten sehen, und die waren angefressen worden. Aber das war womöglich passiert, als er längst tot war.

Was hatte die beiden getötet, und wann waren sie gestorben? Hatten sie zusammen den Tod gefunden, oder war die Frau unter dem Körper des Mannes zuerst gestorben? Waren sie überhaupt gemeinsam auf den Berg gekommen, oder kannten sie sich gar nicht und hatten nur zufällig an ein und derselben Stelle ihr Leben verloren? Wenn ja, wie und warum?

Rein vom Äußeren her bezweifelte ich, dass sie gemeinsam nach Witwerberg gekommen waren. Der Mann trug einen maßgeschneiderten Anzug und diese teure Uhr, die Frau Outdoor-Kleidung. Außerdem schätzte ich den Mann deutlich älter ein als die Frau, aber ich wollte nicht noch einmal in sein Gesicht schauen, um den Altersunterschied genauer zu ermitteln. Sein Haar wurde schon grau, und sie sah gerade wie Anfang zwanzig aus. Seine Kleidung ließ vermuten, dass er zu einem Geschäftstermin wollte, sie war offenbar wandern gewesen. Nein, diese beiden Leute mussten getrennt voneinander hier aufgetaucht sein und aus unterschiedlichen Gründen.

Wie kam es dann, dass bisher niemand die Leichen gefunden hatte? Die Frau trug einen Verlobungsring; da musste doch ihr Verlobter gemerkt haben, dass sie verschwunden war. Sie lagen unter einer Schneedecke, die etliche Tage alt war, vielleicht sogar

Wochen. Die Kälte hatte die Leichen … konserviert. Es war undenkbar, dass sie erst vor Kurzem gestorben waren. Was war mit den Kollegen des Mannes? Er sah wichtig aus, zumindest reich. Suchte denn niemand nach diesen Menschen, oder lag Witwerberg tatsächlich so abgelegen?

Ungebetene Gedanken über das Bermudadreieck kamen mir in den Sinn. Ich dachte an einen Ort, an den man ohne Weiteres gelangte, aus dem man aber nicht mehr entkam. Vielleicht war das das Geheimnis von Witwerberg: Zufällig verschlug es Leute in dieses Dorf, das sie dann nie wieder verlassen konnten. Womöglich hatte mich nur deshalb noch kein Mensch gefunden, weil man mich nie finden würde. Genau wie diese Leute könnte auch ich eines langsamen Todes sterben und unter einer Schneedecke begraben liegen bleiben.

Was, wenn dieses Etwas – was es auch immer sein mochte – Ethan längst in seinen Fängen hatte? Lag auch sein Körper irgendwo dort draußen, unter all dem Schnee? War ich sogar schon über seine Leiche hinweggegangen, ohne es zu ahnen? Bei diesem Gedanken entfuhr mir unwillkürlich ein Wimmern, und ich blickte mich hastig um, als würde ich jeden Augenblick Ethans gefrorenes Gesicht zwischen zwei verschneiten Erdhügeln erblicken.

Dieser Möglichkeit konnte ich mich nicht stellen, auch nicht dem Anblick der Toten, der diese neue Angst in mir wachgerufen hatte. Ich musste fort von hier. Musste mich in Sicherheit bringen. Ich wandte mich ab und stapfte langsam, wie benommen zurück zur Hütte. Während des Rückwegs suchte ich den Boden unter meinen Füßen ab, voller Angst, dass ich Augen sehen würde, die durch die dichte, weiße Decke zu mir aufschauten. Oder Hände, die sich mir zwischen Baumwurzeln hindurch entgegenstreckten. Meine eigenen Hände, rot vom Graben im Schnee, pulsierten schmerzhaft und juckten von der Kälte.

Als ich wieder den Halbkreis aus Blockhütten betrat, hielt ich inne, von einer neuen Angst erfasst. Dort, rechts von meiner Hütte, stand das halb verfallene Gebäude, unter dessen Veranda ich die drei Skelette gefunden hatte. Meine Augen huschten von einer Blockhütte zur anderen, von Veranda zu Veranda. Es waren insgesamt sechs Hütten. Drei Skelette, insgesamt nun schon fünf Tote. Aber … wenn es da jetzt noch weitere Tote gab? Was, wenn ich erst die Spitze des Eisbergs gefunden hatte?

Plötzlich konnte ich die Vorstellung nicht mehr ertragen, im Ungewissen zu bleiben, nicht zu wissen, was für Dinge vor mir verborgen wurden. Ich drohte unterzugehen. Immer wieder wurde ich von neuen Entdeckungen bestürmt, die mir den Boden unter den Füßen entzogen. Ich musste die Kontrolle wiedererlangen und der Wahrheit auf den Grund gehen, ehe die Wahrheit mich ansprang, wenn ich am wenigsten darauf vorbereitet war.

Bei der zweiten Blockhütte lag ein großer Stein, ungefähr von der Größe eines meiner Stiefel. Er war verdammt schwer, und ich hatte Mühe, ihn nur bis auf Kniehöhe anzuheben, aber für mein Vorhaben musste das reichen. Ich schleppte den Stein zur dritten Hütte, rechts von jener Veranda, deren Bretter ich bereits aufgebrochen hatte. Als ich auf der neuen Veranda stand, stellte ich mich so hin, dass ich mein Gleichgewicht nicht verlor, und ließ den Stein auf die Bretter knallen.

Sie knackten gleich beim ersten Mal, aber ich musste den Stein noch zweimal anheben und fallen lassen, ehe eines der Bretter tatsächlich brach. Mit brennenden Fingern entfernte ich das geborstene Holz, ehe ich mich dicht über die Stelle beugte und durch die schmale Öffnung spähte.

In der Düsternis konnte ich gerade mal ein paar Umrisse auf dem festgestampften Boden unterhalb der Veranda ausmachen. Umrisse, die sowohl erschreckend vertraut als auch fremdartig aussahen; die Umrisse eines menschlichen Beckens und einer glatten Schädeldecke.

Ich weiß auch nicht, was in mich gefahren war, aber ich fing an, diese Bretter abzureißen. Die rostigen Nägel kreischten, als ich die Planken herausriss und einfach zur Seite warf. Mir war klar, dass ich mich unweigerlich an den Händen verletzte, an den Fingern, da ich so unbedacht vorging, aber ich spürte keinen Schmerz. Nicht einmal dann, als ich aus dem Augenwinkel hellrotes Blut wahrnahm, verschmiert auf meiner Haut. Meine Augen blieben auf das zersplitterte Loch geheftet, auf die Knochen, die ich freilegte.

Diese Toten waren nicht sauber in Laken oder Decken eingeschlagen worden. Wer auch immer die Leichen hier zum Verrotten abgelegt hatte, er oder sie hatte sich keine Mühe gegeben. Ich konnte schlecht einschätzen, wie viele Tote ich sah, weil die Knochen durcheinander lagen, ganz so, als hätte sie jemand nach dem Verwesungsprozess neu arrangiert. Anhand der Schädel, die ich sehen konnte, ging ich von vier Toten aus, die man unter diese Veranda gestopft hatte. Allerdings lag einer der Schädel tiefer in den Schatten, sodass ich ihn fast übersehen hätte. Zwei waren kleiner, und ich brauchte einen Moment, bis ich begriff, dass das die Knochen von Kindern sein mussten. Zwei Kinder und vermutlich die Eltern.

Ich bedeckte meinen Mund mit dem Unterarm, Tränen brannten in meinen Augen. Hier, am Ende der Welt, hatte man die Leichen von Kindern unter Holzbohlen verrotten lassen. Wer hatte das getan? Wer hatte die Leichen unter diese Bretter gelegt, ohne sich die Mühe zu machen, die Toten einzuhüllen oder zu verhindern, dass die Knochen im Laufe des Verfalls durcheinandergerieten?

Da inzwischen etwas mehr Licht in das breitere Loch fiel, konnte ich an den Gebeinen nahe bei der Öffnung Male erkennen. Zuerst dachte ich, dass die Knochen bereits zerfielen und die äußere Schicht verschwunden war. Doch dann sah ich tiefere Male am Ende eines längeren Exemplars. Das waren keine Anzeichen von Zerfall. Das waren Bissstellen. Hunderte von winzigen Zahnabdrücken an den Knochen, wo kleine Mäuler genagt hatten. Mir zu Füßen lagen die Überreste einer Familie, die man achtlos unter einer Veranda abgelegt und den Ratten überlassen hatte.

Langsam drehte ich den Kopf in Richtung der übrigen Blockhütten im Halbkreis. Wie wahrscheinlich mochte es sein, dass auch dort irgendwelche Gerippe lagen? Zwei Fundstellen von sechs konnten kein Zufall sein. Das hatte Methode. Was, wenn sich sogar unter meiner Hütte Skelette befanden? Wieso war ich vorher nicht auf diese Idee gekommen? Wahrscheinlich, weil ich glauben wollte, dass die ersten Toten eine Anomalie darstellten und nicht zu einer ganzen Reihe von Todesfällen gehörten, die sich an diesem Ort ereignet hatten.

Sosehr ich es wissen wollte, meine Kraft war aufgebraucht. Der Schweiß gefror mir auf der Haut. Selbst inmitten dieses Horrors schrie mein Magen nach etwas, nach irgendetwas, das man essen könnte. Zu überleben war, zumindest im Augenblick, wichtiger als mein Drang, noch tiefer ins Unbekannte vorzustoßen.

Müde kam ich wieder auf die Beine und schleppte mich zurück zu meiner Hütte. Ich hatte das Gefühl, durch Wasser zu waten; alle Geräusche waren wie in Watte gepackt, jede meiner Bewegungen erforderte unglaubliche Anstrengung.

Sobald ich meine Hütte erreichte, nahm ich die paar Stufen und versuchte, mir nicht vorzustellen, was sich unter den Brettern befinden mochte. Die Kälte hatte mich voll und ganz im Griff, mit meinen steifen Fingern konnte ich kaum noch die Tür aufmachen. Schließlich trat ich ein, schloss die Tür hinter mir und lehnte einen Moment mit dem Rücken am Holz, ehe ich mich langsam und zitternd auf den Boden sinken ließ. Meine Gedanken, Wasser zu holen, schienen in weite Ferne gerückt zu sein. Ich fühlte mich ausgehöhlt und leer. Meine Leggins waren wieder vollkommen durchnässt. Die Kälte kroch unter der Tür ins Innere, streckte ihre unsichtbaren Finger nach mir aus. Ein ohrenbetäubendes Geräusch schwoll in meinen Ohren an, während ich unverwandt auf die Wand der Blockhütte gegenüber von mir stierte.

Der Anblick der Toten, die ich entdeckt hatte, beherrschte mein Denken. Mir war, als hätte ich zu lange auf einen hellen Bildschirm geschaut, auf dem diese schrecklichen Bilder zu sehen waren. Jetzt tanzten sie wie kleine Lichtpunkte vor meinen Augen: der Mann, die im Schnee vergrabene Frau, die drei eingehüllten Gerippe unter der Veranda, die angenagten Knochen. Ein Reigen aus Leichen zog durch meinen Kopf. Ich war von diesen Toten umgeben. Umgeben vom Tod.

Irgendwann, wie in einem Traum, zog ich meine Leggins aus und breitete sie vor dem Feuer zum Trocknen aus. Meine Jacke wie einen Rock um die Beine drapiert, um es ein kleines bisschen warm zu haben, hockte ich neben dem Kaminrost, hielt meine Hände über die glühenden Kohlen und versuchte, irgendeine Erklärung für das zu finden, was ich soeben durchgemacht hatte. Ich verspürte immer noch dieses taube Gefühl, als hätte der Horror eine Sicherung in mir durchbrennen lassen. Doch ich konnte die Wucht dessen spüren, was sich zusammengebraut hatte und mir bevorstand. Wie eine Welle, die sich aufbaut, um eine zerbrechliche Sandburg zu zerstören.

Meine Gedanken kehrten zurück zu dem, was ich gesehen hatte: Dort draußen lagen zwei Tote, halb vergraben im Schnee. Eine Leiche über der anderen. Als hätte man zwei in ein Loch geworfen, das nur Platz für einen hatte. Wer diese Leute waren, wusste ich nicht. Ich konnte mir noch weniger erklären, was sie so hoch oben in den Alpen getan hatten, vor allem der Mann, der überhaupt nicht für einen Spaziergang durch die Winterlandschaft angezogen war.

Waren diese beiden Leute auch liegen geblieben? Auf ihrem Weg zum oder vom Resort-Hotel, genau wie Ethan und ich? Oder war die Frau vielleicht bis hierher gewandert? Vielleicht waren beide in Witwerberg gestrandet, auf der Suche nach Schutz und Wegweisern. Vielleicht hatten sie genau wie wir nur leere Hütten vorgefunden und diese schleichende Furcht verspürt, verfolgt zu werden.

Bisher hatte ich neun Tote gefunden, die mit diesem Ort verbunden waren. Skelette und frische Leichen. So viel Tod für so einen kleinen Ort, der nicht mehr als ein Pünktchen auf der Landkarte darstellte. Das wühlte mich neben all diesen Entdeckungen auf wie schon lange nichts mehr. Was war das bloß für ein Ort? Was trieb hier sein Unwesen, und war dieses Etwas auch verantwortlich für Ethans Verschwinden?

Es musste so sein. Es gab keine Möglichkeit, dass diese beiden Dinge nicht miteinander zusammenhingen. Verschwinden und Tod, das unerklärliche Verschwinden meines Mannes und das Auftauchen der Skelette und der beiden Leichen. Es kam mir äußerst unwahrscheinlich vor, dass hier zwei unterschiedliche Kräfte am Werk sein sollten.

Dinge. Ein Schauer erfasste mich. Ständig tat ich das, ständig dachte ich in Kategorien von »etwas« oder »was auch immer«. Ich dachte nicht an »jemanden« oder »wer auch immer«. Logik und Verstand waren genauso rar wie Nahrung. Allmählich fiel mir nichts mehr dazu ein, wie ich all diese Vorkommnisse einer einzigen Person zuschreiben sollte. Wer sollte so etwas tun? Welches menschliche Wesen wäre imstande, Ethan gleichsam wegzuzaubern, ohne Spuren zu hinterlassen, und wer sollte mich zu den versteckten Toten locken, ohne dass der Schnee dessen Spuren aufwies? Was könnte dort im Wald lauern und mich beobachten, ohne dass ich je einen Blick auf dieses Etwas erhaschte?

Ganz gleich, aus welchem Blickwinkel ich die Situation betrachtete, immer wieder kam ich zu dem Schluss, dass es keine natürliche Erklärung gab. Ich konnte mir zwar einzelne Vorkommnisse erklären, zum Beispiel, dass der Mietwagen losgerollt war, weil wir vergessen hatten, die Handbremse anzuziehen. Oder die Bewegungen im Wald, die von einem Tier stammen konnten. Aber ich war nicht imstande, all diese einzelnen rationalen Begründungen zu einem einheitlichen Bild zusammenzufügen. Das Einzige, das alles zu erklären vermochte, war etwas, das selbst unerklärlich war – ein Gespenst, ein Geist, ein Monster. Etwas, das nicht den Gesetzen der Natur unterlag. Jenen Gesetzen, die besagten, dass ein Fuß einen Abdruck im Schnee hinterlässt und dass ein Mensch nicht geräuschlos und ohne einen Hinweis auf seinen Verbleib verschwinden kann.

Ich vollführte eine geistige Gratwanderung – einerseits war ich geneigt, an das Übernatürliche zu glauben, andererseits fand ich das alles lächerlich. Doch meine Gedanken bewegten sich im Kreis. Ich wollte erreichen, die Dinge aus einer rationalen Haltung zu betrachten, aber wann immer ich das versuchte, überkam mich erneute Panik, vor dem Unbekannten dort draußen.

Ich schlang beide Arme um meinen Körper und versuchte, meine Gedanken unter Kontrolle zu bekommen. Ich durfte den inneren Halt nicht verlieren, nicht, solange mein Überleben davon abhing, dass ich praktisch dachte. Ich musste verhindern, mich in Horrorstorys zu verstricken, in Szenarien, die mich davon abhielten, die Initiative zu ergreifen. Wenn ich tatsächlich an Monster glaubte, die durch den Wald streiften, dann würde ich in der Hütte festsitzen und verhungern, anstatt mich der Situation zu stellen. Wenn ich Witwerberg hinter mir lassen wollte, wenn ich Jess und Ethan je wiedersehen wollte, dann musste ich einen klaren Kopf behalten und mich auf das fokussieren, was real war.

Das Problem war nur: Es wurde immer schwieriger, zwischen Realität und Einbildung zu unterscheiden.

Kapitel 16

Ich nahm mir vor, die Leichen aus dem Kopf zu bekommen. Natürlich gelang mir das nicht. Genauso gut hätten sie hier bei mir in der Hütte sein können, hergerichtet als steife Puppen, die Knochen verstreut am Boden. Ich war umgeben vom Tod und konnte über Stunden an nichts anderes denken, nicht einmal dann, als es draußen dunkel wurde und Erschöpfung auf meine Lider drückte.

Irgendwann begann es zu schneien. Durch einen Spalt in den Fensterläden beobachtete ich, wie die dicken Flocken fielen und langsam meine Spuren verschwinden ließen. Schon bald würden die beiden Leichen, die ich gesehen hatte, wieder von einer Schneeschicht bedeckt sein. Es war, als würde die Natur mir eine Zwangspause verschaffen. Ich sah zu, bis der Boden draußen von frischem Schnee überzogen war und konturlos dalag. Der furchtbare Anblick des verunstalteten Gesichts des Mannes mochte noch in meiner Erinnerung sein, aber im Moment musste ich diesen Anblick nicht ertragen – aus den Augen, wenn auch nicht aus dem Sinn. Jedenfalls brauchte ich keine Angst zu haben, wieder über den Toten zu stolpern.

Doch die Vorstellung, dass Ethan womöglich ebenfalls steif gefroren unter dem Schnee lag, ließ sich nicht so leicht verscheuchen. Ich redete mir ein, dass er noch lebte. Dass derjenige, der ihn entführt hatte, ihn nicht einfach so umbringen würde. Aber es kostete mich Kraft, mich davon zu überzeugen. Allmählich bezweifelte ich, dass ich ihn je wiedersehen würde. Und diese Zweifel lagen mir wie ein Stein im Magen.

Als meine Leggins getrocknet waren, zog ich sie wieder an und war froh, dass der Stoff mich etwas wärmte. Phantomen hinterherzujagen und im Schnee zu graben – ganz zu schweigen von den immer neuen Panikattacken –, all das hatte mich meiner Energie beraubt, und ich drohte, den Kampf zu verlieren, mich selbst warm zu halten. Als ich kurz nach draußen ging, um die Dose zu suchen, die ich fallen gelassen hatte, sank meine Körpertemperatur noch mehr. Ich musste mich zwingen, etwas zu essen, obwohl mein Magen gegen diesen Gedanken rebellierte. Es wurde immer schwieriger, vorherzusagen, wann es mich nach Nahrung verlangte und wann mein Körper die Nahrungsaufnahme verweigerte. Und das machte mir ernsthaft Sorgen.

Schließlich kochte ich eine »Suppe« aus Ketchup und Wasser, vermischt mit einem Schuss Kondensmilch. Außerdem verschlang ich eine der kleinen Tüten Chips. Die »Suppe« war widerlich, aber sie erzeugte eine heiße Kugel im Magen. Allein dafür war ich schon dankbar und hoffte, dass mein Magen eine Weile Ruhe gab.

Ich versuchte, beim Feuer zu schlafen, eingerollt wie ein Tier gegen die Kälte der äußeren Welt. Nach ein paar Tagen fiel es mir etwas leichter, auf dem Boden zu schlafen, allerdings schlief ich nie so gut wie am ersten Abend, als ich vollkommen erschöpft gewesen war. An jenem Abend war mir Ethan genommen worden, ohne dass ich etwas davon mitbekommen hatte.

Obwohl die Leichen in einiger Entfernung im Wald lagen, ließ mich die Angst nicht los, dass Ethan vielleicht doch irgendwo dort draußen lag. Diese Zweifel bereiteten mir Bauchschmerzen, während mein Magen die wässrige Suppe verdaute. Doch ich lag auf dem harten Boden und redete mir immer und immer wieder ein, dass Ethan noch lebte. Dass er auf eigene Faust ums Überleben kämpfte und dass wir uns bald wiedersehen würden. Ich wünschte mir das so verzweifelt, dass ich von ihm träumte. Es war ein undeutlicher, seltsam hektischer Traum, in dem Ethan in einem Hubschrauber auftauchte und draußen landete. Wir umarmten uns, und er legte mir eine Decke um die Schultern. Im Cockpit des Hubschraubers war es warm, so warm, dass ich es nach der Kälte im Freien kaum aushalten konnte.

Als ich aufwachte, ging die Wärme nicht fort. Zum ersten Mal, seitdem ich das Auto verlassen hatte, war mir von Kopf bis Fuß warm. Ich streckte mich und seufzte ausgiebig. Nach all den Tagen des Zitterns, nach tauben Extremitäten und einer Kälte, die einem bis auf die Knochen ging, war mir endlich behaglich zumute. Dann atmete ich Rauch ein und war sofort hellwach.

Die Hütte brannte.

Die dunkle Decke über mir wies stellenweise Lichtspuren auf, die zwischen den Brettern zu erahnen waren. Ich setzte mich aufrecht hin und schirmte meine Augen mit einer Hand gegen die hellen Flammen ab, die die gegenüberliegende Wand erfasst hatten. Jetzt erst spürte ich die Hitze auf der Haut, und meine Augen tränten bei all dem Qualm. Die Stämme der Außenwände knackten und zischten, während sich das Feuer weiter ins Holz fraß. Die Wände waren bereits verkohlt, die starke Hitze machte die Luft trocken. Ich konnte hören, wie Holz knackte und platzte, wie einzelne Späne herabflogen, da die Deckenbalken Feuer fingen. Ein ohrenbetäubendes Prasseln lag in der Luft. Die Geräusche der lodernden Flammen erreichten tief in mir einen Urinstinkt – die natürliche Angst vor Feuer.

Orientierungslos wirbelte ich herum, tastete mich auf allen vieren vor, bis meine Hände die Wand fühlten. Sofort zog ich mich hoch, schaute mich verzweifelt nach einem Ausweg um. Doch die Tür befand sich hinter einer wahren Feuerwalze, die von der einen Wand quer über den Fußboden verlief. Ich saß in der Falle, hustete wie verrückt, meine Augen tränten von dem dichten Qualm. Die einzige Hoffnung war das Fenster hinter mir.

Da ich nichts sehen konnte, tastete ich an der Wand nach der Verriegelung der Fensterläden und fummelte daran herum. Als ich die Läden aufstieß und frische Luft in die Hütte drang, wallte das Feuer hinter mir umso stärker auf. Ich hörte das Prasseln, spürte die Hitze im Rücken wie eine Hand, die an meiner Kleidung zerrte. Ich hatte dem Feuer Sauerstoff zugeführt, und jetzt griffen die Flammen nach mir aus. Mit einem heiseren Krächzen auf den Lippen warf ich mich auf den Fenstersims und strampelte mit den Beinen, bis ich kopfüber in den Schnee fiel. Ich rollte mich von einer Seite auf die andere, aus Angst, meine Kleidung könnte brennen. Der plötzliche Kälteschock auf meiner heißen Haut war wie Balsam nach einem Sonnenbrand.

Ich verrenkte mir den Hals, blickte zurück und sah, dass Flammen aus dem Fenster schossen – als fühlte sich das Feuer betrogen, weil ich entkommen war. Gierig fraßen sie sich in den Fensterrahmen, das Holz begann zu knacken und gab dem Feuer neue Nahrung.

Ich wurde von einem Hustenanfall geschüttelt, spuckte Schleim in den Schnee. Obwohl ich kaum Erfahrung mit Bränden hatte, wusste ich, dass dort in der Hütte nicht nur Holz verbrannte. Der Geruch war so anders als der des Feuers, das ich im Kamin gemacht hatte. Mir brannte der Geschmack von Chemikalien auf der Zunge und in der Nase. Ein Gestank, der Würgen in mir hervorrief. Woher kam nur dieser scharfe Geruch? Das Gebäude bestand ja nicht aus Kunststoff, sondern überwiegend aus Holz. Und doch stank es wie ein überhitzter Motor, dessen Öl verbrannte.

Meine Augen waren voller Tränen, und bei dem hellen Schein des Feuers kapierte ich erst mit Verzögerung, dass es immer noch Nacht und eiskalt war, auch wenn hinter mir Flammen in die Luft stoben. Ich spuckte erneut, kam schwankend auf die Beine und versuchte, nach diesem puren Adrenalinschock einen klaren Gedanken zu fassen. Dann machte ich mir bewusst, dass ich womöglich in der Hütte verbrannt wäre, wenn ich auch nur eine Sekunde länger gezögert hätte. Meine Turnschuhe, so feucht sie auch waren, wiesen Brandspuren auf. Fast wäre ich im Schlaf verbrannt, weil ich zu nachlässig mit dem offenen Feuer gewesen war.

Das war der Moment, als ich begriff, dass all meine Sachen noch in der Blockhütte waren, abgesehen von den Klamotten, die ich am Leib trug. Das bisschen Proviant, das ich noch hatte, die Dose zum Wasserkochen, Ethans Feuerzeug. Das alles hatte ich zurückgelassen, und jetzt fiel es den Flammen zum Opfer.

Panisch wandte ich mich dem Fenster zu – ob ich imstande war, noch einmal hineinzuklettern, um ein paar Dinge zu retten? Als wollte mich das Feuer verspotten, krachte ein Stück des Dachs nach unten; das Geräusch, als die Flammen auch dieses Holz verzehrten, klang für mich wie höhnisches Kichern. Der Fensterrahmen stand bereits in Flammen, Qualm wallte aus der Öffnung und stieg zum Nachthimmel hinauf. Ich konnte unmöglich zurück in die Hütte, ohne mein Leben aufs Spiel zu setzen. Außerdem waren meine Sachen bestimmt längst in dem Feuer verbrannt oder geschmolzen, das außer Kontrolle geraten war. Da ich seit ein paar Tagen dafür gesorgt hatte, immer ein Feuer im offenen Kamin zu haben, war das Holz ringsum offenbar so trocken geworden, dass die Wände wie Zunder brannten.

Tränen, die nichts mit dem Rauch zu tun hatten, füllten meine Augen, unwillkürlich ballte ich die Hände zu Fäusten, so verzweifelt war ich. Die ganze Zeit hatte ich hungrig durchgehalten, hatte Proviant aufgespart, dabei hätte ich alles aufessen sollen, bevor ich mich hingelegt hatte. Jetzt waren meine Rationen für immer verloren. Ich konnte nichts mehr verwenden. Ich verfluchte mich, weil ich das Feuer sich selbst überlassen hatte, ehe ich einschlief, auch wenn die Alternative gewesen wäre, an den Dielen festzufrieren.

Seit ein paar Tagen ein Feuer im offenen Kamin, dachte ich. Ich blinzelte, vergaß für einen Moment, wie verdammt unfair es war, den Rest meines Proviants zu verlieren. Die Wörter kreisten in meinem Kopf, während ich versuchte, herauszufinden, was mich daran störte. Ich hatte das Feuer immer im Kamin der Hütte gemacht. Aber offensichtlich war es am Abend vernachlässigt worden, hatte vor sich hin gebrannt, während ich schlief. Inmitten all der Unsicherheit hatte ich vergessen, dass das Feuer nicht mein Freund war, sondern nur ein Werkzeug, das ich unter Kontrolle halten musste. Ich war unachtsam gewesen und wäre beinahe bei lebendigem Leib verbrannt, als sich die Flammen unbemerkt ausbreiteten. Aber was war denn nun so seltsam an diesem Satz?

Dann begriff ich. Mein Feuer hatte im Rost des Kamins am hinteren Ende der Hütte gebrannt. Ich hatte auf dem Rücken geschlafen und dann als Erstes gesehen, dass die gegenüberliegende Wand in Flammen stand. Nicht die Wand zu meiner Linken hatte gebrannt, wie es hätte sein müssen, wenn sich das Feuer vom offenen Kamin ausgehend ausgebreitet hätte. Die Flammen hätten nicht auf eine ganz andere Stelle übergreifen können, ohne eine größere Brandspur zu hinterlassen. Und wenn tatsächlich doch das Feuer im Kamin schuld an allem war, dann hätte ich verbrennen müssen, bevor die gegenüberliegende Wand in Flammen stand, oder nicht?

Aber wenn diese Theorie stimmte, was hatte dann das Feuer an jener Wand ausgelöst?

Da ich mir das Ganze von außen ansehen wollte, ging ich um die Blockhütte herum, wobei ich im Dunkeln achtgab auf die kleinen Schneehügel, die der Wind gegen die Außenwand geweht hatte. Doch sobald ich die Vorderseite der Hütte erreichte, hatten meine Gedanken, den Ursprung des Feuers zu finden, keine Bedeutung mehr. Die Lichtung war in ein flackerndes Orange getaucht, was mir bislang entgangen war, da ich mich hinter der Hütte befunden hatte. Jetzt, auf offener Lichtung, bestürmte mich von allen Seiten heiße Luft, und das grelle Licht warf chaotische Schatten auf den Boden.

Nicht nur meine Blockhütte stand in Flammen. Jede Hütte Witwerbergs brannte lichterloh.

Ich drehte mich um die eigene Achse, blickte auf den Halbkreis der Hütten. Obwohl keine von ihnen so heftig brannte wie meine, stob überall aus den Fenstern Feuer in die Nachtluft, als würde jemand es mit einem Blasebalg anfachen. Es war stellenweise so heiß, dass die Flammen nicht mehr nur orangefarben, sondern hellgelb, fast weiß waren. Um mich herum qualmte feuchtes Holz, spuckte und zischte, erlag aber letzten Endes den feurigen Zungen. Ich hörte, wie Balken im Innern der Hütten zu Boden krachten, als würden die Gebäude jeden Moment einstürzen.

Wie war das passiert? Ich stapfte durch den tiefen Schnee bis zu der Lücke zwischen meiner Hütte und der nächsten. Der frisch gefallene Schnee schmolz bereits, und Wasserdampf stieg in kleinen Säulen auf, während sich die Flammen zum Nachthimmel reckten und so viel Hitze produzierten, dass mir die heiße Luft wie aus einem Föhn in die Haare fuhr. Aber es gab wieder keine Spuren im Schnee.

Ich stolperte zur nächsten Blockhütte. Keine Abdrücke. Jede Hütte stand in Flammen, trotzdem gab es keinerlei Hinweis darauf, dass hier jemand gewesen war und Feuer gelegt hatte. Inzwischen war ich mir sicher, dass mein Kaminfeuer nicht schuld sein konnte. Wie hätte sich der Brand auch so rasch von einer Hütte zur nächsten ausbreiten sollen? Dennoch, es sah ganz danach aus, als hätte meine Hütte als erste Feuer gefangen. Während ich immer noch ratlos verfolgte, wie die Flammen in die Höhe schossen, hörte ich ein lautes, krachendes Geräusch. Eine Woge aus heißer Luft, Funkenflug und Ascheflocken erreichte mich von hinten, und als ich herumfuhr, sah ich, dass der Dachfirst meiner Blockhütte eingestürzt war.

Ich entfernte mich ein paar Schritte von den Gebäuden, damit sich keine Funken in meiner Kleidung verfingen, und als ich mich genauer umsah, wurde mir klar, dass sich in jeder Blockhütte das Feuer von innen nach außen fraß. Die Flammen griffen auf die Fenster über und leckten zur Dachtraufe hoch. Doch an meiner Hütte, auch wenn sie eingestürzt war, brannte offenbar zuerst die Außenwand, die zur nächsten Hütte wies. Wenn ich mich an jenen schrecklichen Moment unmittelbar nach dem Aufwachen erinnerte, hatte das Feuer außen begonnen. Der Lichtschein war durch die Ritzen zwischen den Baumstämmen zu sehen gewesen, von dort waren die Flammen nach innen gelangt, anstatt nur außen aufs Dach überzugreifen.

Ich hatte keine Ahnung, was das bedeutete. Nirgends auf dem Boden konnte ich Fußabdrücke entdecken, nur Stellen, an denen die Eiszapfen an den Dachtraufen schmolzen und tropften. Funken und brennende Holzsplitter hatten dunkle Vertiefungen in der Schneedecke hinterlassen.

Während ich auf die brennenden Hütten starrte, beschlich mich das Gefühl, dass ich allmählich den Verstand verlor. Mein Gehirn konnte das alles nicht verarbeiten: die Gefahr, die Angst, den Verlust meiner letzten Rationen und jetzt das hier … diese neue Situation, die ich mir schon wieder nicht rational erklären konnte. Es war einfach zu viel.

Erst da fielen mir die Skelette ein, die ich unter den Veranden entdeckt hatte. Jene Veranden, die gerade den Flammen zum Opfer fielen. Die Überreste der Toten würden verbrennen, die verschlissenen Leichentücher fingen Feuer um die brüchigen, mumifizierten Knochen. Ich atmete den Rauch ein, der von den Veranden zu mir geweht wurde. Die Vorstellung rief Übelkeit in mir hervor, ich musste regelrecht dagegen ankämpfen, mich nicht wieder zu übergeben. Dabei war mir schon die ganze Zeit übel von dem Qualm und dem seltsamen Gestank, als würde Kunststoff verbrennen. Woher kam bloß dieser Gestank, obwohl doch jede Blockhütte komplett aus Holz bestand?

Ein schneidender Wind an meinem Rücken vertrieb diese Frage. Im Freien war es immer noch entsetzlich kalt. Obwohl ich relativ nah beim Feuer stand, machte sich die Kälte der Berge schon wieder bemerkbar, wie ein Wolf, der an einem Zaun auf und ab lief. Der Schneefall könnte jeden Moment erneut einsetzen, und ich brauchte Schutz. Ich blickte zurück auf die brennenden Überreste der Hütte, die mir in den zurückliegenden Tagen ein sicherer Rückzugsort gewesen war. Das Feuerzeug befand sich dort, längst zu Asche verbrannt. Jetzt hatte ich keine Möglichkeit mehr, ein Feuer anzuzünden. Aber wenn ich mich bei den brennenden Resten meiner Hütte aufhielt – der einzigen Wärmequelle –, wäre ich weiterhin im Freien, sichtbar für jeden oder jedes Etwas, das im Wald sein Unwesen trieb.

Einen Augenblick stand ich da, verängstigt und unsicher, was ich tun sollte. Mein Blick glitt immer wieder in die Dunkelheit, voller Angst, Augen zu sehen, in denen sich der Feuerschein spiegelte. Die funkelnden Augen eines Wolfs oder Bären … oder die eines Menschen. Was auch immer mich beobachtet und verfolgt hatte, es hatte Ethan mitgenommen und versuchte nun, mich bei lebendigem Leib zu verbrennen, mich im Schlaf zu töten. Wenn es stimmte, und das Feuer nicht von meinem Kaminrost auf die Hütte übergegangen war. Was wiederum bedeutete, dass es jemand absichtlich gelegt haben musste. Wie wäre es sonst zu erklären? Was auch immer passierte, die Situation war eskaliert, sie war nicht mehr länger nur gruselig. Nein, wer oder was dort draußen lauerte, hatte gerade versucht, mich umzubringen. Aber wie genau, vermochte ich nicht zu sagen.

Ich versuchte, einen klaren Kopf zu behalten. Glaubte ich wirklich, dass irgendeine schemenhafte Kreatur oder ein Geist mir in der Nacht nachspürte, um meine Schutzhütte und all meine Rationen niederzubrennen? Ein Mensch vielleicht, aber ein Geist mit Streichhölzern? Lag seit meiner Ankunft ein Fluch auf mir, der spontane Brände auslöste? Nein. Das war absurd. Diese Ideen spielten sich nur in meinem Kopf ab, ich dachte mir Dinge aus, an diesem entlegenen, unheimlichen Ort. Genau wie in diesen dämlichen Filmen, die Ethan so mochte – *The Shining* und wie sie alle hießen. Der Geist gaukelte einem die seltsamsten Dinge an einem Ort vor, der so einsam und verlassen dalag wie Witwerberg.

Aber … in diesem Film waren es ja letzten Endes gar nicht die bösen Geister des Hotels, die zuschlugen, oder? Es war der Mann mit der Axt. Ein sehr realer, sehr durchgeknallter Mann. Dem Wahnsinn verfallen, wie es auch mir an diesem Ort widerfahren würde.

Prickelnde Angst lief mir über den Rücken. Angst vor dem, was ich nicht wusste. Vor dem, was dort draußen war. Was es auch immer sein mochte. In diesem Geisteszustand konnte ich den Gedanken nicht ertragen, das Licht des Feuers hinter mir zu lassen, ungeachtet der Hitze. Ich musste in dem Dorf bleiben und die Augen offen halten, musste nach irgendeinem Hinweis auf den geheimnisvollen Stalker suchen.

Glück im Unglück – ich war mit den Handschuhen eingeschlafen. Daher war es nicht ganz so unangenehm, mit den Händen einen Windschutz aus Schnee zusammenzuschieben. Ich häufte noch mehr Schnee an den Seiten auf und baute mir eine Art Höhle, deren Einstieg zum Ziehbrunnen wies. Von dort aus konnte ich jede Hütte im Halbkreis sehen. Ich war mir zwar nicht sicher, ob es funktionieren würde, aber zumindest hatte ich das Gefühl, einen geschützten Raum geschaffen zu haben. Auch wenn man diese Art Unterschlupf so leicht einschlagen könnte wie einen von Kindern gebauten Schneemann.

Letzten Endes gelang es mir, mit dem Fuß einige brennende Bretter aus dem Inferno zu ziehen, mit denen ich nah bei meiner Schneehöhle ein Lagerfeuer machte; auch wenn die Hütten immer noch lichterloh brannten, sodass ich es in meinem Unterschlupf relativ warm hatte. Ich musste etwas von dem Feuer retten, das mich beinahe getötet hätte. Mehr hatte ich nicht, um mich bis zum Morgen warm zu halten. Wenn das Feuer ausging, war ich so gut wie tot.

Aber war ich ohne Nahrung nicht sowieso so gut wie tot?

Ich ließ mich auf die Fersen sinken und schlang beide Arme um mich, um die Wärme zu halten. So zusammengesunken, ließ ich meinen Blick mehrmals ängstlich von einem Ende der Hütten zum anderen schweifen, immer wieder, als würde ich vergeblich versuchen, die immergleiche Zeile eines Buchs zu lesen. Jedes Mal, wenn mein verängstigter Geist einen Baumstumpf in eine menschliche Gestalt verwandelte, schien mein Herz einen Schlag auszusetzen. Aber jedes Mal beruhigte ich mich auch wieder … bis zum nächsten falschen Alarm.

Am Morgen müsste ich mir dann überlegen, was ich machen sollte, aber solange die Sonne nicht aufging, würde ich mich nicht vom Fleck rühren. Irgendetwas, um mir wenigstens ein klein wenig Sicherheit zu geben. Obwohl ich nicht glaubte, dass das Tageslicht all das fernhalten würde, was mein unsichtbarer Gegner hier angerichtet hatte. Egal, wie sehr ich mich bemühte, ich konnte mich nicht davon überzeugen, dass dies alles das Werk einer Person sein sollte, die zufällig hier aufgetaucht war. Auch nach den strengen Worten an mich selbst zum Thema Horrorfilme hatte ich immer noch das Gefühl, dass alles, was ich erlebte, verkehrt war. Etwas Böses, das nicht den Naturgesetzen unterworfen war. Vielleicht konnte ich mir einfach nur nicht vorstellen, dass es einen Menschen geben sollte, der mich so sehr hasste, dass er all das veranstaltete. Es war nicht menschengemacht, und deshalb musste es das Werk von etwas sein, das keine menschliche Form besaß. Andernfalls musste ich mich mit der Vorstellung abfinden, dass es dort draußen jemanden gab, der seit Tagen mein Leid verfolgte und versuchte, mich umzubringen, anstatt mir zu helfen.

Letzten Endes tat der Auslöser nichts zur Sache. Mensch oder Monster, ich schwebte immer noch in Gefahr, hielt beide Augen offen für jegliches Anzeichen eines Angriffs und machte mich auf so gut wie alles gefasst. Selbst wenn ich Ausschau nach einem Geist hielt, rechnete ich zugleich mit einem durchgeknallten Killer mit einer Axt. Wachsam zu sein und auf alles achtzugeben, war inzwischen meine große Hoffnung auf Überleben.

Ich traute mich nicht, zu schlafen, also saß ich da, die ganze Nacht, und verfolgte, wie der einzige sichere Ort, den ich auf dem Berg gefunden hatte, niederbrannte.

Kapitel 17

»Noch drei von diesen Kisten, und ich muss mit Leistenbruch in die Notaufnahme«, nörgelte Ethan und stellte eine Box mit Schallplatten auf dem Tresen ab.

Hinter ihm mühte sich Pete, der Freund meiner Schwester, mit einem Wirrwarr aus Kabeln ab, um die Lautsprecher anzuschließen. Den Schritt, den Marktstand zugunsten eines richtigen Ladens aufzugeben, hatten wir nicht auf die leichte Schulter genommen, aber ich war froh, dass alles so gut lief.

Jess kam hinter Ethan herein, sie trug einen schwarzen Müllsack mit Wandbehängen. Das übliche psychedelische Zeug, mit Motiven wie Rauschpilzen, Hanfblättern und brennenden Totenschädeln.

»Wo soll das hin?«, fragte sie.

»Zeige ich dir.« Ethan führte sie in den hinteren Raum. Das sollte unser Büro werden. Aber vorerst war es eine Art Abstellkammer für all den Kram, für den wir im Augenblick keinen Platz hatten.

»Brauchst du Hilfe, Pete?«, fragte ich, angesichts seines verzweifelten Versuchs, eine Wandhalterung anzubringen.

»Ja, bitte«, keuchte er.

Ich ging zu ihm und hielt die Halterung für die Lautsprecherbox fest, während Pete mit der Bohrmaschine ein Loch in die Wand bohrte. Aus dem Hinterzimmer drang Jess' Lachen.

»Danke, dass ihr uns helft«, sagte ich. »Ich weiß, dass man das Wochenende sehr viel entspannter verbringen kann.«

»Keine Sorge«, sagte Pete und wischte sich Partikel des Wandputzes von den Brillengläsern. »Gute Übung für mich, wenn wir zusammenziehen.«

»Hast du Jess schon gefragt, ob sie zu dir ziehen will?« Ich freute mich für die beiden. Sie ließen sich ganz schön Zeit damit. Ethan und ich waren bereits im zweiten Jahr an der Uni zusammengezogen, und seither teilten wir uns eine Wohnung. Noch bevor wir hei-

rateten, was Mum und Dad missfiel, doch sie hielten sich bedeckt. Allerdings hatten sie sich inzwischen mit Ethan abgefunden, und seit unserer Hochzeit liefen die Dinge gut.

»Noch nicht«, murmelte Pete und errötete. »Aber irgendwann, weißt du, wenn … Wir haben darüber gesprochen, dass es wohl bald an der Zeit ist, dass wir heiraten.«

Ich konnte ein Lächeln kaum verbergen. Er war so ängstlich, dachte dreimal über alles nach, ehe er etwas sagte. Aber Jess war im Grunde genauso gestrickt. Zurückhaltend.

»Tja, ich denke, Jess wäre überglücklich, dich zu heiraten«, sagte ich. »Wann immer du es für richtig hältst. Ich verspreche, überrascht zu tun – kann es kaum abwarten, die Neuigkeiten zu erfahren.«

»Was für Neuigkeiten?« Ethan näherte sich mir von hinten, schlang mir beide Arme um die Taille.

»Oh …« Ich geriet ins Schwimmen, wollte Pete aber nicht bloßstellen. »Pete hat gerade erzählt, dass es nächstes Jahr … ein Jazz-Festival in der Stadt geben soll. Denkst du, wir sollten uns dafür einen Stand sichern, wenn es so weit ist?«

»Hm, nicht gerade unsere Musikszene, was? Nimm's mir nicht übel«, sagte Ethan zu Pete.

»Ja, gefällt eben nicht jedem«, erwiderte Pete und warf mir einen dankbaren Blick zu. »Ich glaube, ich sollte Jess helfen, mit dem Rest, der noch im Bulli ist.«

Pete schoss wie ein Windhund davon, und Ethan sah ihm hinterher, ein seltsamer Ausdruck in seinen Augen. Dann betrachtete er die Halterung, die wir gerade angebracht hatten.

»Ein wandelndes Rätsel, dieser Pete – wer hätte gedacht, dass ihm Do-it-yourself liegt?«

»Er ist Vermessungstechniker«, hob ich hervor.

»Ja, schon, aber diese Jungs … bauen doch nicht gern, oder doch?« Ethan überprüfte die Halterung und rüttelte einmal daran. Sie löste sich und fiel von der Wand.

»Womit du wohl recht hast.« Ich musste lachen.

»Gib mir mal die Bohrmaschine«, sagte Ethan. »Braucht er ja nicht zu wissen.«

Kapitel 18

Der Tag von Jess' Hochzeit dämmerte klar und kalt herauf, und in der Luft hing der Gestank von Rauch und schwelendem Holz.

Ich erwachte aus einem leichten Schlummer und zuckte zusammen, war ich doch davon überzeugt, jemandes Atem im Nacken zu spüren. Ich hatte das Gefühl, dass direkt hinter mir einer stand. Aber es war nur der kalte Wind auf meiner Haut. Trotzdem wurde ich das Gefühl nicht los, dass dieses Etwas, das mit mir hier draußen war, jetzt so nah war wie nie zuvor.

Irgendwann in dieser endlos scheinenden Nacht hatte es wieder zu schneien begonnen. Schnee fiel auf meine Schultern, auf meine Mütze, mein Haar. Als es allmählich hell wurde und ich merkte, dass ich imstande war, mich zu bewegen, wollte mein Körper sich nicht aus der kauernden Haltung lösen, die ich eingenommen hatte, um warm zu bleiben. Als ich mich schließlich in den Stand quälte, fühlten sich meine Beine taub an, sodass ich erst ein paar Runden im Schnee herumging, damit mein Kreislauf in Fahrt kam.

Ich fühlte mich nicht nur nicht sicher. Sicherheit war ein Gefühl, das ich allmählich vergaß. Ich hatte erwartet, dass ich mich besser fühlen würde, wenn die Sonne aufging, ganz so, als würde sie all meine Gedanken von Geistern und Dämonen vertreiben. Inzwischen gab es zwar keine lodernden Flammen und verrückt tanzenden Schatten mehr, und ich empfand die Dinge nicht mehr als so bedrohlich wie noch in der Nacht. Aber meine Angst, was dieses Inferno ausgelöst haben könnte, war nicht weniger ausgeprägt. Der einzige Unterschied bestand darin, dass ich bei Tageslicht eher mitbekommen würde, wenn mich jemand angriff, als in der Dunkelheit. Kein großer Vorteil, aber ich klammerte mich daran.

Nachdem ich wieder etwas Gefühl in meinen Gliedmaßen hatte, fing ich an, die Trümmer von Witwerberg abzusuchen. Ich hatte keine Ahnung, wie alt diese Blockhütten hier waren. Wie lange mochten sie bewohnt gewesen sein, ehe der Zeitungsartikel gedruckt wurde? Vielleicht ein Jahrhundert oder länger. Doch jetzt war von allen sechs nichts als verkohlte Stämme und Asche übrig geblieben. Von der Hütte, die am weitesten von meiner entfernt lag, stand noch am meisten. Vermutlich hatte das Feuer sie zuletzt erfasst. Die Außenwände ragten noch einen Fuß hoch über den Boden, und einige Dachbalken waren offenbar erst heruntergefallen, als die Flammen bereits erloschen waren, denn dieses Holz war kaum versengt.

Da ich kein Feuerzeug mehr besaß, sammelte ich auf die Schnelle etwas verkohltes Holz, um damit mein Lagerfeuer zu füttern. Wenn es ausging, war ich nicht imstande, ein neues anzuzünden. Als ich damit fertig war, suchte ich nach Antworten.

Wenn ich tatsächlich erwartet hätte, bei Sonnenaufgang neue Beweise zu finden, dass Menschen hier ihre Finger im Spiel hatten, wäre ich sicher enttäuscht gewesen. Aber wie die Dinge nun einmal lagen, hatte ich mit überhaupt nichts gerechnet, und deshalb war es für mich auch keine Überraschung, als ich abgesehen von meinen eigenen keine Fußspuren fand. Soweit ich das sehen konnte, war niemand von einer Hütte zur anderen gelaufen. Jedes der sechs Gebäude schien diesem Eindruck nach spontan in Flammen aufgegangen zu sein. Von dem erschreckenden Anblick in der Nacht hatte ich in Erinnerung behalten, dass meine Hütte am hellsten gebrannt hatte, als ich ins Freie gelangte. Aus meiner Sicht bedeutete das, dass sie am längsten gebrannt haben musste. Also war ein Feuer in meiner Unterkunft ausgebrochen und dann auf fünf andere Gebäude übergesprungen, die alle mehrere Fuß voneinander entfernt standen.

Aber das drängende Problem war nicht in erster Linie, dass ich offenbar wieder mit einer unerklärlichen Serie von Ereignissen konfrontiert war, sondern dass ich überhaupt keinen Proviant mehr hatte, nachdem das wenige, das ich hatte, zu Asche verbrannt war. Den Proviant, den ich mir eingeteilt hatte, die Dose für das Schmelzen und Abkochen des Schnees, meine PET-Flasche, in der ich das Wasser aufbewahrt hatte – alles verloren. Am schlimmsten war aber, dass ich kein Feuerzeug mehr hatte, also keine Möglichkeit mehr bestand, ein Feuer anzuzünden, das mich warm hielt. Ich hatte keinen Schutz mehr und wusste nicht, wie ich die Kälte fernhalten sollte. Was bedeutete, dass ich ziemlich am Arsch war. Ich würde hier erfrieren, lange bevor mich der Hungertod ereilte.

Ich hatte die Trümmer gründlich abgesucht, aber nichts finden können, was ich gebrauchen konnte. Jede Hütte war so leer wie meine gewesen. Außerdem hätte sowieso kaum etwas das Feuer überstanden. Die einzigen Dinge, die es mit mir aus dem Inferno geschafft hatten, befanden sich in meinen Taschen. Dazu gehörte auch der dämliche Zeitungsausschnitt. Ich fand ihn, als ich versuchte, meine Hand zu wärmen. Offensichtlich hatte ich den Artikel in meine Tasche gesteckt, nachdem ich mich eine Weile damit beschäftigt hatte. Genau das, was ich jetzt brauchte. Fantastisch.

Mein Mund war trocken, auf der Zunge hatte ich den Geschmack von Rauch. Ich sehnte mich nach etwas zu trinken, aber meine einzige Methode, Wasser abzukochen, war dahin. Eine Weile war ich unschlüssig und focht einen inneren Kampf mit mir selbst. Dann ging ich zu einer Stelle, an der mir der Schnee sauber vorkam, nahm eine Hand voll davon und betrachtete die kalte Masse. Ich musste es tun. Ich würde mich überwinden. Nach kurzem Zögern stopfte ich mir etwas Schnee in den Mund, kaute darauf herum, bis er schmolz, und schluckte ihn schnell herunter. Damit machte ich weiter, bis der Geschmack von Rauch verschwunden war. Unmittelbar darauf war mir einen Moment schlecht, daher hielt ich inne und holte mehrmals tief Luft. Ich kam mir dämlich vor, weil ich mir in einer solchen Situation immer noch Gedanken wegen der Keime machte. Diesen Spleen vermochte ich nicht so leicht abzulegen.

Aber ich musste es versuchen. Da ich weder Nahrung noch Schutz hatte, konnte ich es mir wohl kaum leisten, hier draußen zu verdursten.

In diesem Moment fiel mir wieder das Auto ein. Soweit ich wusste, lag es immer noch am tiefsten Punkt der Senke. Ich hatte meinen geschwollenen Knöchel nicht unnötig strapazieren wollen, um an frische Kleidung zu kommen, aber Schutz war jetzt viel wichtiger. Der Knöchel war zumindest wieder so weit hergestellt, dass ich zuversichtlich war, es bis zum Auto zu schaffen, ohne zu stürzen oder im tiefen Schnee des Abhangs stecken zu bleiben. Inzwischen hatte ich mehr Vertrauen in mein Fußgelenk als in die Vorstellung, im Freien überleben zu können.

Was den Platz für ein Feuer betraf, war das Auto natürlich kein Vergleich zu einer Hütte, aber es würde mir zumindest etwas Schutz bieten. Es war eine Möglichkeit, den Schnee abzuhalten und die eigene Wärme im Innenraum zu behalten. Ich wollte unter allen Umständen raus aus Witwerberg und etwas finden, wo ich eine Tür gegen die Nacht schließen konnte. Dafür war der Mietwagen genau richtig.

Die Frage war nur, wie ich das mit dem Feuer anstellen sollte. Es war klar, dass ich keins im Auto machen konnte, aber die Idee, ein Lagerfeuer neben einem Fahrzeug anzuzünden, das noch Benzin im Tank hatte, behagte mir auch nicht gerade. Ich war gerade erst einer feurigen Todesfalle entronnen, da würde ich meinem Stalker nicht noch helfen, mir eine weitere Falle zu stellen.

So stand ich bei dem lodernden Lagerfeuer und überlegte, ob es vielleicht einen Kompromiss gab. Ich musste eine Möglichkeit finden, das Feuer zu behalten, ohne es zu dicht an meiner einzigen, verbliebenen Schutzzone abzubrennen. Denn sobald das Feuer einmal aus war, gäbe es kein neues. Aber auch nach längerem Überlegen musste ich mir eingestehen, dass ich keine Ahnung hatte, wie ich ein Feuer in Gang halten sollte, das in einiger Entfernung zum Auto brannte. Und obwohl ich die Wärme vermissen würde, war die Gefahr einfach zu groß.

Mit den Schuhen verteilte ich Schnee auf meiner einzigen Hitzequelle und sah zu, wie die glühenden Kohlen dampften und zischten und ausgingen. Jetzt gab es kein Zurück mehr. Ohne Feuer war der Mietwagen meine einzige Option, um einigermaßen warm zu bleiben. Plötzlich erfasste mich die Angst, das Auto könnte nicht mehr da sein, wenn ich zur Senke kam, und so brach ich rasch auf.

Der Weg hinauf zur Straße dauerte länger als an dem Tag, als ich den verletzten Fuß hinter mir herzog. Während der letzten Tage hatte es eine Menge Neuschnee gegeben, der nun den Weg bedeckte. Über der obersten Schneedecke hatte sich eine Eiskruste entwickelt, die brach, als ich durch die Verwehungen stapfte. Meine Leggins nützten nichts bei der Kälte und Nässe, schon bald waren sie durchnässt, und ich spürte, wie der feuchte Stoff unterhalb der Knie gefror. Auch meine Sportschuhe waren fehl am Platz, aber ich vermochte sowieso nicht mehr zu sagen, ob meine Füße nass waren oder nicht – sie waren einfach so kalt, dass ich sie nicht mehr spürte. Mit einem Anflug von Verzweiflung machte ich mir bewusst, dass ich ohne ein Feuer keine Chance hatte, meine Sachen zu trocknen. Dennoch tröstete ich mich mit dem Gedanken, dass im Kofferraum noch unser Gepäck lag. Ich würde zumindest die Kleidung wechseln können.

Ich hatte etwa die halbe Wegstrecke bis zu der Stelle geschafft, an der unser Auto in die Tiefe gerutscht war, als ich kurzerhand beschloss, einen kleinen Umweg in Kauf zu nehmen.

Ich musste nach meinem Schild schauen. Ich war so sehr mit den schrecklichen Entdeckungen in Witwerberg befasst gewesen, dass ich gar nicht mehr daran gedacht hatte, das von mir bemalte Brett zu säubern. Dabei hatte ich ohnehin schon so wenig Nahrung gehabt, dass der Weg bis zum Schild nicht viel daran geändert hätte, ob ich überlebte. Schild hin oder her.

Trotzdem hatte ich Bedenken, dass das Brett im starken Schneefall verschwunden war. Entweder das, oder der Wind hatte es umgeweht. Allerdings glaubte ich nicht, dass während der letzten paar Tage viele Leute bei diesem Wetter oben an der

Straße vorbeigefahren waren. Aber das Schild war das Einzige, was Menschen zu meinem Aufenthaltsort führen könnte. Das Einzige, das Vorbeifahrenden verraten würde, dass ich Hilfe brauchte. Falls überhaupt jemand vorbeikam. Deshalb musste ich das jetzt überprüfen, zumal ich sowieso auf dem Weg zum Auto in der Nähe war.

Ich erreichte die Straße, als mir klar wurde, dass ich zuerst zum Auto hätte gehen sollen. Denn in meinem Koffer befand sich noch mehr Make-up, mit dem ich das Brett neu bemalen könnte. Ich musste meinen potenziellen Rettern mitteilen, dass ich nicht länger in dem Dorf, sondern im Auto wartete. Ich hatte wieder mal aus dem Bauch heraus entschieden und musste die Wege nun zweimal laufen: bis zum Auto hinunter, dann den Abhang wieder hinauf und zurück zur Straße. Doppelte Wege bedeuteten höheren Kalorienverbrauch. Ich hatte aber keine Möglichkeit mehr, verbrauchte Kalorien zu ersetzen. Mir war klar, dass ich klügere Entscheidungen treffen musste, denn sonst war ich schneller tot, als ich es mir vorstellen konnte.

Doch letzten Endes tat es nichts zur Sache. Als ich die Stelle erreichte, an der ich das Brett in den Schnee gerammt hatte, war dort nichts mehr. Ich ging auf die Knie und wühlte in den Verwehungen, falls das Brett einfach nur in den tiefen Schnee gefallen war. Doch während ich danach suchte, ahnte ich tief in meinem Innern, dass ich es nicht finden würde. Jemand oder etwas hatte das Brett weggenommen, auf das ich meinen Hilferuf geschrieben hatte, und entsorgt. Damit nicht genug, denn als ich das Hinweisschild für Witwerberg vom Neuschnee befreite, sah ich, dass sowohl der rote Pfeil als auch meine Botschaft fort waren. Weggewischt. Nur ein schwacher scharlachroter Fleck war noch zu erahnen.

Ich strich mit den Fingern über die Stelle, wo mein Pfeil gewesen war. An meinen Fingerkuppen haftete ein Hauch von Rot. Die Reste des »Gilded Glamour«, das so gut auf dem Holz zu sehen gewesen war. Etwas in mir setzte aus. Wütend schlug ich mit der flachen Hand gegen das Schild. Trotz des Handschuhs schmerzte es. Doch ich schlug wieder und wieder gegen das Schild, ehe ich das solide Holz mit beiden Händen packte, um es abzureißen. Ich trat gegen den Sockel, auf dem der Holzklotz saß, und schrie, bis meine Kehle wund war. Ich hörte erst auf, als ich vor lauter Tränen nichts mehr sehen konnte.

Dann lehnte ich an dem Hinweisschild nach Witwerberg – die schwelende Ruine, die ich zurückgelassen hatte – und schluchzte, bis meine Lungen brannten. Ohne das Schild, auf das ich mich in meiner Not stützte, wäre ich der Länge nach in den Schnee gefallen und vermutlich dort liegen geblieben. Alles, was ich in den letzten Tagen hatte durchmachen müssen, all das, was ich unternommen hatte, um bei Verstand zu bleiben, um am Leben zu bleiben: Es war alles umsonst gewesen. Man hatte es mir im Handumdrehen entrissen. Wie sollte ich mich jetzt schützen? Wie konnte ich gegen etwas kämpfen, das ich nicht einmal sah? Etwas, das stets unsichtbar irgendwo lauerte, ganz in meiner Nähe, und all meine Anstrengungen zunichtemachte, jegliche Abwehrmaßnahme ausmanövrierte?

Selbst in diesem Moment, inmitten eines verzweifelten Nervenzusammenbruchs, konnte ich die Augen spüren, die auf mich gerichtet waren. Ich wurde beobachtet, auch jetzt noch. Etwas war mir vom Dorf aus gefolgt. Etwas, auf das ich nie einen Blick erhaschte, ganz gleich, wie oft ich mich umdrehte oder nach links und rechts schaute. Nicht mal einen flüchtigen Blick.

»Was willst du?«, schrie ich, und meine eigene Stimme löste Angst in mir aus, als sie als Echo an meine Ohren drang. »Warum tust du das?«

Die letzte Frage war nicht mehr als ein Wimmern, wie bei einem Kind, das nicht begreift, warum es bestraft wird. Warum seine Eltern nur so gemein sein können. Aber ich wurde doch gar nicht bestraft, oder? Ich hatte nichts getan, womit ich das verdient hätte.

Ohne dass ich es wollte, beherrschte Jess plötzlich mein Denken. Ich dachte an all die Situationen, als unsere Eltern mich bevorzugt hatten, an all die Zeiten, als ich es für selbstverständlich hingenommen hatte, dass sie für mich da waren, nicht aber für meine Schwester. Ich war daran nicht schuldlos gewesen. Es gab durchaus Dinge in meinem Leben, für die man mich bestrafen könnte. Aber wieso sollte das etwas damit zu tun haben? Und warum auf diese Art? Warum ausgerechnet jetzt? Ich schlang die Arme um meinen Oberkörper, von plötzlichem Zittern erfasst. Warum passierte das alles mir? Und Ethan? Er hatte doch nichts getan … Vielleicht war das der Grund, warum er verschwunden war. Dies war ein Purgatorium allein für mich.

Vollkommen ausgelaugt schleppte ich mich zurück zu der Stelle, an der das Auto gestanden hatte, und blickte hinunter in die Senke. Dort lag es, von Schnee bedeckt, die Konturen waren von den kleineren Schneeverwehungen leicht zu unterscheiden. Ich musste nur irgendwie dort runter gelangen. Ich brauchte dieses Versteck, musste unbedingt für eine Weile entkommen.

Es war nicht einfach, den Abhang bis nach unten zu klettern. Das Gelände war abschüssig, und fast wäre ich die ganze Strecke hinabgerutscht, suchte und fand aber Halt an Büschen und Gestrüpp, manchmal auch an Baumstämmen. Ein paar Mal sackte ich mit den Füßen in Löcher unter der Schneedecke und spürte schmerzhaft meinen Knöchel. Zum Glück waren die Vertiefungen bei Weitem nicht so schlimm wie das Schlagloch, in dem ich hängen geblieben war, als ich mit Ethan auf dem Weg nach Witwerberg war.

Als ich endlich beim Auto ankam, war ich erschöpft und angeschlagen, aber zum Glück noch ganz.

Der Autoschlüssel war in meiner Handtasche gewesen, als wir liegen blieben, aber an dem Tag, als ich beim Auto nach Ethan gesucht hatte, hatte ich ihn in die Tasche meiner Leggins gestopft. Zum Glück hatte ich den Schlüssel später in die Innentasche meiner Jacke gesteckt, als ich meine Hose zum Trocknen ausbreitete. Ich hätte sonst eine Scheibe einschlagen müssen, um ins Auto zu kommen. Ich wischte den Schnee von der hinteren Beifahrertür, schloss das Auto auf und kroch auf die Rückbank.

Im Auto war es genauso so kalt wie draußen. Es war, als schlüpfte ich in einen Eisschrank. Aber es war zumindest trocken, und ich hoffte, dass es im Innenraum von meiner Körpertemperatur bald etwas wärmer würde. Es war seltsam, wieder in diesem Auto zu sein, in dem es nach Lufterfrischer und immer noch nach Ethans Aftershave roch. Gewöhnliche, alltägliche Düfte, die aber nicht zu der fremden Umgebung passen wollten. Nach den Tagen im Wald und in der alten Blockhütte fühlte es sich irgendwie falsch an, im Auto zu sein. Als hätte ich eine Zeitreise gemacht, unvermutet und gegen meinen Willen.

Ich beugte mich über die Sitze und schaute mich im vorderen Bereich des Autos um. Das Erste, was ich an mich nahm, waren die Mappe der Autovermietung und ein paar Zettel. Ich schob alles unter den Sitz, auch das Navi, das uns im Stich gelassen hatte. Viel mehr gab es nicht. Ein Lufterfrischer – Pinienduft –, Gummifußmatten, die zerknüllten Papierschichten, die auf den Sitzen gewesen waren. Schließlich fummelte ich an der Mittelkonsole herum und klappte die gepolsterte Armlehne hoch. Zum Vorschein kam eine Halterung für CDs. Alles leer und ohne Zweck, im Zeitalter der Smartphones. Jemand hatte dort eine Packung Taschentücher und eine Dose mit Süßigkeiten hinterlassen. Wahrscheinlich die Person, die das Auto vor uns gemietet hatte, und die Leute, die die Mietwagen reinigten, hatten es übersehen. Mir war es egal. Ich machte sofort den Deckel von der klebrigen Dose ab und stopfte mir zwei Plätzchen in den Mund. Sie waren von Puderzucker überzogen, der mit der Zeit kristallisiert war. Ich lutschte das alte Zeug und konnte fast spüren, wie Energie in meinen Körper strömte.

Dann kletterte ich wieder auf die Rückbank und suchte nach einer Möglichkeit, in den Kofferraum zu greifen. Ich wollte nicht wieder nach draußen gehen und das Heck des Wagens in der Schneewehe freigraben, um an den Koffer zu kommen. Zum Glück konnte man an der Rückbank ein Element herunterklappen. Ich griff durch die Öffnung und zog mein Handgepäck zu mir. Es handelte sich um einen kleinen Hartschalenkoffer; total verkratzt, überall klebten Sticker von allen möglichen Musikfestivals. Ethans Handgepäck war in besserem Zustand, und ich zog auch das Teil durch die Öffnung. Als mein Blick auf sein Gepäck fiel, schnitt der Kummer wie ein Messer in meinen Bauch. Ethan hatte die Tasche selbst gepackt, ohne ahnen zu können, dass er die Kleidungsstücke nicht tragen würde. Ohne ahnen zu können, dass er in einer Blockhütte festsitzen würde, bevor man ihn Gott weiß wohin verschleppte. Und nur Gott allein wusste, wer oder was das getan hatte.

Vorsichtig machte ich seine Tasche auf und nahm wieder einen Schwall seines Aftershaves wahr. Ich erinnerte mich, dass er das Zeug in der Tasche versprüht hatte, damit er die Flasche nicht einzupacken brauchte. Er hatte mir zugezwinkert, weil er stolz auf sich war für diesen »Lifehack«, wie er es nannte. Ich hatte die Augen verdreht und ihn daran erinnert, die Zahnbürste einzupacken, die er ständig vergaß. Inzwischen lagen sechs davon bei uns herum, die er sich im Lauf der Jahre an Flughäfen gekauft hatte. Ich lachte heiser, als ich seine Kulturtasche entdeckte und feststellte, dass er wieder seine Zahnbürste zu Hause vergessen hatte.

Unter der Kulturtasche fand ich seine Kleidung und faltete langsam einen Pullover auseinander; einer im Vintage-Look, den er bei einem Kilo-Sale entdeckt hatte. Von dieser Sorte Pullover hatten alle einen merkwürdigen Fleck oder ein Loch oder sonst irgendeine genähte Stelle. Ich war davon überzeugt, dass er diese Teile absichtlich kaufte, diese ungeliebten Dinger, die sonst keine Käufer mehr fanden. Der Pullover, den ich in der Hand hielt, hatte ein sehr gewagtes Argyle-Muster aus Grün und Senfgelb. Die alte Wolle war kratzig an den Manschetten, und ich sah lose Fäden, weil Ethan ständig an seiner Kleidung herumzupfte. Ich rieb mit der Wolle über meine Haut und holte einmal zittrig Luft, zog dann meine Jacke aus und schlüpfte in den alten Pullover. Ethans Duft haftete auf allem, eine Mischung aus Pears Seife und Aftershave mit Zitronenduft.

Ich entledigte mich der feuchten Sportschuhe und schälte mich aus der durchnässten Leggins. Mit sauberen, trockenen Socken an den Füßen und einer Jeans von Ethan fühlte ich mich zum ersten Mal seit meiner Ankunft in Witwerberg wie ein Mensch.

In meinem Gepäck befand sich Make-up und alles Mögliche für die Haare, um mich für den Tag der Hochzeit zu stylen. Ich hatte schicke Unterwäsche für die Woche eingepackt, weil ich damit rechnete, dass Ethan und ich zwischendurch Zeit fänden, unsere luxuriöse Resort-Unterkunft zu genießen. Dann ging ich die anderen Sachen durch, die ich mitgebracht hatte: ein Gewirr aus Ladegeräten und Schmuck, Strumpfhosen, Gürteln und Schuhen, die ich für alle Fälle eingepackt hatte. Nichts davon nützte mir im Augenblick etwas. Doch ich würde die Strumpfhosen anziehen, wenn ich die Kraft dafür hatte.

Ganz unten in der Tasche stieß ich auf eine Box, die in Luftpolsterfolie eingeschlagen war. Vorsichtig entfernte ich die Schichten, bis der elfenbeinfarbene Karton zum Vorschein kam. Der Deckel war verziert mit einigen getrockneten weißen Rosen, das Schleifenband bestand aus Satin. Mein Hochzeitsgeschenk für Jess. Nun, eigentlich unser Hochzeitsgeschenk, denn es war Ethan, der es entdeckt hatte, in einem unserer Vintage-Shops. Der Laden war ein Labyrinth aus antiken Möbeln, Vintage-Sachen, Imitaten und Zeug im Retro-Look. Dort bekam man alles von viktorianischen Möbeln bis zu Spielsachen aus den Neunzigern, alles unter einem Dach, ein Kästchen neben dem anderen, eine Box über der nächsten. Übrigens auch genau der Ort, an dem man ganze Kisten mit unsortierten Schallplatten ergattern konnte, wenn die Verkäufer mal wieder keine Zeit oder Lust hatten, sich alles einzeln anzusehen.

Vorsichtig machte ich die Schleife auf und öffnete die Schachtel, um den Inhalt zu prüfen. Wenn man bedachte, dass der Wagen einen Abhang hinuntergerutscht war, hatte ich mit einem heillosen Durcheinander gerechnet, aber ich war erstaunt. Die Schachtel war mit Satin bezogen und gepolstert, deshalb war das Diadem auch an Ort und Stelle geblieben. Es gehörte zu einem Set aus Diadem, Ohrgehänge und einem engen Halsreif. Die Schmuckstücke funkelten, selbst im düsteren Wageninneren. Jedes Stück war aus Silber gefertigt und besetzt mit Markasit, Splittern von Saphiren und blassblauem Topas. Offensichtlich alter Schmuck, mit kleinen Sternchen im barocken Stil.

Wir hatten nach einem Hochzeitsgeschenk gesucht, und Ethan hatte es als Erster entdeckt, und zwar auf dem Haupt einer Schaufensterpuppe. Ich hatte aus dem Bauch heraus entschieden, dass Jess diesen Schmuck unbedingt haben musste. Zum einen war ihr Geburtsstein ein Saphir, zum anderen war dies ein antikes Schmuckset, das an Jess in neuem Glanz erstrahlen würde. Noch wichtiger war aus meiner Sicht aber, dass unsere Mum fast genau so ein Diadem auf ihrem Hochzeitsfoto getragen hatte. Sie besaß zwar kein Set wie dieses, aber an das Diadem konnte ich mich lebhaft erinnern. Es gehörte zu den Schmuckstücken, die meine Mutter verkauft hatte, um mir mein erstes Auto zu kaufen. Und genau dieses Diadem hatte meine Schwester eigentlich für ihre Hochzeit haben wollen.

Auch wenn dieses Set teuer war – wir konnten das kaum stemmen, zumal ich mein Erbe noch nicht erhalten hatte –, ich hatte es einfach kaufen müssen. Aus meiner Sicht die perfekte Möglichkeit, Jess etwas zurückzugeben. Es war schließlich etwas, das ihr im Grunde wegen mir vorenthalten worden war, auch wenn das bestimmt nicht meine Absicht gewesen war.

Behutsam richtete ich die Ohrringe und die Halskette aus, dann legte ich den Deckel wieder auf die Schachtel und band die Schleife neu. Jess' Hochzeit hatte bereits begonnen, vermutlich war sogar schon alles gelaufen, daher würde sie das Diadem-Set nicht mehr tragen können. Selbst wenn es mir gelingen sollte, diesen Ort zu verlassen und Jess den Schmuck zu geben, tat es nichts zur Sache. Ich hatte ihre Hochzeit verpasst, und sie würde mich sowieso nicht mehr sehen wollen, geschweige denn mir eine Chance geben, alles zu erklären. Ich bezweifelte, dass sie noch ein Geschenk von mir annehmen würde.

Nachdem ich die Schachtel wieder sicher unter dem Beifahrersitz verstaut hatte, baute ich mir eine Art Nest aus meinen und Ethans Kleidungsstücken. Im Innern des Autos war es weiterhin eiskalt, und mein Atem bildete bereits Eiskristalle auf den Scheiben und der gesprungenen Windschutzscheibe. Umgeben von dem tröstenden Duft, der an der Kleidung meines Mannes haftete, weinte ich mich in den Schlaf.

Kapitel 19

Nach der so gut wie schlaflosen Nacht bei den brennenden Hütten und dem langen Marsch zum Auto schlief ich wie ein Stein. Als ich aufwachte, verdreht auf der Rückbank des Wagens, war es hell, aber es war nicht dasselbe Licht wie zuvor. Ich spähte durch einen Spalt der Schneekruste an der Scheibe und sah lange Schatten. Da wusste ich, dass die Dunkelheit anbrach. Ich hatte den Tag verschlafen. Trotz der Enge hatte ich in all der Zeit hier oben nicht bequemer gelegen. Aber ich war nicht in erster Linie dankbar für die gepolsterte Rückbank, sondern für den Türmechanismus.

Meine Augen klebten von getrockneten Tränen, meine Nase war ganz wund von der Kälte. Ich wollte mich eigentlich gar nicht rühren, aber als ich langsam wacher wurde, kam mir eine Idee.

Eine ziemlich schreckliche Idee.

Während ich so dalag, dachte ich über das Dorf und die Toten nach, auf die ich im Wald gestoßen war. Die beiden, die erst vor Kurzem gestorben waren. Insbesondere die Frau fiel mir wieder ein, weil ich die Outdoor-Jacke an ihr entdeckt hatte, als ich sie freilegte. Noch war ich nicht so verzweifelt, die Kleidung einer Toten zu tragen, aber zumindest verzweifelt genug, um zu überlegen, was sie in ihren Taschen haben mochte.

Bei der Jacke war ich mir ziemlich sicher, dass es eine teure Outdoor-Marke war, und das ließ den Schluss zu, dass die Frau auf Wandertour gewesen war oder etwas in der Art. Jedenfalls war sie nicht unvorbereitet in die Alpen aufgebrochen. Womöglich fänden sich nützliche Dinge in den vielen Jackentaschen, vielleicht hatte sie sogar einen Rucksack dabei; und hoffentlich auch eine Wanderkarte, die mir helfen würde, das Resort-Hotel zu finden. Eventuell sogar Proviant? Die Süßigkeiten aus dem

Auto würden nicht lange vorhalten, und ich war jetzt schon gefährlich unterernährt angesichts der herrschenden Kälte. Deutlich spürte ich, dass mein Körper schwächer wurde. Ich brauchte etwas, irgendetwas, um gegen alle Widrigkeiten zu überleben. Denn momentan hatte ich nichts. Ohne Nahrung würde ich nur daliegen und hätte irgendwann nicht mehr die Kraft, überhaupt noch aufzustehen.

Ich fragte mich, ob Ethan etwas zu essen hatte oder ein Dach über dem Kopf, wo auch immer er stecken mochte. Ich hatte zumindest noch die Snacks gehabt, aber Ethan war nur mit den Sachen verschwunden, die er am Leib trug. Wer auch immer ihn entführt hatte, versorgte er Ethan mit Essen? Ich hoffte es. Inständig. Vielleicht hatte er die Kraft, den Leuten zu entkommen und Hilfe zu holen.

Ich lag auf dem Rücken, um noch ein paar Klamotten anzuziehen. Nachdem ich Ethans Jeans ausgezogen hatte, zog ich Strumpfhosen und darüber Leggins an. Außerdem ein zweites Paar Socken. Zuletzt kam wieder die Jeans, deren Gürtel ich enger schnallen musste. Ich streckte meine Beine aus, überprüfte die Beweglichkeit. Insgesamt ein bisschen steif, aber es würde schon klappen.

Meine Sportschuhe waren innen immer noch feucht. Sie waren eigentlich wasserabweisend, aber nach den langen Märschen durch den Schnee hatte das auch nichts mehr genützt. Jetzt gab es leider nichts, um sie zu ersetzen. Es sei denn, ich wollte in Stilettos aus Satin zurück nach Witwerberg. Unpraktisch, allerdings würden mich dann die Schuhabdrücke kaum verraten. Wohl oder übel zog ich wieder die Sportschuhe an, schnürte sie zu und hoffte, dass die Sockenschichten meine Füße trocken hielten.

Diesmal machte ich nicht den Fehler, irgendetwas Nützliches zurückzulassen. Ich aß noch zwei Plätzchen, stopfte die Dose in meine Tasche und setzte Ethans Rucksack auf. Darin bewahrte ich noch zwei Pullover und ein paar brauchbare Sachen aus unseren Kulturbeuteln auf – eine Pinzette, saubere Waschlappen und eine Tube mit Desinfektionsmittel. Falls derjenige – *was* auch immer –, der das Dorf niedergebrannt hatte, beschloss, auch das Auto in Brand zu setzen, würde ich zumindest nicht alles verlieren. Nur das letzte Dach über dem Kopf, das mir zur Verfügung stand. Ich wollte nicht darüber nachdenken, wie ich ohne das Auto überleben sollte.

Nach kurzer Überlegung steckte ich auch die Schachtel mit dem Diadem in den Rucksack. Das war zwar zusätzliches Gewicht, das ich besser zurückgelassen hätte, aber ich konnte den Gedanken nicht ertragen, den Schmuck zu verlieren. Außerdem, wenn man eines Tages meine Leiche an diesem furchtbaren Ort fände, dann würde Jess zumindest wissen, dass ich versucht hatte, einiges wiedergutzumachen.

Der Weg aus der Senke hinauf zur Straße war ein Albtraum. Der Abhang, den ich halb nach unten gerutscht war, erwies sich von unten als zu steil. Als ich zu klettern versuchte, wurde mir schwindelig. Daher stapfte ich unten eine Weile parallel zur Straße weiter und stieß auf einen umgestürzten Baum, der mir als eine Art Geländer diente. Mühsam zog ich mich an dem Geäst den Abhang hinauf, bis ich zur Straße gelangte. Mein Atem ging schwer, meine Kraftreserven waren fast aufgebraucht.

In diesem Moment fühlte sich das, was ich tat, realer an. Ich bot meine letzte Kraft auf, um zu einer Leiche zu gelangen und deren Taschen zu durchsuchen. Allein die Vorstellung, erneut diese beiden Toten zu sehen – und anzufassen – erfüllte mich mit Furcht. Ich zitterte unter meinen Kleidungsschichten. Ich wollte das alles nicht tun, wusste aber, dass es sein musste. Es war meine einzige Chance.

Ich brauchte eine Weile, bis ich sie fand. Eigentlich war ich dankbar für den Schnee gewesen, weil er den Horror überdeckte, den ich gesehen hatte, aber er war auch mein ärgster Feind. Als ich tags zuvor durch den Wald gelaufen war, hatte ich kaum auf die nähere Umgebung geachtet, ehe ich auf die Toten stieß. Jetzt machte es mir der Neuschnee nahezu unmöglich, den Weg zurückzufinden. Aber als ich in Rufweite des Areals kam, konnte ich die Leichen gar nicht übersehen. Nicht etwa, weil ich einen Baum oder einen Schneehügel wiedererkannt hätte, nein, es lag daran, dass jemand die Toten ausgegraben hatte.

Ich stand vielleicht einen Schritt entfernt von all dem aufgewühlten Matsch und versuchte, mich nicht bei dem Anblick zu übergeben, der sich mir bot. Man hatte die beiden Toten aus dem Schnee gezerrt, übereinander geworfen und dann angezündet. Ich weigerte mich, zu glauben, dass ein Mensch so leicht verbrannte, deshalb musste man nachgeholfen haben. Mit einem chemischen Zusatz oder etwas Unnatürlichem. Die Leichen waren zu schwarzen Hülsen verbrannt, brüchig wie Schaufensterpuppen. Erst als ich noch etwas näher heranging, konnte ich die Risse in diesen schwarzen Hülsen erkennen, und das Rot, das darunter austrat.

Ich wandte mich ab und schaute in den Wald, zum Teil, weil mir beim Anblick der verkohlten Leichen schlecht wurde, zum Teil, weil ich mich wieder beobachtet fühlte. Das Feuer musste riesig und unglaublich intensiv gewesen sein; selbst die Bäume rings um das Grab waren von lodernden Flammen angesengt. Der Schnee war komplett geschmolzen, die mit Matsch vermischte Asche rund um die Überreste zu einem dunklen Brei gefroren.

Am Rand der verbrannten Fläche konnte ich noch das Loch sehen, in dem man die beiden zunächst verscharrt hatte. Es war fast nur in den Schnee gegraben, die Erde des Bodens war nur ein bisschen aufgewühlt. Als wäre das ursprüngliche Grab zu flach für zwei Leichen gewesen, und nur der Schnee hatte sie beide zugedeckt.

Da war wieder dieses Rauschen in meinen Ohren, eine neue Schockwelle schlug über mir zusammen. Ich fasste mir mit beiden Händen in den Nacken und presste meine Unterarme gegen die Ohren und schloss die Augen. Dann lehnte ich mich etwas zurück, machte die Augen wieder auf und blickte in die dunklen Äste und hinauf in den milchweißen Himmel. Es würde wieder schneien, vermutete ich. In der Luft lag diese eigenartige Stille, und der Himmel war wie Bildrauschen im TV-Gerät, wie Schneegestöber, in das sich dunkle Schlieren mischen. Plötzlich tanzten Punkte vor meinen Augen, und ich stolperte leicht, als ich zu schnell wieder nach unten sah. Schwindel erfasste mich, ich presste meine Beine in dem Versuch gegeneinander, aufrecht stehen zu bleiben. Wenn ich jetzt in den Schnee fiel, würde ich vermutlich nicht mehr imstande sein, aus eigener Kraft auf die Beine zu kommen.

Ich atmete bewusst aus, dann tief ein und versuchte, nicht die Kontrolle zu verlieren. Was diese arme Frau auch immer in ihren Taschen aufbewahrt hatte, es war fort. Verbrannt mitsamt ihrer Kleidung. Mit Haut und Haaren. Ich wehrte mich gegen die Vorstellung, von menschlichem Fleisch, das im Feuer geröstet wurde, dass Fett spritzte und Augäpfel platzten, aber die Gedanken stellten sich unweigerlich ein. Genau wie die Gewissheit, dass auch ich verbrannt wäre – bei lebendigem Leib –, wenn ich in der Hütte nur zehn Sekunden später aufgewacht wäre.

Mein schmerzender Magen begann zu rebellieren. Ich versuchte, mich abzulenken, an etwas anderes zu denken. Hier im Wald musste es offenbar zur selben Zeit gebrannt haben wie im Dorf. Es wäre mir bestimmt aufgefallen, wenn nach dem ersten Brand Rauch zwischen den Bäumen aufgestiegen wäre. Und ich hätte Brandgeruch in der Nase gehabt. *Gott, Mila, versuch, diesen Gestank auszublenden.* Nein, das Feuer in Witwerberg hatte offenbar diese Leichenverbrennung hier im Wald überdeckt. Wer auch immer diese beiden Brände ausgelöst hatte, er – oder *es?* – hatte in jener Nacht alle Hände voll zu tun gehabt.

Im Dorf hatte ich keine Fußabdrücke gesehen, und hier im Wald war der Boden derart aufgewühlt und voller Schneematsch, dass ich nicht zu sagen vermochte, ob es irgendwelche Spuren gab. Selbst der nicht geschmolzene Schnee sah wie von Pockennarben übersät aus; dunkle Stellen und Spritzer, die vom Feuer stammten. Weiterer Schnee war von den Bäumen gefallen und trug zu dem allgemeinen Chaos bei. Allerdings ahnte ich, dass der Mangel an Spuren nicht daher rührte, dass jemand sie beseitigt hatte, ich war vielmehr davon überzeugt, dass es nie welche gegeben hatte.

Etwas hatte mich angegriffen, hatte versucht, mich zu verbrennen. Es hatte jede Blockhütte in Brand gesetzt, in der ich womöglich hätte Schutz suchen können. Woher hatte es wissen können, dass ich zurückkommen würde, um die Toten nach Proviant abzusuchen? Was, wenn dieses Etwas das rätselhafte Feuer im Wald entfacht hatte, um sicherzugehen, dass ich nichts in die Finger bekam, das mich am Leben zu erhalten vermochte? Egal, was ich tat, ich wurde behindert, war wehrlos und drohte zu verhungern. Dieses Etwas tat mir all das mit voller Absicht an.

Ich wollte diese Vorstellung als lächerlich abtun, aber ich merkte, dass ich wieder mal keine rationale Erklärung fand. Dass der Mietwagen noch heil war, lag vielleicht nur daran, dass er nicht mehr auf der Straße stand. Das Auto befand sich also nicht in Reichweite dieses Etwas', das Witwerberg in Beschlag genommen hatte. Aber die Blockhütten, die Toten im Wald, ja, sogar die Hinweisschilder lagen offenbar im Einflussbereich jener dunklen Kraft, die ich spüren konnte, die mich beobachtete, wann immer ich mich ihrem Reich näherte. Alles, was in Zusammenhang mit Witwerberg stand, war verdorben. Dieser Ort wurde von etwas Bösem kontrolliert, und ich unterlag diesem Einfluss, während die Nacht um mich herum anbrach.

Bei diesem Gedanken wollte ich kehrtmachen, wollte zurück in die vergleichsweise sichere Zone des Autos. Doch als ich mich umwandte, sah ich etwas in der Kuhle, in der die Toten gelegen hatten. Etwas, das nicht bräunlich wie der Matsch oder weiß wie Schnee war. Es war orange, allerdings verdreckt. Im Grunde war es nur ein Zipfel Stoff, aber der erregte meine Aufmerksamkeit.

Ich hatte das Gefühl, mein Glück herauszufordern, als ich auf die Knie ging und nach dem Gegenstand griff. Als ich an dem orangefarbenen Ding zog, merkte ich, dass es größer als erwartet war. Es war fast völlig verdeckt gewesen und dadurch nicht auf dem improvisierten Scheiterhaufen gelandet. Welche Kräfte hier auch immer am Werk sein mochten, diesen Gegenstand hatten sie übersehen.

Ich zog kräftiger. Erst gab der gefrorene Boden nichts frei, doch dann löste sich der Gegenstand. Ich hatte mich in der Hocke befunden, fiel nun zurück, hielt aber einen von Erde verkrusteten Rucksack in Händen. Mit Mühe kam ich wieder auf die Beine, doch mir zitterten die Knie. Ohne groß Zeit zu verlieren, lief ich stolpernd los, wobei ich immer noch das Gefühl hatte, beobachtet, vielleicht sogar verfolgt zu werden. Ich musste diesen Ort verlassen, musste dorthin zurück, wo ich einigermaßen sicher wäre. Selbst der Schmerz in meinem Knöchel hinderte mich nicht daran, so schnell wie möglich zu laufen. Letzten Endes wurde ich langsamer und stapfte nur noch durch den Schnee, weil ich schwarze Punkte vor den Augen sah und den bitteren Geschmack von Galle auf der Zunge hatte. Aber inzwischen lag Witwerberg bereits hinter mir.

Die Nacht war hereingebrochen, die Temperatur fiel merklich. Ich hatte meine Kraftreserven so gut wie aufgebraucht und schleppte mich nur noch mit eisernem Willen weiter. Bei jedem Schritt drohte die Welt um mich herum, zu kippen und zu schwanken.

Erst nachdem ich halb in Trance den Abhang hinuntergerutscht war und mich wieder im Auto eingeschlossen hatte, wähnte ich mich sicher genug, um endlich einen Blick in den Rucksack zu werfen. Ich lehnte an der hinteren Beifahrertür, zu erschöpft, um aus eigener Kraft aufrecht zu sitzen. Meine Hände zitterten, als ich den steifen Reißverschluss öffnete, wobei ich mir nicht auszumalen versuchte, was womöglich durch das Material des Rucksacks gesickert war, solange er noch unter zwei Leichen gelegen hatte.

Als Erstes fand ich einen Ausweis. Er steckte in einer dafür vorgesehenen Hülle, gleich an der Innenseite, wenn man den

Rucksack aufklappte. Ich musste mir den Ausweis fast vor die Nase halten, um etwas erkennen zu können. Alles auf Französisch, und das Foto schien zu der Frau zu passen, die ich entdeckt hatte. Ich musste an Wachsnachbildungen irgendwelcher Promis denken, an steife und leblose Puppen. Ihr Name war Jaqueline, und wenn ich das Geburtsjahr richtig las, musste sie zwanzig sein. Oder neunzehn, je nachdem wann sie ermordet worden war, wie ich mir bewusst machte, denn sie hatte erst letzten Monat Geburtstag gehabt.

Ich konnte kaum etwas auf dem Ausweis richtig lesen, schätzte aber, dass es sich um den eines Colleges oder einer Universität handelte, jedenfalls legten das kleine Emblem oben in der Ecke sowie die Jahresangabe, wann der Ausweis seine Gültigkeit verlor, das nahe: vier Jahre nach Ausstellung.

Außerdem fand ich das Portemonnaie, den Personalausweis und Flugtickets der jungen Frau, alles sauber und ordentlich verpackt in einer Plastikhülle. Viel wichtiger für mich waren aber die Proteinriegel im Rucksack – einen davon stopfte ich mir sofort gierig in den Mund –, ein Erste-Hilfe-Kit, ein GPS-Gerät (ausgefallen), eine fast leere Plastikflasche mit Wasser und ein Handy. Der Akku war natürlich längst platt.

Laut dem Datum auf dem Flugticket war sie vor vier Monaten angekommen, es gab aber keinen Termin für den Rückflug. Offenbar hatte sie vorgehabt, das Rückflugticket später zu kaufen oder auf anderem Weg nach Hause zu gelangen, vielleicht mit dem Zug. Aber hatte sie denn seit vier Monaten in einer Kuhle im Wald bei Witwerberg gelegen? Oder war sie erst vor Kurzem dort ums Leben gekommen? Ich wusste es nicht, und allein das machte mich wahnsinnig. Wenn diese Frau schon seit geraumer Zeit vermisst wurde, dann musste doch irgendwann jemand kommen und nach ihr suchen? Jemand, der auch mir helfen könnte?

Ich aß den Proteinriegel auf und zwang mich, nicht sofort nach dem nächsten zu greifen. Es gab nur noch zwei, daneben einen Beutel mit etwas undefinierbar Gefrorenem. In der Dunkelheit entzifferte ich den kleinen Aufdruck an der Seite: »Erdnuss-Protein-Packung«. Vielleicht ein spezielles Zeug für Wanderer; Erdnussbutter mit Zusätzen, eine Powermischung, die einem Energie verlieh. Vom Gewicht her waren es vielleicht zwei Mahlzeiten oder drei Snacks. Ich verstaute die Packung unter meinem Pullover, damit sie auftaute. Ich musste unbedingt meine Kraft zurückgewinnen, und das bedeutete, ich würde möglichst bald etwas von dieser kostbaren Nahrung verdrücken.

Während ich wartete, dass das Zeug auftaute, dachte ich über die Besitzerin des Rucksacks nach. Jaqueline hatte nicht viel mitgebracht, hatte sie also gar nicht vorgehabt, lange fortzubleiben? Nur ein kurzer Wandertrip? Aber wo war sie losgewandert, und wohin sollte es gehen? Befand ich mich doch in der Nähe von Leuten, oder war sie ganz woanders getötet und dann nach Witwerberg gebracht worden? Es war frustrierend, nicht die geringste Ahnung zu haben, in welcher Gegend ich mich befand, geschweige denn darüber, was hier vor sich ging. Ich wünschte, Jaqueline hätte eine Wanderkarte mitgenommen, oldschool, sozusagen. Allmählich gingen mir die modernen Geräte auf den Geist: Handys, GPS, Autos und insbesondere Navis.

Ich war im Begriff, den Rucksack unter einem Sitz zu verstauen, als ich merkte, dass sich an der Unterseite etwas Schweres verschob. Ich betrachtete die Unterseite genauer, und was ich erst für eine klobige Polsterung gehalten hatte, entpuppte sich als Fach, in dem sich etwas Schweres befand. Ich musste das Material aufreißen, weil der vollkommen verdreckte Reißverschluss stecken blieb. Ich hoffte auf weitere Proteinriegel oder eine Wanderkarte, die ich benötigte. Stattdessen fand ich einen Reiseführer und ein Wörterbuch Englisch-Deutsch.

Einen Moment lang hielt ich beide Bücher in den Händen, leicht verwirrt. Wozu brauchte eine Französin ein Wörterbuch, um Englisch ins Deutsche zu übersetzen? Dann verdrehte ich die Augen. Ich sah schon überall Rätsel. Sie war vielleicht gar keine Französin, sondern studierte nur dort. Vielleicht sprach sie Französisch und Englisch, und dieses Wörterbuch war einfach günstiger gewesen – was soll's? Es würde mir wohl kaum weiterhelfen. Ich hatte nicht mal ein Feuerzeug, um die Seiten zum Anfeuern zu benutzen.

Kurz darauf kuschelte ich mich erneut in mein Nest aus Kleidungsstücken und blätterte in dem Reiseführer, wobei ich die Augen stark zusammenkneifen musste, um in dem Zwielicht etwas erkennen zu können. Er war auf Englisch geschrieben und sah aus wie ein sehr detaillierter Wanderführer für die hiesige Region der Alpen. Allerdings gab es keine brauchbaren Karten; vermutlich setzte der Verlag darauf, dass man sich Kartenmaterial separat kaufte. Jede Menge Infos, was für Kleidung man benötigte, Ratschläge, die Jaqueline offenbar nicht befolgt hatte. Wo war ihre Rettungsdecke, wo ihr Kit zum Feuermachen? War die teure Outdoor-Jacke nur Show gewesen, und sie war Anfängerin? Ob das der Grund war, warum sie in Witwerberg gelandet war; sie hatte sich verirrt und Schutz gesucht?

Als ich an Witwerberg dachte, schaute ich gleich im Index nach und fand den Ortsnamen, der auf einer Seite erwähnt wurde. Ich blätterte zurück und fand die Stelle. Der Abschnitt war ziemlich kurz, und trotzdem brachte er meinen Gedankengang zum Erliegen:

In dieser Gegend gibt es viele verlassene Siedlungen, einige davon gehen zurück bis ins 14. oder 15. Jahrhundert, als sich die Pest in Europa ausbreitete. Auf dieser Route kommt man an mindestens vier vorbei (fünf sogar, wenn man einen zusätzlichen Bogen schlägt und einen Zwei-Tage-Trip einplant). Diese fünfte Siedlung, Witwerberg, wurde zuletzt aufgegeben. Sie war bis 1816 bewohnt – also bis in jenes berüchtigte »Jahr ohne Sommer«, dessen Ursache der Vulkanausbruch des Tambora in Indonesien war. Die nachfolgende kalte und feuchte Jahreszeit, ausgelöst durch Asche in der Atmosphäre, führte zu Missernten und Hungertod quer durch Europa. Witwerberg stellt in dieser Hinsicht keine Ausnahme dar, da zu jener Zeit viele Siedlungen aufgegeben wurden, gefolgt vom kältesten Winter seit 250 Jahren. Witwerberg ist einen Besuch wert, die Geschichte dieses Orts ist verknüpft mit Vorfällen, bei denen Menschen auf geheimnisvolle Weise verschwanden, und mit Geistererscheinungen. Obwohl viele dieser Geschichten übertrieben zu sein scheinen oder wie bei Legenden üblich frei erfunden sind, sind in diesem Gebiet elf Personen nachweislich verschwunden, ohne Spuren zu hinterlassen.

Kapitel 20

Mindestens elf Personen.

Verwiesen wurde auf einen Link auf einer Website, die Leser des Reiseführers wurden ermuntert, »mehr darüber zu erfahren!« Aber ich konnte nicht mehr lesen. Die Infos dieses kurzen Abschnitts waren frustrierend genug. Die Worte »ohne Spuren zu hinterlassen« hallten in meinem Kopf nach, während draußen ein heftiger Wind zu heulen anfing. Ohne Spuren. Elf Personen. Von denen man wusste.

Wie viele andere Geschichten mochte es geben, die der Reiseführer als »Legenden« einstufte? Zehn? Zwanzig? Wie viele Leute wie ich, wie Jaqueline und jener namenlose Geschäftsmann waren hier oben »verschwunden«, seitdem das Buch gedruckt wurde?

Und wieso ließ man immer noch Menschen hier in diese Gegend? Warum gab es nirgends eine Warnung? Keinen riesigen Sperrzaun auf der Straße nach Witwerberg, mit Schildern wie »Zufahrt verboten – Bermudadreieck der Alpenregion«? Wieso existierte dieses Dorf noch, warum hatte man es nicht komplett abgerissen, um zu verhindern, dass weiterhin Menschen hierhin pilgerten? Und die Leichen derjenigen entdeckten, die bis heute nicht gefunden worden waren …

Während ich das Buch in Händen hielt, fragte ich mich, ob jede dieser elf vermissten Personen das durchgemacht hatte, was mir widerfahren war. Ich fragte mich, ob es womöglich deren Skelette waren, die ich unter den Veranden entdeckt hatte. Hatten auch diese Menschen jene rätselhafte Gestalt gesehen, jenen Schemen ohne Spuren? Hatten auch sie erlebt, wie Dinge verschwanden oder zerstört wurden? Wie Hinweise mit Hilferufen sabotiert oder entwendet wurden? Wie lange hatten diese Leute das Grauen ertragen? Gab es da ein Muster, existierte eine zeitliche Begrenzung? Näherte ich mich, ohne es zu wissen, dem Ende einer Serie von Vorfällen, die darin gipfelte, dass auch meine Leiche im Schnee vergraben wurde?

Mein Atem ging flach, dünne weiße Wolken waberten vor meinem Gesicht, während ich versuchte, gegen meine aufsteigende Panik anzukämpfen. Was, wenn es kein Entrinnen gab? Ich war inzwischen zu tief in die Vorgänge hier verstrickt, um überhaupt noch gefunden zu werden. Vielleicht befand ich mich in einer Art Parallelwelt, wo mich niemand erreichte, selbst wenn mögliche Retter es versuchten. Das hörte sich verrückt an, selbst in meinen Ohren, doch jeder Horrorfilm, den ich je gesehen hatte, kam mir wieder in den Sinn. Vielleicht war Ethan ja noch in der realen Welt und suchte nach mir. Und nur ich steckte fest in dieser seltsamen Twilight-Zone, von der mein Mann nichts wissen konnte.

»Komm schon, Mila, reiß dich zusammen!«, sagte ich laut zu mir selbst, aber meine Stimme klang unsicher und verängstigt. An diesem Ort fühlte sich es so an, als würde die Realität jeden Tag ein Stück weiter in die Ferne rücken. Mein Gespür für das, was möglich und nicht möglich war, knackte wie Eis unter dem Gewicht all dessen, was ich bislang gesehen hatte.

Ich wollte wissen, was diese Leute durchgemacht hatten. Wie ich mir das mit ihrem Verschwinden vorzustellen hatte. War es so wie bei mir gewesen? Nie wünschte ich mir sehnlicher, ich hätte Zugang zum Internet. Jeder Hinweis wäre besser gewesen, als hier zu sitzen, in Unwissenheit.

Dann fiel mir wieder der Zeitungsausschnitt ein. Die deutschsprachige Zeitung von 1814, die zwei Jahre vor dem »Jahr ohne Sommer« erschienen war, von dem im Reiseführer die Rede war. Zwei Jahre bevor die Bewohner von Witwerberg sich einem Sommer mit Missernten und einem strengen Winter unterworfen sahen. Stammten die Gerippe aus jener Zeit? Waren das die vermissten Personen oder einfach die unglückseligen ursprünglichen Einwohner dieses kleinen Dorfes? Vielleicht waren viele der Dorfbewohner verhungert oder erfroren und dann unter die

Veranden gelegt worden, da der Boden hart wie Eisen war. Dann waren die überlebenden Verwandten der Aussicht auf den sicheren Tod entflohen, ohne je zurückzukehren.

Vielleicht … Vielleicht waren das aber auch die ersten Opfer von alldem, was an diesem Ort nicht stimmte. Denn es stimmte ganz gewiss etwas nicht mit Witwerberg, und ich hatte das seit unserer Ankunft gespürt. Dieses Gefühl, beobachtet zu werden, an einem Ort, der zu still und zu unberührt von der Außenwelt dalag, ganz so, als würde er *anderswo* existieren.

Ich holte den verknitterten Artikel aus meiner Tasche. Als ich ihn entdeckt hatte, war ich davon ausgegangen, dass ihn jemand aufbewahrt hatte. Weil dieser Ort vielleicht nur dieses einzige Mal in einer Zeitung erwähnt worden war, und deshalb hatte diese Person ihn ausgeschnitten und behalten. Um den Artikel bei Gelegenheit einem Verwandten in einer großen Stadt zu schicken. Wenn es damals schon »große Städte« gegeben hatte, nicht bloß Dörfer und Siedlungen mittlerer Größe. Geschichte gehörte nicht zu meinen Stärken, wie übrigens so gut wie alle Schulfächer. Doch jetzt überlegte ich, ob die Person den Artikel nicht aus Nostalgiegründen aufbewahrt hatte, sondern aus einem ganz anderen Grund. Aus Furcht. Was, wenn es sich um einen Bericht über ein vermisstes Kind handelte? Oder um einen Bericht über eine junge Frau, deren Ehemann auf die Jagd nach Wild ging und nie nach Hause zurückkehrte?

Träge blätterte ich in den Seiten des deutschen Wörterbuchs, bis ich wieder auf das mir unbekannte Wort aus der Überschrift stieß: *verschwunden*. Ich hatte vermutet, es hätte etwas mit Holz oder dem Zimmererhandwerk zu tun. Aber auch nur, weil es in meinen Ohren so klang. Wie sich herausstellte, hatte es gar nichts mit Holzarbeiten oder Backhandwerk zu tun; es handelte sich nicht um irgendeine Begebenheit, wegen der man in die Zeitung kam, nichts, was eine Tante ausschneiden und aufbewahren würde. Nein, laut Wörterbucheintrag war *verschwunden* die Vergangenheitsform von »verschwinden«.

Also war jemand oder etwas in Witwerberg verschwunden, und dieser Zeitungsartikel hatte den Vorfall dokumentiert. Vor dem Jahr ohne Sommer galt etwas oder jemand hier oben als verschwunden.

Handelte es sich um Vorfälle dieser Art, von denen die Autoren des Reiseführers wussten? Ich hatte keine Ahnung. Wie lange war das so gegangen? Was hatte dieses Verschwinden ursprünglich ausgelöst? Wenn jemand verschwunden war, ehe die Siedlung von einem strengen Winter heimgesucht wurde, bedeutete das dann, dass das Dorf auf irgendeine Weise … verflucht war? Was auch immer die Dinge ausgelöst hatte, die mir widerfahren waren – was auch immer diese Menschen hatte verschwinden lassen –, hatte das auch zu den schrecklichen Ereignissen des Jahrs ohne Sommer geführt?

Ich versuchte, nicht die Fassung zu verlieren. Nicht nur Witwerberg hatte einen schlimmen Winter erlitten. Wenn dieser Winter von einem Vulkanausbruch im fernen Indonesien verursacht worden war, dann mussten die Auswirkungen überall zu spüren gewesen sein. Im Reiseführer stand, der Winter sei in ganz Europa hart gewesen, vielleicht sogar auf anderen Kontinenten.

Während ich so kühl und rational wie möglich über diese Sache nachdachte, machte ich mir bewusst, dass vermutlich jedes Jahr Menschen in den Alpen vermisst wurden. Es handelte sich immerhin um ein Hochgebirge, mit bewaldeten Höhenzügen und schneebedeckten Hängen, die zu jeder Jahreszeit voller Gefahren steckten. Vermutlich streiften Wölfe und andere Raubtiere durch die Gegend, vor allem in früheren Zeiten. Wenn man vor hundert Jahren niedergeschlagen und in den Wäldern verscharrt wurde, bestand wahrscheinlich kaum Hoffnung, jemals gefunden zu werden. Selbst heutzutage konnte es vorkommen, dass Wanderer, Skibegeisterte oder schlecht vorbereitete Touristen einen Unfall hatten, einem wilden Tier begegneten und irgendwo tot liegen blieben, wo sie dann nie mehr entdeckt wurden.

Aber wenn dem so war, warum hielt man es dann für notwendig, speziell Witwerberg zu erwähnen? Wenn es stimmte, dass jedes Jahr Menschen in den Bergen verschwanden, was machte diesen Ort dann so besonders? Offenbar lag es an der Anzahl der Vermissten. Aus einem unerfindlichen Grund waren im Umkreis von Witwerberg mehr Menschen verschwunden als anderswo. Es gab also eine Häufung von Vorfällen, die den Ort einzigartig in der Alpenregion machte. Dieser Ort war eine Art Hotspot für Vorfälle dieser Art. Aber warum? Das war die Frage, die mir einen Schauer über den Rücken jagte. Ich vermochte es mir nicht zu erklären. Doch vielleicht war der Artikel dazu imstande.

Ich kramte im Gepäck nach meinem Make-up und fand meinen Eyeliner. Dann riss ich hinten eine leere Seite aus dem Wörterbuch und fing an, den Zeitungsartikel zu übersetzen. Meine Sprachkenntnisse waren miserabel, und obwohl ich überhaupt kein Wort Deutsch konnte, war ich fest entschlossen herauszufinden, was in diesem Bericht stand. Ich war überrascht, wie schnell ich arbeiten konnte, wenn ich ausreichend motiviert war. Da ich ahnte, dass dieser Zeitungsausschnitt womöglich das Geheimnis von Witwerberg lüftete, blätterte ich wie besessen in dem Wörterbuch und kritzelte die Wörter auf die Seite.

Bald hatte ich eine hingeschmierte, grammatikalisch chaotische Übersetzung. Das meiste hatte ich geraten, die Übergänge hatte ich eingefügt, wo sie Sinn ergaben, Verben und Substantive hatte ich in dem Versuch, Sätze zu bilden, die zum Inhalt passten, miteinander verbunden. Allerdings fand ich nicht jedes Wort in dem Taschenwörterbuch. Ich musste oft raten, weil der Artikel schon so alt war. Entweder waren einige Wörter nicht mehr üblich oder sie bezogen sich auf Orte oder Gegenstände, die es heute nicht mehr gab. Irgendwann hatte ich meine eigene Version auf dem Papier, ungefähr so, wie bei den Mad-Libs-Büchern, bei denen man die Lücken selbst füllen muss.

Erbe verschwindet in Witwerberg

Erbe der Köhler Mine Vermögen noch vermisst nach vielen Wochen Suche. Friedrich Köhler wurde getrennt von die Jäger auf der Tour in Wald und den Bergen. Freunde sagten, hören Rufen in der Ferne, aber kamen an und fanden Hut von Köhler auf der Boden nur. Eine Suche ohne ein weitere Hinweis auf der Mann oder dass Unfall passierte. Die Dorfbewohner hörten auch Rufen, aber sahen nichts. Sie haben geholfen bei Suche.

Fernand Köhler hat Belohnung ausgesetzt für Rückkehr seines Sohns.

Ich ging den Text noch mehrmals durch, überprüfte die Wörter, glich alles ein weiteres Mal ab. Nichts über Fußabdrücke oder eine Gestalt zwischen den Bäumen. Der Bericht war ärgerlicherweise allzu vage, aber ich schätzte, dass man sich damals in der Zeitung auf wenige Worte beschränken musste, vielleicht aus Kosten- oder Platzgründen. Wahrscheinlich war keine Zeit für Ausschmückungen oder einen genaueren Bericht der Vorkommnisse. Trotzdem – jedes Detail wäre mir von Nutzen gewesen.

Aber eine Sache bewies der Zeitungsausschnitt immerhin, nämlich dass in Witwerberg schon seit langer Zeit Menschen verschwanden. Und zwar bereits vor dem Winter 1816, bevor die kleine Siedlung aufgegeben wurde. Ich wollte noch mehr wissen. Hatte man diesen Köhler je wiedergefunden? Hatte ihn ein Wolf verschleppt und gefressen, oder war der Mann tatsächlich so spurlos verschwunden wie Ethan? Und warum hatte jemand in Witwerberg diesen Bericht ausgeschnitten und aufbewahrt? Etwa als Souvenir eines Verbrechens, das diese Person verübt hatte? Oder aus einem Gefühl von Stolz heraus, dass man sich an der Suche beteiligt hatte? Verdammt, vielleicht waren ja einige Einwohner auf die Belohnung aus gewesen, von der in dem Bericht die Rede war.

Der Mangel an Informationen war so frustrierend und der Artikel so vage, dass ich mir meine eigene Version der Vorkommnisse ausdachte, wobei ich Sachen hinzufügte, die ich über Witwerberg wusste und die mit den seltsamen Dingen zu tun hatten, die hier geschahen. Ich malte mir aus, wie der Suchtrupp den Hut im Schnee fand, wie sich die Männer darüber wunderten, dass die Fußspuren des Vermissten abrupt endeten, als wäre der Mann vom Erdboden verschwunden. Aber ich konnte ja nicht mit Sicherheit wissen, was wirklich passiert war. Es war nur mein Geist, der diese unheimlichen Szenarien ersann, die zu meinen Erfahrungen passten.

Ich schob die Seite mit meinem Gekritzel hinten in den Reiseführer. Auf diese Weise kam ich nicht weiter. Ich musste mich warm halten, brauchte Proviant und musste darüber hinaus Menschen auf mich aufmerksam machen. Dabei war es wenig hilfreich, alte Zeitungsberichte zu lesen oder über ein Rätsel nachzudenken, das hundert Jahre auf dem Buckel hatte. Ich holte die Proteinpackung aus meinem Pullover, machte sie auf und quetschte etwa ein Drittel des Inhalts in meinen Mund. Dann kaute ich auf der viel zu süßen Erdnussbutter herum, während ich das Buch weglegte.

Als ich den Reiseführer zuklappte, fiel mir der Klappentext auf der Innenseite des Einbands auf. Jemand hatte dort etwas hingeschrieben, vermutlich Jaqueline. Oben auf der Seite begann eine Liste von elf Namen und einigen Datumsangaben. Auf der Liste stand Friedrich Köhler, mit der Jahresangabe 1814, wie in dem Artikel. Der einzige Name über seinem lautete »Baumann?«, als wäre nur der Nachname bekannt. Was nicht verwunderlich war, wenn man bedachte, dass als Jahreszahl »17. Jhdt.« angegeben war.

Dies waren offenbar die Namen der Leute, auf die der Reiseführer sich bezog; die bestätigten Fälle von Menschen, die in Witwerberg verschwunden waren. Ich fuhr mit dem Finger über die krakelige Schrift und fragte mich, ob Jaquelines Name eines Tages auch auf einer Liste dieser Art stehen würde. Und was war mit meinem Namen?

Unten auf der Seite befanden sich noch ein paar Notizen, einige auf Französisch, andere wiederum auf Englisch. Zweisprachige Angeberei. Aber ich erkannte, dass darunter Namen waren, vielleicht nicht bestätigte Fälle verschwundener Menschen? Womöglich war Jaqueline aus einem ganz bestimmten Grund in diese Gegend gekommen, nicht nur aus einer Laune heraus. Sie war an der rätselhaften Geschichte von Witwerberg interessiert.

Ich sah sie fast vor mir, wie sie sich im Flugzeug über den Reiseführer beugte, Notizen aus dem Gedächtnis machte und versuchte, ein Rätsel wie in einem Videospiel zu lösen. Ethan ließ neben dem Laptop zu Hause ständig Zettel liegen, auf denen er irgendwelche Karten und ungelöste Rätsel notierte. Er mochte diese Indiegames, bei denen man Mordfälle aufklären und Rätsel lösen musste. Fast lächelte ich bei dem Gedanken, dass er die ganze Sache in Witwerberg schon vor Tagen gelöst hätte, wenn er hier gewesen wäre. Wie einmal, als wir in einem Escape-Room waren, und Ethan wie besessen alle Rätsel knacken wollte: Vorhängeschloss, Skalenscheibe, Schlüsselloch usw. Ich glaube, mein Beitrag an jenem Tag belief sich darauf, dass ich uns zu dem Event fuhr.

Als ich die Notizen Jaquelines durchging, sprang mich ein Wort an: Fußspuren; ein Wort, das mich seit Tagen ständig beschäftigte. Der Mangel an Spuren hatte mich halb um den Verstand gebracht, und bislang bekam ich keine rationale Erklärung zustande.

Jaqueline hatte Folgendes notiert: *»1976 – die Bianchis – Schutz in Hütte, Hinweis auf Lagerfeuer – Fußspuren hinein, nicht hinaus? Keine anderen Spuren?? Wie das – wohin sind sie?«*

Ich ging davon aus, dass »die Bianchis« Leute waren, vermutlich ein Paar, und wie es aussah, waren sie in einer Hütte in Witwerberg verschwunden, während sie dort Schutz suchten. Viel wichtiger war aber – wenn ich den hastig hingekritzelten Gedankengang richtig interpretierte –, dass sie zwar beim Betreten der Hütte Spuren hinterließen, es dann aber keine weiteren Spuren mehr gegeben hatte. Nichts und niemand war sonst hinein- oder herausgegangen. Und sie waren auf exakt dieselbe Weise wie Ethan verschwunden. An mehr oder weniger demselben Ort, je nachdem, um welche Blockhütte es sich handelte. Doch mich beschlich das eigenartige Gefühl, dass es *unsere* Hütte war. Die Parallelen waren zu auffällig.

Da der Name der Leute auf der Liste stand, vermutete ich stark, dass das Paar auch nie gefunden wurde.

Aber nicht nur das führte dazu, dass mein Denken kurzzeitig gelähmt schien und mein Herz einen Schlag aussetzte. Der Gedanke, dass ich meinen Mann womöglich nie wiedersehen würde, wurde vollkommen verdrängt, als mir plötzlich klar war, wie er entführt worden war.

Kapitel 21

Ich öffnete die Autotür und spürte sofort den Temperaturunterschied. Es war schon tagsüber kalt, aber nachts fühlte es sich an, als würde mein Herz bei der eisigen Luft stehen bleiben. Das Mondlicht tauchte den Wald in ein mattes Licht, das immer wieder von dichten Wolken unterbrochen wurde. Der Sturm, der eingesetzt hatte, war noch nicht allzu stark, und ich konnte nicht länger warten. Mit all meinen Sachen in Ethans Rucksack und etwas Nahrung im Magen lief ich unten in der Senke parallel zur Straße.

Als ich mich wieder an dem umgestürzten Baum bis zur Straße hochkämpfte, spürte ich, wie die Angst versuchte, meiner Absicht einen Strich durch die Rechnung zu machen. Die Zweige, die sich im Wind bewegten, klangen wie raschelnde Schritte oder wie ein Tier, das nachts auf Beutefang ging. Doch ich schluckte die anschwellende Angst herunter, die mir die Kehle zuzuschnüren drohte. Wenn ich mit meiner Vermutung recht hatte, gab es nichts Übernatürliches an Ethans Verschwinden. Es hatte nichts mit Geistern zu tun. Denn Geister brauchen keine Falltüren.

Der Gedanke war mir wie aus dem Nichts gekommen, als ich diese spärlichen Notizen studierte. Wann immer ich über die Fußspuren nachgedacht hatte, war ich in einer Schleife aus Entsetzen und Paranoia gefangen gewesen. Ich war nicht imstande, die Furcht abzuschütteln, dass dort draußen etwas lauerte, mich beobachtete und über mich herfallen würde. Diese abergläubische Furcht hatte mich daran gehindert, den Tatsachen ins Auge zu blicken: Wenn niemand aus der Hütte herausgekommen war, die Hütte aber leer war, dann musste es mehr als einen Ausgang geben. Und zwar nicht das Fenster, das ich kurz in Betracht gezogen hatte, und natürlich gab es auch keine Seilrutsche zwischen den Bäumen. Nein, es musste eine Art Falltür in einen Keller oder einen anderen Raum unter der Blockhütte geben.

Natürlich hatte ich immer noch keinen Schimmer, wer das getan hatte oder warum, aber ich war mir inzwischen absolut sicher, wie der Unbekannte es gemacht hatte. Alles andere hoffte ich herauszufinden, sobald ich durch die Luke gestiegen war.

Als ich mich jedoch der Asche in den Trümmern Witwerbergs näherte, wurden meine Schritte immer zögerlicher. Hatte ich wirklich vor, mit den Füßen zuerst in einen verborgenen Kellerraum zu springen? Was, wenn es sich um das Versteck eines Serienkillers handelte, oder um den Bau eines Raubtiers? Ganz gleich, wie sehr ich die Gedanken an übernatürliche Monster auszublenden versuchte, meine Fantasie ging wieder einmal mit mir durch. Ich hatte ja keine Waffe, nicht mal eine Taschenlampe, um etwas sehen zu können. Die Taschenlampen-Funktion war sozusagen mit Ethan verschwunden.

Welche Wahl blieb mir letzten Endes? Ich konnte nirgendwo hin, und bislang gab es keinen Menschen, der mir helfen würde. Wenn ich weiterhin im Auto hockte, würde ich irgendwann verhungern. Es sei denn, derjenige, der dort draußen lauerte, beschloss, mich vorher aus dem Weg zu schaffen. Mit meinem Handeln riss ich nicht nur die Kontrolle an mich, vielleicht war ich sogar imstande, den oder die Unbekannten zu überraschen. Bisher war ich herumgeirrt wie ein kleines, verängstigtes Mädchen; und genau damit hatten meine unsichtbaren Gegner wohl gerechnet. Das sollte sich ändern. Denn jetzt war mein Handeln nicht mehr vorhersehbar, und somit bestand die Möglichkeit, dass ich sie unvorbereitet erwischte.

Als ich mich den Überresten meiner Blockhütte näherte, fragte ich mich, ob Ethan vielleicht irgendwo dort unten lag und schon die ganze Zeit dort gewesen war. Gefesselt, geknebelt, meinen Schritten oben lauschend. Hatte er gehört, wie ich vor Angst schluchzte, wie ich mit mir selbst sprach? Hatte er die Hitze der Flammen gespürt? Tränen sammelten sich in meinen Augen bei dem Gedanken, dass er vielleicht hilflos mitanhören musste, was oben geschah, aber nicht zu mir gelangen konnte. Ich packte einen verkohlten Stamm, hob ihn an und ließ ihn wieder zu Boden fallen. Ich würde den Zugang finden. Es musste gelingen.

Es war anstrengende Arbeit, den Schutt wegzuräumen, ab und zu stieß ich auf ganze Stämme, die nur äußerlich verkohlt waren. Während ich sie anhob oder wegrollte, versuchte ich mir vorzustellen, wie der Fußboden der Hütte ausgesehen hatte. Hatte ich nicht jeden Zoll der Hütte abgesucht, als Ethan verschwunden war? Auf der Suche nach einem Hinweis hatte ich die Wände untersucht, auch den Fußboden. Und dabei hatte ich dieses seltsame Loch in der Wand entdeckt, das aussah, als hätte ein Specht es ins Holz gehackt.

Ich erinnerte mich an die komische Schicht auf dem Fußboden, die ich für Sackleinen gehalten hatte, das stellenweise nur noch aus Fäden bestand und mit den Dielen verklebt war. Da ließe sich keine Luke einer Falltür öffnen. Ich zögerte, als ein Balken in meinen Händen zerbrach und Splitter von Holzkohle zu Boden fielen. Machte ich gerade einen großen Fehler? War das mit der Falltür nur eine blöde Theorie gewesen, und jetzt stand ich nachts hier draußen im Mondschein, für nichts und wieder nichts?

Aber diese Schicht auf dem Fußboden … Ich entsann mich, dass sie stellenweise ganz dünn war. Die Fasern waren zerschlissen, fast gar nicht mehr zu sehen. Oder hatte da jemand etwas mit Absicht zurechtgeschnitten? Hatte jemand eine Falltür genau an die Gegebenheiten angepasst? Gab es etwa eine Luke, die unter einer Schicht aus Schmutz und Staub verborgen lag?

Jetzt war ich hier. Ich musste der Sache im wahrsten Sinne des Wortes auf den Grund gehen, auf die eine oder andere Weise.

Schließlich stieß ich auf den Dielenboden. Das Feuer hatte außerhalb der Hütte begonnen und offenbar an Intensität verloren, als die Flammen den Boden erreichten. Die Dielen waren zwar alle geborsten und verbogen, aber das Holz war nicht komplett verbrannt. Der Verlauf der ehemals geraden Dielenbretter war noch zu erkennen, doch da gab es mehr: ein rechteckiges Element. Deutlich hob sich die Stelle ab, wo man einst die Dielenbretter durchgesägt hatte. Das war die Luke, nach der ich suchte! Sie war unter dem Schmutz von hundert Jahren verborgen gewesen.

Ich wappnete mich und überlegte, was ich wohl entdecken mochte. Hielt sich im Augenblick jemand unter der Hütte auf? Hatte diese Person längst gehört, wie ich in den verkohlten Trümmern wühlte? Waren es mehrere Leute, die nur auf mich warteten, oder schliefen sie tief und fest? Hockte Ethan dort unten? Schaute er in diesem Augenblick hinauf zu den Dielen und hoffte wider alle Hoffnung, dass ich das war, den er da kommen hörte?

Die Bretter der alten Luke zerbröselten stellenweise, als ich sie anhob. Es handelte sich nicht um eine klassische Luke mit Scharnieren, sondern um eine Art Deckel, der nur auf einer umlaufenden Kante auflag. Ich schob den Deckel beiseite und spähte in die dunkle Höhlung unter mir. Ich konnte blassgraue Asche von dem Brand erkennen, die durch die Spalten zwischen den Dielenbrettern gerieselt war. Sonst nahm ich in der Düsternis keine Konturen wahr. Weder Geräusche noch Bewegungen. Ich hatte vor Anspannung den Atem angehalten, atmete nun bewusst aus und verspürte eine Mischung aus Enttäuschung und Erleichterung. Dort in dem finsteren Loch hielt sich kein Angreifer versteckt, aber Ethan würde ich dort wohl auch nicht finden.

Ich stützte mich mit beiden Händen an den Kanten der Öffnung ab, bückte mich und spähte in den Kellerraum. Seit Tagen hatte ich ohne elektrisches Licht gelebt, war in wolkenverhangener Mondnacht zurück zu den Trümmern gelaufen, aber das bedeutete nicht, dass ich in der Dunkelheit besser sah. Ich konnte nämlich nichts erkennen, mein Sehvermögen war einfach nicht gut genug, um die Schattenwelt dort unten zu durchdringen.

Vermutlich wäre es klug, auf Tageslicht zu warten. Sobald sich die Sonne zeigte und Licht durch die Öffnung fiel, könnte ich erkennen, was oder wer sich dort unten befand. Nur hatte mir noch niemand vorgeworfen, äußerst klug zu sein, und ich war es leid, darauf zu warten, dass meine unbekannten Gegner den nächsten Schritt machten.

Ich zog den Kopf wieder aus der Öffnung, setzte mich auf die Kante, stützte mich ab und ließ mich mit den Füßen zuerst in die Dunkelheit sinken. Asche rieselte durch die Ritzen der Dielen. Ich war überrascht, als ich kurz darauf festen Boden unter den Füßen spürte, obwohl meine Schultern noch aus der Öffnung der Luke ragten. Der Keller war also nicht sehr tief; offenbar hatten die Bewohner der Blockhütte an der offenen Luke gekniet, um irgendwelche Dinge unter dem Dielenboden zu verstauen. Ehe ich ganz darunter abtauchte, schnappte ich mir noch ein Stück Holz, das mir als Waffe dienen sollte, in der Hoffnung, dass ich keine brauchte. Dann zog ich den Kopf ein und schob mich unter die Dielen.

Die Sohlen meiner Schuhe knirschten auf dem Boden des Kellers. Es fühlte sich an wie eine Schicht aus Laub und Zweigen, die heruntergefallen waren, als die Luke zuletzt offen stand. Was bedeutete, dass sie benutzt worden war, seitdem die Hütten aufgegeben wurden. Doch in meiner Fantasie malte ich mir sofort aus, dass ich auf Knochen stand. Kalter Schweiß trat mir auf die Stirn. Ich biss die Zähne zusammen und wollte diese Gedanken mit aller Macht fernhalten. Ich befand mich in der Hocke, musste den Kopf gesenkt halten, um nicht an die Decke aus Dielenbrettern zu stoßen. Mir wurde bewusst, dass ich mich auf der Höhe der Veranda befand. Falls dort auch Gerippe lagen, dann waren sie bloß ein paar Zoll entfernt, nur durch ein wenig Erdreich getrennt von mir.

Ich streckte die Arme aus und tastete mich weiter. Der niedrige Keller wies ungefähr dieselben Maße auf wie die Hütte über mir, und die Wände bestanden nicht, wie ich eigentlich erwartet hatte, aus festgestampfter Erde, sondern aus Bohlen. Ich spürte die Wurzeln, die zwischen den Ritzen hervorlugten, und fühlte, dass das Holz alt war und sich langsam zersetzte. Mit den Fingern strich ich über etwas Kaltes und zuckte zusammen, aber es handelte sich bloß um einen Haken. Es gab noch mehr davon, an einem war noch eine Schlaufe aus Leder. Vermutlich hatte man hier früher Beutel mit Korn oder Würste aufgehängt, oder was die Menschen vor zweihundert Jahren gegessen haben mochten, ehe es Deliveroo gab. Über meinem Kopf befanden sich dicke Balken, die den Fußboden trugen.

Auf Zehenspitzen und in geduckter Haltung bewegte ich mich weiter vorwärts. Die ganze Zeit knirschte es unter meinen Sohlen, doch plötzlich erzeugten meine Schritte kein Geräusch mehr. Der Boden war von lockerer Erde bedeckt. Ich tastete an der Wand nach unten, bis ich eine Kante fühlte. Jemand hatte ein Loch in die Bohlen geschlagen, und Erdreich war nachgesackt. Nein, bei genauerem Tasten merkte ich, dass man das Erdreich ausgehöhlt hatte. Als ich meinen Arm ausstreckte, traf ich auf keinen Widerstand mehr. Vorsichtig bewegte ich mich weiter vorwärts und spürte, dass ich mich in einem Verbindungsstück befand, von dem aus man in den nächsten Raum gelangte. Dabei konnte es sich eigentlich nur um den Keller der benachbarten Hütte handeln. Jemand hatte einen Tunnel gegraben.

Ein Schauer durchrieselte mich bei dem Gedanken, einfach so durch den Tunnel zu kriechen, daher schob ich zunächst meinen Rucksack vor mir her und kroch langsam weiter. Auf allen vieren kriechend passte ich gerade so hindurch, aber mein Rücken streifte die Decke des Tunnels. Aus welchem Grund existierte diese Verbindung? Waren die beiden Hütten in früheren Zeiten von einer Familie genutzt worden? Vielleicht hatten sie den Verbindungstunnel gegraben, um den Keller gemeinsam nutzen zu können.

Der zweite Kellerraum wirkte noch finsterer als der erste. Ich vermutete, dass in dem Keller hinter mir etwas Mondlicht durch die Öffnung im Boden gefallen war. Wieder tastete ich, entdeckte jedoch nichts an den Wänden oder auf dem festen Boden. Der Lagerraum war ebenfalls leer. Aber ich merkte schnell, dass ein weiterer Tunnel abzweigte. Also waren drei Blockhütten miteinander verbunden?

Ich folgte dem Verlauf dieser Tunnel von einer Hütte zur nächsten und zählte im Geist die Gebäude mit. Jeder Tunnel verlief leicht gebogen, passte sich also der halbkreisförmigen Anlage der Hütten an. Als ich den Lagerraum der letzten Hütte erreichte, tastete ich über mir nach einer Luke und fand sie tatsächlich. Ich drückte dagegen und löste einen wahren Regen aus Asche und verkohltem Holz aus. Dann spähte ich in den gräulichen Himmel kurz vor der Dämmerung und stellte fest, dass ich mich genau dort befand, wo ich es erwartet hatte: gegenüber der Hütte, in der ich mit meiner unterirdischen Erkundung begonnen hatte. Also waren tatsächlich alle Hütten in Witwerberg durch Tunnel miteinander verbunden.

Es kam mir unwahrscheinlich vor, dass das Dorf von Beginn an so angelegt worden war, denn ursprünglich waren die Blockhütten fachmännisch und akribisch zusammengebaut worden. Die Stämme beispielsweise waren an ihren jeweiligen Enden sauber und lückenlos ineinander gefügt worden. Die Menschen, die sich die Mühe gemacht hatten, ihre unterirdischen Lagerräume mit Holz zu verschalen, hätten die Durchgänge nicht ohne Stützbalken konstruiert – diese einfachen Durchbrüche im Erdreich passten nicht zur Handwerksarbeit der alten Zimmerleute. Gleichzeitig fiel mir auf, dass die Tunnel alle gleich angelegt worden waren. Auf mich wirkte das so, als hätte sich ein riesiges Insekt von der ersten bis zur letzten Hütte durchs Erdreich gebohrt. Offenbar hatte jemand diese Tunnel angelegt, als die Hütten schon leer standen, da war ich mir ganz sicher. Die einzige Frage lautete: Warum?

Nachdem ich meinen Rucksack durch die zweite Luke geschoben hatte, kletterte ich aus dem Lagerraum. Dabei kam ich mit der Hand an etwas und zischte vor Schmerzen. Rasch setzte ich mich auf die Asche am Boden, betrachtete meine Hand im frühen Dämmerlicht und war erleichtert, dass es keine blutende Wunde war. Nur ein Kratzer. Ich bückte mich, suchte nach dem

Teil, das ich aus Versehen gestreift hatte, und entdeckte einen größeren Holzsplitter, der aus dem Rahmen der Bodenluke ragte. An diesem Splitter hatte sich etwas verfangen, das wie Frischhaltefolie aussah.

Ich streckte noch einmal die Hand danach aus und berührte den Fetzen Folie. Das Material war ziemlich dick, fühlte sich aber immer noch an wie der Teil einer Sandwich-Packung oder Ähnliches an. Jedenfalls stammte der Fetzen nicht von mir, so viel stand fest. Hatte er sich schon vor dem Brand dort befunden, oder erst seit Kurzem? Ich befand mich in den Trümmern der Hütte, die am wenigsten von den Flammen in Mitleidenschaft gezogen worden war, daher war es durchaus denkbar, dass die Folie das Feuer überlebt hatte. Aber woher genau stammte das Material? Von einer Plastikfolie oder einem Müllbeutel? Wichtiger war aber, wie dieses Stück in den Tunnel gelangt war, den ich ja eben erst entdeckt hatte. Wer hatte diesen geheimen Zugang noch genutzt und aus welchem Grund? Offensichtlich jemand, der nicht gesehen werden wollte, oder dem es nicht passte, jedes Mal durch die Kälte zu müssen, wenn er oder sie sich von einer Hütte zur nächsten bewegte. Vielleicht traf beides zu.

Während ich in der Dämmerung dasaß, überlegte ich, ob nicht vielleicht Jaqueline oder der Mann, der mit ihr verscharrt worden war, eben jenen Tunnel auch entdeckt hatte, durch den ich soeben gekrochen war. Wie lange mochten sie in Witwerberg zugebracht haben, ehe sie im Wald den Tod fanden? Vielleicht hatte man jedoch noch andere Menschen draußen im Wald beerdigt, die eine gewisse Zeit im Dorf gewesen waren. Jeder von ihnen hätte zufällig den Fetzen Folie zurücklassen können.

Von der Folie einmal abgesehen, war ich mir inzwischen ziemlich sicher, wie Ethan verschwunden war. Man hatte ihn durch die Tunnel fortgeschafft. Was mir daran nicht behagte, war die Frage, warum ich davon nichts mitbekommen hatte. In der Nacht hatte mein Mann noch unmittelbar neben mir gelegen. Und die Bodenluke befand sich nur wenige Zoll von der

Stelle entfernt, an der ich geschlafen hatte. Wie war es möglich, dass ich tief und fest schlief, während irgendjemand direkt in meiner Nähe diese Luke entfernte und wieder schloss? Ganz abgesehen davon, dass Ethan sich doch gewehrt haben musste, als er entführt wurde. Wovon sollte ich sonst ausgehen?

Vielleicht hatte man uns beide auf irgendeine Weise betäubt? Ich hatte trotz des Krachs geschlafen, und offenbar war Ethan bewusstlos gewesen und nicht in der Lage, sich zu wehren. Also hatte es wohl auch keinen Kampf gegeben. Ich versuchte, mich an jenen Abend zu erinnern, und überlegte, was wir gemacht hatten und auf welche Weise man uns außer Gefecht gesetzt haben mochte. Wir hatten ja die Snacks mitgebracht, alles verpackt. Ich hatte ein Feuer gemacht – war das die Erklärung? War dort etwas in dem Kaminrost gewesen, das irgendwelche giftigen Dämpfe abgesondert hatte? Oder hatte sich jemand in die Hütte geschlichen und uns im Schlaf ein Tuch auf Mund und Nase gedrückt, eine Art Narkotikum?

Jetzt, da an Ethans Verschwinden offenbar keine überirdischen Kräfte beteiligt gewesen waren, war ich mir sicher, dass ich es mit einem Gegner aus Fleisch und Blut zu tun hatte. Bislang hatte ich mir nur einzureden versucht, dass es lächerlich war, an einen Geist oder ein Monster zu glauben, doch jetzt war ich wirklich davon überzeugt. Auch wenn tief in meinem Innern ein Teil von mir immer noch Angst vor der Dunkelheit hatte – jener Teil, der mich dazu veranlasste, schneller über Friedhöfe zu gehen und auf Holz zu klopfen, wenn ich mir Gedanken machte, dass jemand sterben könnte, den ich liebte.

Obwohl ich jetzt von den Tunneln wusste, half mir das immer noch nicht bei der Frage, wo Ethan im Augenblick war. Wer auch immer dafür verantwortlich war – Serienkiller, Kannibalen in den Bergen oder Organhändler –, man hätte ihn zu einem Auto schleppen und sonst wo hinbringen können. Das Hochgefühl meiner Entdeckung schwand, und mit einem Mal kam ich mir verlorener und einsamer vor als je zuvor; hilflos angesichts so vieler Fragen und derart dürftiger Informationen.

Ich blickte hinab in den unterirdischen Lagerraum, der soeben vom kalten Licht eines weiteren Sonnenaufgangs erfasst wurde. Trotz meiner Entdeckung wusste ich nichts darüber, wer diesen Tunnel gegraben hatte und warum. Und was hatte all das mit den Leichen zu tun, die ich entdeckt hatte? Ich musste an die arme Jaqueline denken, die offenkundig hierhergekommen war, um dieses Geheimnis zu enträtseln. Ich fragte mich, wie weit sie bei ihren Nachforschungen gekommen war, bevor sie starb. Wie viel hatte sie herausgefunden, und kannte ich auch nur annähernd die Hälfte dessen, was sie gewusst hatte?

Das war der Moment, als ich einen Schatten an der rückwärtigen Wand des Kellers erspähte. Als ich aus dem letzten Tunnel gekrochen war, hatte ich die gegenüberliegende Wand abgetastet und keinen weiteren Durchbruch finden können. Ich hatte die Hütten mitgezählt und wusste, dass ich mich unter der letzten befand. Deshalb ging ich wie selbstverständlich davon aus, dass ich das Ende des Tunnels erreicht hatte. Doch jetzt sah ich, dass es noch eine unterirdische Abzweigung gab. Offenbar gab es einen weiteren Tunnel, der nicht dem Verlauf des Halbkreises folgte, sondern vom Zentrum des Dorfes wegführte.

Die Hütten waren nicht nur über einen Tunnel miteinander verbunden, es gab außerdem einen Weg, der aus dem Dorf hinausführte. Ich begriff, dass dieser Weg das mysteriöse Kommen und Gehen der Gestalt erklären könnte, die ich in der Dunkelheit gesehen hatte.

Nachdem ich mich auf der Lichtung umgesehen hatte, um sicherzugehen, dass mir nichts hinterherschlich, ließ ich mich wieder durch die Bodenluke hinab in den Lagerraum sinken. Ich würde herausfinden, wohin dieser neue Tunnel führte, und falls er mich bis zu der Person führte, die für all das verantwortlich war, würde ich demjenigen gegenübertreten. Denn auf diese Weise würde ich zumindest nicht einfach abwarten, dass der Unbekannte auf mich losging und mich überwältigte.

Kapitel 22

Es war das erste Mal, dass ich Pete zu Hause besuchte, und es sah genauso aus, wie ich es mir vorgestellt hatte. Das ganze Wohnzimmer hätte 1:1 aus einem IKEA eingeflogen sein können. Eine Anzahl hochmoderner Lampen warf goldenes Licht über die Ledersessel und das braune Cord-Sofa. Auf dem Couchtisch lag fächerartig eine Auswahl an Branchenjournalen, unmittelbar daneben die unterschiedlichsten Fernbedienungen, fein säuberlich aufgereiht. Ich fragte mich, ob die Journale bedeuteten, dass Pete hier im Wohnzimmer Kunden empfing, oder ob er sie einfach so aufbewahrte. Eine seltsam liebenswerte Vorstellung, dass Pete die Journale vermutlich jedes Mal wieder genau ausrichtete, wenn er Staub gewischt hatte.

Wir waren nur acht für die Party: Pete und Jess, Ethan und ich und zwei Paare, die meine Schwester und ihr Freund von der Uni kannten. Ihr Verlobter, um genau zu sein, denn das war der Anlass der Party. Pete war ganz rot vor Freude, einen Fang wie Jess gemacht zu haben, und meine Schwester sprudelte vor Begeisterung wie die Champagnerflaschen. Sie waren beide so glücklich, ich musste immerzu lächeln, wenn ich sie ansah. Endlich – endlich! – hatte Pete ihr einen Heiratsantrag gemacht. Er und Jess glichen sich wie ein Ei dem anderen, sie waren beide methodisch und langsam in allem, was sie unternahmen. Verdammt, sie wohnten ja noch nicht einmal zusammen. Pete hatte wahrscheinlich zwei Jahre gebraucht, um den Ring auszusuchen, der jetzt an Jess' Finger glitzerte.

»Ganz erstaunlich«, sagte ich zu Jess, als sie mein Glas nachfüllte. »Ich meine den Ring! Dir wird nachher der Arm wehtun.«

Sie lachte, drehte befangen an dem Schmuckstück, bis es wieder richtig saß, und fasste sich dann an den dunklen Zopf. »Pete konnte bezüglich des Designs Wünsche äußern. Die Fassung soll wie eine

Schneeflocke aussehen, denn als wir uns kennenlernten, schneite es, und alle Züge fielen aus. Der Stein stammt noch aus der Zeit seiner Urgroßmutter. Neuer Ring, alter Diamant.«

»Sehr nachhaltig gedacht – Recycling«, sagte Ethan. Ich spürte eine kleine Spitze in dieser Bemerkung und wollte Ethan anstupsen. Er benahm sich ein bisschen komisch in Gegenwart von Leuten, die mehr Geld als wir hatten.

Jess nickte ernst, entweder hatte sie die Spitze nicht als solche empfunden oder sie zog es vor, darüber wegzuhören. »Wenn man liest, was alles mit dem Diamantenhandel zusammenhängt«, sagte sie und erschauerte, »dann hast du es bei deinem Ring genau richtig gemacht, Mils.«

Mein Ehering, ein Vintage-Ring aus Silber, kam mir in diesem Moment sehr billig vor, aber ich versuchte, das Kompliment meiner Schwester so aufzufassen, wie es auch gemeint gewesen war. Ich war froh, dass sie Ethans Bemerkung nicht als Spitze aufgefasst hatte. Falls doch, wusste sie ihre Enttäuschung zu kaschieren.

»Den hat Ethan ausgesucht.« Ich hakte mich bei ihm unter, damit er wusste, dass ich den Ring genauso liebte, wie ich meinen Mann liebte. »Der Amethyst ist mein Geburtsstein, und Ethans ist der Aquamarin.«

Ethan murmelte, er müsse mal ins Bad, und ließ mich zurück, wobei er fast die Flasche Champagner vom Beistelltisch gefegt hätte. Ich sah ihm hinterher und hoffte, dass er sich nicht so fehl am Platz fühlte, wie es mir im Beisein von Petes und Jess' Freunden ging. Sie waren alle so gut betucht wie die beiden. Standen in festen Arbeitsverhältnissen, hatten Karrieren und verfolgten Ziele, die viel hochtrabender waren als unsere.

»Ich wünschte, Mum und Dad könnten hier sein«, sagte ich und versuchte, Ethans etwas unbeholfenen Abgang zu überspielen.

»Hm«, machte Jess, mied aber meinen Blick.

Unsere Eltern waren inzwischen in Pflegeeinrichtungen untergebracht. Ursprünglich im selben Haus, aber nach dem Schlaganfall musste mein Vater in eine Einrichtung wechseln, wo man sich besser um seine Bedürfnisse kümmern konnte. Mum schien nicht zu wis-

sen, was sie ohne ihn anfangen sollte. Nicht, dass ihre Demenz in dieser Hinsicht hilfreich gewesen wäre. Manchmal erkannte sie nicht einmal mich, und als Jess und ich beim letzten Mal gemeinsam zu Besuch kamen, warf Mum eine Tasse nach ihr und beschuldigte meine Schwester, sie hätte ihre Ehe zerstört und sie und Dad aus dem Haus vertrieben. Weiß Gott, wen sie glaubte, vor sich zu haben!

Mir wurde bewusst, dass Jess wahrscheinlich ganz froh war, dass unsere Eltern nicht da waren. Sie meinte das gewiss nicht böse, eher in dem Sinn, dass sie angespannt gewesen wäre, wenn sie auch zu den Gästen gezählt hätten – Jess hätte dann ständig geschaut, ob wirklich alles perfekt war. Und im Laufe des Abends wäre sie vollkommen ernüchtert gewesen, wenn sich unsere Eltern ungeniert anmerken ließen, welchen Dingen sie mit Missbilligung begegneten.

Ich konnte mir lebhaft vorstellen, was unsere Eltern so alles vom Stapel gelassen hätten. Dad – oder der Dad, der nur noch in meiner Erinnerung lebte – hätte Pete gelöchert, wie es denn um dessen Karriere bestellt sei, und dabei hätte er leicht skeptisch Petes weiche Hände und die eulenartigen Brillengläser betrachtet. Dazu muss man wissen, dass mein Vater der Ansicht war, eine Bürotätigkeit sei keine »echte Arbeit«. Was wiederum seltsam war, weil Dad Jess' Arbeit für »Männerarbeit« hielt, obwohl sie wie Pete im Büro arbeitete. Er mochte Ethan grundsätzlich – einen Laden zu haben, war etwas, das Dad nachvollziehen konnte. Ebenso Vinylplatten. Das waren altmodische und analoge Dinge, bei denen er gedanklich mitkam.

Und Mum hätte nur wiederholt, was sie immer sagte, wenn es um Pete ging: »Er ist sehr … reinlich.« Entweder war das tatsächlich die tollste Sache, die sie sich vorstellen konnte, oder eine gerissene Anspielung darauf, dass sie den langjährigen Freund meiner Schwester für eigentlich schwul hielt. Denn bislang war das für Mum der Grund gewesen, warum es immer noch keine Verlobungsringe gab. Dann hätte sie sich zu dem Champagner geäußert; wäre er billig gewesen, hätte sie die Bemerkung fallen lassen, er schmecke »lustig«, wäre er hingegen teuer, hätte sie halb vorwurfsvoll gesagt:

»Wieso habt ihr denn so viel Geld dafür ausgegeben?« Dann, nach einem Ausflug bezüglich Jess' Outfit (trug Jess ein Kostüm, nannte Mum es »altbacken«, hatte sie etwas an, das auch nur ansatzweise sexy aussah, hieß es gleich, die Sachen seien »gewöhnlich«) und dem Gewicht (»davon solltest du die Finger lassen, denke ich« oder »du bist ja Haut und Knochen, weißt du denn immer noch nicht, wie man kocht?«), hätte meine Mutter beim Thema Kinder gestichelt. Leicht angetrunken hätte sie in Erinnerung gerufen, in Jess' Alter sei sie ja schon fünf Jahre verheiratet gewesen.

Insgesamt konnte ich meiner Schwester nicht vorwerfen, dass sie ein klein wenig erleichtert war, dass die beiden nicht zur Feier kommen konnten. Aber ich merkte ihr auch an, dass sie traurig war. Traurig, weil ihre Eltern am Abend ihrer langersehnten Verlobung nicht dabei sein konnten, um das mitzuerleben.

»Sie wären echt stolz auf euch«, sagte ich.

Jess ließ ein kleines, trauriges Lächeln erkennen, und wir beide taten so, als glaubten wir, was ich gesagt hatte.

Kapitel 23

Der zweite Tunnel erwies sich als sehr viel länger und etwas breiter als die Verbindungsgänge unter den Hütten, die niedrig und jeweils wenige Schritte lang gewesen waren. Der neue Tunnel oder Stollen war groß genug, dass ich problemlos auf allen vieren kriechen konnte, ohne mit dem Rucksack auf dem Rücken an die Decke zu stoßen. Weit genug war der Stollen auch, allerdings nicht so breit, dass man problemlos hätte wenden können. Der Tunnel schien kein Ende zu nehmen; ich kroch schon so lange, dass mir Knie und Hände wehtaten, und trotzdem gab es da vor mir nichts als Dunkelheit. Zwischendurch hatte ich einen Schwächeanfall und war gezwungen, einen der beiden kostbaren Proteinriegel zu essen. Ich war noch nicht wieder richtig bei Kräften und lief Gefahr, mich zu überanstrengen.

Von der Decke hingen lange dünne Wurzeln, die ich wie Haare in Gesicht und Nacken spürte. Lose Erde rieselte herunter, und der Boden fühlte sich feucht an. Ich glaubte zu spüren, dass sich unter meinen Händen und Knien Würmer oder Asseln oder andere Krabbeltiere bewegten. Und jedes Mal zog ich die Hände weg und unterdrückte einen Aufschrei des Ekels, weil mich ja niemand am anderen Ende des Tunnels hören sollte.

Inzwischen war ich mir ziemlich sicher, dass sich dort jemand aufhielt. Ich war zu dem Schluss gekommen, dass die Person, die mir aufgelauert, Ethan entführt und die Hütten niedergebrannt hatte, ganz in der Nähe in ihrem Bau hauste, auch wenn ich nie jemanden wirklich gesehen hatte. Für mich war es völlig schlüssig, dass sich dieser Unbekannte tatsächlich in einem »Bau« im Boden aufhielt, sodass er vor Blicken geschützt war. Die Person – oder waren es mehrere? – hatte die Tunnel genutzt, um sich unbemerkt fortzubewegen, ohne Spuren zu hinterlassen.

Sie war immer genau dort aufgetaucht, wo sie wollte, und genauso schnell wieder verschwunden.

In der Nacht, als das Dorf brannte, hatte ich geglaubt, dass das Feuer zuerst an meiner Hütte ausgebrochen war, und zwar außen, und dass die anderen dann eine nach der anderen in Flammen aufgingen, jeweils von innen. Inzwischen ahnte ich, dass jemand unterirdisch von einer Hütte zur nächsten gekrochen war und Feuer gelegt hatte, ehe der Feuerteufel durch eben jenen Stollen entkam, den ich im Augenblick entlangkroch. Es war zwar nur eine Theorie, aber ich konnte mir lebhaft vorstellen, wie die rätselhafte Gestalt vom Fenster der benachbarten Hütte aus Benzin auf mein Dach kippte und anzündete, ehe sie dann Feuer in den anderen Blockhütten legte. Vermutlich brannte die letzte Hütte nicht so gut, weil die Person befürchten musste, in dem Inferno festzusitzen. Daher verteilte sie das Benzin vorsichtshalber halbherzig, um Zeit genug für die Flucht zu haben.

Ich zitterte ein wenig bei dem Gedanken, den Unbekannten zur Rede zu stellen, der für all das verantwortlich war. Zwar hatte ich noch mein Stück Holz, aber damit könnte ich wohl kaum etwas ausrichten gegen ein Messer oder eine Schusswaffe. Ich war mir nicht sicher, wie die Gesetzeslage in Deutschland war, doch ich schätzte, dass es in dieser Gegend viele Jäger gab. Aber auch ein richtig scharfes Messer reichte schon, um die Oberhand zu behalten. Falls sich der Unbekannte nicht allein mit schierer Körperkraft durchsetzen würde.

Das Einzige, das mich antrieb, war der Gedanke, dass ich vielleicht Ethan finden würde. Dass wir gemeinsam von hier flohen. Er würde schon wissen, wie wir zum Resort gelangen und Hilfe holen könnten. Solange es ihm gut ging, würde ich mit jeder Situation fertig.

Endlich erahnte ich einen Lichtschimmer vor mir. Ich konnte schlecht einschätzen, wie weit entfernt er in all der Dunkelheit war, aber es sah so aus, als ob er in greifbarer Nähe wäre. Vielleicht noch ein paar Meter. Langsam kroch ich weiter, versuchte, möglichst wenig Geräusche zu machen, und lauschte auf Anzeichen, dass dort womöglich jemand war. Aber ich konnte nichts hören. Außerdem hatte ich dieses Gefühl, wenn man ein leeres Haus betritt. Diese Totenstille, die einem verrät, dass niemand da ist. Dann stieg mir ein Geruch in die Nase, wie von muffigem Bettzeug und halb verdorbenem Essen. Damit vermischt der charakteristische Geruch einer Chemietoilette, wie man ihn von Festivals kennt.

Kurz darauf mündete der Stollen in eine Art Höhlung. Ich tastete mich weiter, strebte dem Lichtschimmer zu und stieß gegen mehrere Gegenstände, die klapperten, raschelten und über den Boden schabten. Das wenige Sonnenlicht drang durch ein Stück durchsichtige Plastikfolie. Es war eine Art Vorhang, den ich mutig beiseiteschob, weil ich wusste, dass niemand in der Höhlung lauerte. Über mir befand sich eine schmale Öffnung, ein Einstieg im schneebedeckten Boden, ebenfalls abgedeckt mir lichtdurchlässiger Folie. Ich konnte Bäume sehen und wusste, dass ich irgendwo im Wald weitab vom Dorf herausgekommen war.

Da es jetzt ein wenig heller war, blickte ich mich um. Es gab allerdings nicht viel zu sehen, und was hier rumlag, sah nach Müll aus. Ich war gegen einen alten Topf gestoßen, mit den gefrorenen Resten einer Mahlzeit. Daneben lagen umgeworfene Dosen. In einer Ecke stand eine Campingtoilette aus weißem Kunststoff. Zumindest war sie mal weiß gewesen, denn das Material sah so beige und fleckig aus, als stünde die Toilette dort schon ewig. Aber das erklärte den Geruch, den ich in der Nase hatte. Etwas abseits entdeckte ich einen Stapel Decken und einen schweißfleckigen Schlafsack, dessen ehemals gelbes Innenfutter schimmelte. Hier unten sah es aus wie am letzten Tag eines Festivals, wenn die Leute einfach ihren Müll zurücklassen. Auf jeden Fall war jemand hier gewesen, aber wie es schien, hatte es diese Person eilig gehabt. Andererseits, vielleicht waren hier auch nur Chaoten am Werk.

Als ich mich genauer umsah, entdeckte ich Rillen und Abdrücke im Erdboden, als hätten dort einmal schwere Gegenstände gestanden. Was es auch gewesen sein mochte, es war nun fort. Vielleicht Benzinkanister, um den Brand zu beschleunigen? Oder Kisten mit Konserven, damit der seltsame Einsiedler überleben konnte? Ich besah mir den Ausstieg näher und stellte fest, dass die Kanten stark abgenutzt waren. Offenbar hatte jemand große, sperrige Gegenstände durch die Öffnung gequetscht. Aber warum? Wer würde freiwillig hier draußen im Wald hausen? Was waren Sinn und Zweck dahinter?

Je länger ich mich umschaute, desto überzeugter war ich davon, dass der Ort aufgegeben worden war. Ich sah lediglich den Müll, den die Leute nicht hatten entsorgen wollen. Trotzdem hoffte ich, dass ich etwas Interessantes finden würde. Einen Hinweis darauf, wer mir das angetan hatte und warum. Außerdem hoffte ich auf Proviant, der noch essbar war.

Ich wühlte in den alten Plastikpackungen, fand ein deutschsprachiges Magazin, das mir nach einem Schmierblatt aussah – Titten und Autos. Daneben lagen leere Zigarettenpackungen und einige zerknüllte Zettel. Ich schnappte mir einen, strich ihn glatt und sah, dass jemand etwas auf Deutsch hingekritzelt hatte. Ich konnte es nicht lesen. Aber ich brauchte es nicht zu verstehen, denn ich verspürte auch so eine eisige Kälte im Bauch.

Denn auf diesem Zettel standen mein Name und der Ethans. Hinter seinem Namen stand ein Fragezeichen, meinen Namen hatte die Person falsch geschrieben: »Miela«. Als hätte jemand ihn nur auf Basis des Klangs aufgeschrieben. Auch Zeitangaben standen auf dem Zettel, im Vierundzwanzig-Stunden-Format. Waren das Aufzeichnungen, die unsere Bewegungen dokumentierten, oder meine Bewegungen? Hatte hier der unbekannte Stalker festgehalten, wohin ich ging und was ich machte? Was sollte es sonst für eine Erklärung für diese Uhrzeiten geben?

Ich stopfte den Zettel in meine Tasche. Er war der einzige Beweis für das, was in Witwerberg passierte. Nachdem ich kurz in dem Müll gewühlt hatte, schlug ich den Schlafsack ein Stück weit zurück, falls dort noch etwas verborgen lag, und sah den dunklen Schimmer eines Displays. Ein Handy! Ich ließ den muffigen Schlafsack los und hob es hoch. Ob dieses Handy Empfang hatte? Oder wenigstens etwas Akkuladung, vielleicht sogar eine Karte, die jemand heruntergeladen hatte. Doch meine Begeisterung schwand in dem Moment, als ich erkannte, dass es sich um mein Handy handelte. Ich hatte es im Schnee verloren, als ich bei dem ersten Sturm nach Brennholz suchte. Und das war die Nacht gewesen, als ich die Gestalt gesehen hatte. Diese Person hatte also mitbekommen, dass ich es fallen ließ, und dann an sich genommen. Damit ich es nicht mehr benutzen konnte, oder um mir einen Schrecken einzujagen. Dabei hatte ich nicht einmal daran gedacht, nach dem nutzlosen Ding zu suchen!

Nachdem ich den Zettel und das Handy eingesteckt hatte, kam ich zu dem Schluss, dass ich nichts Brauchbares mehr finden würde. Es sei denn, ich wollte die Chemietoilette aufbrechen, aber wenn diese Höhlung wirklich als Versteck gedient hatte, dann konnte mir der Inhalt der Toilette gestohlen bleiben. Mir sank das Herz. Ich hatte gehofft, eine Karte der Region zu finden, eine Taschenlampe, Proviant oder eine Möglichkeit, Feuer zu machen. Aber es gab schlichtweg nichts, das ich gebrauchen konnte, das mir helfen könnte, Witwerberg hinter mir zu lassen. Vor allem fand ich nichts, das mir hätte verraten können, wer sich hier aufgehalten hatte und warum man mir das Leben zur Hölle machte.

Ich fühlte mich ausgelaugt und spürte, dass all das Adrenalin und meine Entschlossenheit schwanden. Immerhin hatte ich ja damit gerechnet, jemandem zu begegnen, jemanden zur Rede zu stellen. Ich dachte, ich würde meinem Peiniger Auge in Auge gegenüber stehen und könnte ordentlich austeilen. Stattdessen fand ich nichts als Müll und verspürte eine Art frustrierte Erleichterung. Es frustrierte mich, dem Unbekannten nicht ins Auge blicken zu können und endlich zu wissen, mit wem ich es zu tun hatte. Erleichtert war ich, dass es nicht zu einer gewaltsamen Konfrontation gekommen war.

Da ich keine Lust hatte, in meiner augenblicklichen Verfassung durch den langen Stollen zurückzukriechen, schlug ich die Plastikfolie zurück und kletterte aus der schmalen Öffnung. Das Einstiegsloch befand sich mitten im Wald, aber ich wusste ungefähr, in welcher Richtung Witwerberg lag. Ich brauchte nur gedanklich der Strecke zu folgen, die der Tunnel vorgab.

Also stapfte ich los, und die Niedergeschlagenheit drückte auf meinen Schultern. Ich hatte nur noch einen Proteinriegel und zwei Drittel der Erdnuss-Power-Packung, aber ich wusste nicht, wo ich Hilfe finden könnte und wie ich mich auf Dauer in der Wildnis zurechtfinden sollte. Natürlich könnte ich versuchen, mich zum Resort oder zu einem anderen Ort der Zivilisation durchzuschlagen, aber dabei würde ich mich wohl nur noch mehr verirren. Oder ein Wolf fiel mich an. Ich könnte erfrieren oder mir das Bein auf dem unebenen Boden brechen und dann erst recht erfrieren. Selbst mein geisterhafter Gegner hatte inzwischen das Weite gesucht. Ich war ganz allein in der Winterlandschaft.

Würde ich hier sterben? Dieser Gedanke war mir ein paar Mal gekommen, während ich krampfhaft versuchte, zu überleben, doch inzwischen bekam ich diesen Gedanken nicht mehr aus dem Kopf. Er beherrschte mein Denken. Ethan war nach wie vor verschwunden, und ich würde Jess nie wiedersehen, aber das fühlte sich nach Sorgen aus einem anderen Leben an. Nach einem Leben, in das ich nie zurückkehren würde. Jetzt dachte ich nur noch an meinen langsamen, schmerzvollen Tod. Wie lange mochte es dauern, bis man verhungerte oder erfror? Wäre ich besser dran, die Kleidung abzuwerfen und mich in den kalten Schnee zu legen, oder sollte ich abwarten, bis mir der Proviant ausging? Welche Methode verursachte weniger Schmerzen?

Ich stolperte durchs Unterholz, Tränen brannten in meinen Augen. Ich wollte zu meiner Schwester. Zu Ethan. Ich wollte zu meinen Eltern, was sich im Augenblick genauso unwahrscheinlich anfühlte wie der Wunsch, jemals irgendjemanden wiederzusehen. Mühsam schleppte ich mich durch den Wald, meine Nase lief, mir war eiskalt, ich hatte Hunger. Ich hasste die Person, die ihr kleines Versteck verlassen hatte; nicht, weil sie mich erschreckt oder beobachtet hatte oder fast verbrannt hätte, sondern weil sie mich allein zurückgelassen hatte. Am besten wäre es gewesen, der Unbekannte hätte mich im Schlaf erdrosselt.

Mir entfuhr ein hysterisches Lachen, ein Schwall Rotz schoss aus meiner Nase. Es war mir egal. Ich würde hier sterben. Wen interessierte es noch, wie ich aussah, verdammt? Dann schluchzte ich in einer Tour und stützte mich schwer an einem Baum ab, als meine Knie unkontrolliert zu zittern begannen.

Eine ganze Weile lehnte ich an dem Baum, weinte hysterisch und merkte, wie selbst meine Tränen im Wind gefroren. Ich konnte die Kraft nicht mehr aufbieten, mich zu bewegen, geschweige denn, den Weg fortzusetzen. Wozu auch? Ob ich nun hierblieb oder zurück zum Auto ging, das Resultat wäre dasselbe. Ich würde in Witwerberg sterben.

»Alles … in Ordnung bei Ihnen?«

Ich erschrak so heftig, dass ich den Halt verlor und der Länge nach in den Schnee fiel. Als ich aufschaute, sah ich in das Gesicht einer Frau, die einen dicken Daunenparka trug. Auf dem Kopf hatte sie eine Strickmütze, und das Haar, das darunter hervorlugte, glänzte. Die Frau betrachtete mich verblüfft und mit großen Augen, Sorgenfalten zeichneten sich auf ihrer Stirn ab. Um den Hals hatte sie eine Kamera hängen.

Ich fand keine Worte, war vollkommen unvorbereitet, jemandem zu begegnen, und vermutlich wäre ich vor Schreck sofort weggelaufen, wenn ich dazu noch die Kraft gehabt hätte. Aber wie es aussah, konnte ich mich nicht mehr rühren und starrte die Frau stumm an.

»Josh!« Sie hatte sich halb von mir abgewandt, beäugte mich dann wieder, als wäre ich ein gefährliches Tier, das sie auf keinen Fall aus den Augen lassen wollte. »Josh – kommst du mal!«

Der verharschte Schnee knirschte, als ein Mann herbeieilte, der auch eine Daunenjacke trug. Seine Wangen waren von der

Kälte gerötet, doch er erbleichte, als er mich sah. Dann sah er die Frau an, sie erwiderte den Blick, und beide wirkten ratlos.

»Was sollen wir machen?«, wisperte sie.

»Ich … äh.« Der Mann betrachtete mich, ging dann neben mir in die Hocke und befeuchtete seine Lippen. »Haben Sie sich verirrt? Sollen wir Sie irgendwo hinbringen? Ins Krankenhaus? Sprechen Sie Englisch?«

Ich schluckte und nickte, traute mich immer noch nicht, zu blinzeln, weil ich befürchtete, die beiden Leute würden sich in Luft auflösen.

»Ich muss zur Hochzeit meiner Schwester.«

Kapitel 24

Natürlich hatte ich die Hochzeit längst verpasst und hatte unter Schock gestanden, als ich diese Worte sprach. Und dieser Schock ließ allmählich nach, als Josh und Allison mich durch den Wald bis zu ihrem Auto führten. Ich konnte es mir auch nicht erklären, aber ich war tiefer in den Wald gegangen. Das kann passieren, wenn man unterkühlt durch die Gegend irrt. So kam es, dass ich letzten Endes dichter an der Hauptstraße war, anstatt auf direktem Weg zurück nach Witwerberg zu laufen. Wäre ich nicht in der Nähe der Straße gewesen, hätte Allison mich nicht gehört. Die beiden hatten nur kurz angehalten, um ein paar Fotos des winterlichen Walds zu schießen.

»Ich dachte, Sie wären ein Geist«, sagte sie und setzte zu einem kurzen Lachen an, während sie mir auf die Rückbank des Fahrzeugs half und mich dabei immer noch mit großen Augen ansah.

Ich kam mir auch wie ein Geist vor. Selbst dann, als sie mich mit ihren dicken Jacken zudeckten und mir Kaffee aus einer Thermoskanne anboten. Mir war, als wäre mein Körper eingefroren. Sogar mein Geist arbeitete langsamer, ich befand mich im Leerlauf, wie ein kalter Motor, der verzweifelt versuchte zu starten. Ich war gerade noch imstande, den beiden den Namen des Resort-Hotels zu nennen, aber als ich sprach, fühlte es sich so an, als würde alles in Zeitlupe geschehen.

Ich hörte die beiden sprechen, vielleicht sprachen sie mich an, vielleicht unterhielten sie sich. Ich war mir nicht sicher. Genauso gut hätten sie auch in einem anderen Auto sitzen können, so wenig bekam ich mit.

Der Wagen glitt geschmeidig über die verschneiten Straßen, und ich lehnte meinen Kopf gegen die kalte Scheibe, schaute starr auf die vorbeiziehenden Bäume. Bis eben war ich dort im

Wald gewesen, plötzlich hockte ich geschützt in einem netten Gehäuse aus Glas und Blech. Erneut getrennt von der Natur, in der ich mich nie wieder sicher fühlen würde. Jetzt wusste ich, wie schnell man den Naturgewalten auf Gedeih und Verderb ausgeliefert sein konnte: Ein Auto bleibt liegen, Schnee liegt zu hoch, die Straße ist zu weit vom nächsten Sendemast entfernt – und mit einem Mal findet man sich im Mittelalter wieder. Oder in Witwerberg Anfang des 19. Jahrhunderts, eingeschneit und verlassen.

Als ich allmählich begriff, dass ich endlich jenen Ort hinter mir gelassen hatte, dachte ich an Ethan. Ich hatte immer noch keine Ahnung, wo er war oder was ihm widerfahren sein mochte. Ich schaute nach vorn und fragte mich, ob ich meinen Rettern sagen sollte, dass noch jemand in den Wäldern war, der Hilfe brauchte. Aber was sollte ich sagen? Dass Ethan überall und nirgends sein konnte? Dass ich ihn schon seit … ja, wie lange war es jetzt her? Dies war der siebte Tag, seitdem unser Auto liegen geblieben war. So viele Tage waren vergangen, in denen man Ethan wer weiß wohin gebracht haben könnte. Hoffnungslosigkeit erfasste mich, mein Magen zog sich zusammen. Wie sollte ich meinen Mann je wiederfinden?

Eine ganze Weile sah ich zu, wie die Bäume vorbeizogen, bis ich an einen Punkt gelangte, an dem ich meine Gedanken nicht mehr festhalten konnte. Ich ließ sie ziehen wie die Bäume. Ich schlief nicht, war aber fast hypnotisiert von der warmen Luft, die aus dem Gebläse schwirrte, und den immer gleichen Geräuschen der Scheibenwischer, da es wieder schneite. Es war fast wie vor einer Woche, als ich mit Ethan im Auto saß. Ehe alles aus dem Ruder lief. Die Zeit verflog, und ich wurde aus dem tranceartigen Zustand geholt, als wir die Hinweisschilder zum Resort passierten.

Beim Anblick des Resort-Hotels musste ich an die Blockhütten von Witwerberg denken, nur dass der Gebäudekomplex vor uns riesige Ausmaße hatte. Aber im Grunde war auch das Resort ein Chalet aus Holz mit breitem, ausladendem Satteldach. Allerdings strotzte dieser Ort nur so vor Leben. Die Fenster leuchteten in der Sonne, Rauch stieg aus mehreren Schornsteinen. Die Eingangstüren öffneten und schlossen sich unaufhörlich, wenn Gäste ein- und ausgingen. Paare auf Skiern glitten vorüber, warfen einen kurzen, uninteressierten Blick auf das Auto. Bei all diesen Menschen bekam ich plötzlich ein mulmiges Gefühl. Ich fühlte mich exponiert und hatte Angst.

Josh stieg aus, und Allison drehte sich zu mir um und sah mich zwischen den Sitzen an, wobei sie unsicher lächelte. Ich war nicht imstande, das Lächeln auch nur ansatzweise zu erwidern. Ich merkte, wie mir allmählich die Augen zufielen, und machte mir bewusst, wie sehr ich während der letzten Tage auf der Hut gewesen war. Auch wenn ich zwischendurch geschlafen hatte, hatte es nie einen Moment wirklicher Ruhe gegeben. Die Erschöpfung holte mich nun mit Riesenschritten ein.

Ich war mir nicht sicher, wie lange Josh fort war, aber als ich einen Aufschrei hörte, ging mein Kopf ruckartig zur Scheibe der Tür. Es war Jess. Ich sah, wie sie die hölzernen Stufen der Veranda wie im Flug nahm und durch den Schnee zum Auto lief. Sie trug eine weiße Robe aus Satin, über einem Pyjama aus Flanell, vermutlich gehörte die zum Brautkleid. An den Füßen hatte sie nur eine Art Hausschuhe, mit denen sie über den vereisten Boden schlitterte und rutschte. Dann war sie beim Auto, riss die hintere Tür auf und stürzte sich auf mich; sie umarmte mich und drückte mich so fest, dass ich das Gefühl hatte, meine Knochen würden gegeneinander mahlen.

Ich drückte sie ebenfalls an mich und fing an zu weinen, als wäre ich wieder ein Kind. Auch Jess weinte, schniefte und schluchzte an meinem Hals. Immer und immer wieder sagte sie meinen Namen. Ich klammerte mich regelrecht an sie und weinte, bis ich kaum noch Luft bekam. Das Gefühl von Taubheit und Benommenheit wich nun so etwas wie Hysterie.

Es dauerte eine Weile, bis es Jess gelang, mich aus dem Auto zu holen. Nicht einen Moment ließ sie von mir ab. Mit beiden Händen umschloss sie mein Gesicht, und zum ersten Mal fiel mir auf, wie müde sie aussah. Sie hatte dunkle Schatten unter geröteten Augen, und ihre Gesichtshaut wirkte fleckig. Ihre Lippen waren spröde und aufgesprungen vom nervösen Kauen, die Nase war gerötet wie bei einer starken Erkältung. Sie sah aus, als hätte sie seit Tagen nicht richtig geschlafen und gegessen, und offenbar hatte sie viel geweint.

»Sieh dich nur an«, sagte sie, und ihre Augen füllten sich mit frischen Tränen. »Gott, Mils, du siehst ja furchtbar aus. Was ist nur passiert, wo warst du? Wir haben dich überall gesucht.« Ihre Stimme brach. »Komm, du musst ins Warme. Wir holen dir saubere Sachen, dann organisieren wir dir ein Frühstück. Du brauchst bestimmt einen Arzt, ich weiß nur nicht, ob es hier einen gibt …«

Sie plapperte in einem fort und ließ mich nur kurz los, um Allison die Hand zu schütteln, als meine Retterin aus dem Auto stieg. Immer wieder bedankte sie sich bei ihr und Josh, während die beiden fast betreten dastanden und beteuerten, es sei doch selbstverständlich gewesen. Ich fing Allisons Blick ein und flüsterte ihr »Danke« zu, aber ich merkte, dass es mir schwerfiel, Worte zu finden, ohne erneut in Tränen auszubrechen. Ich war nur froh, dass man mich gefunden hatte. Dass ich wieder bei meiner Schwester war, die froh war, mich zu sehen, trotz allem, was zwischen uns passiert war.

Die Szene änderte sich, als Pete dazukam. Der Verlobte meiner Schwester rutschte halb die Stufen herunter, lief zu uns und schlang beide Arme um uns. Jess schluchzte wieder, und Pete versuchte, sie mit sanften Lauten zu beruhigen. Er trug keinen Pyjama, aber ich vermutete, dass er sich hastig angezogen hatte. Er sah auch nicht ausgeruhter als meine Schwester aus; er wirkte müde und abgeschlagen, als hätte er tagelang im Krankenhaus gesessen und auf schlechte Nachrichten gewartet.

»Ich kann gar nicht glauben, dass du es bist«, sagte er und berührte mein Haar, aber so zögerlich, als rechnete er damit, er würde durch mich hindurchgreifen. Er sah erschrocken aus. »Wir hatten Leute beauftragt, dich zu suchen, wir haben wirklich überall gesucht, aber wir konnten nichts finden. Tagelang.«

Ich hatte gemischte Gefühle, was Pete betraf, weil ich die widerlichen Fotos auf seinem Handy gesehen hatte, aber jetzt war ich fast genauso froh, ihn zu sehen wie Jess. Ich war einfach froh, jemand Vertrautes vor mir zu haben, hatte ich doch noch vor einer Stunde geglaubt, dass ich nun allein sterben und niemand je meine Leiche finden würde.

Inmitten all der Umarmungen versuchte ich, den beiden von Ethan zu erzählen, aber ich schluchzte nur unkontrolliert, und meine Zähne klapperten. Daher brachte ich nur hervor: »Er ist fort.« Meine Stimme klang gedämpft, da ich mit dem Kopf an Jess' Schulter lehnte, meine Tränen durchfeuchteten ihre dünne Robe. Ich glaube nicht, dass sie mich überhaupt richtig verstanden hat.

Wir müssen einen seltsamen Anblick abgegeben haben, als wir uns zu dritt umarmten, bis Pete über meine Schulter hinweg schaute und murmelte: »Oh …«

Ich spürte, dass meine Schwester sich verspannte, und ihr tränenüberströmtes Gesicht verzog sich zu einer Mischung aus Zufriedenheit und Erniedrigung.

»Es tut mir so leid«, sagte sie. »Ich hätte nicht sagen sollen … es tut mir leid.«

Ich drehte mich um und folgte ihrem Blick, dann erstarrte ich. Denn auf den Stufen, in unsere Richtung blickend, stand Ethan. Ich sog so geräuschvoll den Atem ein, dass es wie ein hohes Wimmern klang. Wie unter Schock krallte ich meine Hand fester in Jess' Schulter, mein ganzer Körper versteifte sich, als würde ich in diesem Moment an einem Stromschlag sterben.

Es war wie eine Geistererscheinung. Ich öffnete den Mund, brachte aber kein einziges Wort zustande. Eine Sekunde lang glaubte ich, unter Halluzinationen zu leiden. Er war einfach … dort, nach all den Tagen der Ungewissheit und der Angst. Nun stand er wenige Schritte von mir entfernt und trug fremde Kleidung, die bestimmt Pete gehörte.

»Ethan …?«, wisperte ich, löste mich von meiner Schwester und taumelte ein paar Schritte Richtung Treppenstufen. Dabei streckte ich die Hand aus, voller Angst, dass mein Mann wieder vor meinen Augen verschwinden würde, wenn ich nur einmal blinzelte. Ich befürchtete, auf einer verschneiten Lichtung aufzuwachen, um mich herum nichts als Bäume, und vollkommen den Verstand zu verlieren. Oh, Gott, lag ich … im Sterben? Waren das alles nur Halluzinationen?

Doch dann lief Ethan die paar Stufen hinunter und nahm mich in den Arm. Ich klammerte mich an ihn, so gut es ging, schlang beide Arme um ihn und hob ihm das Gesicht entgegen. Er duftete nach einer Seife, die ich nicht kannte, dennoch nahm ich seinen Geruch wahr, spürte seine Bartstoppeln an meiner Haut. Er war real und wirklich hier. Ich schluchzte an seinem Hals, und er drückte mich enger an sich.

»Mils … oh, Mils, ich dachte …« Er konnte den Satz nicht zu Ende bringen, seine Stimme versagte. Ich spürte, dass seine Wangen feucht waren, aber ob das nun seine oder nur meine Tränen waren, vermochte ich nicht zu sagen. Wir waren beide vollkommen überfordert. Ich spürte, wie sich sein Brustkorb hob und senkte, während Ethan versuchte, zu Atem zu kommen.

»Mila … oh, Gott sei Dank«, murmelte er, löste sich dann von mir und sah mir in die Augen, sein Atem fühlte sich warm an meinen Wangen an. Seine Augen waren gerötet, er sah erschöpft aus. »Ich dachte … aber das ist ja jetzt egal. Ich bin so froh, dass du okay bist.«

Er sah über meine Schulter hinweg Jess und Pete an, und seine Stimme war brüchig. »Glaubt ihr mir jetzt? Ich hab's euch ja gesagt – immer wieder. Aber ihr wolltet ja nicht auf mich hören, ihr wolltet mir nicht glauben …«

Ich ergriff seine Hand, drückte sie und befürchtete, er könnte hyperventilieren.

Als ich mich zu Jess umdrehte, errötete sie stark und nickte nur stumm. Ich ahnte, dass es Unstimmigkeiten gegeben hatte, während ich vermisst wurde. Offensichtlich hatte sie etwas zu Ethan gesagt, etwas, das mich und die Ereignisse betraf. Aber das tat nichts zur Sache. Nicht, wenn ich wieder bei meinem Mann war. Ich zog ihn enger an mich, und er drückte mich so fest, dass ich seinen Herzschlag spürte, unter Petes lächerlich lachsfarbenem Hemd.

»Ich lasse dich nie wieder allein«, murmelte er an meinem Haar. »Niemals. Ich hatte solche Angst. Was ist mit dir passiert – wohin bist du gegangen?«

»Wohin …« Ich schaute zu ihm auf, Unglaube und Schock lähmten meine Zunge. »Was ist mir *dir* passiert?«, fragte ich schließlich.

Kapitel 25

Ethan und ich, wir starrten uns einen Moment sprachlos an. Jeder von uns wollte Antworten auf dieselbe Frage haben. Und keiner von uns wusste, was er sagen sollte.

»Wir sollten dich jetzt erst einmal ins Warme bringen«, sagte Jess. »Es ist kalt hier draußen, und Mila sieht aus, als könnte sie einen Drink vertragen und etwas essen. Kommt, wir gehen in unser Zimmer.«

Ich wollte Ethan nicht loslassen, und mir schien, dass er mich ebenfalls nicht gehen lassen wollte. Hand in Hand liefen wir durchs Foyer und die Treppe im Chalet hinauf. Die unmittelbare Umgebung nahm ich kaum wahr, nur dass es hell und warm war. Der Duft von gebratenem Bacon und starkem Kaffee stieg mir in die Nase. Mein Magen schrie, und ich fing an zu zittern. Die letzte Kraft schien meinen Körper zu verlassen.

Im Zimmer von Jess und Pete ließ ich den Rucksack fallen, Ethan half mir aus der Jacke und rümpfte nur ein klein wenig die Nase bei dem Geruch. Dann half er mir in einen großen Sessel, während Jess mich in etliche Decken hüllte. Dass Pete gar nicht da war, merkte ich erst, als er mit einem Tablett ins Zimmer eilte, auf dem dampfende Kaffeetassen und ein Teller mit frischen Brötchen standen. Dazu gab es Schinken, Käse und Bratkartoffeln. Pete hatte das Tablett noch nicht einmal abgestellt, da schnappte ich mir schon ein Brötchen mit Butter und stopfte es mir in den Mund, so schnell, dass ich den Geschmack nicht wahrnahm.

Als ich bereits ein zweites Brötchen halb verdrückt hatte, schaute ich verunsichert auf und merkte, dass die drei mich entsetzt anstarrten. Ethan saß auf der Lehne meines Sessels und legte einen Arm um mich. Ohne ein Wort zu sagen, schmierte Jess noch ein Brötchen mit Schinken und Käse und reichte es mir. Ich nahm es und versuchte, langsam zu essen. Der Mordshunger hatte sich nur ein klein wenig gelegt. Vom Gefühl her hätte ich den ganzen Teller plündern können und wäre immer noch hungrig gewesen. Pete gab fünf Zuckerwürfel in eine Tasse Kaffee und stellte sie auf den Tisch neben mich. Dabei beäugte er mich so, wie man einen ausgehungerten Hund ansehen würde – mitleidsvoll, aber wachsam.

Ethan streichelte meinen Rücken, mit langsamen, kreisenden Bewegungen. Als ich das letzte Stück des zweiten Brötchens heruntergeschluckt hatte, blickte ich zu meinem Mann auf, das dritte Brötchen lag auf meinem Schoß.

»Wohin bist du gegangen?«, fragte ich ihn. »In der ersten Nacht … bist du verschwunden.«

»Dasselbe wollte ich dich fragen«, sagte er sanft. »Nicht nur du bist verschwunden, sondern der ganze verdammte Ort. Als ich aus dem Dorf raus war, konnte ich es nicht wiederfinden. Wir haben tagelang gesucht, konnten aber nicht mal mehr das Hinweisschild finden, das wir bei unserer Ankunft gesehen hatten.«

»Es war von Schnee bedeckt«, sagte ich, »aber das meine ich gar nicht. Du bist in der ersten Nacht verschwunden. Ich bin aufgewacht, und du warst weg. Es gab keine Fußspuren. Überhaupt keine.«

Mit Verzögerung merkte ich, dass ich die letzten Worte fast geschrien hatte, und zuckte zusammen. Ethan strich mir sanft und beruhigend über den Arm.

»Es tut mir so leid … ich habe nicht darüber nachgedacht, wie das auf dich gewirkt haben muss. Wie verängstigt du warst. Ich konnte einfach nicht auf dem Fußboden schlafen. Also lag ich da, hellwach, sah den Dielenboden an und erkannte, dass es da diese … Luke gab. Ich meinte, wir könnten es wärmer haben, wenn wir uns in den Keller zurückzögen, oder was dort unten auch sein mochte. Du warst vollkommen erschöpft und bist nicht einmal aufgewacht, als ich die Luke öffnete. Und dann entdeckte ich den Tunnel. Ich wollte dich nicht wecken, aber ich war neugierig und verzweifelt auf der Suche nach etwas, das uns helfen könnte. Also bin ich dem Verlauf des Tunnels gefolgt.« Ethan sah zu Jess herüber, ehe er wieder mich anschaute. »Ich hätte dich nicht zurücklassen sollen, das war dumm von mir. Du hast ja keine Vorstellung davon, wie oft ich mir das vorgeworfen habe. Ich habe mir Sorgen um dich gemacht und wusste nicht, wie es dir ging. Ob du okay warst. Das ist alles meine Schuld.«

»Ich verstehe immer noch nicht, warum du nicht zu mir zurückgekommen bist«, sagte ich und konnte nach wie vor die Vorstellung nicht verarbeiten, dass Ethan mich freiwillig zurückgelassen hatte. »Du warst nicht mehr da, als ich aufgewacht bin.«

Ethan rutschte von der Lehne, ging vor dem Sessel in die Hocke und schaute zu mir auf, halb zerknirscht, halb bekümmert. »Ich habe versucht, zurückzukommen. Der Tunnel endete irgendwo draußen im Wald, und ich dachte, ich hätte ein Auto oben an der Straße gehört. Dann bin ich losgerannt und hab versucht, diesen Wagen anzuhalten, aber als ich dort ankam, gab es nicht mal Reifenspuren. Ich beschloss, an der Straße zu warten, für den Fall, dass das Auto erst noch vorbeifahren würde. Und die ganze Zeit machte ich mir Sorgen, du könntest aufwachen und in Panik geraten, weil ich nicht da war. Aber ich war davon überzeugt, dass es mir gelingen würde, uns aus diesem Dorf fortzubringen, ich war wirklich davon überzeugt, dass es diesen Versuch wert war.«

Er schluckte, und ich konnte sehen, wie sich Bedauern in seinen Zügen abzeichnete. Er ärgerte sich über sich selbst, und ich wollte ihm unbedingt sagen, dass alles in Ordnung sei. Allerdings war ich zu diesem Zeitpunkt dazu noch nicht imstande.

Ethan holte hörbar Luft. »Ich stand eine halbe Ewigkeit oben an der Straße, und dann fing es an zu schneien, es wurde finster um mich herum, und der Schnee kam in dicken Flocken. Ich versuchte, im Schneegestöber den Weg zurückzufinden, aber ich bin offenbar immer nur im Kreis gelaufen. Irgendwann bin ich zufällig auf Skiläufer gestoßen, und die haben mich dann hierhergebracht.«

»Dann haben wir versucht, herauszufinden, welchen Weg Ethan genommen hatte, aber der Schnee hatte alles überdeckt«, sagte Pete. »Er konnte sich nicht mehr an den Namen des Dorfs erinnern, das ihr erreicht hattet, daher sind wir stundenlang rumgefahren, auf der Suche nach eurem Mietwagen. Aber der war nirgends zu sehen.«

»Ich habe die ganze Zeit nach dem Ortsschild gesucht«, erklärte Ethan. »Ich wusste, dass wir eins gesehen hatten. Aber ich schätze, du hast recht – der Schnee muss es verdeckt haben. Ich war … wenn ich mit dir hätte tauschen können, dann hätte ich das sofort getan. Mir war furchtbar zumute. Ich fühle mich immer noch schlecht, Mils … es tut mir so leid.«

Ich legte seine Hände in meine. »Ich bin froh, dass du okay bist. Ich habe mir wirklich Sorgen um dich gemacht. Ich dachte … Ich hatte keine Ahnung, was passiert war, ich hatte einfach nur Angst.«

Was Ethan sagte, füllte meine Wissenslücken auf wie frisch gefallener Schnee. Ich erinnerte mich sofort, wie ich das Ortsschild von Schnee befreit hatte, um dann festzustellen, dass noch mehr Schnee fiel. War es also wirklich ein Zufall gewesen, dass die drei nicht an dem Schild vorbeigekommen waren, als es noch schneefrei war? Ich dachte an den Morgen, als Ethan nicht mehr da war, und erinnerte mich, dass ich von Hütte zu Hütte gelaufen war und nach ihm gerufen hatte, ehe ich mich auf den Weg machte, weil ich ihn beim Auto vermutete. Aber das Auto hatte unten in der Senke gelegen. Danach hatte der Schneesturm eingesetzt, sodass ich Schutz suchen musste. Zu diesem Zeitpunkt war Ethan offenbar bereits so weit weg gewesen sein, dass er mich nicht mehr hören konnte. Mir wurde schlecht bei dem Gedanken, dass wir einander anscheinend nur knapp verpasst hatten. Die ganze Angst, die Paranoia, alles umsonst. Es war nur ein blödes Versehen gewesen.

»Was ist mit dem Mietwagen passiert, Mils?«, wollte Ethan

wissen. »Wir konnten ihn nicht finden, die Autovermietung war da auch keine große Hilfe – wie sich herausstellt, können sie die billigen Modelle nicht tracken.«

»Das Auto ist einen ganzen Abhang runtergerutscht«, sagte ich. »Am Morgen nach unserer Ankunft bin ich wieder zu der Stelle gegangen, an der wir liegen geblieben waren. Ich dachte, du wärst beim Auto und würdest es reparieren. Aber es war weg.«

Einen Augenblick herrschte Schweigen, während die drei meine Worte verarbeiteten.

»Verdammt«, stöhnte Ethan, »ich muss vergessen haben, die Handbremse richtig anzuziehen. Aber ich war so durcheinander an jenem Abend. Gott, es tut mir so leid. Das ist alles meine Schuld. Ich hätte nie auf eigene Faust losziehen dürfen, ich Arsch.«

Ein kurzer Blick in Jess' Gesicht verriet mir, dass sie dasselbe dachte. Ich konnte mir nur vorstellen, wie sehr sie Ethan in diesem Punkt zugesetzt haben musste. Aber ich war heilfroh, dass er am Leben war. Das sagte ich auch, worauf er mich wieder drückte.

»Aber wie ist es dir überhaupt ergangen, Mila?«, fragte Jess mich ganz vorsichtig, um mich zu schonen.

»Ich weiß auch nicht, es war alles so … Ich weiß schon gar nicht mehr, was real war und was ich mir bloß eingebildet habe. Ich hatte das Gefühl, dass mich jemand beobachtete, mich verfolgte? Irgendwie lief ständig alles schief. Ethan war verschwunden, dann die Sache mit dem Auto. Das Feuer.«

»Ein Feuer?«, hakte Jess scharf nach. »Hier hat jemand erzählt, dass sie vor ein paar Nächten einen Lichtschein gesehen haben, als sie oben in den Bergen waren. Wie Polarlicht oder so was in der Art. Das war ein Feuer, sagst du?«

Ich nickte. »Die Blockhütten brannten nieder. Alle sechs. Ich hatte mich ins Auto verkrochen, und dann begriff ich, dass es eine Art Falltür geben musste. Ich dachte, auf diese Weise wäre Ethan … wärst du entführt worden.«

»Entführt?« Pete warf mir einen eigenartigen Blick zu.

»Ich wusste nicht, was passiert war. Er war einfach nicht mehr da.« Jetzt, da ich es laut aussprach, kam ich mir dumm vor, fast so, als müsste ich mich rechtfertigen. »Jedenfalls ... ich folgte den Tunneln und stieß auf dieses Lager dort. Hast du das auch gesehen?«

Ethan schüttelte langsam den Kopf. »Nein, da war bloß der Tunnel dieser ... breitere Bereich. Wie eine Höhle, ein Bau. Du sagtest gerade, jemand hat da ein Lager aufgeschlagen? Nachdem ich fort war? Wieso?«

Ich nickte. »Ich denke, dass ich diese Leute ein paar Mal gesehen habe, im Schneesturm und dann wieder, als ich durch den Wald irrte. Ich fand ...« Ich wusste erst nicht, wie ich es sagen sollte. Ich musste es ihnen irgendwie erklären, befürchtete aber, dass es so klang, als wäre ich nicht ganz richtig im Kopf. Als müsste ich einen Albtraum wiedergeben, der bei Tageslicht keinen Sinn ergab.

»Ich habe Notizen gefunden. Von jemandem, der mich beobachtet hat.«

Das nun folgende Schweigen war so drückend, ich konnte richtig spüren, wie es auf mir lastete. Ihre Mienen bezeugten, dass sie mir nicht glaubten.

»Wie meinst du das ... dich hat jemand beobachtet?«, fragte Pete schließlich.

»Mila ... ich glaube, du brauchst jetzt Ruhe«, meldete sich meine Schwester zu Wort. »Das waren sehr stressige Tage, und ich kann mir nur ansatzweise vorstellen, wie das für dich gewesen sein muss, aber–«

»Ich habe mir das nicht eingebildet, Jess!« Mit zittrigen Händen griff ich nach der Tasse mit dem süßen Kaffee und nahm einen Schluck. »Kann sein, dass ich bei einigen Sachen überreagiert habe und deshalb dachte, dass jemand Ethan gekidnappt hätte. Aber ich weiß genau, was ich gesehen habe.«

»Mila ... du musst zugeben, dass sich das unglaublich anhört. Jemand soll dich verfolgt haben? Ethan hat gerade gesagt, dass er kein Lager gesehen hat.« Pete sah mich mit großen Augen an.

»Hey, wenn sie sagt, sie hat was gesehen, dann hat sie was gesehen«, warf Ethan scharf zu meiner Verteidigung ein.

»In meiner Jackentasche ist ein Zettel mit Notizen. Auf Deutsch«, fügte ich hinzu. »Ich weiß nicht, was da ablief oder was das alles zu bedeuten hat, aber ich bin nicht verrückt. Kann sein, dass es bei manchen Dingen nur Vermutungen waren, aber ich habe mir das nicht alles eingebildet.«

Ethan holte den Zettel aus meiner Jacke, die über einem Stuhl hing, und runzelte die Stirn. Pete nahm ihm den Zettel ab, und mir fiel ein, dass er mit ausländischen Unternehmen zu tun hatte und ein paar Fremdsprachenkenntnisse hatte.

»Was steht denn da?«, wollte Ethan wissen.

»Sieht aus, als hätte jemand festgehalten, wohin Mila gegangen ist«, sagte Pete, aber er klang zögerlich, als widerstrebe es ihm, meine Version zu bestätigen. »Anscheinend wurde das hier an dem Tag geschrieben, als du das Dorf verlassen hast, Ethan. Hier steht zwar nicht, dass sie gesehen haben, dass du gegangen bist, aber offenbar haben sie abgewartet, ob du zurückkommst. Und sie haben Mila im Auge behalten.«

»Seht ihr!«, rief ich und hätte mich fast mit Kaffee bekleckert. »Da war jemand. Das hätte ich nie schreiben können. Das weißt du, Jess. Ich kann ja nicht mal richtig auf Englisch schreiben.«

Jess' Lächeln war schmal, aber es war da. Allerdings ahnte ich, dass sie immer noch ganz schön angespannt war. Doch erst als ich sah, wie nervös sie ihre Hände verdrehte, fiel mir auf, dass sie immer noch den Verlobungsring trug.

»Jess … wo ist dein Ring?«

Sie blinzelte, als wäre sie überrascht von dem plötzlichen Themenwechsel. Ich konnte es ihr nicht verdenken. Eben ging es noch um mysteriöse Stalker, dann mit einem Mal um ihren Schmuck – wenn nicht so ein Durcheinander in meinem Kopf geherrscht hätte, hätte ich glatt an einem Schleudertrauma leiden können. Aber inzwischen hatte ich mich fast schon daran gewöhnt, dass sich meine Gedanken überschlugen, in einem Wirrwarr aus Emotionen und Erkenntnissen.

»Ich trage doch … Oh, du meinst den Trauring?« Sie sah mich an, als hätte ich gefragt, warum sie im Augenblick nicht auf dem Mond war. »Die Hochzeit haben wir verschoben. In dem Moment, als Ethan auftauchte und erzählte, dass du nicht aufzufinden warst.«

»Wir wollten dich unbedingt finden«, sagte Ethan, eine Hand auf meiner Schulter. »Das war das Einzige, das wichtig war.« Jess nickte, und sogar Pete schien ihrer Meinung zu sein.

»Oh, nein!« Fast hätte ich laut geschrien und zuckte zusammen. »Jess, das hättest du nicht tun sollen.«

»Sei nicht albern, wir konnten doch nicht ohne dich feiern. Da mussten wir nicht groß überlegen.«

»Stimmt«, pflichtete Pete bei. »Und das Management ist uns sehr entgegengekommen. Sie sagten, sie geben uns einen Nachlass, wenn wir noch einmal neu buchen. Allerdings ist die Warteliste ganz schön lang, daher müssen wir uns vielleicht nach einer Location näher bei uns zu Hause umschauen.«

»Noch einmal alles neu buchen? Eine Location bei uns …«, wiederholte ich seine Worte. »Nein, das ist deine Hochzeitsreise. Du redest doch schon ewig von dieser Hochzeit, hast dir ausgemalt, wie es wäre, hier zu sein. Heiraten und ein gemeinsamer Urlaub. Ihr … ihr seid doch noch einen Tag hier, oder?«

Jess warf Pete einen unsicheren Blick zu. Und er erwiderte diesen Blick, den ich als *Mila ist durchgeknallt* interpretierte.

»Ja, wir brechen nicht vor morgen Nachmittag auf«, sagte Pete.

»Okay, großartig. Dann heiratet bitte. Es ist nicht zu spät, es hier zu machen, wie ihr es geplant habt, wenn es das ist, was ihr wollt.« Ich fing an, zu plappern.

»Aber Mils«, sagte Jess, »wir müssen zur Polizei, bei allem, was passiert ist. Du hast recht, dieser Zettel beweist, dass dich jemand beobachtet hat. Eine Person, die nicht mal versucht hat, dir zu helfen, und dieser Jemand könnte auch etwas mit dem Feuer zu tun haben, das du erwähntest. Es ist keine große Sache, die Hochzeit zu verschieben und woanders zu feiern. Viel wichtiger ist doch, was dir passiert ist.«

»Sie hat recht, Mila«, sagte Ethan in sanftem Ton. »Ich weiß, was es dir … ich weiß, dass dir das wichtig ist, aber hey, wir reden hier von einem Verbrechen. Das hat jetzt Vorrang.«

Tränen der Verzweiflung standen mir in den Augen. Wie oft mochte Jess diese Worte gehört haben, als sie heranwuchs? Dass dies oder das »wichtiger« war. Und immer hatte es mit mir zu tun, entweder hatte ich wieder was angestellt oder es war irgendeine Veranstaltung, bei der es um mich ging und bei der unsere Eltern dabei sein wollten. Eine Reise, die Jess nicht antreten konnte oder ein Geschenk, das sie nicht bekam, weil ich zufällig gerade eine Zahnspange brauchte, kein Kleid für den Abschlussball hatte oder Fahrstunden nehmen musste. Das hier war ihre Hochzeit, und trotzdem tat sie das einfach so ab, als hätte sie nächstes Jahr noch fünf weitere. Wenn sie nicht an diesem Ort heiratete, und zwar jetzt, dann würde sich nie wieder eine Gelegenheit ergeben, hierher zurückzukommen. Das hörte ich aus Petes wehmütigem Tonfall heraus. Das war ihre große Chance, an dem Traumort, den sie sich ausgesucht hatten. Ich würde nicht zulassen, dass sie das für mich opferten.

»Jess, das mit der Polizei kann warten. Wer auch immer dort war; sie waren lange fort, als ich auf das Lager stieß. Es könnten genauso gut Leute gewesen sein, die … wilde Tiere beobachten wollten oder so was in der Art. Irgendein paranoider Einsiedler. Wahrscheinlich habe ich sie aufgeschreckt. Gott, ich meine … Ich dachte, Ethan wäre gekidnappt worden, dabei hatte er sich nur verlaufen. Das könnte auch ein Missverständnis sein oder so ein durchgeknallter Aussteiger, der Angst bekommen hat, als ich seinen Tunnel fand.«

Selbst wenn ich das geglaubt hätte, was ich nicht tat, erklärte das noch nicht die Leichen. Die beiden frischen Leichen im Wald – keine Opfer früherer Hungersnöte, sondern Leute, die bis vor Kurzem noch am Leben waren. Ich hatte immer noch keine Ahnung, wie sie gestorben waren. Hatten sie in dem Dorf festgesessen wie ich, waren sie langsam erfroren oder verhungert? Oder war ihnen etwas ganz anderes widerfahren?

Aber das konnte ich Jess jetzt nicht erzählen. Was tat schon ein Tag zur Sache? Die Leichen waren längst bis zur Unkenntlichkeit verbrannt und die Hütten eine Trümmerlandschaft. Vermutlich waren auch die Skelette verbrannt. Im Grunde hatte ich nicht viele Beweise für meine Story, und ich bezweifelte, dass die Polizei bei ihren Ermittlungen weit kommen würde. Selbst wenn sie mir glaubten, was ich für unwahrscheinlich hielt. Sogar ich hatte Schwierigkeiten, meine eigene Story richtig auf die Reihe zu bekommen. Je länger ich wieder in der realen Welt war, desto unglaubwürdiger klang alles.

Überlagert wurde das Ganze von der Furcht, noch einmal dorthin zurückzukehren. Die Polizei würde mich auffordern, ihr den Mietwagen zu zeigen, die Trümmer im Dorf, die Stelle, an der die Leichen verbrannt wurden. Ich wollte aber nie wieder einen Fuß nach Witwerberg setzen. Ich wollte nur miterleben, dass Jess heiratete, und danach mit Ethan zurück nach Hause gehen, wo alles sicher und vertraut war.

Diesen Tag aber war ich Jess schuldig. An diesem einen Tag sollte es einmal nur um sie gehen. Danach würden wir uns verabschieden, die beiden würden in die Flitterwochen fahren, erst dann wollte ich den unangenehmen Schritt wagen, mich bei den Behörden zu melden.

»Tja …« Jess sah Pete an. »Also, ich weiß nicht …«

»Du hast eine Menge durchgemacht, Mils«, hob Ethan hervor und umschloss meine Hand mit der seinen. »Wäre es da nicht besser, wenn du dich ausschläfst und wir dann morgen nach Hause fliegen? Und das alles vergessen?«

»Nein«, sagte ich beharrlich. »Jess, wenn ihr morgen in die Flitterwochen fahrt, ohne verheiratet zu sein – wenn es das ist, was ihr wollt, dann okay. Aber tut das bitte nicht meinetwegen, ja? Was auch immer ihr machen möchtet, ich bin dabei.«

Das unausgesprochene »Das bin ich dir schuldig« hing wie ein schlechter Geruch zwischen uns; uneingestanden, aber unbestreitbar. Jetzt, da ich wieder einigermaßen klar denken konnte, begriff ich, dass Jess und ich uns zum ersten Mal seit der

Beerdigung gegenüberstanden. Unsere Blicke trafen sich, und ich wusste, dass sie genauso dachte wie ich. Auch sie erinnerte sich an jenen Tag und an alles, was seither passiert war. All das, was unausgesprochen geblieben war. Ihre Züge wurden weicher, die leichte Verwirrung wich Verständnis. Ich sah, wie sie die Hand nach Pete ausstreckte.

»Wie sieht's aus? Möchtest du immer noch heiraten?«

Petes Miene hellte sich auf, als hätte Jess ihm gerade mitgeteilt, dass Weihnachten doch nicht abgesagt wurde.

»Natürlich will ich das.«

Sie küssten sich, und Ethans Hand schloss sich fester um meine. Ich schaute zu ihm auf und sah, dass er lächelte. Aber da waren immer noch Anzeichen von Anspannung auf seiner Stirn und dem verkniffenen Mund.

»Es geht mir gut, ganz bestimmt«, wisperte ich.

Er drückte meine Hand. »Ich werde das wiedergutmachen, Mila. Versprochen. Ich mache das wieder gut.«

Ich konnte mir nur vorstellen, wie die letzten Tage für ihn gewesen sein mussten. Die Suche nach mir und all die Sorgen, dass sie mich nie finden würden. Hatte ich mich nicht genauso gefühlt? Aber jetzt waren wir beide in Sicherheit, und die Hochzeit nahm ihren Lauf. Dann fiel mir etwas ein.

»Ich habe immer noch euer Geschenk«, sagte ich. »Ich hatte es immer bei mir, seit dem Brand. Ich wollte nicht, dass damit was passiert.«

Jess lachte tatsächlich, Tränen schillerten in ihren Augen, dann nahm sie mich fest in den Arm.

»Ich bin ja so froh, dass dir nichts passiert ist – das ist das einzige Geschenk, das ich mir wünsche.«

Ich klammerte mich an sie und schloss die Augen, damit sie nicht sehen konnte, dass ich weinte.

Kapitel 26

Es gibt Dinge, die sind unverzeihlich, und zu spät zur Beerdigung der eigenen Mutter zu kommen, gehört zu diesen Dingen. Es ist vermutlich das unverzeihlichste Ding der Welt. Ich hatte es wirklich versucht, aber eine Katastrophe in allerletzter Minute, ausgelöst von einem klemmenden Reißverschluss – im Grunde lag es aber gar nicht an dem Reißverschluss als solchem – bedeutete, dass ich einige Minuten zu spät dran war.

Alle waren bereits in der Trauerhalle beim Krematorium. In eben jener Halle, in der wir uns schon zu Dads Beerdigung eingefunden hatten. Für mich ein seltsames Déjà-vu-Erlebnis. Es waren sogar die gleichen Blumen, als hätte jeder, der Blumen für Dad geschickt hatte, einfach nur auf »kürzlich gekauft« geklickt und neu bestellt. Schon damals war ich zu spät gekommen, aber daran war der Verkehr schuld gewesen. Damals hatte mich Ethan begleitet. Bei Mums Beerdigung musste er unbedingt im Laden stehen. Wir waren diesen Monat zu sehr im Rückstand, konnten es uns nicht leisten, unangekündigt zuzumachen.

Ich schlich mich in die Halle und nahm in einer leeren Bank Platz, wobei ich die Gummisohlen meiner Schuhe verfluchte, die auf dem feuchten Linoleum quietschten. Jess drehte sich in der vordersten Reihe um, die Augen gerötet, blass im Gesicht. Der Blick, den sie mir zuwarf, ließ mich zusammenzucken. Ich sank auf meinen Platz und kämpfte gegen die frischen Tränen an.

Die Zeremonie war im Vorhinein arrangiert worden. Mum und Dad hatten ihre Beerdigungen bis ins Detail geplant und bezahlt. Wir mussten lediglich erscheinen, und wenigstens eine ihrer Töchter hatte es geschafft, bei beiden Anlässen pünktlich zu sein. Die Zeremonie ging an mir vorbei; ein gedämpfter Singsang aus Worten und Liedern. Ich erhob mich, wenn es die anderen taten, und nahm wieder Platz, sobald ein Lied zu Ende war. Dann, während die

Trauergäste hinausgingen, sah ich zu, wie der Sarg versank und der mechanische Vorhang sich schloss.

Ein eigenartiges Gefühl bemächtigte sich meiner, genau wie bei Dads Bestattung. Dieses Gefühl, dass ich meine Mum nicht einfach so zurücklassen konnte, allein an diesem Ort. Erst als Jess in meine Richtung zischte »Komm jetzt!«, löste ich mich aus der Bank. Ich folgte den anderen nach draußen und stieg in einen der beiden Vans, die uns zum Beerdigungskaffee brachten. Jess saß mit Pete im anderen Wagen, gemeinsam mit entfernten Cousins und Freunden der Familie. Ich musste mit zwei alten Kollegen von Dad und deren Frauen vorliebnehmen.

Als wir den Gemeindesaal erreichten, wo bereits das Büfett wartete, konnte ich Jess nirgends entdecken. Pete stand am Eingang, begrüßte die Trauergäste und nahm die Beileidsbekundungen entgegen. Ich merkte, dass ihm unbehaglich zumute war. Er stürzte sich regelrecht auf mich, als ich hereinkam.

»Jess ist in der Damentoilette«, flüsterte er. »Guckst du mal nach ihr?«

Natürlich würde Pete nie im Leben eine Damentoilette betreten, nicht einmal dann, wenn nur seine Verlobte dort war. Wieder so ein seltsamer Spleen von ihm; selbst bei einem Notfall würde er dieses Tabu nicht brechen.

Also ging ich zu den Toiletten, einen total engen Raum, in dem die Schritte hallten und der Geruch von Toilettensteinen in der Luft hing. Es gab nur zwei Kabinen, die Fliesen waren klebrig. Ich musste an unsere Schule denken. Es gab sogar die gleichen grünen Papierhandtücher. Ich schnappte mir eine Hand voll, falls ich bei Taschentüchern improvisieren musste.

»Jess?«, fragte ich, als ich ihre Schuhe unter der Tür sah. »Alles okay bei dir?«

Ein bitteres Lachen hallte von den gekachelten Wänden. Ich kniff einen Moment die Augen zu.

»Das war blöd, ich weiß, dass es dir nicht gut geht … Aber brauchst du etwas? Ein Taschentuch, kann ich … dich in den Arm nehmen?«

Die Tür der Kabine flog so schnell auf, ich wäre fast mit dem Fuß umgeknickt, als ich erschrocken einen Satz zurückmachte. Als ich mein Gleichgewicht wiedergefunden hatte und Jess anschaute, merkte ich, dass sie zitterte und Tränen in ihren Augen standen. Ihr Gesicht war gerötet, ihr normalerweise tadelloses Haar ungewaschen, wie ich aus der Nähe feststellte.

»Ich brauche niemanden, der mich in den Arm nimmt«, stieß sie rau hervor. Sie verzog das Gesicht, als sie ein Schluchzen unterband, ehe sie sich beide Hände vors Gesicht schlug. »Ich möchte … ich möchte …«, stammelte sie und konnte vor Schluckauf nicht sprechen.

»Ich weiß«, sagte ich, streckte die Hand nach ihren Armen aus und strich über die schwarzen Ärmel ihres Kleids.

Aber das waren die falschen Worte. Jess entzog sich mir und nahm die Hände vom Gesicht. Schärfe und Wut lagen in ihren geröteten Augen, und mit einem Mal bekam ich Angst. Ich fürchtete mich nicht davor, was sie tun, sondern was sie sagen würde.

»Du weißt gar nichts!«, blaffte sie höhnisch. »Woher willst du wissen, wie sich das anfühlt? Du hattest eine Mutter und einen Vater – ich nicht!« Sie fing an zu weinen und schluchzte so stark, dass ihr ganzer Körper bebte. Als ich noch einmal versuchte, sie zu berühren, stieß sie mich energisch von sich. Ich geriet ins Straucheln, prallte mit dem Rücken gegen einige Haken an der Wand und sackte auf eine hölzerne Bank.

»Du hattest die perfekten Eltern«, wiederholte Jess und hatte sichtlich Mühe, ihr Schluchzen in den Griff zu bekommen. Als sie weiterredete, sog sie geräuschvoll die Luft zwischen den kurzen Sätzen ein. »Sie haben dich geliebt und waren stolz auf dich … Du hattest eine Mum und einen Dad. Mich haben sie wie Dreck behandelt … Mir haben sie nichts gegeben.«

»Jess … ich … ich wusste davon nichts«, stotterte ich. »Den Brief haben wir erst heute Morgen bekommen. Ich schwöre, ich hatte keine Ahnung.«

Wenn ich geglaubt hatte, dass ich damit die Wogen hätte glätten können, hatte ich mich wohl geirrt. Es schien sie noch zorniger zu machen. Jess verzog das Gesicht voller Abscheu.

»Es geht mir nicht um das Testament. Um das … verdammte Geld«, spie sie. »Du hast keinen Schimmer, wie? Lass mich in Ruhe. Lass. Mich. In. Ruhe.«

»Jess«, sagte ich und begriff, was für einen blöden Fehler ich gemacht hatte. Natürlich ging es nicht um die Aufteilung des Erbes. Hier ging es um tiefergehende, unausgesprochene Dinge, die unsere Familie betrafen. Es ging um diese Unausgewogenheit, die weit über alles Finanzielle hinausging, um Dinge, die jetzt nicht mehr unausgesprochen waren. Sie waren in der Welt, hingen zwischen uns in der Luft.

»Sie sind von uns gegangen. Sie ist nicht mehr da. Es ist zu Ende«, fuhr Jess mich an, ging dann um mich herum, während sie sich die Tränen von den Wangen wischte. »Wir sind fertig. Ich will dich nicht mehr sehen.« Ihr Blick aus geröteten Augen traf meinen im fleckigen Spiegel. »Wir sind keine Schwestern mehr.«

Kapitel 27

Es widerstrebte uns zwar, aber Jess und ich trennten uns. Sie und Pete mussten nun ihre Hochzeit neu planen, und ich brauchte dringend ein Bad und viel Ruhe in einem richtigen Bett. Ganz zu schweigen von meinem fortwährenden Verlangen nach einem Berg an Essen. Von den Mengen, die mir vorschwebten, wäre eine kleine Familie satt geworden.

Was die Hochzeitsvorbereitungen betraf, so war die Gästeliste glücklicherweise überschaubar. Jess und ich hatten kaum Kontakt zu entfernten Verwandten, und bei Pete war es nicht anders. Die Hochzeit sollte in kleinerem Kreis stattfinden, eingeladen waren Petes Eltern und sein Stiefbruder, Ethan und ich sowie ungefähr zwanzig Freunde von der Arbeit, der Uni und aus ihrer Spielegruppe. Die Gäste hielten sich noch alle im Hotel auf, und offenbar hatte die Hotelküche die Torte und all die Zutaten fürs Büfett aufbewahrt, um die Gäste bei Bedarf verwöhnen zu können. Das Paar musste im Grunde nur dafür sorgen, dass der Saal zur Verfügung stand, frische Blumen gebunden wurden und der Standesbeamte noch einmal zurückkam.

Ich bot meine Hilfe an, doch Jess winkte ab. Sie tat das auf eine freundliche Art, aber ich hatte immer noch ein schlechtes Gewissen.

»Du schläfst ja gleich im Stehen ein«, sagte sie. »Außerdem ist das genau mein Ding.« Sie hielt bedeutungsvoll ihr Notebook hoch, auf dem jede Menge farbige Memo-Zettel klebten. »Du ruhst dich jetzt schön aus, und morgen kannst du dann deinen Pflichten als Erste Brautjungfer nachkommen.«

Ich errötete, als sie das sagte. Sie hatte mich nie gebeten, ihre Erste Brautjungfer zu sein. Eigentlich sollte ich eine von drei Brautjungfern sein, und ehrlich gesagt war ich erstaunt gewesen, als sie mich selbst darum bat. Diese »Beförderung« fühlte sich wie ein Olivenzweig an. Als Anerkennung für die Bemühungen, die ich unternommen hatte, um meiner Schwester den Vorrang einzuräumen. Fast hätte ich wieder angefangen zu weinen. Ich war so froh, Jess wiederzuhaben und für sie da sein zu können.

Als sie die leicht verbeulte Schachtel öffnete, in der das Diadem lag, kamen mir tatsächlich die Tränen. Auch Jess weinte. Zögerlich berührte sie den Schmuck, als traute sie ihren Augen nicht.

»Sie sieht so aus wie …«

»Wie die von Mum«, beendete ich den Satz. »Ich weiß, dass du sie immer schon tragen wolltest … Jetzt kannst du es.«

Jess drückte mich so fest, dass ich um meine Knochen bangte. Als ich ihr gemeinsames Hotelzimmer verließ und kurz zurückblickte, sah ich noch, wie Jess die Schachtel an die Brust presste, während die Tränen in ihrem Gesicht langsam trockneten.

Ethan führte mich zu unserem Zimmer und schloss die Tür leise hinter sich. Der Raum war üppig ausgestattet, etliche Schaffelle auf dem Boden, poliertes Kupfer und plüschige Teppiche. Ich zog meine Sportschuhe und Socken aus, zuckte bei den Blasen und den dunkel verfärbten Zehen zusammen, als ich mit bloßen Füßen den flaumigen Teppich berührte. Ein Geruch von kaltem Schweiß und stehendem Wasser stieg mir in die Nase, sodass ich angewidert den Kopf zur Seite drehte. Weiß Gott, wie sehr ich unter meinen Klamotten stank.

Ethan nahm mir die Schuhe ab und ließ sie rasch in einem Schrank verschwinden. Zum ersten Mal machte ich mir richtig bewusst, was für Sachen er am Leib trug. Das war definitiv Petes Kleidung – die Ärmel und Hosenbeine waren viel zu lang. Das lachsfarbene Hemd war zu adrett für Ethan, und je weniger ich über die Chinos verlieren würde, desto besser. Er fing meinen Blick ein und verdrehte die Augen.

»Ganz mein Stil, findest du nicht?«

Ich setzte zu einem Lachen an.

»Als ich hier ankam, haben sie mir ein paar Sachen geliehen – all unsere Klamotten sind ja noch in dem Auto. Aber dank dir hat es meine Jeans wieder zurück zu mir geschafft.« Er deutete auf meine Beine, wandte sich von mir ab und wühlte in einer Schublade. Er zog einen Pyjama hervor, noch in Folie eingeschweißt. »Den hat Jess für dich bestellt … für den Tag, an dem wir dich finden.«

Ich schluckte. *An dem wir dich finden.* Kein *wenn* oder *falls.* Jess hatte mich nicht aufgegeben, selbst nach mehreren Tagen der Suche nicht. Keiner hatte mich aufgegeben. Ich fragte mich, was sie getan hätte, wenn es Zeit gewesen wäre, auszuchecken und in die Flitterwochen zu starten. Etwas verriet mir, dass sie nicht gefahren wäre. Aber damit hätte sie wieder ein Opfer erbracht. Ich war nur zu froh, dass es keinen Anlass gab, dieses Opfer zu erbringen.

Ethan kam auf mich zu und legte den Arm um mich, drückte sein Gesicht auf mein Haar. Ich wusste, dass meine Haare verfilzt und schmutzig waren, aber es schien ihm nichts auszumachen.

»Ich bin ja so froh, dass du da rausgefunden hast.«

»Ich habe mich immer gefragt, was du getan hättest«, erwiderte ich.

Er hielt mich eine Weile so, und wir wippten sacht vor und zurück. Wir brauchten nichts zu sagen, es genügte schon, dass der eine den anderen spürte. Endlich war ich wieder da, wo ich hingehörte.

Schließlich gab er mir einen Kuss auf die Wange und sagte, er werde sich darum kümmern, dass ich noch mehr zu essen erhielt, während ich duschte. Ich nahm den Pyjama mit ins Badezimmer, schloss die Tür und sah mich zum ersten Mal seit Tagen im Spiegel.

Könnte man vor Scham sterben, dann hätte ich lang ausgestreckt am Boden gelegen. Meine Haare waren tatsächlich verfilzt, hier und da waren Strähnen vom Feuer angesengt. Im Gesicht hatte ich Flecken von Asche, Dreck und Spuren von Holzkohle, auch meine Handrücken waren völlig verschmutzt. Meine Kleidung war übersät von Flecken und so richtig verdreckt vom Kriechen durch die Tunnel. Je weniger ich über den Zustand meiner Fingernägel verliere, desto besser. Aber was mich am meisten schockierte, war mein Gesicht. Ich war nur eine Woche in Witwerberg gewesen, sah aber wie ein wandelnder Geist aus. Meine Augen schienen unnatürlich groß zu sein, meine Wangen waren leicht eingefallen. Selbst meine Lippen wirkten dünner, fast verkniffen. Ich sah aus, als würde ich allmählich schrumpfen und meine ursprüngliche Gestalt verlieren. Ganz so, als hätte die Angst dazu geführt, dass ich mich in eine Mumie verwandelte.

Ich kehrte dem Badezimmerspiegel den Rücken zu und entledigte mich der Kleidung. Zumindest einmal hatte ich frische Sachen anziehen können, im Auto. Doch dem Geruch nach zu urteilen, der aus den Klamotten drang, hätte man das nicht vermutet. Die Sachen rochen muffig und irgendwie nach dem Fell von Wildtieren. Oder wie ein alter Turnbeutel, der zu lange in einem heißen, stickigen Kofferraum gammelte. Der Geruch von alter Unterwäsche und Schweiß.

Ich knüllte die schmutzigen Kleidungsstücke zusammen und stopfte alles in einen Beutel des Abfalleimers im Bad. Dann, mit kleinen Shampoo-Fläschchen aus dem Hotel in den schmutzigen Händen, betrat ich die Duschkabine.

Ich blieb so lange unter der Dusche, dass Ethan von außen an die Badezimmertür klopfte. Das heiße Wasser vertrieb langsam die Kälte in meinen Knochen, und am liebsten wäre ich unter dem Duschstrahl stehen geblieben. Das Wasser, das zunächst bräunlich in der Duschwanne ausgesehen hatte, wurde bald immer klarer und wirbelte dann irgendwann genauso sauber in den Abfluss wie das frische Wasser, das oben aus dem Duschkopf schoss. Der Geruch von Kiefer und Wacholder tropfte mit dem Wasser von meinen Haaren und meiner Haut.

Abgetrocknet und im frischen Pyjama, kehrte ich zurück in unser Zimmer und erblickte ein Tablett voller Essen. Die Speisen dampften, das meiste war frittiert oder gebraten. Ethan hatte einen Grog bestellt. Die Mischung aus Brandy und Honig entzündete ein Feuer in meinem Bauch und ebnete den Weg für das Hähnchenschnitzel und die Pommes frites.

Ich kuschelte mich an Ethan, lehnte halb an ihm und dem Kopfbrett des Doppelbetts. Er wählte irgendeine Sendung im Fernsehen aus und ließ mich in Ruhe essen, zwischendurch küsste er mich aufs Haar oder stibitzte eine Pommes. Dann tunkte ich ein Stück Brötchen in den Rest des Krautsalats und ließ mich seufzend zurücksinken. Ich hatte fast vergessen, wie es sich anfühlte, sich satt zu essen. Nicht nur das, ich hatte auch fast vergessen, wie es ist, wenn man es warm hat und sich sicher fühlt.

Dann wurden mir die Lider schwer, und bald hatte ich Mühe, wach zu bleiben. Mein Körper erschlaffte allmählich, ich streckte mich, räkelte mich wie eine Katze. Kurz bevor ich einschlief, knuddelte mich Ethan zärtlich.

»Ich liebe dich so«, wisperte er an meinem Ohr.

»Versprichst du mir, dass du noch hier bist, wenn ich aufwache?«, murmelte ich.

»Jeden Tag, für den Rest deines Lebens.«

Ich denke, ich schlummerte mit einem Lächeln auf den Lippen ein.

Wie sich herausstellte, hatte Jess mich nicht auf den Arm genommen, als sie meinte, sie müsse sich einen Tag lang um die Hochzeit kümmern. Ich wachte von einem Klopfen an der Zimmertür auf, und als Ethan öffnete, kam meine Schwester mit meinem Kleid und meinen Schuhen herein. Sie hatte bereits Lockenwickler im Haar, unmittelbar hinter ihr betrat ein Hotelpage das Zimmer und brachte ein Tablett mit Frühstück herein.

»Du siehst schon viel besser aus«, säuselte Jess und lächelte erleichtert. »Dann hat sich Ethan also gut um dich gekümmert?«

»Für mein Mädel nur das Beste«, sagte er mit einem Lächeln und goss uns dreien Kaffee ein.

Ich merkte, dass er versuchte, die Scharte auszuwetzen, dass er mich allein zurückgelassen hatte. Aber ich konnte ihm keine Vorwürfe machen. Woher sollte er wissen, was dann passieren würde? Ich war nur froh, dass er okay war und dass ich den Weg zurück in die Zivilisation gefunden hatte. Trotzdem, verhätschelt zu werden, fand ich gar nicht schlecht. Wahrscheinlich würde ich mich weiter verwöhnen lassen, bis wir wieder zu Hause waren. Vielleicht noch länger, wenn im Haushalt etwas gemacht werden musste.

Doch zunächst musste ich mich um Jess' Maniküre kümmern, da ihre Make-up-Expertin abgereist war. Dann nahm ich mir die Fotos vor, an denen sie sich für ihr Outfit orientierte, und versuchte, dieses Make-up hinzubekommen. Jess schien sehr zufrieden mit dem Ergebnis zu sein, und ich fand, dass sie toll aussah.

»Darin warst du immer schon gut«, sagte sie und grinste, während sie mit den falschen Wimpern klimperte.

Ich akzeptierte das Lob, auch wenn ich es nicht wirklich verdient hatte. Jess sah schon ungeschminkt fantastisch aus, ich verschönerte bloß, was eigentlich nicht verschönert zu werden brauchte. Danach arrangierte ich die Lilien für den Brautstrauß.

»Warte, ich helfe dir«, sagte Ethan.

»Überanstreng dich nicht«, mahnte Jess mich. »Jetzt im Ernst. Wenn du Ruhe brauchst, dann ruh dich aus.«

Seltsamerweise registrierte ich, dass ich keine Ruhe brauchte. Ich war mit den Vorbereitungen für die Hochzeit beschäftigt und spürte meine Schmerzen nicht mehr. Fast erschreckend, was ein gesunder Schlaf und gutes Essen bewirken können. Und natürlich die ununterbrochene Versorgung mit Koffein und Paracetamol.

Schließlich half ich Jess beim Hochzeitskleid und richtete den Schleier. Das Diadem funkelte, und der dazu passende Schmuck hob sich wundervoll von ihrer Haut ab. Tränen schillerten in ihren Augen, als sie sich im Spiegel betrachtete. Erst als ich genauer hinsah, merkte ich, dass sie nicht sich selbst bewunderte, sondern mich ansah.

»Ich hatte Angst, dass ich dich nie wiedersehen würde«, sagte sie fast im Flüsterton.

»Ich bin ja jetzt hier«, sagte ich und befürchtete, dass die Tränen, die an den Wimpern hingen, den Eyeliner ruinieren könnten. »Und ich freue mich so sehr für dich. Für euch beide.«

Sie drehte sich vor dem Spiegel, und der steife Stoff und der Tüll raschelten. Vorsichtig berührte sie mich an den Ellenbogen, ihre Miene verriet, wie sehr die Emotionen sie beschäftigten.

»Ich wollte dir sagen … wie leid es mir tut.«

»Was denn?« Ich war wirklich verblüfft. Wir hatten kein Wort darüber verloren, was sie gesagt hatte. Ich dachte, wir hätten eine unausgesprochene Vereinbarung, dass wir die Sache nicht mehr erwähnen würden.

»Für das, was auf der Beerdigung passiert ist«, sagte Jess, als könnte sie meine Gedanken lesen. »Und für das, was ich dachte, an dem Tag, an dem du hier ankommen solltest, an dem Tag, als du nicht …« Sie schniefte. »Du warst schon ein paar Stunden überfällig, und ich glaubte, dass du wegen des Streits auf der Beerdigung gar nicht kommen würdest. Und gleichzeitig ging mir durch den Kopf, dass es vielleicht gut so war, wenn du nicht kämst. Dass es für mich irgendwie besser wäre …« Sie hatte Mühe, ihre Gedanken in Worte zu fassen. »… dass ich mich ohne dich oder Mum und Dad nicht so niedergeschlagen fühlen würde.«

Ich schluckte. Ich wusste, dass sie das so empfinden musste, ich hatte es mir schon tausendmal bewusst gemacht. Aber als ich es jetzt aus ihrem Mund hörte, wirkte es wieder anders. Ich wollte etwas sagen, mich entschuldigen, aber Jess kam mir zuvor.

»Ich werde nie wieder so denken. Ich weiß, dass nicht immer alles … gut gewesen ist, dass auch zwischen uns nicht immer alles im Lot war. Aber das ist nicht deine Schuld, auch nicht meine. Und ich bin so glücklich, dich als Schwester zu haben. Ich möchte nicht, dass du je denkst, dass ich froh wäre, wenn du nicht hier wärst. Denn als du nicht hier warst … konnte ich es nicht ertragen.«

»Ich konnte es auch nicht ertragen, nicht hier sein zu können«, antwortete ich.

Die Träne, die sich von den Wimpern zu lösen drohte, lief ihr über die Wange und hinterließ eine dunkle Bahn. Sacht tupfte ich den Strich mit einem Taschentuch weg und nahm Jess in den Arm. So standen wir eng umschlungen, unsere teuren Kleider raschelten, und beide machten wir uns im Stillen bewusst, wie es sich anfühlt, eine Schwester zu haben.

Als Ethan ins Zimmer kam und uns unterbrach, weil er mich in den Saal begleiten wollte, drückte ich Jess ein letztes Mal. Sie lächelte und war darum bemüht, die restlichen Tränen wegzublinzeln.

»Hals- und Beinbruch«, flüsterte ich.

»Das fehlte gerade noch, wie?« Sie lachte und griff nach dem Brautstrauß, der auf dem Tischchen lag.

»Alles läuft reibungslos«, stellte ich ihr in Aussicht. »Ich drück die Daumen. Bis gleich.«

Ethan und ich gingen zu dem Saal, der für Feiern vorgesehen war, und ehe mein Mann Platz nahm, gab er mir einen Kuss auf die Wange. Die Musik setzte ein, und ich schritt langsam mit den anderen Brautjungfern den Mittelgang entlang. Als wir unsere Plätze bei dem feierlichen Tisch eingenommen hatten, musterten mich die anderen Frauen mit mitleidsvollen, allerdings auch unangenehm neugierigen Blicken. Derweil konzentrierte ich mich auf die Tür im hinteren Bereich des Saals. Jeden Moment würde meine Schwester durch diese Tür kommen, im Brautkleid. Dies war ihr Tag. Eine Sache nahm ich mir fest vor: Falls mich nach der Zeremonie irgendeiner der Gäste fragen sollte, was mir widerfahren sei, würde ich einfach nur antworten: »Sieht Jess nicht toll aus?« Sie hatte es verdient, im Mittelpunkt zu stehen.

Aus verborgenen Lautsprechern erklang der Hochzeitsmarsch, und ich wechselte einen nervösen Blick mit Pete. Er sah verdammt gut aus in seinem Anzug, plötzlich wirkte er nicht mehr nur gewöhnlich, sondern war geradezu hübsch. Er schien dermaßen begeistert, Jess zu erblicken, dass ich ihn einfach mögen musste, ungeachtet des Vorfalls mit dem Handy. Ich beschloss, diese Sache zu vergessen. Auch Pete durfte mal einen Fehler machen. Gott allein wusste, wie viel ich verbockt hatte.

Die Flügeltür ging auf, und Jess betrat den Saal. Obwohl ich sie gerade noch gesehen hatte, verschlug es mir wie allen anderen den Atem. Sie sah hinreißend aus. Sie strahlte regelrecht vor Glück, und als ihr Blick auf Pete fiel, lächelte sie wie die aufgehende Sonne. Ich wusste von meiner eigenen Hochzeit, wie sich dieses Glück anfühlte. Ich sah zu den Gästen und versuchte kurz, Ethans Blick einzufangen, aber genau wie alle anderen hatte er nur Augen für die Braut.

Ich atmete bewusst ein, klammerte mich an den Blumenstrauß und verfolgte jede Bewegung meiner Schwester, als sie den glücklichsten Moment ihres Lebens zelebrierte.

Kapitel 28

Der Empfang, wie die meisten Versammlungen von Feiernden in meiner Heimat, versank ziemlich rasch in betrunkenem Chaos. Wir hatten nur ein paar Stunden Zeit, ehe wir aufbrechen mussten, und daher versuchten die Gäste, oft zu tanzen und so viele Gläser Champagner wie möglich zu leeren.

Der Song »Brown Eyed Girl« lief, als Jess und Pete ihren ersten Tanz vollführten, und es dauerte gar nicht lange, bis die Tanzfläche voll war. Die Fascinator-Hütchen blieben auf den Tischen liegen, und die Damen entledigten sich ihrer High Heels. Alles war vertreten: abgefüllte Brautjungfern, zerbröselte Tortenstücke, verschütteter Champagner und jede Menge Konfetti. Es fehlten nur noch der obligatorische Ententanz und ein handfester Zickenkrieg.

All diese traditionellen Zutaten einer Party mussten nachmittags auf drei Stunden komprimiert werden. Denn danach mussten alle Hochzeitsgäste auschecken und zum Flughafen fahren. Einerseits tat es mir für Jess leid, dass der Empfang so kurz ausfiel, andererseits war ich heilfroh, nach Hause zu fliegen.

Tja, endlich Richtung Heimat. Aber ehe wir den Abendflug nehmen konnten, musste ich noch mit der Polizei sprechen. Ich hoffte, dass man uns abreisen lassen würde, sobald ich meine Aussage zu Protokoll gegeben hatte. Doch da ich befürchtete, noch eine Nacht in einem Hotel am Flughafen verbringen zu müssen, vielleicht länger, bereitete mir der Gedanke während der Party Unbehagen. Ich konnte nicht mal einen Schluck von dem teuren Champagner vertragen.

Irgendwann kam für Jess und Pete der Moment, an dem sie sich verabschieden mussten. Wir versammelten uns draußen in der beißenden Kälte und sahen, wie die beiden in ein Taxi stiegen. Ich winkte Jess, und zwar so heftig, dass mir der Arm wehtat. Selbst als das Auto nicht mehr zu sehen war und die meisten Gäste schon wieder ins Hotel zurückgekehrt waren, winkte ich noch. Jetzt würden die Hochzeitsgäste die schicken Sachen einpacken – zusammen mit all den kleinen Toilettenartikeln aus dem Hotel – und sich für den bevorstehenden Flug umziehen.

Schließlich standen nur noch Ethan und ich im Freien. Er zog sein Jackett aus und legte es mir um die Schultern. Dann legte er den Arm um mich und drückte mir einen Kuss aufs Haupt.

»Du hattest recht, sie haben es durchgezogen«, sagte er. »Ich könnte jetzt auch eine Woche Barcelona vertragen, um diese Kälte hier zu vergessen. Die Glücklichen.«

»Wie wäre es stattdessen mit einer heißen Schokolade am Flughafen für neun Euro?«, bot ich im Gegenzug an, war aber bereits total unruhig bei der Aussicht, ihm schonend beibringen zu müssen, dass wir vielleicht noch lange nicht zu Hause waren.

»Hm, hört sich genauso gut an.« Ethan drückte mich kurz an sich. »Ich bin einfach nur froh, bald wieder zu Hause zu sein. Damit lassen wir all das in diesen Bergen als einen bösen Traum hinter uns.«

Da ich die Anspannung nicht mehr ertragen konnte, wandte ich mich ihm zu. »Ethan … ich muss dir noch etwas sagen.«

Er zog eine Augenbraue hoch. »Oh, hört sich nach was Ernstem an. Hast du etwa keine neun Euro?«

»Nein, jetzt im Ernst. Ich … es gibt da Dinge, die in Witwerberg passiert sind, die ich aber Jess gegenüber nicht erwähnen wollte. Dinge, die womöglich bedeuten, dass wir nicht so einfach abreisen können.«

Er schien augenblicklich Ohr zu sein. »Und … was genau soll passiert sein?«

»Als ich dort war, bin ich auf einige … Überreste unter zwei der Hütten gestoßen. Menschliche Überreste.«

Seine Brauen schossen in die Höhe. »Du meinst … Skelette? Oder …«

»Ja, Skelette unter den Hütten. Uralte Knochen, ich schätze aus der Zeit, als das Dorf noch bewohnt war.«

»Ja, okay, aber das ist doch eigentlich keine so große Sache, oder?« Ich sah, wie die Anspannung von seinen Schultern abfiel. »Okay, wir müssten es trotzdem melden. Nur bei wem – einem Museum oder so was in der Art?«

»Aber es geht nicht nur um die Skelette«, fuhr ich fort, fest entschlossen, jetzt alles zur Sprache zu bringen. »Ich habe zwei Leichen im Wald gefunden. Frische Leichen. Moderne Kleidung, eine Armbanduhr von den Winterspielen in Peking … Ich bin mir nicht sicher, woher die beiden kamen oder was mit ihnen passiert ist, aber ich muss mit der Polizei sprechen, ehe wir abreisen. Und es könnte sein, dass wir heute noch nicht abreisen dürfen, wenn es die Polizei uns nicht erlaubt.«

Ethan schwieg eine Weile, fuhr sich dann einmal mit der Hand durchs Gesicht und schüttelte den Kopf. »Gott, Mils, warum hast du gestern nichts gesagt? Wir hätten das alles längst regeln können.«

»Ich weiß! Ich wollte es ja erzählen, aber dann dachte ich mir, dass es noch einen Tag Zeit hätte. Bis Jess in die Flitterwochen fährt.«

»Bis Jess …« Er sah mich an, als zweifelte er an meinem Verstand. »Mila, du warst vom ersten Tag an so komisch, als es um diese Hochzeit ging, aber komm schon. Ein paar Dinge sind wichtiger. Jess ist kein albernes kleines Mädchen, sie hätte schon verstanden, dass ein potenzieller Mord bedeutender ist als eine Party.«

Ich zuckte zusammen, als er »albernes kleines Mädchen« sagte. So hatte ich mich schon oft im Stillen genannt. Die kleine alberne Mila mit ihren dämlichen kleinen Problemen. Das Baby der Familie. Es aus seinem Mund zu hören, war schlimmer. Aber er hatte ja recht. Jess hätte schon gewusst, was zu tun wäre, wenn ich es ihr gestern erzählt hätte. Sie wusste immer, was getan werden musste. Ich war diejenige, die nie wusste, was anstand, und die die Sachen nur noch schlimmer machte.

»Ich sollte mich jetzt bei der Polizei melden«, sagte ich, allerdings so leise, dass ich mich selbst kaum hörte.

»Ja, das solltest du tun.« Ethan schaute hinauf zum Resort. »Ich frage mal, ob die uns noch für eine Nacht beherbergen können. Für alle Fälle. Weiß Gott, was das alles kosten wird.«

»Ich rufe an und ziehe mich um.« Ich raffte den Rock meines Kleids und eilte die Stufen hinauf, wobei ich mir wie ein Kind vorkam, das gerade auf einer Geburtstagsfeier angeranzt worden ist. Ich kam mir lächerlich vor in diesem teuren Kleid.

Oben in unserem Zimmer rief ich bei der Rezeption an und erkundigte mich nach einer Nummer der örtlichen Polizei, es sollte aber ausdrücklich kein Notruf sein. Dann wählte ich die Nummer und wartete, dass jemand abnahm. Die ganze Zeit hämmerte mir das Herz bis zum Hals.

Am anderen Ende meldete sich ein Mann auf Deutsch, wechselte dann aber ins Englische, als ich mich vorstellte. Ich erklärte kurz, wer ich war und von wo ich mich meldete, ehe ich in Schweigen verfiel, als es an der Zeit war, zu erklären, was ich eigentlich wollte. Aber wie sollte ich anfangen?

»Miss?«, hörte ich den Mann am Telefon fragen. »Alles okay bei Ihnen?«

»Ja, ich wollte nur … Ich weiß nicht genau, wo ich anfangen soll. Ich habe in einem kleinen Dorf festgesessen, einem verlassenen Dorf hier ganz in der Nähe, und dort habe ich jemanden gefunden. Zwei Menschen, hm … zwei Tote.«

Am anderen Ende langes, eisiges Schweigen. Ich bekam Panik, und plötzlich wurde mir in meinen Sachen aus Satin unangenehm heiß. Der Mann würde mir wohl kaum glauben. Ich hatte zu umständlich begonnen, zu kompliziert. Er würde mir jeden Moment vorwerfen, dass ich nur seine Zeit vergeude, oder er würde mir zig Fragen stellen, die ich nicht beantworten könnte. Wahrscheinlich würde er zuerst fragen, wo dieses Dorf überhaupt lag.

»Warten Sie, ich notiere mir, wo Sie im Augenblick sind. Ich schicke Ihnen dann jemanden, der Sie abholt.«

Nachdem ich aufgelegt hatte, schlüpfte ich in ein paar von Jess' Klamotten. Sie hatte mir eine Tasche Kleidung dagelassen.

Obwohl sie ein bisschen schlanker und ein Stückchen größer war als ich, müsste ich wenigstens nicht in einem bodenlangen Kleid auf der Wache erscheinen. Doch die Kleidung fühlte sich komisch an; nicht unbequem, nur seltsam. Als trüge ich ein Kostüm am Leib.

Ethan kam leise ins Zimmer, blieb abrupt stehen und musterte mich. »Du siehst plötzlich … ganz anders aus.«

»Das sind Jess' Sachen«, sagte ich. »Ich weiß auch nicht, wie sie es anstellt, so schick darin zu sein. Ich habe jedenfalls das Gefühl, wie irgendjemandes Mutter auszusehen.«

Ethan verzog das Gesicht. »Egal, ich habe gefragt, ob wir noch eine Nacht bleiben können, aber das wird teuer. Also so richtig teuer.« Er fuhr sich mit einer Hand durchs Haar. »Ich weiß nicht, ob wir uns noch eine Nacht hier leisten können, zusätzlich zu den neuen Flugtickets, meine ich. Kann sein, dass sogar die Tickets zu teuer sind, ich werde mal nach Bus- und Zugverbindungen schauen.«

»Mist.«

»Ja.«

»Tut mir so leid, dass ich das nicht eher erzählt habe. Ich werde versuchen, zu erklären, dass wir abreisen müssen, am besten noch heute. Vielleicht kann ich denen ja alle Informationen liefern, die sie benötigen, und unsere Adresse hinterlassen, falls sie noch Fragen haben. Ich meine, es gibt doch jede Menge Möglichkeiten, uns zu kontaktieren.«

»Möchtest du, dass ich mitkomme, wenn die dich abholen?«, fragte Ethan. »Ich lasse dir aber auch gern den Freiraum, wenn du möchtest.«

»Bitte komm mit. Vor allem, wenn sie mit mir noch einmal dorthin fahren wollen. Ich glaube nicht, dass ich da allein mit Fremden hin will. Selbst wenn es die Polizei ist.«

Ethan nickte und zog den Anzug aus. Derweil packte ich unsere wenigen Sachen zusammen. Wenn wir tatsächlich nach Witwerberg fahren sollten, dann hoffte ich doch sehr, dass wir unser Gepäck wiederbekämen. Ich wollte endlich meine eigenen Sachen haben, auch das Ladegerät fürs Handy – im Augenblick konnte ich wirklich ein beruhigendes Audiobuch gebrauchen, ganz besonders an diesem Tag.

Ich wusste, dass wir das Zimmer bald verlassen und uns unten in der Lobby aufhalten mussten. Die Hotelangestellten waren zwar weiterhin recht freundlich und respektvoll, aber ich spürte, dass wir nur noch geduldet wurden. Denn inzwischen kamen neue Gäste an, und unsere persönlichen Beweggründe würden uns keinen großen Spielraum mehr garantieren. Zumal die Leute, die unser Zimmer bezahlt hatten, längst ausgecheckt hatten und auf dem Weg nach Barcelona waren.

Die Polizei fuhr in einem BMW-Streifenwagen vor. Zwei Männer näherten sich dem Hotel, einer in Uniform, der andere in einem grauen Anzug und einem schwarzen Mantel in Übergröße. Ich fand, dass die Uniform so ähnlich aussah wie in den amerikanischen TV-Shows – blau mit flacher Dienstmütze. Gleichzeitig wirkte der Aufzug irgendwie unheimlich auf mich, wie No-Name-Kostüme, die in Supermärkten verkauft werden. Beide Männer trugen Schusswaffen, was man so in England nicht zu sehen bekommt. Am Gürtel des Uniformierten waren, abgesehen von dem Waffenholster, Pfefferspray und Schlagstock befestigt.

Ich war so befangen beim Anblick der echten Schusswaffen, die mir schon immer einen Schauer über den Rücken jagten, wenn ich durch die Sicherheitszone an Flughäfen musste, dass ich überhaupt nicht mitbekam, als sich die beiden Beamten vorstellten. Ethan begrüßte sie mit Handschlag, dann nannten die beiden Herren offenbar ihre Dienstränge und den Ort, aus dem sie gekommen waren; ich bekam es nicht genau mit.

Schließlich ließ sich der ältere der beiden Polizeibeamten auf Ethans leeren Stuhl sinken. Er war um die vierzig, sein Stoppelbart war vorzeitig ergraut, auch an den Schläfen war sein Haar bereits grau, Stress, wie ich vermutete. Er sah aus wie jemand, der total überarbeitet war.

»Mrs. Swift? Ich bin Kommissar Karl Voigt, Kriminalpolizei.

Wie ich hörte, haben Sie heute eine örtliche Polizeidienststelle angerufen und davon gesprochen, dass Sie menschliche Überreste im Wald gefunden haben? Was können Sie mir darüber erzählen?«

Er hatte eine angenehme Stimme und sprach mit starkem Akzent. Da er unmittelbar neben mir saß, schien er das Foyer einzunehmen. Wie ein Bär im Anzug. Der uniformierte Beamte wiederum sah blutjung aus und stand vollkommen steif da; ich musste an einen Zaunpfahl auf Beinen denken.

»Unser Auto ist liegen geblieben. Das war auf einer Straße in der Nähe eines Dorfs namens Witwerberg, und wir gingen weiter zu Fuß bis in den Ort und beschlossen, dort Schutz zu suchen. Aber am nächsten Tag wurden mein Mann und ich in einem Schneesturm voneinander getrennt. Ich habe versucht, allein durchzuhalten, habe auf Hilfe gewartet. Dann bin ich auf diese … Skelette gestoßen, unter zwei der Blockhütten dort, später habe ich … Leichen im Wald entdeckt. Zwei Tote.«

Kommissar Voigt nickte, seine stahlgrauen Augen huschten zu dem wandelnden Zaunpfahl, der alles notierte, eine steile Falte zwischen den rötlichbraunen Augenbrauen. Ethan blickte auf seine Schuhspitzen, vermutlich hatte er wieder ein schlechtes Gewissen, weil er mich allein gelassen hatte, während er sich auf eigene Faust durchschlug.

»Diese Skelette, wie sind sie dorthin gekommen, was denken Sie?«, fragte Voigt.

»Wie …?«

»Na ja, in … hm …« Er machte eine unbestimmte Handbewegung, schien nach dem passenden englischen Wort zu suchen. »In Kisten? In Säcken? Lagen da einfach nur Knochen herum?«

»Oh, verstehe. Die Skelette sahen unterschiedlich aus. Die ersten waren drei Leute, die man in Laken oder Decken gehüllt hatte. Es sah wie Bettzeug aus. Die zweite Gruppe bestand nur aus bloßen Knochen. Als hätte man die Knochen dort abgeladen, nicht wirklich bestattet. Hastig, würde ich sagen.«

Er nickte nachdenklich und sagte etwas auf Deutsch zu dem uniformierten Polizisten, der ebenfalls nickte und schneller schrieb.

Ich räusperte mich. »Bei einer der Leichen habe ich einen Wanderführer gefunden. Und einen Ausweis, aus dem hervorgeht, dass sie Jaqueline hieß. In dem Führer stand, dass Witwerberg wahrscheinlich 1816 aufgegeben wurde. In dem ›Jahr ohne Sommer‹? Als es überall in Europa zu Missernten kam und die Menschen im Winter verhungerten. Ich dachte, dass die Skelette vielleicht deshalb dort lagen.« Ich kam mir umständlich und blöd vor, aber der Kommissar nickte, als wäre er auch zu diesem Schluss gekommen.

»So könnte es gewesen sein, ja«, sagte der Kommissar. »Wir hatten hier Dörfer, in denen früher Krankheiten grassierten, oder die Menschen sind einfach in die Städte abgewandert. In so einem Fall hätte man allerdings die Toten nicht einfach so zurückgelassen. Und wenn Krankheiten grassierten, dann hätten die Leute die Toten nicht so dicht am Haus bestattet. Aber …« Er machte eine Geste, als wollte er sagen »Was weiß ich?« Dann fuhr er fort. »Im Augenblick gehen wir davon aus, dass diese Menschen verhungert sind, wie es das Buch beschreibt. Aber ich bin mehr an den beiden anderen interessiert. Den Toten.«

Ich nickte. »Es waren ein Mann und eine Frau. Die Frau hatte den Reiseführer dabei. Sie trug Outdoor-Kleidung, wahrscheinlich ist sie gewandert. Ich glaube, sie interessierte sich für die Geschichte dieses Dorfes. In dem Führer hatte sie sich Notizen gemacht, zu den verschwundenen Menschen.«

»Verschwundene Menschen?«, wiederholte Kommissar Voigt.

»Sie wissen nicht über Witwerberg Bescheid?«, fragte ich erstaunt. Ich dachte, der Ort wäre berühmt-berüchtigt, wie der Geist im Tower of London.

»Ich bin mir sicher, dass Sie auch nicht alle Namen und Geschichten eines jeden alten Dorfs in England kennen«, entgegnete der Kommissar, wobei er sich zu amüsieren schien.

Da hatte er recht. »Es gab da Leute, die verschwunden sind.

Die Frau hatte sich die Namen dieser Leute notiert. Ich kann es Ihnen zeigen.«

»Gut, und der andere Tote, der Mann?«

»Das war seltsam, weil er einen Anzug trug. Einen Geschäftsanzug. Außerdem hatte er Halbschuhe an, vollkommen unpraktisch. Polierte Lederschuhe, mit denen man höchstens auf Gehwegen nicht ausrutscht.« Ich schaute zu Boden und war peinlich berührt, als ich sah, dass der Kommissar ebenfalls solche Schuhe trug, nur die billigere Variante. Aber er lächelte, und daher fuhr ich fort. »Egal, er hatte eine sehr teure Uhr am Handgelenk. Eine Omega mit einer Gravur anlässlich der Winterspiele in Peking. Die muss … fünftausend Pfund gekostet haben.«

Der wandelnde Zaunpfahl pfiff leise durch die Zähne, was ihm einen mahnenden Blick seines Vorgesetzten einbrachte. Der Mann kritzelte weiter etwas auf seinen Schreibblock, die Wangen gerötet.

»Das muss sehr verstörend gewesen sein, auf Tote zu stoßen, aber mir scheint, dass Sie trotzdem genauer hingesehen haben.« Er sagte dies locker und unbefangen.

Ich spürte, dass Hitze in mir hochstieg, weil ich Argwohn hinter seinem Tonfall vermutete, auch wenn Kommissar Voigt immer noch freundlich gesprochen hatte.

»Ja, das war wirklich beängstigend. Und schrecklich. Aber ich wollte unbedingt wissen, was um mich herum geschah, wer diese Leute waren und wie sie überhaupt in diese Gegend gekommen waren. Ich dachte, das, was mich beobachtet hatte, wäre vielleicht auch verantwortlich für den Tod dieser beiden Menschen. Und daher glaubte ich, dass es mir helfen würde, einem solchen Schicksal zu entgehen, wenn ich nur wüsste, was passiert war.«

Das eben noch belustigte Funkeln wich einem ernsthaften Interesse.

»Jemand hat Sie beobachtet?«

Mein Mund war plötzlich ganz trocken. »Ja … ich hatte das Gefühl, dass da noch jemand war. Jemand, der versucht hat, mich umzubringen, indem er meine Hütte anzündete, und den Rest des Dorfes, während ich schlief. Ich habe sogar Notizen, die diese Fremden über mich gemacht haben – ich habe mir das nicht eingebildet.«

»Ich denke auch nicht, dass Sie sich das eingebildet haben«, sagte er.

Wir sahen einander in die Augen, gefühlt eine lange Zeit. Zum ersten Mal, seitdem ich versucht hatte, Jess und den anderen meine Story zu erzählen, hatte ich das Gefühl, dass mich jemand ernst nahm. Als hätte dieser Mann mit nur einem Blick auf die Oberfläche meines Hirns gesehen, dass meine Darstellung der Geschehnisse der Wahrheit entsprach.

»Ich möchte Sie bitten, mir diesen Ort zu zeigen, wenn Sie sich imstande fühlen, noch einmal dorthin zu fahren?«

Ich nickte, allerdings kaum merklich, und sah, dass Kommissar Voigt mich mit einem aufmunternden Blick bedachte. Ich würde das schaffen. Ich war stark genug. »Ich bin mir aber leider nicht mehr sicher, welchen Weg wir genommen hatten.«

»Wenn wir den Ortsnamen haben, finden wir das Dorf auf der Karte. Kein Problem.«

»Unser Flieger geht heute Abend«, sagte Ethan, was mich zusammenzucken ließ. »Ich weiß, das klingt blöd, aber wir können uns kein neues Flugticket leisten, sollten wir diesen Flug verpassen.«

Kommissar Voigts Blick wanderte zu Ethan, und in diesem Blick lag wenig Zustimmung. »Ich schaue, was sich machen lässt«, bot er an, »aber wir haben es mit zwei Toten zu tun. Da wird Ihr Flug unter Umständen warten müssen.«

Kapitel 29

Die Fahrt zurück nach Witwerberg schien kein Ende zu nehmen, aber das war im Grunde genau das, was ich mir wünschte. Denn sobald wir ankamen, war ich bestimmt wieder in dem Albtraum gefangen, dem ich gerade erst entkommen war. Ich saß mit Ethan auf der Rückbank des Streifenwagens, meine Hand fest in seiner, und malte mir aus, wieder einen Fuß in dieses Dorf zu setzen. Ich spürte, wie mir bei dem Gedanken ein Schauer über den Rücken lief. Ich hatte keine Angst, dass mir dort etwas auflauerte. Okay, vielleicht doch ein bisschen. Aber das vorherrschende Gefühl war, dass ich mein Schicksal herausforderte. Als würde ich die Kräfte des Universums anflehen, das zu Ende zu bringen, was sie begonnen hatten, als sie mich dort gefangen hielten.

Einmal, als Jess und ich noch sehr klein waren, schloss ich mich aus Versehen in unserem Zimmer ein. Als wir einzogen, hatte unsere Tür als einzige eine spezielle Verriegelung. Sie hatte nämlich einen abschließbaren Drehriegel in der Klinke und war dicker und schwerer als alle anderen Innentüren. Unsere Kinderzimmertür musste jemand extra eingebaut haben, Jahre bevor wir einzogen, denn sie passte nicht zu den anderen. Mum schärfte uns ein, nicht an dem Schließmechanismus herumzuspielen, weil wir keinen Schlüssel dafür hatten.

Offensichtlich hörte ich nicht auf meine Mutter und spielte an der Klinke herum. Plötzlich war ich eingeschlossen und konnte den blockierten Türgriff nicht mehr bewegen, um die Tür aufzumachen. Mir fiel ein, dass wir keinen Schlüssel hatten. Die Tür konnte nur von meiner Seite aus entriegelt werden. Panik erfüllte mich plötzlich, und ich rüttelte an der Klinke, bis meine Hand ganz rot und aufgescheuert war von dem rauen Metall. Irgendwann bekam ich den Mechanismus wieder auf.

Ich war so erleichtert, nicht nur, weil ich es allein geschafft hatte, mich zu befreien, sondern weil mir eine schreckliche Standpauke meiner Eltern erspart blieb. Ich hatte das Gefühl, einen Wettkampf gegen mich selbst gewonnen zu haben.

Aber ich forderte das Schicksal heraus, weil ich zuversichtlich war, die Türverriegelung durchschaut zu haben. Also betätigte ich den Drehriegel erneut, um Jess einen Schrecken einzujagen, als sie mit mir im Zimmer war. Nur diesmal bekamen wir beide die Tür nicht mehr auf. Dad versuchte, sie von der anderen Seite aus aufzubrechen, musste dann aber über eine Leiter durchs Fenster in unser Zimmer klettern. Das war das einzige Mal, dass meine Eltern wirklich stinksauer auf uns waren. Jess bekam den meisten Ärger ab, weil sie die Ältere war. Sie hätte mich daran hindern müssen, an der Klinke herumzuspielen. Allerdings hatte sie auf ihrem Bett gelesen und konnte nicht ahnen, was ich im Schilde führte. Danach bestand Mum darauf, die Tür herauszunehmen. Zwei Monate lang hatte unser Kinderzimmer keine Tür.

Als wir jetzt in Richtung Witwerberg fuhren, fühlte es sich für mich so an, als würde ich die Türverriegelung von damals erneut betätigen. Ich war dem Dorf einmal entronnen, und jetzt kehrte ich dorthin zurück, voller Vertrauen darauf, dass diese beiden Beamten und mein Mann mich beschützten. Ich vertraute darauf, dass sie mich so einfach und unbeschwert ins Dorf bringen und wieder mitnehmen würden, als wäre es ein kurzer Abstecher in den Supermarkt. Jetzt fehlte nur noch, dass wir liegen blieben und erneut festsaßen.

Ich war verblüfft, wie einfach es war, dieses Dorf per GPS zu lokalisieren, wenn man den Namen kannte. Man brauchte nur einen Blick auf eine Karte zu werfen, und da stand der Name, in der Nähe einer kleinen Landstraße. Wenn Ethan den Ortsnamen behalten hätte, hätte er Jess erzählen können, wo ich steckte, und dann hätten sie mich sofort gefunden. Und wenn ich diejenige gewesen wäre, die in dieser ersten Nacht das Dorf verlassen hätte, wäre Ethan am nächsten Tag gesund und munter gewesen. Aber ich konnte ihm keinen Vorwurf machen, dass er diesen Ortsnamen vergessen hatte, auch wenn ich mich natürlich immer noch ärgerte, dass wir in diesen Schlamassel geraten mussten. An jenem Tag hatten wir beide eine Menge Stress gehabt.

Als wir an dem Hinweisschild vorbeikamen, das leicht bestäubt von Schnee dastand, drehte sich mir der Magen. Ich konnte mich noch genau erinnern, wie ich es zum ersten Mal sah, als wir uns verirrten. Und ich entsann mich des Augenblicks, als ich später schockiert feststellte, dass offenbar jemand den roten Pfeil weggewischt und damit meinen behelfsmäßigen Hilferuf umgeworfen hatte. All diese Erinnerungen wirkten jetzt wie ein böses Omen.

Auf halber Strecke wurde der Weg zu schmal für den Streifenwagen, und wir mussten aussteigen und zu Fuß weitergehen. Ich hatte wieder meine inzwischen trockenen Sportschuhe an, Ethan trug seine normalen Boots, doch die beiden Beamten waren für einen solchen Ausflug unzureichend gekleidet. Mir entging nicht, dass der hagere Polizist ein Lächeln unterdrückte, als sein Vorgesetzter auf dem gefrorenen Untergrund ins Rutschen geriet. Als der uniformierte Beamte merkte, dass ich ihn beobachtete, wurde er knallrot. Er schleppte einen kleinen Hartschalenkoffer mit, vermutlich befanden sich darin Utensilien, um an einem Tatort Beweise zu sichern.

»Gott«, murmelte Ethan vor sich hin, als wir uns den verkohlten Trümmern von Witwerberg näherten. »Du hast nicht übertrieben mit dem Brand – alles weg.«

»Ja«, sagte ich, aber mein Mund war wieder trocken. »Ich konnte gerade noch den Flammen entkommen.«

Der Kommissar nickte nachdenklich. »Können Sie uns zeigen, wo sich die Skelette befanden?«

Ich führte ihn zu der Stelle, wo die Blockhütte gestanden hatte, unter deren Veranda ich die ersten drei eingehüllten Skelette entdeckt hatte. Kommissar Voigt und der Polizist zogen zusammen einzelne verkohlte Bretter aus der abgebrannten Veranda. Die trockenen Überreste, die ich gesehen hatte, hatten offenbar wie Zunder gebrannt. Es war kein Zipfel Stoff übrig geblieben, nur verkohlte Fetzen, die genauso gut Zweige wie Knochen gewesen sein könnten. Sonst nur blassgraue Asche.

»Feuer«, sagte der Kommissar und sog geräuschvoll die Luft ein. »Das macht die Dinge immer interessant.«

Bei der nächsten Hütte, wo ich auf die zweite Gruppe Skelette gestoßen war, war es nicht anders. Nichts als verkohlte Überreste.

»Machen Sie Fotos hiervon, auch dort drüben«, wies der Kommissar den Polizisten an. Er nickte und holte eine Digitalkamera aus der Tasche.

Wir warteten, während er Dutzende Aufnahmen machte, und plötzlich fiel mir ein, dass ich dem Kommissar gar nicht erzählt hatte, dass die anderen Leichen auch verbrannt waren. Ich wandte mich ihm zu und sah, dass er den Blick über den Waldrand schweifen ließ.

»Jetzt verstehe ich, was Sie damit meinten, als Sie sagten, Sie fühlten sich beobachtet«, sagte er. »Es fühlt sich so an … Ich weiß auch nicht. Als wüsste man, dass irgendwo eine Kamera läuft.«

Ich warf einen Blick auf Ethan, der mit Interesse verfolgte, was der Polizist im Augenblick machte. Er schien das nicht so zu empfinden, und falls doch, so behielt er das für sich.

»Ich habe vergessen, zu sagen, dass auch die beiden Leichen im Wald verbrannt wurden, als ich nach dem Brand im Dorf zu der Stelle zurückkam. Ich hatte das Gefühl, dass dort jemand ein zweites Feuer gelegt hatte.«

Ich rechnete damit, dass der Kommissar verärgert reagierte, aber er nickte bloß mit zerfurchter Stirn. »Das ergibt durchaus Sinn.«

»Wie meinen Sie das?«

»Die beiden Toten gehörten offenbar nicht zusammen, nach allem, was Sie uns erzählt haben. Die Frau trug Outdoor-Kleidung, der Mann einen Anzug. Unwahrscheinlich, dass ein Mann im Anzug ohne einen triftigen Grund hier herauskommt.« Er deutete vage auf seinen eigenen Anzug. »Aber hier gibt es nichts in der näheren Umgebung, hierher verirren sich nicht viele Leute. Also der geeignete Ort, um eine Leiche wegzuschaffen.«

»Sie denken, jemand hat die Leichen hier abgeladen? Dass jemand zwei Menschen getötet hat und die Leichen dann hier in einem flachen Grab versteckt hat?«

Er nickte. »Ist nur eine Theorie. Aber die Leichen zu verbrennen, ist sinnvoll, wenn man nicht möchte, dass die Toten identifiziert werden. Besonders wenn die Täter nicht nach einem neuen Ort suchen wollten, um die Leichen abzuladen.«

»Also wusste jemand, dass ich hier war? Die Fremden dachten, dass ich die Stelle gefunden hatte, und wollten daraufhin verhindern, dass ich davon erzähle?« Kälte erfasste mich. Jetzt ergab auch der nächtliche Brand Sinn; er war gelegt worden, unmittelbar nachdem ich die beiden Leichen entdeckt hatte. Ich hatte mir das Feuer nicht erklären können, es hatte mich vollkommen verwirrt. Aber jetzt begriff ich die dahintersteckende Logik. Ich hatte etwas gesehen, das nicht für meine Augen bestimmt war, und deshalb durftc ich nicht mehr am Leben bleiben. Es hatte mich also wirklich jemand beobachtet. Nicht irgendwer, sondern ein Killer.

»Eine Theorie«, wiederholte der Kommissar. »Es kann genauso gut anders gewesen sein. Wir müssen die Leichen identifizieren.«

Ich führte die Beamten zu der Stelle im Wald. Da ich schon einmal den Weg dorthin hatte finden müssen, brauchte ich diesmal nicht lange. Kurz darauf standen wir an der Stelle, an der sie verbrannt worden waren. Die aufgewühlte Erde war von frischem Schnee überzogen, aber die Konturen der verkohlten Leichen waren unverkennbar. Sie sahen aus wie verdrehte Schaufensterpuppen unter einem weißen Laken.

»Gottverdammt«, entfuhr es Ethan leise, dann legte er die Arme um mich. »Mils … das hast du entdeckt?«

Ich nickte. »Davor war es noch schlimmer, als sie wie … als sie noch wie Menschen aussahen.«

Der Kommissar nickte, als könne er das gut nachvollziehen. Ich fragte mich, wie viele Leichen er im Lauf seiner Karriere gesehen haben mochte. Die Tränensäcke unter seinen Augen verliehen ihm ein älteres, traurigeres Aussehen, als sein Alter vermuten ließ. Wie ein neuer Teddybär, den man draußen im Regen vergessen hatte.

Er zog ein Paar Handschuhe aus dem Koffer an und fing an, den Schnee wegzufegen. Dann betrachtete er eingehend den Boden.

»Wir brauchen ein Team hier draußen, um alles zu erfassen, einzusammeln … Aber soweit scheint das Ihre Version zu bestätigen.« Er schaute zu mir auf, ehe er langsam einen verkohlten Stumpf anhob, um mir etwas zu zeigen. Ich erkannte die Armbanduhr, das Glas war zersprungen, das Ziffernblatt hatte sich verzogen, war aber noch als solches zu erkennen.

»Wir werden herausfinden, was mit diesen Leuten passiert ist«, sagte er. Sein Tonfall klang weniger nach einer Feststellung, sondern eher wie ein Versprechen. Ein Versprechen, das sich in erster Linie an mich richtete, da ich diejenige war, die diese Leute gefunden und voller Entsetzen die gefrorenen Gesichtszüge angestarrt hatte.

»Das dauert natürlich«, räumte er ein. »Das ist immer so, wenn Leichen bis zur Unkenntlichkeit entstellt sind. Auch wenn Sie uns den Namen der Frau nennen konnten, wissen wir nicht, wer dieser Mann ist. Aber das finden wir heraus. In der Zwischenzeit nehmen wir Ihre Aussage auf, danach können Sie nach Hause fliegen. Sie haben offensichtlich eine Menge durchgemacht, und es gibt keinen Grund für Sie, länger zu bleiben.«

Wir kehrten auf demselben Weg ins Dorf zurück, wo der Kommissar innehielt und sich noch einmal inmitten der verkohlten Trümmer umschaute. Ich sah, wie er die Hände in die Seiten stemmte, auf seiner Stirn zeichneten sich Falten ab.

»Fällt Ihnen noch etwas anderes zu diesem Ort ein, bevor alles abbrannte? Gibt es vielleicht noch irgendetwas, das wir wissen sollten?«

»Nun ja, es gibt Tunnel, unter den Blockhütten. Sie führen bis in den Wald, bis zu einer Art … Bau. Ansonsten wüsste ich nichts mehr …« Ich brach den Satz ab, weil mir etwas in den Sinn kam. Als ich den Gedanken allerdings laut aussprach, hörte sich das blöd an. »Da war so ein Loch, in der Wand meiner Blockhütte. Wie ein Astloch, aber jemand muss es absichtlich dort eingeritzt haben. Ich dachte erst, es wäre ein Guckloch, aber dahinter war kein Raum.«

Ich sah zu Ethan hinüber, der den Kopf leicht zur Seite geneigt hatte, als versuche er, herauszufinden, wovon ich eigentlich sprach. Unterdessen kritzelte der hagere Polizist wieder etwas auf seinen Notizblock.

»War dieses Loch ungefähr so groß?« Der Kommissar deutete ein Loch mit Daumen und Zeigefinger an.

»Vielleicht ein bisschen kleiner.« Ich zeigte es ihm. »Eine Seite war glatt, wie bei einem Schnitt.«

Der Kommissar nickte und drehte sich halb zu der Stelle, an der die Blockhütte gestanden hatte, denn unwillkürlich hatte ich noch einmal dorthin gezeigt. Einen Moment kaute der Kommissar auf der Unterlippe, die Augen verengt.

»Wie hoch war dieses Loch über dem Fußboden?«

»Vielleicht … ein paar Fuß? Bin mir nicht ganz sicher. Wahrscheinlich ist das sowieso gar nicht wichtig, tut mir leid, wenn –«

»Nein, nein, alles gut … Ich denke, es könnte … Nun ja, es hört sich ganz nach einem Einschussloch an. Allerdings hat jemand nachher das Geschoss herausgeholt. Damit man es nicht finden und analysieren kann.«

Ich blinzelte. »Glauben Sie?«

»Das habe ich schon einmal im Zusammenhang mit Profi-Killern gesehen. Sie wollen nicht, dass die Tötungen von den Forensikern untersucht werden können. Ich bezweifle, dass wir genau Bescheid wissen werden, jetzt, da …« Er deutete mit einer ausladenden Geste auf die Trümmer. »Aber es kann durchaus sein, dass jemand in der Hütte erschossen wurde. Vielleicht eine der beiden Personen, die Sie entdeckt haben.«

Ich musste an all die Stunden denken, die ich dort verbracht hatte. Wie ich mit den Fingern das Loch ertastet hatte. Hatte ich genau an der Stelle gestanden, an der jemand gestorben war? Bei dem Gedanken wurde mir schlecht. Auf dem Fußboden hatte so viel Dreck geklebt, außerdem war es die ganze Zeit dunkel gewesen, da hatte ich wahrscheinlich etwaige Flecken auf den Dielen übersehen. Hatte ich etwa auf einer eingetrockneten Blutlache geschlafen? Auf Jaquelines Blut? Beide Toten hatten in dunkler Kleidung gesteckt, da waren mir vielleicht Spuren auf dem Anzug oder auf der Outdoor-Jacke entgangen. Mich schauderte.

Auf dem Weg zurück zum Streifenwagen sagte niemand ein Wort, die Spannungen in der Luft schienen noch größer zu sein als auf dem Hinweg. Ich denke, dass Ethan mir erst wirklich geglaubt hatte, als er die Hinweise mit eigenen Augen sah. Ich war überrascht, wie tief mich das traf. Denn er war ja schließlich auch in Witwerberg gewesen, hatte wie ich gespürt, dass dieser Ort sich seltsam anfühlte, und trotzdem hatte er mir wohl zunächst nicht geglaubt. Andererseits – hätte ich so eine Story selbst für bare Münze genommen, wenn ich diese Tage nicht durchlebt hätte? Verdammt, als ich in dieser Hütte kauerte, hatte ich mir ständig in Erinnerung rufen müssen, dass ich nur Angst vor Phantomen hatte, die es in Wirklichkeit nicht gab. Und letzten Endes hatte ich feststellen müssen, dass ich mit vielen Dingen danebenlag, die ich mir in diesen Tagen ausgemalt hatte.

Kommissar Voigt musste den Wagen wenden, wobei er Buschwerk streifte und über gefrorene Schneesockel fuhr. Doch es gelang ihm, auf der engen Straße zu wenden, auch wenn ich das Gefühl hatte, dass der Kühlergrill des Autos gefährlich nah am Abgrund vorbeizog. Ich hielt den Atem an und betete, dass wir nicht auch noch den Abhang hinabrutschten. Selbst als die Gefahr hinter uns lag, merkte ich, dass sich meine Hände in die Ledersitze krampften, bis mir die Finger wehtaten.

Ich meldete mich zu Wort, er möge anhalten, als wir die Stelle erreichten, an der unser Mietwagen liegen geblieben war. Wir stiegen aus und blickten den Abhang hinunter auf das Auto, das in der Senke lag. Inzwischen war es im frischen Schnee kaum noch zu erkennen.

Der uniformierte Beamte pfiff wieder leise durch die Zähne. »Und Sie sind tatsächlich bis da unten geklettert und wieder hinauf?«

»Nicht hier, weiter dort drüben.« Ich zeigte die Straße hinunter. »Ja, hier bin ich runter. Unser Gepäck ist immer noch im Kofferraum, auch unsere Pässe.«

Kommissar Voigt nickte, sah dann erwartungsvoll Ethan an, der errötend den Abhang hinunter spähte.

»Ich kann das machen«, bot ich an und fühlte mich ein bisschen beleidigt, dass die anderen mir das jetzt nicht zutrauten, obwohl ich es vorher bei weniger Schlaf und ausgehungert geschafft hatte.

»Nein, das mache ich. Du solltest besser hier oben bleiben, für alle Fälle«, sagte Ethan.

Er führte nicht weiter aus, was er mit »für alle Fälle« meinte. Vielleicht dachte er, ich könnte stolpern und mir ein Bein brechen oder so was in der Art. Oder er stellte sich vor, dass Wölfe es sich auf der Rückbank unseres Mietwagens bequem gemacht hatten. Wie dem auch sei, er wagte sich hinunter in die Senke, vorsichtig einen Fuß vor den anderen setzend rutschte er stellenweise ab wie ich, ehe er den Wagen erreichte.

Während er dort unten beschäftigt war und den Koffer neu packte, den ich zurückgelassen hatte, merkte ich, dass der Kommissar mich merkwürdig betrachtete. Ungefähr so, wie man jemanden ansieht, der Selbstgespräche führt und herauszufinden versucht, was mit diesen Leuten los ist. Sind sie durchgeknallt, tragen sie ein Headset, das man nicht sieht, oder sind sie einfach nur ein bisschen einsam? Ungefähr so sah er mich in diesem Moment an: Als versuche er, sich ein Bild von mir zu machen, um zu erkunden, mit wem er es da eigentlich zu tun hatte. Plötzlich machte ich mir bewusst, dass der Kommissar mich womöglich in Verdacht hatte. Ich war die einzige Person, die erzählen konnte, was mit den Leichen passiert war. Vielleicht dachte er, ich wäre mit einem Mal aggressiv geworden und hätte zwei Wanderer erschlagen, nur um an deren Proteinriegel zu kommen.

Wer weiß, noch ein paar Tage in dieser Kälte und ich hätte vielleicht genau sowas getan. Dennoch, nach diesem merkwürdigen Blick hatte ich ein komisches Gefühl, was den Kommissar betraf. Auf der Fahrt zur Wache, wo ich noch meine Aussage zu Protokoll geben sollte, würde ich mir überlegen müssen, was ich alles erzählen wollte. Würde ich diesem Mann tatsächlich eine Version auftischen, in der Geister, schemenhafte Gestalten und verschwindende Schilder vorkamen? Würde mich nicht genau das unzuverlässig oder zumindest wenig vertrauenswürdig aussehen lassen?

Ethan unterbrach mich in meinen düsteren Gedanken, als er mit dem Koffer zurückkam. Sein Rucksack, den ich mit ins Hotel gebracht hatte, war schon vollgestopft mit unseren geliehenen Klamotten.

»Hast du alles dabei?«, fragte ich.

»Das meiste«, antwortete er und sah ein wenig mitgenommen von den Strapazen aus. Er war außer Atem. »Passte nicht alles rein.«

»Ich schicke Ihnen alles, was wir noch im Auto finden«, stellte mir der Kommissar in Aussicht. »Sobald wir es geborgen haben.«

»Danke«, sagte ich. Wieder eine Sache weniger, über die ich mir Sorgen zu machen brauchte. Ich hatte nämlich keine Lust, einen Abschleppdienst für den Mietwagen zu organisieren. Da wir jetzt unser Gepäck hatten, stellten wir uns auf eine lange Fahrt in die Zivilisation ein.

Ich war ziemlich aufgeregt, als wir eine Stadt erreichten. Zum ersten Mal sah ich richtige Wohnhäuser und Geschäfte anstatt Blockhütten oder Autobahnen. Auf der Fahrt vom Flughafen musste ich wohl ganz schön lange geschlafen haben. In der Ferne, hoch über den modernen Gebäuden und älteren Stadthäusern, ragte eine richtige Burg aus dem Wald. Sie sah wie ein riesiger Pilz aus, ganz blass und geisterhaft vor dem Dunkelgrün der Kiefern.

»Wenn Sie wieder einmal nach Bayern kommen, hoffe ich, dass Ihr Besuch schöner ausfällt«, sagte der Kommissar, als er meinen Blick im Rückspiegel einfing.

»Ja, hoffentlich klappt es noch mal«, erwiderte ich und dachte, dass man sich wohl keinen schlimmeren Aufenthalt vorstellen konnte.

Als der Wagen schließlich anhielt und Ethan mich noch einmal aufmunternd drückte, hatte ich mir überlegt, was ich sagen würde. Der Kommissar brachte mich in einen kleinen Raum, in dem ein Tisch und sechs Stühle standen, allesamt mit dem Fußboden verschraubt. Zwei der Stühle standen sich in den Ecken des Raums gegenüber. Vermutlich für Anwälte oder zusätzliche Wachen. Schon bei dem Anblick fühlte ich mich schuldig, obwohl ich nichts zu verbergen hatte.

Ich hatte beschlossen, die Wahrheit zu sagen. Die volle Wahrheit. Von dem Moment an, als wir in Witwerberg ankamen. Ich wollte nichts verheimlichen und auch nicht über meine verrückten Theorien hinweggehen, die Sinnestäuschungen und paranoiden Anfälle. Der Kommissar war ein Vollprofi. Ich hätte mich nur verdächtig gemacht, wenn ich zu Lügen gegriffen hätte, und daher beschloss ich, stattdessen bei der Wahrheit zu bleiben, auch auf die Gefahr hin, mich dadurch lächerlich zu machen.

Er ließ mich einen Augenblick allein und kam mit zwei Plastikbechern voll Kaffee zurück, die in einer kleinen Halterung standen, dazu gab es eingeschweißte Waffeln wie im Flugzeug. Ich zog meinen Becher zu mir und nahm den Deckel ab, während der Kommissar an einem großen Aufnahmegerät herumhantierte, das in einer Nische stand.

»Also dann, Mrs. Swift. Können Sie mir erzählen, was in Witwerberg geschah, an dem Tag, als Sie dort eintrafen?«

Ich war aufgeregt, holte hörbar Luft und fing dann an, meine Geschichte zu erzählen.

Kapitel 30

Wir tranken eine Menge Kaffee und aßen jeder ein ziemlich leckeres Sandwich mit Schinken, ehe ich meine Aussage vollständig zu Protokoll gegeben hatte. Kommissar Voigt blieb die meiste Zeit schweigsam und nachdenklich, obwohl er gelegentlich eine Frage wie diese stellte: »Können Sie beschreiben, wie groß diese ›Gestalt‹ ungefähr war?« oder »Sie haben gerade von einem ›Chemie-Geruch‹ gesprochen, roch es eher nach Benzin oder nach Alkohol …?« Doch irgendwann waren wir fertig.

Ich traf Ethan im Rezeptionsbereich. Er sah müde und gestresst aus, wie nicht anders zu erwarten. Auf dem Tisch vor ihm lagen verstreut eine zerpflückte Serviette und ein Essensbehälter, in dessen Kunststoffdeckel er ein Muster mit einem Kuli gestanzt hatte.

»Habt ihr's geschafft?«, fragte er und warf einen Blick auf die Uhr, die hinter der Rezeption an der Wand hing.

Ich nickte.

»Ich denke, fürs Erste müssten wir alles Wichtige haben«, sagte Kommissar Voigt und runzelte leicht die Stirn, als er den Müll auf dem Tisch sah. »Danke, dass Sie uns so viele Informationen gegeben haben. Mit etwas Glück hilft uns der zeitliche Ablauf der Ereignisse, den Fall zu rekonstruieren. Sobald wir einen Verdächtigen haben. Es kann sein, dass wir Sie noch einmal als Zeugin benötigen, wenn die Sache vor Gericht kommt. Aber fürs Erste haben Sie meine Kontaktinformationen, und ich habe Ihre. Wir bleiben in Verbindung.«

»Ich danke Ihnen, für alles. Sie waren sehr nett.« Ich errötete, weil es so nichtig und blöd klang.

Der Kommissar verzog den Mund zu einem kleinen Lächeln. »Das wirft man mir normalerweise nicht vor, aber … Danke, dass Sie mir erzählt haben, was dort geschehen ist. Das ist bestimmt nicht angenehm gewesen.«

»Das war es auch nicht, aber … wer auch immer mit mir dort draußen gewesen und verantwortlich für den Tod dieser armen Menschen ist, ich hoffe sehr, dass Sie ihn finden. Selbst wenn es nicht ein und dieselbe Person war. Ich hoffe, Sie schnappen sie.«

Der Kommissar nickte, ehe er einen anderen uniformierten Polizisten bat, uns zum Flughafen zu fahren.

Wir saßen schweigend auf der Rückbank. Ich glaube, Ethan und ich waren beide in unsere Gedanken versunken. Ich dachte immer noch über Witwerberg nach, über Jaqueline und den fremden Mann, den die Polizei nun zu identifizieren versuchen würde. Ich hoffte, dass sie die Familien der beiden ausfindig machten und dass die Angehörigen Frieden fanden.

Ich hatte keine Ahnung, worüber Ethan nachdachte. Vielleicht befürchtete er, wir würden unseren Flug verpassen. Schon am nächsten Tag sollten wir wieder im Laden stehen. Falls wir das Flugzeug verpassten, würden wir einen ganzen Geschäftstag verlieren. Das Geschäft war aufgrund der Dauer der Hochzeit schon lange genug geschlossen. Die Vorstellung, morgen wieder dort drin zu stehen, fühlte sich surreal an. So eine seltsam normale Sache nach allem, was passiert war? Ich malte mir aus, wie unsere Kunden den Laden betraten, zum Beispiel der Gelegenheits-DJ Cam. Wie mochte die Unterhaltung mit ihm wohl aussehen?

»Und, wie war's in Deutschland? Hat die Hochzeit Spaß gemacht?«

»Oh, ich bin in einer Geisterstadt gestrandet und auf einige Leichen gestoßen. Tagelang war ich auf mich allein gestellt, hatte so gut wie nichts zu essen und den drohenden Tod vor Augen. Das wären dann 12,99 Pfund für das Album, danke.«

Ich würde mir etwas ausdenken müssen, das ich den Leuten tatsächlich erzählen könnte. Vermutlich, dass der Trip klasse war (eine Lüge), dass die Hochzeit absolut fantastisch war und ich mich wirklich für meine Schwester gefreut habe (wahr).

Wenn ich darüber nachdachte, war es ziemlich deprimierend, dass ich niemandem sonst hatte, dem ich die Wahrheit erzählen konnte. Ethan, Jess und Pete waren meine engsten Freunde und Familie. Für den Laden und den ganzen Verwaltungsaufwand – Steuern, Inventur, Saubermachen, Lagerbestand – ging der Großteil unserer Freizeit drauf. Ich war schon ewig nicht mehr mit der Clique um die Häuser gezogen. Ich konnte mich nicht mal daran erinnern, wann sie mich zuletzt auf einen Drink eingeladen hatten. Also beschloss ich, eine Nachricht zu schicken, sobald wir wieder zu Hause waren, um ein Treffen zu vereinbaren. Doch auf diesen Gedanken folgte schnell die ernüchternde Vorstellung, dass ich den ganzen nächsten Tag wahrscheinlich mit der Autovermietung telefonieren musste. Vermutlich würden wir unsere Anzahlung nicht zurückbekommen. Ich hoffte nur, dass wegen des Unfalls nicht noch Extrakosten auf uns zukamen.

Endlich waren wir am Flughafen und gingen durch den Sicherheitsbereich. Wir hatten keine Zeit, uns in den strahlenden, viel zu hellen Shops umzusehen. Unser Gate hatte schon geöffnet, die Hälfte der Passagiere war bereits an Bord gegangen. Als ich mich schließlich neben Ethan auf meinen Economy-Sitz warf, war ich ganz außer Atem und verschwitzt von dem Sprint durch den Terminal. Trotzdem, wir hatten es geschafft. Nächster Halt: Heimat.

Gleich nach dem Start griff ich nach Ethans Hand, und er schaute auf, als wäre er überrascht, mich zu sehen. Dann lächelte er wehmütig, ganz in seine eigenen Gedanken verloren. Bestimmt machte er sich Sorgen wegen der Reise und dachte darüber nach, wieder in den Laden zurückzukehren. Ich drückte sanft seine Hand.

»Ich bin so froh, dass du hier bist, weißt du das? Die letzten beiden Tage hätte ich ohne dich nicht geschafft«, wisperte ich.

»Ich kann nicht glauben, dass ich ohne dich durchgehalten habe«, gab er zu. »Alle rauschten an mir vorbei und versuchten, eine Suchaktion zu organisieren, und ich war … nur hilflos. Ich wusste nicht, was ich tun sollte. Ich konnte mich ja nicht mal mehr an den Namen dieses verfluchten Dorfs erinnern.« Er ballte die freie Hand zur Faust und schlug auf die Armlehne.

»Hey, das ist nicht dein Fehler. Ich hätte auch nicht gewusst, was ich tun sollte. Wer weiß das schon in so einer Situation? Wir haben nicht immer alles in der Hand, was wir tun, und vergessen Sachen. Genauso wie du nichts dafür kannst, dass Schnee das Schild verdeckt hat oder dass der Mietwagen weggerollt ist.«

»Ich hätte dich nicht allein lassen sollen«, beharrte er vehement.

Im Stillen war ich seiner Meinung. Aber ich wollte nicht, dass er sich noch schlechter fühlte, außerdem wollte ich keinen Streit in einem Flugzeug anfangen, das bis auf den letzten Platz besetzt war. Daher sagte ich stattdessen: »Du konntest nicht wissen, was passieren würde. Ein Missgeschick reihte sich ans andere. Was wäre zum Beispiel gewesen, wenn das Auto nicht liegen geblieben wäre, oder wenn wir Empfang mit dem Handy gehabt hätten? Was, wenn wir uns nicht am nächsten Morgen wegen des Schneesturms verpasst hätten? All das hatten wir nicht in der Hand.«

Ethan nickte und starrte auf die Kopfstütze des Sitzes vor uns. Durch den Spalt zwischen den Lehnen sah ich, dass der ältere Mann vor uns unter seinen Kopfhörern eingeschlummert war.

»Ich frage mich, wie es Jess geht«, sagte Ethan dann und wechselte das Thema.

»Der Flug dauert ... wie lange? Zwei Stunden bis nach Barcelona? Sie und Pete gehen wahrscheinlich gleich ins Bett nach ihrem ersten Nachmittag voller Sonne und Meer.«

»Ich wünschte, wir wären auch schon da.« Ethan seufzte.

»Wir werden in unseren eigenen Betten schlafen, sobald wir zu Hause sind. Ich freue mich schon. Tja, darauf und auf ein absolut widerliches Frühstück auf dem Weg zur Arbeit morgen.«

»Die Arbeit, hm«, seufzte Ethan wieder. »Wieder in der Tretmühle, wieder blöde Crosley-Plattenspieler reparieren. Wieder zu erklären versuchen, warum wir nicht die ganze Sammlung alter Herb-Alpert-Platten mit diesem verdammten Tijuana-Brass-Sound aufkaufen wollen.«

Ich kicherte. Das war ein alter Witz zwischen uns beiden, und es fühlte sich gut an, darüber lachen zu können. Insbesondere wenn man bedachte, was alles passiert war. Als wir unseren Laden eröffneten, wetteiferten wir miteinander, wer von uns die meisten Herb-Alpert-Platten auf Plattenbörsen und in Charity Shops auftreiben könnte. Die Gesamtzahl hatten wir uns in dem Büro im Hinterzimmer einrahmen lassen. Als wir bei hundert angekommen waren, stellten wir eine Regel auf: keine Herb-Alpert-Platten mehr. Bei unserem aktuellen Wettstreit ging es darum, wer die meisten Andrew-Lloyd-Webber-Soundtracks entdeckte, und Ethan lag klar in Führung.

»Ich könnte ein bisschen normalen Alltag vertragen«, sagte ich. »Egal was, nur keinen Schnee, potenzielle Morde und unheimliche Bergdörfer.«

Ethan schenkte mir ein mitfühlendes Lächeln und legte einen Arm um mich. Ich kuschelte mich an meinen Mann und versuchte, während des Flugs zu schlafen. Zwei Stunden, und ich wäre wieder zu Hause, sicher und geborgen. Blieb zu hoffen, dass Bayern bald wie ein böser Traum wirken würde, wenn ich in unserer kleinen Wohnung erst einmal in meinem Bett lag.

Natürlich zog sich unsere Reise dann doch noch albtraumhaft in die Länge. Zuerst der Flug an sich, dann mussten wir erst noch warten, bis wir den Flieger verlassen durften, und das Terminal durchqueren. Eigentlich hatten wir ein Taxi bestellt, das aber letzten Endes nicht kam, außerdem war Ethans Handy platt, wahrscheinlich weil er in der Polizeiwache TikTok geschaut hatte.

Letzten Endes nahmen wir den Shuttle-Bus in die Stadtmitte und stiegen dort in ein Taxi, das uns nach Hause brachte. Als wir uns schließlich mit unserem Gepäck die Treppe hinauf in unser Heim quälten, waren wir beide erledigt.

Die Wohnung fühlte sich nach längerer Abwesenheit seltsam an. Es gibt immer diesen Moment, wenn man von einer Reise nach Hause kommt und feststellt, dass man das eigene Zuhause riechen kann. Normalerweise nimmt man diesen einzigartigen Geruch nicht wahr, aber wenn man dann die Haustür aufmacht, schlägt er einem sofort entgegen.

Unsere Wohnung roch nach verbranntem Staub, Kaffeesatz und dem Sandelholzduft im Wohnzimmer. Sie machte außerdem einen seltsam verlassenen Eindruck. Alles war so still, kein Gerät war an, es war dunkel. Während Ethan Licht machte und zur Toilette lief, strich ich mit einer Hand über die Küchenanrichte, auf der sich eine dünne Staubschicht gebildet hatte. Es fühlte sich verlassen an, genau wie Witwerberg.

Ich versuchte, dieses Gefühl abzuschütteln. Es würde nicht mal eine Stunde dauern, dann war die Wohnung wieder heimelig, und voller Leben und Schwung, wenn wir beide erst einmal wieder in der uns vertrauten Routine wären.

Eigentlich hatte ich mir vorgenommen, Pizza oder so was in der Art zu bestellen, vielleicht eine Tasse Kaffee und ein paar Kekse im Bett. Aber der Sandmann hatte mir schon was in die Augen gestreut, und ich konnte richtig spüren, wie mein Körper dichtmachte. Daher warf ich meine Kleidung auf einen Haufen beim Bett und kroch unter die Decke. Das Bett fühlte sich ein wenig klamm an. Ich war mir nicht sicher, ob das nur an der Kälte lag oder ob das Bettzeug tatsächlich Feuchtigkeit aufgesogen hatte. Wie dem auch sei, es fühlte sich komisch an. Ich versuchte, das kalte Laken mit meinem Körper aufzuwärmen; ich hatte es noch kurz vor unserer Abreise frisch bezogen.

Ethan kam ins Schlafzimmer und zog sich bis auf die Boxershorts aus. Er brachte den Duft von Handseife und Lufterfrischer mit: Piniennote. Vertraute Düfte, die Geborgenheit gaben. Trotzdem hatte ich dieses seltsame Gefühl, dass die Dinge nicht zusammenpassten. Als würde die Wohnung einem Fremden gehören. Als hätten wir aus Versehen die perfekte Nachbildung unseres Zuhauses betreten, nur, dass hier jemand anders lebte. Ich versuchte, mich damit zu beruhigen, dass es wahrscheinlich am Stress der letzten Tage lag.

Derweil führte Ethan eine ziemlich einseitige Unterhaltung weiter. Er regte sich immer noch über den blöden Taxifahrer auf, der nicht gekommen war, beklagte sich, dass es an Bord keinen Kaffee gab und dass wir am Terminal immer strengere Sicherheitsbestimmungen über uns ergehen lassen müssten. Die meiste Zeit stimmte ich mit einem »Hm« zu und hatte Mühe, die Augen offen zu halten. Schließlich kam auch Ethan ins Bett und knipste die Lampe aus.

Ärgerlich – aber sobald die Lampe aus war, fühlte ich mich hellwach. Allerdings nicht wie nach einem erholsamen Schlaf. Es fühlte sich eher an wie auf einer anstrengenden Reise, bei der man am liebsten schlafen würde, aber noch zwei Anschlusszüge kriegen muss. Dazu die Angst, dass dir jemand die Tasche klaut, weil du nicht richtig aufpasst. Ich war zu wachsam, um schlafen zu können. Obwohl ich an dem sichersten Ort war, den ich mir vorstellen konnte – viele hundert Meilen entfernt von Witwerberg, den Tunneln, dem Feuer und den Schneemassen. Obwohl ich wusste, dass mir nichts von dem, was mir in Deutschland zugesetzt hatte, hier etwas anhaben konnte. Trotzdem fühlte ich mich nicht sicher.

Genau wie vor Tagen, als ich im Dorf festgesessen hatte und meine schlimmsten Ängste aus mir selbst kamen. Meine eigene Paranoia und Sorge. Ich konnte den Instinkt zum Überleben einfach nicht ausblenden, der mir dieses Durchhaltevermögen verliehen hatte.

Ethans leises Schnarchen begleitete mich, während ich bis in die frühen Morgenstunden wach lag.

Kapitel 31

Ich erzählte Ethan nicht, was auf dem Beerdigungskaffee passiert war.

Aber offenbar ahnte er, dass etwas nicht stimmte, weil er das Thema immer wieder anschnitt. Dann ließ er Jess' Namen fallen, um mich aus der Deckung zu locken, während ihr Name wie ein Köder in der Luft hing:

»Wie ist's gelaufen – ist Jess mit allem klargekommen?«

»Hat Jess dir schon erzählt, wo die Hochzeit stattfinden soll?«

»Denkst du, wir sollten warten, bis es die Hochzeitsliste gibt, oder wollen wir selbst etwas organisieren, weil Jess ja deine Schwester ist?«

Ich zuckte bei diesen Fragen mit den Schultern oder nickte nur. Ich wusste nicht, wie ich meinem Mann beibringen sollte, dass ich aus Jess' Sicht keine Schwester mehr hatte. Dass wir »fertig« miteinander waren, jetzt, da unsere Eltern zu Asche verbrannt waren und auf einem kleinen Fleckchen Erde beim Krematorium lagen. Dass ich mir nicht mal sicher war, ob ich Jess überhaupt je wiedersehen würde.

Ethan bohrte weiter nach, als hätte er Bedenken, direkt nachzufragen, ob etwas nicht stimmte. Aber ihm musste klargewesen sein, dass nicht alles im Lot war. Er wusste immer, was mit mir los war, manchmal besser als ich selbst. Nur dass er diesmal offensichtlich keine Ahnung hatte, wie er das Thema anschneiden sollte. Offenbar hatte sich etwas an meinem Verhalten verändert, und zwar auf eine Art und Weise, dass Ethan nicht mehr wusste, wie er mit mir umgehen sollte.

Nach außen hin versuchte ich, alles so normal wie möglich laufen zu lassen. Ich half beim Einkaufen und im Haushalt, ging wie immer mit Ethan zur Arbeit und machte all die Dinge, die man in einer Zweierbeziehung eben macht. Aber in Gedanken durchlebte ich ständig aufs Neue die Konfrontation im Toilettenraum des Krematoriums. Ich sah immer noch Jess' von Wut und Schmerz verzerrtes Gesicht. Und mit jedem Tag, der verging, ohne dass ich etwas von ihr hörte, wurde die Kluft zwischen uns breiter und tiefer. Bis ich mir nicht mehr sicher war, ob ich die je überwinden könnte. Ich hatte versucht, eine Voicemail zu hinterlassen und Jess zu sagen, dass ich zu einem Gespräch bereit wäre, wenn sie bereit wäre. Ich schickte ihr eine sehr lange E-Mail und entschuldigte mich für alles Mögliche, das mir einfiel. Ich schlug sogar vor, dass wir beide eine psychologische Beratung in Anspruch nehmen könnten. Aber wie es schien, hatte Jess mich auf allen Kanälen blockiert. Ich konnte sie nicht erreichen.

Ein Monat verging, und immer noch keine Nachricht von Jess, bis eines Sonntags, als Ethan unsere wöchentliche Post durchging. Alles Wichtige ließen wir uns an die Geschäftsadresse schicken, wenn es nicht sowieso online reinkam. Aber einmal pro Woche schaute Ethan in den Postkasten bei unserer Wohnung, warf die Werbung in die Papiertonne oder legte aktuelle Flyer der Pizzeria auf die Küchenanrichte.

»Schick« lautete sein einziger Kommentar, als er mir den Umschlag reichte. Er war dick und cremefarben, mit einem geprägten Blumenmuster. Ich wusste, um was es sich handelte, ehe ich überhaupt das Wachssiegel brach – eine Einladung zur Hochzeit. Eine Einladung zu einer Hochzeitsfeier in einem Urlaubsidyll, von der Schwester, die mir zu verstehen gegeben hatte, sie wolle mich nie wiedersehen.

Ich klappte die Karte auf und suchte nach einer Notiz oder irgendeinem Hinweis, dass Jess bereit wäre, mit mir zu sprechen. Irgendeine Bezugnahme auf das, was auf Mums Beerdigung passiert war. Aber ich fand nichts.

»Und … wo soll sie stattfinden?«, fragte Ethan.

»Oh, hm, in einem Ski-Resort in Bayern.« Ich drehte die Karte so, dass er die Zeilen lesen konnte.

Ethan pfiff durch die Zähne. »Aber das wird ja schweineteuer. Können wir uns das überhaupt leisten?«

»Sie kommen für die Unterkunft auf«, erklärte ich. Zwar hörte ich mich sprechen, spürte aber nicht, dass sich meine Lippen bewegten. »Die Kleidung, das Essen. Alles. Wir müssen nur den Flug selbst bezahlen und vom Flughafen zum Resort fahren.«

»Hört sich doch gar nicht schlecht an«, meinte Ethan und klang erleichtert. »Ich downloade ein paar Karten, dann organisieren wir einen Mietwagen. Dürfte billiger sein als eine Fahrt mit dem Taxi. Ich meine, der Flughafen wird ja wohl kaum in den Bergen liegen, oder?«

Ich nickte, hörte aber gar nicht richtig zu. Jess lud mich zu ihrer Hochzeit ein. Bedeutete das nun, dass sie nicht mehr sauer auf mich war? Dass ihr die Reaktion auf der Beerdigung ausgereicht hatte, sodass die Luft nun wieder rein war? Oder tat sie das nur, um das Gesicht zu wahren, damit sie Pete nicht zu erklären brauchte, dass wir als Schwestern nicht mehr miteinander sprachen?

Später am Tag, als Ethan in der Küche war und versuchte, Shepherd's Pie zuzubereiten, rief ich Jess an. Ich hatte die Schlafzimmertür hinter mir zugemacht und rechnete fest damit, dass die Voicemail angehen würde, doch meine Schwester ging sofort ran.

»Hi, Mila, hast du schon die Einladung bekommen? Ich habe noch keine Antwort von euch beiden erhalten.«

»Ja, habe ich. Sorry, wir haben heute erst in den Postkasten geschaut. Normalerweise sind da nur Telefonbücher und Flyer drin.« Jess klang so normal und beiläufig, dass ich von den Socken war.

»Oh, kenne ich, blöde Sache. Seit wir das Haus haben, bekommen wir nicht mehr so viel Werbung. Die wird wohl nur im Stadtzentrum verteilt.«

Jess und Pete hatten letzten Endes den Sprung gewagt und angefangen, sich nach einem Haus umzuschauen, nur wenige Wochen nach der Verlobungsfeier. Ich hatte es immer noch nicht gesehen. Jess hatte mich nicht eingeladen, hatte aber erwähnt, dass sie das Haus erst noch entkernen mussten. War das der Grund? Oder wollte sie mich nur nicht bei sich zu Hause haben?

»Ihr kommt also?«, drängte Jess. »Ich muss dem Resort so schnell wie möglich mitteilen, wie viele Personen wir sind.«

»Klar, Ethan und ich können kommen … wenn es dir recht ist?« Ich wusste nicht, wie ich das leidige Thema ansprechen sollte, weil meine Schwester den Vorfall anscheinend beharrlich verleugnen wollte.

Am anderen Ende eine Stille, die sich hart anfühlte. Dann hörte ich Jess lachen.

»Ja, natürlich! Warum sollte es mir nicht recht sein?«

Und da war es: das stille Ultimatum. Es war offensichtlich, dass Jess den Vorfall beim Beerdigungskaffee nicht ansprechen wollte. Sie stellte mich vor die Wahl: Wir konnten die Sache vergessen und weitermachen wie bisher, oder wir brachen diesen fragilen Waffenstillstand. Wenn ich nun betonte, warum sie mich vielleicht nicht auf der Feier sehen wollte, dann wäre ich dafür verantwortlich, dass der Streit wieder aufflammte. Ein Streit, den meine Schwester auf jeden Fall vergessen wollte, als hätte er nie stattgefunden.

»Es ist … es wird nur ganz schön teuer, so viele Gäste einzuladen«, sagte ich, feige, wie ich war.

»Keine Sorge, Pete hat einen Kunden, der geschäftlich viel mit dem Resort zu tun hatte«, sagte Jess. »Er kennt die Leute aus der Geschäftsleitung und hat für uns ein tolles Angebot herausgeholt. Außerdem soll das eine einmalige Sache sein, daher bereiten wir uns auf die perfekte Hochzeit vor. Die perfekte Reise für alle, die mitfahren.«

»Hört sich großartig an«, sagte ich. »Du hast es verdient.«

Ein Anflug von Ernsthaftigkeit schlich sich in den ansonsten unbekümmerten Tonfall meiner Schwester, den sie seit Beginn des Telefonats angeschlagen hatte. »Ich denke, nach dem Jahr, das wir hinter uns haben … hast du es dir auch verdient.«

Kapitel 32

Letzten Endes schaffte ich es doch, einzuschlafen. Aber es war ein leichter Schlaf, bei dem ich fast bei Bewusstsein blieb. Als dann unser Wecker klingelte und es Zeit war, zur Arbeit zu gehen, fühlte ich mich beinahe so müde wie am Tag zuvor. Doch als ich mich aus dem Bett quälte, empfand ich die Wohnung wieder mehr als echtes Zuhause. Fast so, als wären wir gar nicht fort gewesen. Die körperliche Erschöpfung und einige Schmerzen waren die einzigen Anzeichen, die mich daran erinnerten, was ich durchgemacht hatte.

Mein Handy war aufgeladen, ich zog es vom Ladekabel am Bett und scrollte dann eine Weile durch meine Feeds. Das hatte ich seit Tagen nicht gemacht, und es fühlte sich so … gewöhnlich an. Es war beruhigend, wieder diese Option zu haben. Man war imstande, aus den eigenen Gedanken herauszutreten und über das Leben anderer Leute zu spekulieren.

»Wir haben gar nichts zum Frühstück«, sagte Ethan von der Tür zum Schlafzimmer aus. Er hatte mir eine Tasse Tee mit haltbarer Milch ans Bett gebracht, die wir für unsere Rückkehr aufbewahrt hatten. Ich hätte daran denken sollen, wenigstens Müsli zu kaufen.

Also schaute ich mich kurz in der Küche um und fand etwas Brot, auf dem sich aber schon Schimmel gebildet hatte. Alles andere hatten wir verbraucht, ehe wir aufbrachen.

»Ich organisiere uns auf dem Weg ein volles englisches Frühstück«, sagte ich und freute mich schon auf das fettige Essen und das Fleisch.

Wir gingen zu Fuß in die Stadt, Ethan machte sich auf den Weg, um den Laden aufzuschließen. Ich begrüßte Simon im Café, das wie immer gut besucht war, mit Arbeitern, die von der Schicht kamen, und Leuten, die nichts Besseres zu tun hatten.

Wir waren Stammkunden bei Simon, im Winter kauften wir bei ihm heiße Getränke und im Sommer Slushys. Simons Café war eins dieser billigen Speiselokale in der Haupteinkaufsstraße, die neben Wettbüros, Spirituosenhandlungen und »privaten« Shops mit verdunkelten Fenstern aus dem Boden schossen. Also genau der Ort, um geröstetes Brot zu kriegen – das billige, weiße Zeug, nicht das aus Sauerteig.

»Mila! Wie war's in Deutschland?«, rief er mit dröhnender Stimme, während er am Tresen eine Kelle weiße Bohnen mit Tomatensoße auf einen Teller füllte.

»Ziemlich gut«, lautete meine Antwort, weil ich das nicht weiter vertiefen wollte. »Zweimal volles englisches Frühstück, bitte. Das eine ohne die Bohnen, dafür extra Pilze.«

Simon füllte bereits die Warmhaltebehälter mit den Sachen von seinem Grill. Über diese Art von Essen würde man sich bestimmt in jedem Hotel beschweren – Würstchen mit mehr Brot als Fleisch, Bacon so dünn wie Rasierklingen, gummiartige Eier. Aber irgendwie sehnte ich mich an einem miesen Tag immer noch nach diesem Fraß. Denn dann dachte ich an All-inclusive-Urlaub und Essen in der Schulkantine. An schlichtere Zeiten.

Ich dachte an Ferien von früher, und auf einmal fiel mir Jess siedend heiß ein. Ich fragte mich, was die beiden in Barcelona vorhatten. Okay, es waren ihre Flitterwochen, und ich wollte nicht genauer nachdenken, was sie trieben. Aber ich hoffte, dass sie eine tolle Zeit hatten. Ich konnte es kaum abwarten, zu erfahren, was sie sich alles angesehen hatten.

»Muss ein richtiger Schock für Sie gewesen sein«, sagte Simon, als er Eier über der Grillpfanne aufschlug.

Ich runzelte die Stirn. Wovon sprach er da? »Ein Schock?«

»Ja, als man Ihnen von den …« Er brach den Satz ab und schaute auf von den Eiern, die in der heißen Pfanne blubberten. »Oh, Mist, hat Sie denn keiner angerufen?«

»Was meinen Sie? Mich angerufen, weswegen denn?« Jetzt bekam ich Panik.

»Ist schon ein paar Abende her, als die Sache hier aus dem Ruder lief. Ein paar Jungs hatten nach dem Spiel was getrunken, dann haben sie angefangen, Sachen durch die Gegend zu schmeißen. Haben einen ganz schönen Wirbel veranstaltet. Polizei musste kommen und so weiter. Aber besonders schnell waren die nicht gerade hier, das kann ich Ihnen sagen. Hatten an dem Abend wohl alle Hände voll zu tun. Ich hab die Jungs gesehen, oben von der Wohnung aus. Die haben den Kinderspielplatz demoliert, die Abfalleimer durch die Gegend geworfen und dann ein paar Fensterscheiben eingeschmissen. Ich hab noch zu Janey gesagt, wenn ich fünf Jahre jünger wäre …«

Trotz der Hitze, die hinter ihm ins Café strahlte, war mir plötzlich kalt. »Haben die …«

Simon nickte und verzog sein glänzendes rosafarbenes Gesicht vor Mitgefühl. »Die haben Ihre Schaufensterscheibe eingeschlagen, haben im Laden gewütet, bis sie von der Polizei da rausgeholt wurden. Ich weiß nicht genau, was die alles gemacht haben, aber sie waren wohl noch woanders, und es sieht gar nicht gut aus. Mr. Singh vom Barbershop meinte, er hätte Ihre Nummer. Ich dachte, er hätte Sie angerufen.«

»Er hat nur die Festnetznummer, im Laden«, sagte ich mechanisch. »Oh, Gott, hat inzwischen jemand die Scheibe mit Brettern vernagelt?«

»Ja, da war der Glaser für den Notfall, und die haben sich um alles gekümmert. Aber ich schätze, dass Sie da ganz schön was aufzuräumen haben.«

Ich seufzte, und ein vertrautes Gefühl hilfloser Betroffenheit wallte in mir hoch. Das hatte uns gerade noch gefehlt. Eine weitere Katastrophe, noch ein unabwendbares Ereignis. Zwar keine Naturgewalt, aber die Handschrift betrunkener Hooligans. Warum musste uns das alles gleichzeitig passieren? Was hatten wir verbrochen, dass das Schicksal uns so scheiße mitspielte?

»Da, bitte, ich hab ein bisschen extra Brot und Rösti-Ecken dazugelegt.« Simon schob die beiden Styroporbehälter über den Tresen und zwinkerte mir zu.

»Danke«, sagte ich und hielt ihm mein Bargeld hin.

Er schüttelte den Kopf. »Geht aufs Haus, diesmal.«

»Danke, Simon.«

Als ich das Café verließ und die Straße hinunterging, sah ich nach und nach die Anzeichen des Chaos. Der Kinderspielplatz hatte nur aus ein paar Tieren zum Wippen und einer Rutsche auf einem bunten Gummiboden bestanden, aber jetzt fehlte eines der Tiere. Aus dem Boden ragten zwei verbogene Metallstäbe, umwickelt mit Flatterband. Die Rutsche war umgeworfen worden, zwei Plastikstufen fehlten. Der Abfalleimer draußen vor dem Friseursalon war demoliert, und das Schaufenster, in dem normalerweise jede Menge Perücken und leuchtende Flaschen ausgestellt waren, war zugenagelt. Ein paar der Geschäfte – die mit dem dickeren Fensterglas – hatten Sprünge im Schaufenster mit Klebeband abgedichtet, um Kälte und Nässe fernzuhalten. Der Gehweg war verdreckt, vermutlich durch Erde aus einem der großen Pflanzenkübel am Straßenrand. Jemand hatte versucht, den Gehweg zu fegen, aber dann musste es wohl geregnet haben, und Matsch hatte sich zwischen den Platten angesammelt.

Dann sah ich unseren Laden und dachte nicht länger über umgeworfene Pflanzenkübel nach. Beide Schaufenster waren eingeschlagen und mit Brettern vernagelt. Ohne unsere knalligen Kreidezeichnungen – all die Noten und stilisierten Glamrock-Stars – hätte ich unser Geschäft kaum wiedererkannt. Es sah erbärmlich und heruntergekommen aus. In beiden Händen das Essen aus dem Café, drückte ich die Ladentür mit der Schulter auf.

Was ich auch immer erwartet hatte, damit jedenfalls nicht. Simons Beschreibung hatte ich entnommen, dass die Schaufenster am schlimmsten betroffen wären. Ein Ausbruch von Vandalismus, dem man rasch Einhalt geboten hatte. Aber im Laden … alles verwüstet. Offensichtlich hatten einige der Hooligans schnell erkannt, dass man Schallplatten wie Frisbees werfen konnte. Überall leere Plattenhüllen, der Fußboden übersät von blanken Schellackplatten. Einige waren gesprungen, andere zertrampelt. Zwei Kästen mit Country-LPs lagen auf der Seite, auf dem Boden Platten von Dolly Parton und Tammy Wynette wie Dominosteine verteilt. Auf dem Cover einer strahlenden Dolly prangte ein dreckiger Schuhabdruck. Mehrere aufgerollte Poster lagen zerknittert auf einem Tresen. Vermutlich hatten sich die Hooligans damit Fechtduelle geliefert. An einer Wand war ein hässlicher brauner Fleck zu erkennen. Auf dem Fußboden unmittelbar darunter lagen die Scherben einer Bierflasche und ein Haufen Kebab mit Salat. Von einer der Neonröhren an der Decke hing schlaff eine gelbe Paprikaschote herunter.

Inmitten dieses Chaos hatte Ethan einen Ausraster.

Normalerweise war er cool, gelassen und gefasst. Wenn es Probleme gab, war er der Erste, der die Ärmel hochkrempelte, um Ruhe bat und sagte: »Okay, wo fangen wir an?« Ob es nun daran lag, dass er genauso müde wie ich war oder von den Ereignissen der vergangenen Tage gefühlsmäßig überfordert war, jedenfalls verhielt er sich heute nicht wie sonst.

Immer wieder trampelte er auf den blanken Platten herum, Splitter von Vinyl und Schellack flogen durch den Raum. Schließlich schien er den ganzen Dampf abgelassen zu haben. Ich sah, wie er sich mit beiden Händen durchs Gesicht fuhr, die Nase quetschte und die Lippen grotesk verzog.

»Hey«, sagte ich leise, weil ich ihn nicht erschrecken wollte.

Ethan wandte sich mir zu und wollte ein Lächeln zustande bringen, aber es war so dünn, dass es ihm gleich wieder aus dem Gesicht glitt. Demonstrativ hielt ich die Behälter mit dem Essen hoch, und er watete durch das Chaos zur Theke. Dann, Messer und Gabeln aus Plastik in den Händen, saßen wir auf unseren mit Kunstleder bezogenen Hockern und blickten uns schweigend im Laden um.

»Wer hat das gemacht?«, sagte Ethan schließlich und spießte eine gebratene Tomate so heftig auf, dass ihm der rote Saft über den Handrücken lief.

»Simon erzählte mir gerade, das waren Fußballfans. Sie haben auch andere Geschäfte demoliert und auf dem Spielplatz gewütet.«

»Hab ich gesehen. Aber das hier … es hat sonst keinen so hart erwischt, oder?«

Ich nagte auf der Unterlippe, während ich mit dem Plastikmesser ein Stück des gerösteten Brots abschnitt. »Vielleicht ja doch. Sie hatten ein paar Tage mehr Zeit, alles aufzuräumen. Vielleicht hat es sie genauso erwischt wie uns.«

Ethan schien nicht überzeugt. Er grummelte vor sich hin, woraufhin ich beschloss, das Thema bloß nicht überzustrapazieren. Vor allen Dingen wollte ich nicht erwähnen, dass die meisten Geschäfte in der Straße bessere Sicherheitsvorkehrungen getroffen hatten: Fensterläden, Sicherheitsglas und abschließbare Schaukästen in den Auslagen. Aber ob unsere Nachbarn nun genauso hart betroffen waren oder nicht, beschäftigte mich nicht in erster Linie. Ich machte mir eher Gedanken über die Kosten, die auf uns zukamen, um alles wieder herzurichten. Wir mussten die Fensterscheiben ersetzen, einmal abgesehen von dem demolierten Inventar und den Lagerbeständen. Ich konnte förmlich sehen, wie sich die Zahlenkolonnen immer weiter aufaddierten. Wir hatten ohnehin schon zu kämpfen – was, wenn uns diese Sache jetzt das Genick brach? Ich würde mein Erbe noch nicht antreten können, und bis es so weit war, mussten wir Miete bezahlen.

»Ich rufe nachher bei der Versicherung an«, sagte ich. »Oder ich rufe besser erst die Polizei an, um ein Aktenzeichen oder so was zu bekommen. Danach werden die bestimmt bei der Versicherung fragen, oder?«

Ethan nickte, schien aber mit den Gedanken woanders zu sein.

»Hey«, sagte ich, »keine Sorge, wir regeln das schon alles irgendwie. Ist ja nicht so, als hätten wir letzte Woche nicht noch Schlimmeres erlebt, oder?«

Es sollte ein Scherz sein, aber es klang eher nach der Bestätigung eines Fluchs. Ich hatte die dunkle Wolke akzeptiert, die über unseren Köpfen hing, und anstatt die Sache unbeschwert abzutun, fühlte es sich an, als hätte ich dadurch den Deckel eines Sargs geschlossen.

»Wieso kann es im Leben nicht geradeaus gehen?« Ethan seufzte, ehe er mich ansah. »Warum muss immer alles scheiße laufen?«

Ich konnte in meiner Hilflosigkeit nur mit den Schultern zucken. Antworten hatte ich nicht parat. Schweigend aßen wir unser Frühstück, aber anstatt mich zu stärken, wurde mir von dem fettigen Zeug übel.

Es kam nicht infrage, den Laden aufzumachen, also würde uns ein weiterer Geschäftstag fehlen. Vielleicht sogar mehr. Dann kamen noch die Kosten der Fensterscheiben und der kaputten Waren hinzu. Wir würden Geld vorstrecken müssen, ehe wir versuchen konnten, etwas von der Versicherung zurückzubekommen, und das würde lange dauern, wie mir mein Gespür sagte.

Das Aufräumen schien den ganzen Tag in Beschlag zu nehmen, mehrere Tage wahrscheinlich. Zwischendurch schaute ich auf, wischte den Schweiß von der Stirn und musste feststellen, dass wir erschreckend langsam vorankamen. Überall stand Zeug herum. Wann immer ich etwas aufhob, lag noch etwas anderes darunter. Selbst als wir all das Glas zusammengefegt und mit den kaputten Schallplatten in Mülltüten gepackt hatten, mussten wir jede übrig gebliebene Platte einzeln aus den Hüllen nehmen und nach Beschädigungen schauen. Jede LP musste abgewischt, zurück ins Inlay und dann ins richtige Cover einsortiert werden. Zuletzt in den jeweiligen Kasten. Auf einigen Covern waren Fußabdrücke oder irgendein klebriges Zeug, auch das mussten wir abwischen. Alle Platten, ob LP, Schellack oder Single, mussten neu sortiert werden.

Ethan stürzte sich in die Arbeit, als wäre es seine eigene persönliche Hölle, als würde ihm ein Dämon einen Dreizack in den Nacken drücken. Aber er beklagte sich kaum und sagte auch nur wenig. Er machte einfach nur sauber und sortierte unsere Auslagen neu. Doch nach ein paar Stunden merkte ich, dass ich an meine Grenzen kam. Nachdem ich aus dem Dorf entkommen war, hatte ich erst seit zwei Tagen wieder richtig gegessen. Und ehrlich gesagt, an keinem dieser beiden Tage hatte ich viel Ruhe gehabt: Erst die Hochzeit als solche, dann die Aussage bei der Polizei und schlussendlich die quälende Reise nach Hause.

Es dauerte nicht lange, und ich sorgte für noch mehr Chaos – packte Sachen an den falschen Ort, warf Stapel mit Papierkram um oder hinterließ Fingerabdrücke auf Platten, die Ethan gerade erst sauber gewischt hatte. Als ich ein drittes Mal etwas verkehrt machte, legte er die kleine weiche Bürste beiseite und seufzte.

»Mils, warum gehst du nicht nach Hause?«

Mein Gesicht fühlte sich heiß an, in diesem Moment schämte ich mich, war aber auch verzweifelt. Dieses Geschäft gehörte uns gemeinsam. Die Unordnung lag in unser beider Verantwortungsbereich. Aber aus Ethans Mund klang es so, als stünde ich ihm im Weg. Ich wollte ja nur helfen, aber alles lief falsch.

»Wir haben es fast geschafft«, sagte ich.

Ethan blickte sich in dem ganzen Chaos um. Es sah fast noch unordentlicher aus als zu dem Zeitpunkt, als wir angefangen hatten aufzuräumen. Mit dem Saubermachen waren wir ebenso wenig fertig geworden wie mit dem Sortieren der Auslagen.

»Ich bringe das hier zu Ende, du gehst inzwischen nach Hause, ruhst dich ein bisschen aus und erledigst den Telefonkram. Sprich mit der Autovermietung und dem Typen von der Versicherung – und besorg dir ein Aktenzeichen von der Polizei. Dieser ganze Kram eben. Du weißt ja, dass ich nicht so gut darin bin, mit solchen Leuten zu sprechen.«

Er wollte mir eine Aufgabe überlassen, die mir lag, und das wussten wir beide. Als würde man einem kleinen Kind eine kaputte Spielkonsole überlassen, damit es glaubt, gemeinsam mit dir an der Playstation zu spielen. Aber Ethan wollte mich nicht in meiner Würde verletzen, und ich ließ ihn in dem Glauben, dass es funktionierte.

Ich kniff ihm in die Wange, schnappte mir meine Tasche und verließ den Laden. Auf dem Nachhauseweg kam eine E-Mail von Kommissar Voigt rein. Er ließ mich nur wissen, dass man den Mietwagen aus der Senke gezogen hatte. Außerdem hoffte er, dass wir gut zu Hause angekommen waren, und schrieb, dass er uns auf dem Laufenden halten werde, sobald sie den Toten identifiziert oder einen Hinweis hätten, wer heimlich mit mir im Dorf gewesen sei.

Ich hatte auch eine Nachricht von Jess. Nur ein Foto von zwei Paar Füßen, während sie und Pete am Strand faulenzten. Ich musste lächeln, aber als ich mein Handy wegsteckte, kehrte meine miese Laune zurück. Jess hatte einen Superurlaub, während wir Glasscherben in unserem Laden zusammenfegten. Schlimmer noch, denn wenn meine Schwester wieder zu Hause wäre, würde ich ihr von den Leichen und von der Polizei erzählen müssen.

So viel dazu, dass wir alles hinter uns hatten.

Kapitel 33

Als ich die Tür hinter mir zuzog, hatte ich Angst. Ich brauchte einen Moment, bis ich begriff, dass es daran lag, dass ich seit Witwerberg nicht mehr allein gewesen war. Seit meiner Rettung war stets jemand in meiner Nähe gewesen: meine Schwester, Ethan, selbst die Leute auf der Straße, als ich nach Hause ging. Doch hier in der Wohnung war ich wieder auf mich gestellt, außerdem herrschte eine unheimliche Stille.

Schnell machte ich den Fernseher an und beschallte das Wohnzimmer mit dem Geplapper einer Sendung über Antiquitäten, die im Tagesprogramm lief. Trotzdem fühlte ich mich nicht ganz wohl, daher machte ich etwas, das ich zuletzt getan hatte, als Jess und ich noch Kinder waren. Ich ging von einem Zimmer ins nächste und überprüfte jedes mögliche Versteck: unter dem Bett, im Wandschrank, in dem der Boiler stand, im Kleiderschrank. Ich schaute sogar hinter den Duschvorhang. Doch der vibrierende Klang der Stille durchdrang trotzdem noch die Moderatoren, die von der Troika-Keramik aus Cornwall erzählten.

Im Gehen drehte ich mich um, weil ich das Gefühl hatte, dass da noch jemand sei. Der Atem einer anderen Person, die Wärme von jemandes Haut, der zu dicht bei einem stand. Aber da war nichts.

Nachdem ich alles überprüft hatte, machte ich sämtliche Türen zu und ging wieder ins Wohnzimmer, wobei ich mir dämlich vorkam, aber immer noch ängstlich war. Ich setzte mich, stand dann im nächsten Moment wieder auf und ließ die Sicherheitskette an der Wohnungstür einrasten. Unbehagen erfasste mich, und ein Prickeln lief über meine Haut.

Ich konnte nicht glauben, wie schnell das Gefühl von Normalität verflogen war. Umgeben von anderen Leuten, war es leicht gewesen, die Furcht und Paranoia kleinzuhalten, aber hier, allein in der Wohnung, stieg beides wieder in mir hoch, bis es eine wahrhaft körperliche Erfahrung war. Ich bekam eine Gänsehaut, und mein Puls raste, dass es fast schon wehtat. Ich zog eine Decke von der Rückenlehne des Sofas und hüllte mich darin ein. Solange es mir gelang, tief durchzuatmen und dann bewusst weiter zu atmen, wäre alles gut.

Irgendwann löste sich der schreckliche Knoten in meiner Brust, und mein Herzschlag normalisierte sich. Inzwischen kam mir all das, was ich unmittelbar nach der Rückkehr in die Wohnung gemacht hatte, dämlich vor, und ich konnte meine Hände dazu bewegen, endlich die Decke loszulassen. Es war nur eine seltsame Überreaktion, weil ich allein war, mehr war es nicht. Ich hatte es überstanden. Alles war okay.

Ich kochte Tee und tat drei Zuckerwürfel in die Tasse. Gesüßter Tee für die Nerven, war das nicht klasse? Ich gab noch einen Zuckerwürfel hinterher, für alle Fälle. Wie wäre es mit einem Keks? Ich suchte gerade im Küchenschrank nach einer Packung Hobnobs, als ich die Flasche Wein entdeckte. Ob der vielleicht helfen würde, wenn die Anspannung erneut einsetzte? Ich stellte die Flasche auf den Couchtisch, setzte mich wieder und umschloss die Tasse Tee mit beiden Händen.

Als ich das Gefühl hatte, wieder ich selbst zu sein, holte ich die Formulare für die Versicherung aus meiner Handtasche und fand die Vereinbarungen der Autovermietung in den E-Mails. Telefongespräche mit anderen Leuten. Dieser Gedanke vertrieb meine Sorgen. Ich wählte die Nummer des Call Centers und lauschte der automatisierten Stimme mit einem Seufzer der Erleichterung.

Die Telefonate beschäftigten mich über eine Stunde, also genug Zeit, den Tee zu trinken und mir noch einen zuzubereiten. Das Gespräch mit der Autovermietung kostete die meiste Zeit. Unser Anliegen war schwer zu erklären: »Wir sind liegen geblieben, und dann ist das Auto irgendwie in einer Senke gelandet, vermutlich, weil ein Mörder es von der Straße geschoben hat.«

Aber letzten Endes kamen wir überein. Zu unseren Gunsten sprach, dass der Wagen liegen geblieben war, ausgerechnet in einer unwirtlichen, einsamen Gegend. Die implizite Drohung, rechtliche Schritte gegen das Unternehmen einzuleiten, verhalf mir zu einem exzellenten Kundenservice.

Als ich das Telefon beiseitelegte, fühlte ich mich schon besser. Es war nur ein kleiner Schwächeanfall, mehr nicht. Alles in Ordnung. Dennoch – da ich niemanden zum Reden hatte, spürte ich, wie meine innere Unruhe wieder zunahm. Hätte ich beim Einzug vielleicht darauf bestehen sollen, dass wir uns einen Hund anschafften?

Mein Blick ging zur Weinflasche, unschlüssig kaute ich auf der Unterlippe. Nur ein Glas, um das Prickeln im Nacken und die Gänsehaut loszuwerden. Ein winziges Glas, wie man es zum Mittagessen bestellt. Das üppige Frühstück bildete eine gute Grundlage in meinem Magen. Der Wein konnte mir nicht viel anhaben.

Mit einem Glas Wein in der Hand, hüllte ich mich wieder in die Decke und ließ mich von dem banalen Intro einer Gartensendung berieseln. Ich würde am Wein nippen, ein wenig fernsehen, danach würde ich die Einkaufsliste in Angriff nehmen. Und wenn Ethan nach Hause kam, erschöpft vom Saubermachen im Laden, würden wir uns zum Abendessen an den Tisch setzen, und schon würde sich die Wohnung wieder ganz normal anfühlen. Bewohnt und sicher.

Ich wachte auf, als jemand gegen die Tür hämmerte. Konservenlachen drang aus dem Fernseher. Im Wohnzimmer war es dunkel, abgesehen vom flimmernden Bildschirm. Ich verdrehte mich auf dem Sofa, das Herz schlug mir bis zum Hals von dem lauten Geräusch, das mich geweckt hatte. Als ich sah, dass die Wohnungstür offen war und nur noch von der Sicherheitskette gehalten wurde, entfuhr mir ein erstickter Laut. Die Tür wackelte vor und zurück, während jemand daran rüttelte. Angst schoss wie ein Stromschlag durch meinen Körper, ich verspannte mich, war vollkommen gelähmt.

Als eine Hand durch den Türspalt griff und sich an der Kette zu schaffen machte, schrie ich.

»Mila!« Es war Ethan, der durch den Spalt rief. »Mach die verdammte Tür auf!«

Ich schälte mich aus der Decke und stand mit wackligen Beinen auf. Meine Zunge fühlte sich pelzig an, und als ich aus Versehen die leere Flasche vom Couchtisch fegte, wusste ich auch, warum ich diesen merkwürdigen Geschmack im Mund hatte. In meinem Kopf drehte sich alles. Schließlich löste ich die Kette, und Ethan stürmte in die Wohnung und schlug die Tür hinter sich zu.

»Verdammter Mist, ich steh schon seit zehn Minuten da draußen!« Wütend machte er das Licht im Flur an. Ich sah, wie er mit nur einem Blick die Flasche am Boden und die zerwühlte Decke registrierte. Dann seufzte er und fuhr sich mit einer Hand durchs Gesicht.

Ich errötete vor Verlegenheit. Es war ein furchtbares Gefühl, tagsüber angetrunken zu sein, der Boden schien leicht unter meinen Füßen zu schwanken. Der Zettel, der mir als Einkaufsliste dienen sollte, klebte auf dem Couchtisch, in einer Lache Tee, weil ich offenbar die Tasse umgestoßen hatte. Schnell griff ich nach einigen Servietten und fing an, die Schweinerei wegzuwischen.

»Lass es«, fuhr Ethan mich an. »Ich mach das … geh einfach ins Bett. Schlaf dich aus.«

»Es tut mir leid, ich wollte nur …«

»Du wolltest nur was? Dich tagsüber besaufen, während ich den ganzen Scheißhaufen wegmache, mit dem wir unseren Lebensunterhalt verdienen? Ich habe gesagt, dass du nach Hause gehen sollst, damit habe ich aber nicht gemeint, dass du eine ganze Flasche Wein leerst und mich aussperrst. Hast du wenigstens mit der Versicherung gesprochen?«

»Ja, habe ich! Auch mit der Autovermietung und der Polizei. Dieser Kommissar hat mir eine E-Mail geschickt und mir mitgeteilt, dass das Auto geborgen wurde. Mit etwas Glück werden wir nicht auch noch dafür belangt. Hätte gerade noch gefehlt.«

»Und dann? Hast du was fürs Abendessen besorgt? Denn ich war den ganzen Nachmittag auf allen vieren und habe Glassplitter und Reste von diesem verdammten Kebab weggemacht. Oh, und einer der Mistkerle hat im Büro in den Wasserkocher gepisst und ihn dann angestellt. Jetzt stinkt es da wie Sau. Eigentlich hätte ich da auch einen Wein vertragen können.«

»Ich wäre ja geblieben, um zu helfen, aber du wolltest ja unbedingt, dass ich gehe«, rief ich und wurde selbst patzig. »Außerdem hast du mich nicht gebeten, einzukaufen. Warum gehst du dann einfach davon aus, dass ich es tue?«

»Oh, ich weiß nicht, Mila – vielleicht weil du Zeit hattest?« Es klang sarkastisch, als könne er überhaupt nicht verstehen, dass ich nicht längst im Supermarkt war.

»Ja, ich hatte Zeit. Ich hatte aber auch fast einen verdammten Nervenzusammenbruch, weil ich hier allein in der Wohnung war, möglicherweise brauchte ich da ja einfach mal einen Moment für mich. Wenn man bedenkt, was ich alles durchmachen musste, weil du mich allein gelassen hast!«

Die Worte waren mir kaum über die Lippen gekommen, da bereute ich es auch schon. Hätte ich sie zurücknehmen können, ich hätte es getan. Selbst wenn sie sich wie Glassplitter angefühlt hätten, ich hätte sie wieder heruntergeschluckt. Jeden einzelnen Buchstaben. Aber es war zu spät. Ich hatte es ausgesprochen. Hatte ausgesprochen, was ich zurückgehalten hatte, seitdem ich Ethan draußen vor dem Resort stehen sah. Bis hierhin hatte ich den Schmerz runtergeschluckt, den ich offenbar so gut verpackt hatte, dass ich ihn nicht mehr fühlte. Ich hatte mich so sehr bemüht, wieder normal zu funktionieren, ich hatte das für Jess getan, für die Hochzeit. Doch jetzt zeigten sich die ersten Risse.

Ethan schien in sich zusammenzusinken. Er sah so angeschlagen aus, dass ich ihn in den Arm nehmen wollte. Aber ich hatte zu viel Angst, mich ihm zu nähern, weil ich keinesfalls einen erneuten Wutausbruch riskieren wollte, ob nun bei ihm oder bei mir. Wir hatten kaum Meinungsverschiedenheiten, gerieten nicht in Streit, jedenfalls nicht so. Jetzt wurde mir bewusst, wie unglaublich naiv ich gewesen war, als ich wie selbstverständlich davon ausging, dass alles wieder wie immer sein würde, sobald wir erst zurück in den eigenen vier Wänden wären. Ganz so, als wären wir nie fort gewesen. Aber etwas aus Witwerberg hatte uns infiziert und sickerte in all unsere Lebensbereiche. Ruinierte alles. Der Stress, die Angst und der Schmerz dieser Tage überschatteten alles.

»Tut mir leid«, sagte ich in dem Versuch, die Situation nicht außer Kontrolle geraten zu lassen. »Ich wollte ja einkaufen gehen, aber ich hatte einfach so viel Angst, und da dachte ich, ein Glas Wein würde meine Nerven beruhigen. Aber offensichtlich habe ich es übertrieben. Ich gehe nachher einkaufen und hole uns was zum Abendessen.«

Ethan schüttelte den Kopf. »Ich mach das, es ist schon dunkel. Kommst du einen Moment hier allein klar?«

Ich nickte. Ethan ging los und schloss die Wohnungstür fast geräuschlos hinter sich.

Immer noch ein bisschen wackelig auf den Beinen von dem Wein, ging ich ins Badezimmer und benetzte mein Gesicht mit Wasser. Ich spürte das Verlangen, Ethan nachzulaufen – alles, nur nicht wieder allein sein –, aber ich stützte mich am Waschbecken ab und zwang mich, Ruhe zu bewahren.

Er kam schon nach kurzer Zeit zurück, war nur schnell beim Laden unten an der Ecke gewesen, nicht im Supermarkt. Eigentlich holten wir dort nur Milch, wenn wir unbedingt welche brauchten, weil der Laden so teuer war. Außerdem waren viele Waren abgelaufen oder Billigmarken mit verrückten Preisaufschlägen. Aber Ethan kam mit einem ganzen Beutel zurück: Müsli und Brot fürs Frühstück, Fertiggerichte für die Mikrowelle zum Abendessen, eine Viererpackung Bierdosen und eine Cola light – das trank ich immer, wenn ich einen Kater hatte.

Während er den Rest der Einkäufe wegpackte, machte ich uns eine ziemlich fade und kalorienhaltige Carbonara in der Mikrowelle heiß. Ethan kam ins Wohnzimmer und brachte mir ein Glas Cola samt Eiswürfel mit. Ich akzeptierte das Friedensangebot, und so aßen wir schweigend. Keine Unterhaltung, da immer noch dicke Luft herrschte. Später räumte ich alles weg und zog mich ins Bett zurück, ein fades »Gute Nacht, dann« auf den Lippen.

Ich lag im Bett und hörte, wie Ethan den Fernseher ein bisschen lauter stellte und eine Bierdose öffnete. Ich schlief bereits, ehe er eine zweite aufmachen konnte. Ich schlief so tief und fest, mir war, als falle ich durch ein Loch ins Bodenlose.

Als ich aufwachte, hatte ich hämmernde Kopfschmerzen. Mein Mund fühlte sich wie die Innenseite eines Staubsaugerbeutels an, neben mir war das Bett leer. Ethan war schon aufgestanden. Ich drehte mich zur Bettkante und versuchte aufzustehen, fühlte mich aber sofort unwohl. Ich konnte gar nicht richtig gucken. Selbst das wenige Licht, das durch die Jalousien filterte, tat mir in den Augen weh, sodass ich meinen Kopf am liebsten unter dem Kopfkissen vergraben hätte. Gott, ich würde nie wieder so unbedacht trinken! Ich war schließlich kein Teenager mehr.

Es dauerte eine Weile, bis ich mein Handy fand, aber ich musste die Augen zusammenkneifen, um das grelle Display ertragen zu können. Die Zahlen schienen vor meinen Augen zu tanzen, als ich versuchte, herauszufinden, wie spät es war. Es war schon nach zehn Uhr. Unser Laden machte normalerweise um neun auf.

Mit dem Gefühl, als hätte mich jemand die Nacht über in Salzlake eingelegt, stolperte ich aus dem Schlafzimmer ins Wohnzimmer. Keine Spur von Ethan. Seine Boots standen nicht bei der Wohnungstür. Sein Portemonnaie war auch nicht da, es lag meistens in der scheußlichen Punchschüssel, die wir mal in einem Müllcontainer gefunden hatten und in der wir seither Schlüssel und alte Batterien aufbewahrten. Ethan war zur Arbeit gegangen, ohne mich.

Einen Moment stand ich unschlüssig da, dann erfasste mich Zorn. Wie hatte er das nur schon wieder tun können? Erst gestern hatte ich ihm wohl deutlich genug gesagt, wie sehr es mich getroffen hatte, dass er mich in Witwerberg allein zurückließ.

Wie aufgewühlt ich war, wie sehr mich das verletzt hatte. Aber jetzt, keine zwölf Stunden später, war er wieder ohne mich gegangen. Gut, wir steckten nicht in einem Geisterdorf in den Bergen fest. Aber er wusste doch jetzt, wie viel Angst ich hatte, wenn ich allein in der Wohnung war. Jedenfalls war meine Angst so groß gewesen, dass ich allein eine Flasche Wein getrunken hatte.

In der Küche goss ich mir ein Glas Wasser ein und hielt es mir an die Stirn. Dann erst sah ich die Notiz auf der Anrichte. Die Zeilen standen auf der Mini-Tafel, die sonst am Kühlschrank haftete – *Bin zur Arbeit, hab dich schlafen lassen. Brauchst nicht in den Laden zu kommen. Ich schaff das schon.*

Fast hätte ich die kleine Tafel quer durch die Küche geschmissen. So viel zu Friedensangeboten und Versöhnung. Irgendwann während der vier Bierdosen, die übrigens immer noch auf dem Couchtisch standen, hatte Ethan wohl beschlossen, dass er immer noch sauer war wegen gestern. Na, fantastisch.

Das einzig Gute daran, dass Ethan ohne mich die Wohnung verlassen hatte, war: Meine Wut verhinderte, dass ich mich zu verletzlich fühlte. Als dann plötzlich jemand unerwartet heftig an die Wohnungstür klopfte, erschrak ich kaum. Allerdings war ich einen Moment wie gelähmt, mein Blick ging zur Tür, aber noch war ich nicht imstande, mich vom Fleck zu rühren.

Wieso war mir bisher nie aufgefallen, dass wir keinen Türspion hatten? Was Sicherheitsvorkehrungen zu Hause betraf, war ich echt nachlässig. Selbst die Kette an der Tür stammte vom Vormieter, der wahrscheinlich auch noch einen Schlüssel zu unserer Wohnung hatte. Der Sache musste ich auf den Grund gehen, denn sonst würde ich mich nie sicher fühlen.

»Die Post«, sagte jemand vor der Tür.

Widerstrebend öffnete ich. Es war nicht unser normaler Postbote, sondern ein gelangweilt dreinblickender Kurier. Auf dem Boden vor der Wohnungstür stand eine kleine Box mit Aufklebern, eingewickelt mit Paketband.

»Ihr Name?«

»Amelia Swift.«

Er tippte etwas in sein Gerät und ging dann weg, ohne noch etwas zu sagen. Ich nahm das Päckchen mit ins Haus. Es war an Ethan und mich adressiert, als Absender stand Karl Voigt. Der Kommissar. Ich zog die Stirn in Falten, weil ich mich fragte, was der Mann uns schicken wollte. Und dann offenbar auch noch per Express, da es so schnell angekommen war.

Mit einem Küchenmesser durchtrennte ich das Paketband. Ich wollte nicht auf Ethans Rückkehr warten, dafür war ich noch viel zu sauer auf ihn. Das Päckchen war innen mit Luftpolsterfolie ausgekleidet, und ich sah den Zipfel eines Briefs. Mir war schnell klar, dass ich es nicht mit einem »Tut mir leid, dass Sie so eine miese Zeit in unserem Land hatten«-Geschenk zu tun hatte. Im Päckchen befanden sich lediglich die Sachen aus dem Mietwagen, die Ethan nicht mitgenommen hatte, als er unser Gepäck barg. Es war wirklich sehr nett von der Polizei, dass sie uns alles so schnell nachgeschickt hatten.

Im Grunde war es nicht viel. Erst einmal unser eigenes Navi, das wir mitgenommen hatten, anstatt uns eines zu leihen, als wir das Auto in Deutschland in Empfang nahmen. Ich erinnerte mich, dass ich unser Navi unter den Sitz geschoben hatte, als ich im Auto übernachtete, deshalb hatte Ethan es wohl übersehen. Dann waren da noch ein paar Ladekabel, etwa dreißig Euro in bar, die wir abgehoben hatten für Gebühren, Snacks und Trinkgeld, das Päckchen Taschentücher, das gar nicht uns gehörte, und eine Packung mit Allergietabletten. Ich stutzte. Die Tabletten waren auch nicht von uns, aber im Gegensatz zu den Taschentüchern war mir diese Packung nicht aufgefallen. Offenbar hatte sie ein Kunde im Auto vergessen; vielleicht war die Packung zwischen Sitz und Konsole gerutscht oder unter einen der Sitze gelangt.

Egal, die kurze Aufregung war verflogen, und schon war ich wieder sauer auf meinen Mann. Ich beschloss, ihn beim Wort zu nehmen. Wenn er mich an diesem Tag nicht im Laden haben wollte, dann würde ich auch nicht hingehen. Sollte er doch allein klarkommen.

Kapitel 34

Trotz meiner Absicht, Ethan zu ärgern, musste ich leider immer noch einkaufen gehen. Nicht nur, weil wir kaum etwas Frisches zu essen hatten, sondern weil ich aus dem Haus kommen würde. Ich musste wieder unter Leuten sein. Danach sehnte ich mich immer stärker, da ich erneut etwa eine Stunde lang allein war.

Ich kritzelte ein paar Sachen auf die Einkaufsliste, zog mich an und ging zur Bushaltestelle. Der nächste Supermarkt war nicht in der Nähe. Er gehörte zu einer Art Mall, etwa eine halbe Stunde entfernt, wenn man das Auto nahm. Mit dem Bus dauerte es allerdings bis zu anderthalb Stunden. Es lag an dieser wöchentlichen Tour, dass ich es wirklich bedauerte, dass wir kein eigenes Auto besaßen. Unser Wagen hatte schon vor Ewigkeiten den Geist aufgegeben, und wir waren uns einig, dass wir ihn nicht oft benutzt hatten – jedenfalls nicht so oft, dass ein neues Auto gerechtfertigt gewesen wäre. Wenn die Sprache auf Mobilität kam, klang unsere Unterhaltung immer gleich: In der Stadt brauchten wir keinen Wagen, aber fürs Einkaufen wäre es wirklich eine bequeme Sache. Dann schlug einer von uns vor, wir könnten uns alles nach Hause liefern lassen, daraufhin erzählte dann der andere die Ekelfaktor-Story mit der verdorbenen »Rinderbrühe«, und damit waren wir erneut am Anfang. Was bedeutete, dass wir die Woche drauf wieder den Bus nahmen. Das war noch so eins unserer kleinen Rituale als Paar.

Heute aber war ich allein, und da es nicht zu dieser vertrauten Diskussion kam, fühlte ich mich ein bisschen aus dem Gleichgewicht gebracht. Als würde die Hälfte von mir fehlen. Aber ich war zumindest in einem Bus, umgeben von anderen Leuten. Das fühlte sich viel netter an, als den ganzen Tag über allein in der Wohnung zu hocken. Ich hoffte, dass die Einkaufstour mich ausreichend ermüdete, sodass ich bei meiner Rückkehr nach Hause nicht mehr so viel Angst hatte.

So hoffte ich.

Nachdem ich die Runde im Supermarkt gedreht hatte, schleppte ich mich mit den Einkaufstaschen ab, erst zum Bus, dann vom Bus nach Hause. Die Stufen hinauf bis zur Wohnung waren an sich schon eine Herausforderung, die mich daran erinnerte, dass ich noch vor ein paar Tagen praktisch fast verhungert wäre. Mein Körper war immer noch geschwächt, auch wenn es mir schon besser ging. Aber ich hatte es geschafft. Bevor ich die Einkäufe wegräumte, beschloss ich, eine Tasse Tee zu machen und ein paar Kekse zu essen.

Ich machte mich auf die Suche nach Plätzchen, genau die, die ich schon gestern nicht gefunden hatte. Beim Durchsuchen des Küchenschranks warf ich aus Versehen eine Schachtel mit Instant-Tütensuppe um. Die waren von Ethan. Ich hasste diese Dinger, sogar den Geruch, und zwar so sehr, dass er sich die Suppen nur kochte, wenn ich allein im Laden war und er krank zu Hause im Bett lag. Die Schachtel kippte um, fiel auf die Anrichte und verteilte die weißen Tüten überall. Aber gleichzeitig fiel eine kleine Blisterpackung mit Tabletten herunter.

Ich hob sie auf und runzelte die Stirn, während das Wasser im Kessel kochte und die Tassen zum Vibrieren brachte, die hinter mir an Haken an der Wand hingen. Wieso steckten diese Pillen dort? Ich las den Namen auf der Rückseite der Packung, dann schnappte ich mir die Tabletten, die in dem Päckchen aus Deutschland gelegen hatte. Es war dasselbe Produkt. Was an sich schon total seltsam war, weil keiner von uns diese Tabletten nahm.

Der brodelnde Kessel kam wieder zur Ruhe, und Stille hielt Einzug. Verwundert starrte ich auf die beiden Packungen mit Tabletten und versuchte, herauszufinden, was, um alles in der Welt, sie hier zu suchen hatten. Eine Packung hatte in unserem Mietwagen gelegen, die andere war in der Wohnung versteckt.

Ich war davon ausgegangen, dass jemand die Pillen im Mietwagen vergessen hatte oder dass sie an eine Stelle gerutscht waren, wo weder die Reinigungskräfte noch ich sie entdeckt hatten. Aber dann blieb immer noch die Frage, warum genau diese Tabletten bei uns zu Hause lagen, obwohl keiner von uns sie brauchte? Und wieso waren sie versteckt? *Versteckt,* überlegte ich, während ich die Suppentüten einsammelte, *an einem Ort, an dem es nur für Ethan einen Grund gibt, nachzuschauen.* Ich spürte, wie ich voller Unbehagen eine Gänsehaut bekam. Warum fühlte es sich so an, als hätte ich einen Ort betreten, an dem ich nicht sein sollte? Ganz so, als wäre ich in der eigenen Wohnung ein Eindringling.

Die Kekse waren vergessen, stattdessen tippte ich den Namen des Medikaments ins Handy. Vielleicht waren das welche von diesen Tabletten, die man gezielt nahm, die aber gleichzeitig bei anderen Beschwerden halfen? Wie bei der Pille, die auch bei starken Krämpfen wirkte? Ob es Ethan vielleicht unangenehm war, mir gegenüber zuzugeben, dass er sie nahm? Ich überflog die Ergebnisse im Netz. Es handelte sich um eine Allergietablette, die Leute brauchten, die auf die gewöhnlichen, frei verkäuflichen Heilmittel allergisch reagierten. Gut gegen all die herkömmlichen Verdächtigen: Pollen, Staub und Katzenhaare. Es stand nichts darüber, ob man das Medikament noch bei anderen Beschwerden nehmen konnte, nur ein paar Nebenwirkungen waren aufgeführt. Aber diese Tabletten würde niemand nehmen, der zum Beispiel an Haarausfall oder Erektionsstörungen litt – die einzigen beiden Dinge, über die mein Mann wahrscheinlich nicht mit mir sprechen würde, vermutete ich.

Hatte Ethan vielleicht inzwischen eine Allergie, die bislang nur nicht erwähnt hatte? Wir erzählten uns nicht aufgeregt gleich jede Kleinigkeit. Wenn es nichts Wildes war, hatte er es womöglich nicht für nötig befunden, überhaupt darüber zu sprechen. Andererseits, wieso sollte er die Pillen dann verstecken? Nachdenklich betrachtete ich die Packung von allen Seiten. Vielleicht hatte er sie vor Kurzem mal verloren und hortete im Schrank noch etwas als Reserve? So etwas hatte er schon einmal gemacht, als im Büro hinter dem Laden eine Flasche eines Fruchtsaftkonzentrats getropft hatte. Einmal kam ich spät rein und sah einen antiken Dekanter im Hinterzimmer, randvoll mit dem Ribena-Saft. Ethans Lösungen ergaben aus meiner Sicht nicht immer Sinn. Obwohl er normalerweise praktisch veranlagt war, hatte er manchmal eine seltsame Herangehensweise, wenn es um Problemlösungen ging.

Erst einmal zufrieden, machte ich mir den Tee und entdeckte schließlich die Plätzchen, die ausgerechnet im Brotkasten lagen. Vielleicht war das auch wieder einer von Ethans organisatorischen Geistesblitzen.

Als ich endlich etwas im Magen hatte, fühlte ich mich nicht mehr so schwach auf den Beinen. Es dauerte nicht allzu lange, die Einkäufe wegzuräumen, und ich hatte sogar die Geistesgegenwart, den Schongarer aus dem Schrank zu holen, um für später ein paar von den Beef Noodles zuzubereiten. Ich wollte mir weismachen, wie nett und aufmerksam ich war, aber es blieb eine Tatsache, dass ich das alles nur machte, weil ich nachtragend war. Ethan hatte mir das Gefühl gegeben, ich wäre klein mit Hut. Er hatte mich zu Hause gelassen, als sei ich zu nichts nutze. Tja, an diesem Abend hätte er nichts an mir auszusetzen. Das Abendessen würde fertig sein, die Einkäufe waren erledigt, und ich hatte unseren Vorrat aufgestockt.

Das zweite Zimmer der Wohnung, auf der anderen Seite des Badezimmers neben dem größeren Schlafzimmer, war im Grunde nicht größer als ein Schrank mit Fenster. Platz hatten dort nur ein kleiner Schreibtisch, ein Laptop und ein Drucker. In diesen Raum hatten wir Regale gestellt, für Aktenordner und den Papierkram, aber dann füllten sich die Regale ziemlich schnell mit allen möglichen Dingen, für die wir keinen Platz in der Wohnung hatten. Im Augenblick lagen auf dem Schreibtisch allerhand Werkzeuge, mit denen Ethan versuchte, unseren eigenen Plattenspieler zu reparieren. Ich schob das Schraubendreher-Set zur Seite, um Platz für die Maus zu machen. Auf dem

Fensterbrett standen Pflanzen, von denen zwei in unserer Abwesenheit erschreckend ausgetrocknet waren. Ich schleppte sie ins Waschbecken im Bad, damit sie sich voll Wasser saugen konnten.

Der größte Teil unseres Warenbestands im Laden stammte aus Wohnungsauflösungen und von Online-Auktionen, oder wir hatten Platten bei Leuten aus der näheren Umgebung bestellt. Ich setzte mich auf den alten Bürostuhl und fing an zu browsen. Das meiste, was ich online fand, war Trash. Ziemlich viel Orchestermusik, mit der wir unsere Zielgruppe nicht erreichten. Schließlich stieß ich auf ein gemischtes Angebot, eine größere Sammlung mit Rockmusik, Country und französischem Pop – einiges davon war abgefahren genug, um Interesse bei Kunden zu wecken. Und der Preis war erstaunlich niedrig. Ich sah, dass der Anbieter auch alte Band-T-Shirts verkaufte. Nichts wirklich Wertvolles, die Shirts hatten kleinere Löcher, vermutlich Motten, aber trotzdem waren sie cool, wenn man auf Kitsch stand. Ich gab mein Kaufangebot ein. Im hinteren Bereich der Ladenfläche könnten wir die Shirts an die Wand hängen, vielleicht kam das ja gut an. Eventuell könnte ich auch ein paar der T-Shirts färben oder bauchfreie Trägerhemden daraus machen, für Fans von Festivals.

Vorerst zufrieden mit den Resultaten, ging ich in die Küche, um mir Instant-Nudeln zuzubereiten. Während das Wasser kochte, nahm ich die restlichen Sachen aus dem Päckchen, um sie irgendwo in den Regalen im kleinen Büro unterzubringen. Die Kabel legte ich in den alten Schuhkarton, in dem ich schon die Ladegeräte aufbewahrte. Das Navi, das unser altes Auto überlebt hatte, verschwand in der Schreibtischschublade. Doch dann überlegte ich, machte die Schublade wieder auf und nahm das Gerät heraus.

Das Ding, das den Geist aufgegeben hatte, ehe unser Mietwagen liegen blieb. Das Navi war der Grund, warum wir überhaupt die Orientierung verloren hatten. Vermutlich lohnte es sich nicht, das Ding länger aufzuheben. Wir hatten ja nicht mal mehr ein Auto. Ich hielt das Gerät in der Hand, als wollte ich den Wert abschätzen. Ob man es trotzdem noch verkaufen konnte? Für zwanzig Pfund, die wir für die Arbeit im Laden nehmen könnten? Wenn ich nur wüsste, was mit dem blöden Teil nicht stimmte, könnte ich mehr Geld verlangen. Dafür müsste ich es wohl reparieren oder zumindest den Fehler finden, damit der Käufer Bescheid wusste.

Ich kramte ein USB-Kabel aus dem Schuhkarton und schloss das Navi an den PC an. Ob es vielleicht nur ein Software-Update brauchte? Oder ein neues Anschlusskabel? Ich überlegte und versuchte, mich zu erinnern, was Ethans Ansicht nach mit dem Gerät nicht stimmte. Während der Fahrt war ich aufgewacht und hatte gefragt, ob wir schon am Resort seien. Daraufhin zeigte Ethan auf das kaputte Navi. Der Bildschirm war schwarz gewesen, das Ding offenbar platt. Vielleicht half da doch kein Software-Update. Ich seufzte. Wahrscheinlich konnte man es nicht reparieren, irgendein Teil war kaputt, das sich nicht ersetzen ließ.

Ich zuckte zusammen, als der Bildschirm aufleuchtete und dieser blöde Jingle beim Einschalten einsetzte, in voller Lautstärke. Der Bildschirm funktionierte! Ich konnte sehen, wo wir gewesen waren, als das Gerät den Geist aufgegeben hatte – in Deutschland. Ich schätzte, dass sich das Navi noch nicht auf seine neue Umgebung eingestellt hatte.

Nachdem ich ein paar Knöpfe gedrückt hatte, sah ich, dass es einwandfrei funktionierte. Doch wenn das stimmte, was war dann während der Fahrt mit dem Teil losgewesen? Hatte es kein Signal mehr erhalten? Aber ging denn dann gleich das Gerät aus? Würde nicht eher der Fehler im Display angezeigt werden? Ich hatte keine Ahnung. Damit kannte ich mich nicht aus. Es war ja so: Manchmal funktionierte Technik nicht, und am nächsten Tag lief dann aber alles wieder normal. Man schaltete das Gerät aus, gönnte ihm eine Pause, schaltete es wieder ein und, siehe da, alles in Ordnung.

Aber das Navi glaubte immer noch, es befände sich in Deutschland. Ich ging ins Menü und versuchte, herauszufinden, wie man es dazu brachte, den aktuellen Standort zu finden. Dafür tippte ich auf »letzte Orte«, in der Hoffnung, unsere Heimatanschrift zu finden. Stattdessen tauchte der Name des Resorts auf, wo Jess' Hochzeit stattgefunden hatte. Aber davor war das Navi auf »unbekannte Straße« eingestellt gewesen. Dahinter standen ein fünfstelliger Zahlencode und der Rest einer deutschen Adresse.

Inzwischen war ich nicht mehr bloß neugierig. Ich spürte, wie mir ein Prickeln über den Rücken lief. Es war genau die körperliche Reaktion, die schon Witwerberg in mir ausgelöst hatte, nur vielleicht nicht so stark ausgeprägt wie in dem Moment, als ich diese merkwürdigen Tabletten in der Hand hielt. Es war dieses Gefühl, das einen überkommt, wenn man kurz davor ist, ein Geheimnis zu lüften – wenn das Geheimnis fast mit Händen zu greifen ist. Oder dir an die Kehle springt.

Auf dem PC-Bildschirm öffnete ich eine Karte und gab die Adresse ein, mit Zahlencode und allem. Die Karte zoomte sich vor meinen Augen auf das Ziel ein, allerdings sah ich auf dem Bildschirm nichts als blasses Grün, durchsetzt von kleinen angedeuteten Baumsymbolen. Durch dieses Panorama zog sich die Straße wie ein dünnes weißes Band. Und genau in der Mitte, wo ein kleiner Pfeil auftauchte, um mir das genaue Ziel zu zeigen, war ein einsames Symbol zu erkennen. Ein stilisiertes rechteckiges Haus mit einem Dreieck als Dach, eingefasst in einen Kreis. Und dieser Kreis war mit einem großen X versehen. Ich bewegte den Cursor ein wenig, und sofort erschien eine kleine freundliche Blase, die mir Auskunft gab – »Historische Siedlung – unbewohnt«. Ich zoomte weiter heran, und plötzlich tauchte das Wort »Witwerberg« über dem Symbol mit dem X auf.

Ich saß reglos auf dem Bürostuhl. Das Wort verschwamm vor meinen Augen, während meine ganze Wahrnehmung nach innen ging, und plötzlich begriff ich. Der Zielort im Navi war verändert worden, nachdem wir vom Flughafen mit dem Mietwagen losgefahren waren. Also nachdem ich ursprünglich das Resort-Hotel eingegeben hatte. Es gab nur eine Person, die unser Ziel gewechselt konnte, während ich ahnungslos im Auto schlief.

Unterschiedliche Teile fügten sich nun zusammen. Die ganze Sache zoomte heran wie die Online-Karte, bis ich mein Ziel erreichte: das Navi, das gar nicht kaputt gegangen war, das Dorf, in dem wir »zufällig« gestrandet waren. Sogar die Tabletten, die ich entdeckt hatte. Im Internet stand unter »möglichen Nebenwirkungen«, dass ein Effekt extreme Schläfrigkeit sein konnte, daher sollte man das Medikament laut Packungsbeilage nicht einnehmen, wenn man Maschinen bediente.

Und jetzt fiel mir ein, dass ich tief und fest auf dem Flug nach Deutschland gepennt hatte. Ich hatte es gerade so zum Mietwagen geschafft, ehe ich wieder wegdämmerte. Und in der ersten Nacht in Witwerberg hatte ich schließlich so fest geschlafen, ich hatte nicht einmal mitbekommen, dass Ethan eine Falltür öffnete und verschwand. Ich erinnerte mich, wie er am Flughafen gelächelt hatte, als er mir meine Wasserflasche reichte, gefüllt mit Eistee. Wie aufmerksam von ihm, dass er daran gedacht hatte.

Mir drehte sich der Magen um, als ich an den Streit vergangenen Abend dachte. Ethan war zum Laden an der Ecke gegangen und hatte mir die Cola light mitgebracht, als Friedensangebot. Und ich war eingeschlafen, kaum dass ich mit dem Kopf das Kissen berührte. Ich hatte wieder so fest geschlafen, dass ich nicht merkte, ob er überhaupt ins Bett gekommen oder am Morgen zur Arbeit gegangen war.

Je länger ich darüber nachdachte, desto stärker ließ ich die Möglichkeit in meinem Denken zu. Ich erinnerte mich an andere Situationen. An andere Tage, als ich morgens mit trockenem Mund und verquollenen Augen aufgewacht war. An Tage, als ich mich ausgepowert fühlte und nicht zur Arbeit ging, ja, nicht einmal die Einkäufe schaffte, sodass Ethan das alles allein erledigte. Mir fielen Abende ein, an denen ich in Ruhe mit

Ethan reden wollte, über Familienplanung oder geschäftliche Ziele, aber dann ließ ich es sein, weil ich so müde war.

Hatte Ethan mich … unter Drogen gesetzt? Ich merkte, dass sich meine Atmung beschleunigte, ich fühlte mich leicht schwindelig. Mit beiden Händen umklammerte ich die Lehnen des Bürostuhls und versuchte, mich zu stabilisieren. Ein Teil von mir verhöhnte mich und flüsterte mir zu, dass ich verrückt sei. Aber der Teil von mir, der gespürt hatte, dass dort draußen in Witwerberg jemand gewesen war, erzählte mir etwas anderes. Nein, *erzählen* ist das falsche Wort: Diese innere Stimme schrie es mir entgegen.

Sie schrie mich an, die Flucht zu ergreifen.

Ich stand auf, verharrte einen Moment am Schreibtisch, ehe ich das kleine Arbeitszimmer verließ. Im Flur blieb ich wieder stehen. Es war wie bei einem Stop-Motion-Film. Der Verstand setzte sich die ganze Zeit über die natürlichen Instinkte hinweg und lähmte meine Bewegungen. Er bestürmte mich mit Fragen, wollte wissen, warum Ethan so etwas tun sollte? Was für einen Grund gab es? Warum hatte er zugelassen, dass wir beide in Witwerberg festsaßen? Warum sagte er da die Unwahrheit? Was wollte er überhaupt dadurch erreichen? Glaubte ich denn wirklich, dass er mir so etwas antun würde?

Jede Frage lähmte mich weiter, während ich versuchte, Antworten zu finden. Ich wollte mich an einen stillen Ort zurückziehen, irgendwohin, wo es eng und dunkel und sicher war. Ich musste nachdenken. Um den Fragen Einhalt zu gebieten, dem Rauschen in meinen Ohren, dem heftigen Klopfen in meiner Brust.

Dann geschahen zwei Dinge gleichzeitig.

Mein Handy klingelte, sodass ich zusammenzuckte. Ich war inzwischen im Flur bei der Tür und holte das Telefon aus meiner Tasche. Eine unbekannte Nummer. Ich wischte über das Display, um den Anruf abzulehnen, aber da ging mein Blick schon zur Tür.

Die sich öffnete.

Ethan kam herein, mit leicht betretener Miene, in der freien Hand einen Iced Latte. Ich bin mir nicht sicher, wie meine Mimik aussah, aber sobald Ethan mich sah, veränderte er sich. Wie ein Schauspieler, der das Wort »cut« hört. Ein Schauspieler, immer noch im Kostüm, aber irgendwie … entmutigt. Ein Schauspieler, der aus der Rolle schlüpfen darf.

Er sah mich an, und ich sah ihn an – und zum ersten Mal machte ich mir bewusst, dass ich einen Fremden vor mir hatte.

Kapitel 35

Einen kurzen Augenblick, für die Dauer von vielleicht zwei Sekunden, war ich beinahe davon überzeugt, alles wäre okay. Dass ich nur wieder die Nerven verlor, wie schon am Tag zuvor. Dass die Veränderung in Ethans Gesichtsausdruck, als er mich sah, nur bedeutete, dass er sich Sorgen um mich machte – dass er nicht sein wahres Gesicht zeigte, als er das Entsetzen in meinen Augen sah, die Anzeichen, dass ich ihn durchschaut hatte.

Denn es lag keine Besorgnis in seinem Blick, und genau das jagte mir einen Schauer über den Rücken. Ich hatte das Gefühl, als wäre sein Gesicht ausdruckslos. Als würde er einfach die Gefühle abstellen, die ich für gewöhnlich dort wahrnahm: die Liebe, den Humor und die Verzweiflung. Als betätigte er einen Schalter. Wie man ein Navi abstellt, damit es so aussieht, als hätte es den Geist aufgegeben.

Dann drückte er leise die Tür mit dem Ellenbogen ins Schloss und kam langsam auf mich zu. Er sagte kein Wort. Sein Blick galt allein mir. Als wollte er mich mittels Hypnose daran hindern, dass ich mich vom Fleck rührte. Was ihm auch fast gelang. Ich hörte, wie der Plastikbecher leise auf dem Teppich aufschlug, als Ethan ihn fallen ließ und die Hand nach mir ausstreckte.

Seine Hand schloss sich um mein Handgelenk, doch da wandte ich mich bereits von ihm ab. Lief los. Er versuchte noch, mich aufzuhalten, doch dabei schlug er mir nur das Smartphone aus der Hand. Ich schrie und lief weiter, meine bloßen Füße klatschten auf dem Laminatboden.

»Mila!«, rief er mich beim Namen, nur einmal. Als hätte *ich* ihm das Getränk aus der Hand geschlagen, als wartete er empört auf eine Erklärung.

Ich stürmte ins Badezimmer, warf die Tür hinter mir zu und schob mit zittrigen Fingern den kleinen Riegel vor. Wie etwas, das man an einem Puppenhaus befestigen würde. Dann drückte ich den Knopf in der Mitte des Türgriffs, eine Sekunde, bevor der Griff rappelte. Nur einmal, als wollte Ethan kurz checken, ob das Bad besetzt war.

Er sagte kein Wort und versuchte auch nicht, die Tür gewaltsam zu öffnen. Ich spürte, dass er einfach nur dastand, auf der anderen Seite der Tür.

»Ethan?«, rief ich und erschrak, weil ich meine Stimme nicht wiedererkannte, die sich in meiner Panik überschlug. »Ethan … was ist nur los?«

»Kommst du bitte raus?« Er sprach ganz ruhig.

»Ich weiß nicht, was los ist, können wir bitte über alles reden?« Da war dieser flehende Ton in meiner Stimme.

»Komm raus«, wiederholte er, als wollte er mir ein Meme auf seinem Handy vorspielen. Es klang beiläufig, als hätte es nichts zu bedeuten. Trotzdem schlug mir das Herz bis zum Hals.

Tränen liefen mir über die Wangen. Ich fing an, zu hyperventilieren. Das Bad hatte kein Fenster. Nur einen Ventilator in der Wand. Es gab keinen Weg hinaus, es sei denn durch die Tür. Vorbei an Ethan.

Ich wunderte mich fast, wie viel Angst ich plötzlich vor ihm hatte. Ich kannte ihn seit Jahren, teilte das Bett mit ihm, arbeitete mit ihm zusammen, in eben diesem Badezimmer putzte ich mir die Zähne neben ihm am Waschbecken. Doch jetzt war ich gelähmt vor Angst, wenn ich nur daran dachte, die Tür zu öffnen, die uns voneinander trennte.

Ich winselte wie ein verängstigter Hund, als das Licht an und aus ging. Der Vermieter hatte den Schalter außen angebracht, warum auch immer, und Ethan schaltete das Licht ein und wieder aus. Wie ein ungeduldiger Angestellter im Kino, der versucht, die letzten Besucher nach dem Abspann loszuwerden.

»Hör auf damit!«, schrie ich fast und schlug mit den Handflächen gegen die Tür. »Hör auf. Lass mich in Ruhe!«

»Ich mache mir Sorgen, deinetwegen«, sagte er. »Ich will nur sehen, ob du okay bist.«

»Mir geht's gut!«, rief ich, und dann strengte ich mich an, mit möglichst ruhiger Stimme zu sprechen. »Ich will, dass du weggehst.«

»Erst sprichst du mit mir. Was ist nur passiert, dass du so aufgekratzt bist?«

Mit einem Mal hatte ich das Gefühl, auf dem falschen Fuß erwischt zu werden. Meinte er das ehrlich? Hatte ich erneut zugelassen, dass die Paranoia mein Handeln beherrschte? Ich versuchte, mir die letzten Minuten noch einmal zu vergegenwärtigen. Ich hatte entdeckt, was mit dem Navi los war, und hatte die Tabletten gefunden. Dann war Ethan nach Hause gekommen. Unsere Blicke hatten sich getroffen, und er war auf mich zugekommen. Hatte ich überreagiert, indem ich weglief und mich im Badezimmer einschloss? Es war alles so schnell passiert …

Nein. Er hatte mir das Smartphone aus der Hand geschlagen. Oder war das ein Versehen gewesen? Hatte er nur die Hand nach meiner ausgestreckt, und ich ließ das Handy in Panik fallen? Mein Gehirn war voller Adrenalin, all meine Impulse feuerten gleichzeitig. Flucht, Kampf, Ausharren. Ich konnte mich gedanklich auf nichts konzentrieren, zumindest nicht lange genug, um irgendeine Option zu durchdenken.

Ethan rüttelte wieder am Türgriff, und ich wich zurück, als könnte er durch die Tür nach mir greifen. War ich jetzt bloß überdreht, oder war das Beweis genug, dass ein Teil von mir wusste, dass ich Angst vor Ethan haben sollte?

»Mila, wenn du nicht rauskommst, muss ich reinkommen.« Ethan seufzte. »Du verhältst dich total unberechenbar, seitdem dich diese beiden Touristen aufgegabelt haben … Ich mache mir Sorgen, was du vielleicht im Bad tust.«

Es war wie in einem dieser Horrorfilme. Wenn ein Alien in einen Menschen fährt oder den Körper benutzt. Er sieht so aus wie der Mensch, den man kennt, er klingt auch so, aber andererseits wiederum … nicht. Ganz so, als würde das Ding, das die Person vortäuscht, die man liebt, nur mit einem spielen. Wie eine Katze ihre Beute zurichtet, ehe sie sie verschlingt. Als bereitete es diesem Raubtier Freude, sein Opfer mit vorgetäuschter Zärtlichkeit zu verspotten. Doch in dem Moment, wenn man das Spiel nicht mehr mitspielt oder das Raubtier den Spaß an der Sache verliert, lässt es die Maske fallen – und dann wissen beide, was nun geschehen wird.

»Ethan«, setzte ich an und überlegte immer noch wie verrückt, wie ich aus dieser gefliesten Zelle herauskommen könnte, in der ich mich eingeschlossen hatte. »Könntest du mir … etwas Wasser bringen?«

Ich hoffte, er würde es tun und mitspielen. Dann könnte ich vielleicht das Bad verlassen und mich stattdessen im Schlafzimmer einschließen. Denn dort war ein Fenster. Im dritten Stock, aber immerhin. Das Risiko würde ich eingehen. Vielleicht könnte ich um Hilfe rufen?

Doch Ethan war dieses Spiel offenbar leid. Er antwortete mir nicht, aber ich hörte, wie er sich ein paar Schritte entfernte, als ginge er den Flur hinunter, doch dann kehrte er zurück.

»Die haben also das Navi zurückgeschickt.«

Ich sagte nichts. Also war er in unserem kleinen Arbeitszimmer gewesen. Er seufzte wieder, und ich hörte, wie die Spanplattentür knarrte, als Ethan sich dagegen lehnte.

»Du ruinierst einfach alles, weißt du das, Mils? Nicht nur, was deine Schwester betrifft, nein. Es ist nur so … nichts läuft für andere gut, sobald du in der Nähe bist.«

Mir war übel, meine Knie gaben fast nach. Ich wich erneut zurück, bis ich den kalten Rand der Toilette an meinen Beinen spürte, dann setzte ich mich auf den Deckel. Die Maske war gefallen. Jetzt sprach der wahre Ethan, ich konnte es spüren.

»Du hättest einfach nur weiterschlafen müssen«, sagte er und klang bei jedem Wort verzweifelter, das ihm über die Lippen kam. »Ich hatte mir den perfekten Ort ausgesucht. Ich wollte dorthin fahren und alles schnell über die Bühne bringen – wollte dich den Abhang hinunter in die Senke stoßen. Niemand hätte dich gefunden. Ich hätte jedem erzählt, dass du dich verirrt hast, als du dir die Beine vertreten wolltest.«

Mein Mann sprach davon, mich umzubringen. Und aus seinem Mund klang es, als wäre das für ihn auch nicht viel umständlicher, als loszufahren und ein paar Second-Hand-Platten abzuholen. Nur eine weitere Besorgung, die er eingeplant hatte und nun erledigen wollte.

»Dann bist du aufgewacht, was an sich schon ärgerlich war. Ich musste mir auf die Schnelle was überlegen, das Navi ausschalten, so tun, als hätten wir uns verfahren. Ich musste dafür sorgen, dass du keine weiteren Fragen stellst. Als dann das Auto liegen blieb, war ich natürlich stinksauer. Wie sollte ich jetzt zum Resort kommen, und überhaupt, wie sollte ich das alles erklären? Aber ich fand eine Lösung … bis du auch die versaut hast.«

Ich dachte zurück an die Nacht, als wir in Witwerberg gestrandet waren. Wie ich versuchte, ein Feuer in unserer Hütte zu machen, während Ethan nach Brennholz suchte. Hatte er dabei zufällig eine der Falltüren entdeckt? War er so lange fortgewesen, weil er die Tunnel erkundete und erkannte, dass ihm die Flucht aus der Hütte gelingen konnte, ohne irgendwelche Spuren zu hinterlassen? Dass es keine Hinweise gab, denen ich folgen konnte, sodass mich niemand je finden würde?

»Warum hast du mich dann nicht einfach umgebracht?«, fragte ich, obwohl ich diese Frage gar nicht stellen wollte.

Ethan sog scharf die Luft ein, als hätte ich ihm eine wirklich knifflige Frage gestellt. »Tja, in diesem Moment wusste ich nicht recht, was ich tun sollte. Die Sache sollte doch wie ein Unfall aussehen. Was, wenn ich etwas gemacht hätte, das zu auffällig gewesen wäre? Wenn dich jemand gefunden hätte, ehe du von der Wildnis verschlungen worden wärst? Man hätte das alles sofort mir vorgeworfen. Aber als ich dann die kleine Höhle fand, da hatte ich … auch die perfekte Lösung gefunden.«

Er hatte diesen Bau also entdeckt, dieses Loch in der Erde. Er hatte gelogen. Natürlich hatte er das. Er hatte die ganze Zeit über gelogen.

»Ich dachte, wer auch immer das alles hier zurückgelassen hat, würde nicht wollen, dass jemand dort herumschnüffelt. Wenn ich also schnell genug wegkam, dann würden sich diese Leute mit dir abgeben. Entweder das, oder du würdest erfrieren … verhungern. Es gab jede Menge Optionen.«

Ich schloss die Augen. Dort stand mein Mann und zählte auf, auf welche Weise ich seiner Ansicht nach den Tod finden würde. Warum hatte ich nie begriffen, wie wenig ihm an mir lag? Wieso hatte ich ihm nie etwas angemerkt, in all der Zeit?

»Offenbar haben sie das meiste Zeug weggeschafft, als du die Höhle entdeckt hast«, fuhr Ethan fort. »Denn sonst hättest du bei der Polizei das ganze Heroin erwähnt. Oder Kokain, was auch immer es war.«

Drogen. Die Tunnel wurden benutzt, um Drogen zu lagern. Für wen? Für eine Art … kriminelle Gang? Ein Kartell? Wie man das auch immer nannte. Sie nutzten das verlassene Dorf als Lagerstätte. Ich musste an die beiden Toten denken, die ich gefunden hatte. War der Mann im Anzug ein Konkurrent gewesen, oder jemand, der sie verraten hatte? Und die arme Jaqueline? War sie ihnen einfach nur in die Quere gekommen, hatte sie etwas gesehen, was sie aus Sicht des Kartells nicht sehen durfte?

Da ergaben die Notizen über mich schon mehr Sinn. Jemand hatte das Versteck beaufsichtigt und überlegt, wie man mich loswerden und die Beweise vernichten könnte, nachdem die Unbekannten wussten, dass Ethan nicht zurückkommen würde. Vielleicht hatten sie Angst, er würde die Polizei mitbringen. Und dann waren sie wahrscheinlich erleichtert, als sie merkten, dass er diese Absicht nicht verfolgte.

»Aber warum nur?«, fragte ich. »Wenn du mich so hasst, warum wolltest du mich dann umbringen? Du könntest doch einfach gehen! Das kannst du immer noch, ich werde nichts sagen – lass mich bitte in Ruhe.«

Auf meine Worte folgte Schweigen. Ich wischte Tränen von meinen Wangen; es war mir peinlich, so vor jemandem zusammenzubrechen, der offensichtlich nichts für mich empfand. Nicht einmal Mitleid.

»Ehrlich gesagt, ich dachte, du wärst tot«, fuhr Ethan fort. »Es waren Tage vergangen, und du hattest dir den Knöchel verstaucht, hattest kaum zu essen. Ich bin sogar durch den Wald zurückgekommen und habe das Auto von der Straße geschoben. Den anderen hatte ich erzählt, ich könne den Ort nicht mehr finden, um dir Zeit zu geben, zu krepieren. Es war eine Überraschung, als diese Leute dich zurückbrachten. Ich war felsenfest davon überzeugt, dass dich die Kälte oder ein wildes Tier erledigen würde, wenn es die Dealer nicht längst getan hatten. Aber plötzlich warst du wieder da.« Er gab ein glucksendes Lachen von sich, in dem kein Humor lag. »Und du musstest ja unbedingt darauf beharren, dass die Hochzeit noch stattfand.«

»Die … Hochzeit?« Inzwischen kam ich nicht mehr mit. Was hatte all das mit der Hochzeit meiner Schwester zu tun? Da lag eine Schärfe in der Art und Weise, wie er das sagte. Die dünne Schicht des beiläufigen Plauderns bekam Risse, zum Vorschein kamen Wut und Frust. Wieso war die Hochzeit für ihn so wichtig?

»Ja, Mila, die Hochzeit. Die Hochzeit, die nie hätte stattfinden sollen!«, sagte er in ruppigem Ton. »Aber das werde ich jetzt hinbiegen.«

Kapitel 36

»Es hinbiegen?«, wiederholte ich und versuchte verzweifelt, seiner Logik zu folgen. Jener kalten, verdrehten Art von Logik, die besagte, dass es einfacher war, mich umzubringen, als mich zu verlassen. Dass es für ihn besser wäre, mich an einem einsamen Ort zurückzulassen, damit ich eines langsamen, schmerzvollen Todes starb oder von wilden Tieren zerfleischt wurde, anstatt mich eigenhändig umzubringen.

Ethan hämmerte gegen die Tür, und ich schrie und zog die Knie an meine Brust, als könnte ich mich dadurch schützen. Verzweifelt blickte ich mich um, auf der Suche nach irgendeiner Waffe. Doch im Bad gab es nur Kosmetika, Duschgel und ein hart gewordenes Stück Seife.

»Ja! Die Sache hinbiegen! Was ich nicht gemusst hätte, wenn du es einfach dabei belassen hättest, wenn du ihnen die Planung überlassen hättest. Oder wenn du deine Rolle richtig gespielt hättest. Ich meine, wer, zum Teufel, lässt zu, dass die eigene Schwester einen Kerl heiratet, der Bilder von nackten Frauen auf seinem Handy hat?«

Einen Moment trieb ich verloren in dem Fluss seiner wütenden Worte, aber dann, mit einem Mal, trugen sie mich zu der Antwort. Ich erinnerte mich an jenen Tag, an die Sache mit Petes Handy. Als ich plötzlich sein Handy hatte anstatt mein eigenes. Es war eine Kleinigkeit, die mir erst jetzt in den Sinn gekommen war. Denn es war Ethan gewesen, der mir das Handy gekauft hatte, aus heiterem Himmel, als Überraschung. Ein Smartphone, das wir uns eigentlich nicht leisten konnten. Und zwar dasselbe Modell wie Petes. Und dann war es Ethan, der mir an jenem Tag das falsche Handy gab. Er überließ es mir, damit ich die Nachrichten von irgendwelchen Mädchen sah, die Pete Nacktfotos schickten, und sofort zu meiner Schwester rennen würde.

»Du hast versucht, die beiden auseinanderzubringen«, murmelte ich vor mich hin. »Wieso?«

»Weil sie mir gehört!«, fuhr Ethan mich durch die Tür an. »Sie war von Anfang an für mich bestimmt! Ich dachte, dass sie ihn verlassen würde, sobald sie die Fotos auf seinem Handy sieht, aber sie hat ein zu gutes Herz. Sie vergibt zu schnell, was nicht gut für sie ist. Also dachte ich, ich schlage zwei Fliegen mit einer Klappe – das Geld auftreiben, das ich brauchte, um sie zu beeindrucken, und die Hochzeit verhindern. Denn sie hätte die nie durchgezogen, solange du vermisst wurdest.«

Ethan sprach immer noch weiter, verdeutlichte seine Hoffnung, Jess und er würden in ihrem gemeinsamen Kummer zueinanderfinden. Aber ich hörte kaum, was er sagte. Jess. Es ging ihm nur um Jess. Die ganze Zeit hatte Ethan mich benutzt, um an sie heranzukommen. Sie war diejenige, die er wollte.

Ich überlegte, wie unsere Beziehung angefangen hatte. Ethan hatte sich zurückgehalten, war nicht besitzergreifend gewesen, hatte nicht geklammert. Er ließ mir meinen Freiraum, jedenfalls hatte ich das damals so gesehen. Aber wenn ich es jetzt genauer betrachtete, erkannte ich, dass es bloß Desinteresse war. Er rief an, wenn er Sex wollte oder jemanden brauchte, der seiner schrecklichen Band zuhörte. Dafür war ich gut genug. Als Publikum und fürs Bett.

Ich erinnerte mich an den Tag, als ich ihn zum ersten Mal meinen Eltern zu Hause vorgestellt hatte. Erst wollte er nicht mitkommen, aber es gelang mir, ihn zu überreden. Damals hielt ich mich für sehr clever, da ich ihn mit der Aussicht auf ein tolles Essen lockte, außerdem erzählte ich ihm von dem Whirlpool meiner Eltern, den wir beide benutzen könnten.

Jess war bereits mit Pete da. Die beiden waren ungefähr seit einem halben Jahr ein Paar, aber Jess hatte genaue Vorstellungen. Sie hätte sich auf kein Date mit Pete eingelassen, wenn sie nicht an eine Zukunft mit ihm gedacht hätte. Damals war ich beeindruckt gewesen von Ethans Verhalten. Ich staunte nicht schlecht, wie charmant und höflich er in Gegenwart meiner Familie sein konnte, obwohl er normalerweise ein kleiner Klugscheißer war, der ständig betonte, er sei gegen das Establishment. Mit dieser Art wäre er bei meinen konservativen Tory-Eltern wohl kaum gut angekommen.

Als wir dann nach den Weihnachtsferien wieder in der Uni waren, verhielt sich Ethan sehr viel eifriger. Er räumte mehr auf als sonst, tat seine Band als »Jugendkram« ab und fing an, mich als seine Freundin vorzustellen. Plötzlich wollte er alles über meine Familie wissen. Über Jess. Er verbrachte viel mehr Zeit mit mir, kaufte mir Geschenke, und schlug vor, wir sollten uns im zweiten Studienjahr eine Wohnung teilen und später, nach dem Abschluss, ein Geschäft gründen. Er suchte meine Nähe, hielt sich so nah wie möglich an mich. Und die ganze Zeit wartete er auf seine Chance, die sich so schnell nicht ergeben würde, weil die Sache zwischen meiner Schwester und Pete ernster wurde. Ich dachte schon, mit uns beiden würde es nichts, doch dann machte er mir den Heiratsantrag. Er behielt mich an seiner Seite, genau da, wo er mich haben wollte. Und wartete ab.

»Die ganze Zeit wolltest du nur sie«, sagte ich und fühlte mich wie betäubt.

Ethan schwieg einen Moment, vermutlich war er überrascht, dass ich ihn mitten in seinem Gedankengang unterbrochen hatte. Dann seufzte er fast bemitleidenswert.

»Tja, offensichtlich, Mils. Wenn man euch beide so sieht … das ist doch kein Vergleich.«

Mit nur einem Satz zerfiel alles in mir zu Asche. Das hatte ich nie hören wollen und doch immer insgeheim gewusst. Dass Jess die Erfolgreiche war, bei der alles stimmte. Sie war intelligent, schön, freundlich, niedlich und lustig. Sie hatte nicht meine gemeine Ader, meine ungestüme, verwöhnte Seite. Bei ihr wirkte immer alles einfach und entspannt; sie hatte Geschmack, was Kleidung betraf, sie hatte die richtigen Manieren, einen Sinn für Stil und Etikette. Bei ihr passte immer eins zum anderen. Sie war die perfekte Tochter, die meine Eltern vernachlässigt hatten, weil sie ihren kleinen Nachzügler verhätschelten. Die Kleine, die keine Sache zu Ende dachte, die nie besser als der Durchschnitt war, die sich nur mit sich selbst beschäftigte und nichts richtig machte.

Alles hatte Jess gegolten. Unsere ganze Beziehung, unsere Ehe. Jedes Mal, wenn Ethan mich berührte, musste er sich vorgestellt haben, Jess zu berühren. Jedes Lächeln, das er mir schenkte, jede aufmerksame Geste – alles nur Taktik, um das Spiel für sich zu entscheiden, um Jess zu gewinnen. Er umgab sich mit mir, aber ich war nur das Faustpfand, der Trostpreis.

Ich musste daran denken, dass er das Diadem-Set für die Hochzeit entdeckt und mir erzählt hatte, es sei das perfekte Geschenk für Jess. Jetzt wurde mir übel, wenn ich daran dachte. Wäre er zurückgekommen, um den Schmuck zu bergen? Hätte er das Diadem aus dem Auto gerettet und Jess dann in einem oder zwei Jahren geschenkt? Nachdem sie sich in ihrer Trauer von Pete getrennt hatte und allein und verwundbar gewesen wäre? Wenn Ethan sie dazu überredet hätte, ihn zu heiraten? Wenn ihre Liebe der krönende Abschluss einer Geschichte wäre, in der ich nur eine Rolle als Randfigur innegehabt hatte. Ein Zwischenstopp auf dem Weg in ihr gemeinsames »und sie lebten glücklich bis ans Ende ihrer Tage«.

Ein merkwürdiger Knacklaut rüttelte mich wach, ich schaute auf, schniefte und wischte mir die Tränen mit dem Ärmel weg. Ich brauchte einen Moment, bis ich dieses seltsame Geräusch zuordnen konnte. Und mit einem Mal wurde ich von Entsetzen gepackt. Es war die Farbe auf den Türangeln. Das Satinweiß, das der Vermieter aufgetragen hatte und das nun Risse bekam, als sich die Angeln bewegten.

Da fielen mir die Schraubendreher ein, die auf dem Schreibtisch im kleinen Arbeitszimmer lagen. Ethan hatte offenbar einen geholt, und bei der Gelegenheit hatte er auch das alte Navi gesehen. Deshalb hatte er die ganze Zeit vor sich hin geredet. Ich sollte nichts merken, sollte nur auf seine Worte achten, mit denen er die Geräusche überlagerte, während er damit beschäftigt war, die von einer Farbschicht überzogenen Türangeln abzuschrauben. Es sollte ganz leise vonstattengehen, damit ich keine Chance hatte, mich zur Wehr zu setzen.

In meiner Panik blickte ich mich um. Dann sah ich etwas, neben dem Waschbecken: den Nagelhautschieber, dessen spitzes, ovales Ende gerade so hinter der kleinen Seifenschale zu sehen war. Ich griff danach und hielt ihn krampfhaft fest. Was ich allerdings damit bezweckte, wusste ich auch nicht. Ich wich in die hinterste Ecke des Badezimmers zurück. Gerade drückte ich mich gegen die geflieste Wand, als Ethan die Tür zu sich riss. Ohne die Schrauben lösten sich die lackierten Türangeln, und einen Moment hing die Tür schief, nur noch gehalten von dem kleinen Riegel und dem Schließmechanismus im Türknauf. Dann brachen die billigen Halterungen, und die Tür fiel krachend zu Boden.

Vor der Schwelle stand Ethan, in der einen Hand den Schraubendreher, als wäre es ein Messer.

»Stell dir nur vor, wie aufgewühlt sie sein wird, Mils«, sprach er und stieg über die umgestürzte Tür hinweg. »Sie wird die Flitterwochen abbrechen müssen, weil ihre kleine Schwester von einem Einbrecher ermordet wurde.«

Ich schrie, und er stürzte sich auf mich.

Instinktiv wehrte ich den Schraubendreher mit einer Hand ab, doch Ethan presste mir seine Hand auf den Mund und versuchte, mich gegen die Wand zu drücken. Ich schlug wie wild um mich, Arme und Knie und Füße waren wie aus eigenem Antrieb in Bewegung.

Er schlug meinen Hinterkopf gegen die Wand, einmal, zweimal, dann fegte er meine Beine unter mir weg, sodass ich zu Boden fiel. Ich schaute auf zu ihm und sah, wie er einen langen Kratzer an seinem Arm betrachtete, der von dem Nagelhautschieber stammte. Er war mir aus der Hand geglitten.

»Du Miststück!«, spie er und trat nach mir. Ich bekam seinen Fuß zu fassen und versuchte, ihn aus dem Gleichgewicht zu bringen, und tatsächlich zwang ich ihn auf die Knie. Ein böser, zischender Laut entwich seinen Lippen.

Verzweifelt versuchte ich, auf die Beine zu kommen, wollte halb kriechend, halb torkelnd aus dem Badezimmer fliehen, aber er packte mich an den Haaren. Ich spürte den Schmerz in den Haarwurzeln, als Ethan mich zurückzog. Meine Kräfte verließen mich bereits. Ich war immer noch zu schwach, um einen Kampf durchzustehen.

Ethans Hände schlossen sich um meinen Hals, seine Daumen drückten fest gegen meine Luftröhre. Ich würgte, rang nach Luft, die ich nicht mehr einzuatmen vermochte. Er drückte fester zu. Ich schaute auf, spürte, dass meine Augen aus den Höhlen traten. Ethans gerötetes, schweißnasses Gesicht war unmittelbar vor mir. Er starrte auf meinen Hals, hatte die Zähne gebleckt. Ich krallte die Hände in seinen Arm, aber er reagierte nicht, nicht einmal dann, als ich ihm die Fingernägel in die Wunde am Arm drückte. Da wusste ich, dass es ihm egal war, ob er saubere Hände behielt. Er hatte keine Geduld mehr. Später, wenn er es mit meiner Leiche zu tun hatte, würde er in Panik geraten. Aber im Augenblick würde er erst aufhören, wenn ich tot zu seinen Füßen lag.

Schwarze Punkte tanzten vor meinen Augen, meine Arme erschlafften. Meine Ohren rauschten, während das Blut durch meinen Körper pulste. Ich rang nach Luft, wie ein Vogel das offene Fenster sucht. Meine Finger fuhren über den Boden, fühlten etwas Kaltes. Ich versuchte, es zu fassen, aber es entzog sich meinen Fingerspitzen, glitt ein Stück weiter über das Linoleum. Ich hatte den Geschmack von Blut im Mund. Dann streckte ich die Hand weiter aus, tastend. Ich hatte das Gefühl, meine Handfläche würde entzweireißen.

Während sich die unmittelbare Umgebung in meiner Wahrnehmung allmählich verdunkelte, bekam ich das kalte, schlanke Utensil mit meinen Fingern zu fassen. Es rollte in meine Richtung. Ich packte es, riss meinen Arm hoch und stieß zu.

Der Druck an meiner Kehle war fort. Ich drehte mich halb auf den Bauch, keuchend und spuckend, sog gierig die Luft ein. Ethan schrie vor Schmerz über mir, schlug wild um sich, trat nach mir. Ich kam mir vor wie ein Fisch an Land und konnte nicht mehr tun, als japsend am Boden zu liegen und die Schläge einzustecken. Dann taumelte Ethan aus meinem Gesichtsfeld, und ich spürte etwas Warmes und Feuchtes, das mir auf Stirn und Wangen tropfte. Unwillkürlich wischte ich es fort, und meine Hand war plötzlich blutverschmiert.

Ich kroch in Richtung Tür, zog mich langsam am Rahmen hoch. Mühsam schaute ich zurück, ein kurzer ängstlicher Blick. Was ich sah, löste ein Würgen bei mir aus.

Dort stand Ethan und hielt sich krampfhaft mit einer Hand am Waschbecken fest, dass das Weiße an den Knöcheln zu sehen war. Mit der anderen Hand verharrte er einen Zoll über dem Nagelhautschieber, den ich ihm neben der Nasenwurzel in den inneren Augenwinkel gerammt hatte. Blut lief aus der Wunde, das Auge war gefüllt damit. Es tropfte ins Waschbecken und lief ihm in den Mund.

Ich wich weiter zurück und rannte durch die Wohnung. Ich dachte nicht daran, das Handy zu schnappen oder nach etwas zu greifen, was mir womöglich als Waffe dienen könnte, ich wollte nur zur Tür und raus aus der Wohnung. Kopflos stürmte ich ins Treppenhaus, rutschte mehrere Stufen hinunter, meine Füße glitten über den Treppenläufer. Inzwischen zitterte ich unkontrollierbar, alles war verschwommen, Tränen raubten mir die Sicht. Mein Hals brannte bei jedem Atemzug, der Rotz lief mir in den Mund.

Unten angekommen, hantierte ich halb blind an der Tür herum, bis sie aufging. Im Freien kamen die frische Luft und die Verkehrsgeräusche mir vor wie aus einer anderen Welt. Hinter mir hörte ich ein Brüllen, dann flog offenbar unsere Wohnungstür auf und knallte gegen die Wand.

Ethan war mir auf den Fersen!

Doch dann hörte ich Sirenen, ganz in der Nähe. Mehrere Polizeiwagen schossen in die Straße und hielten nicht weit entfernt. Binnen Sekunden waren zwei Polizisten an meiner Seite. Ein dritter Beamter stürzte an mir vorbei und rannte auf die Tür zu, durch die ich eben gekommen war. Weitere Beamte folgten. Ich hörte, wie Ethan meinen Namen auf der Treppe rief. Er brüllte vor Schmerz.

»Mrs. Swift?« Die Frage kam von der Polizistin, die mich stützte. Ich nickte nur.

»Ist da noch jemand in der Wohnung, abgesehen von Ihrem Mann?«

Ich schüttelte den Kopf, und meine Knie gaben nach.

»Wo sind Sie verletzt?«, fragte sie, und gemeinsam mit ihrem Kollegen zerrte sie mich fast den Gehweg hinunter zu einem Streifenwagen, dessen Türen weit offen standen.

»Der Hals«, krächzte ich.

»Ja, ich sehe die Würgemale, aber woher kommt all das Blut? Haben Sie eine Schnittwunde?« Die Stimme klang abgehackt und wie aus größerer Ferne.

Wieder schüttelte ich den Kopf. »Nicht mein Blut. Seins«, brachte ich mühsam zustande.

Hinter mir gab eine Stimme Befehle, ich hörte, wie unsere Adresse durchgegeben wurde. Man forderte einen weiteren Rettungswagen an. Die beiden Polizisten drückten mich sacht auf die Rückbank des Autos, und meine Beine baumelten aus der Tür. Als wäre ich ein Kleinkind, das man in seinen Schalensitz setzt. In der Straße heulte ein Rettungswagen, und ich nahm wahr, dass grün gekleidete Sanitäter aus dem Fahrzeug sprangen und von der Polizei ins Gebäude geführt wurden.

»Ein zweiter RTW ist für Sie unterwegs, meine Liebe. Keine Sorge«, sagte der andere Polizist zu mir. »Denken Sie, Sie können eine Aussage machen, wenn man Sie untersucht hat? Die Person, die die Notrufnummer angerufen hat, sagte, sie habe Sie schreien gehört. Dann habe Ihr Mann Sie angeschrien, stimmt das?«

Ich nickte, wusste aber überhaupt nicht, wer dieser Anrufer sein sollte, oder warum mir niemand zur Hilfe gekommen war. Aber wer auch immer es war, ich schuldete ihr oder ihm mein Leben. Wäre die Polizei nicht zur Stelle gewesen, hätte Ethan mich bestimmt eingeholt und selbst auf offener Straße umgebracht, vor den Augen all der Leute. Er war wie von Sinnen.

»Aber gleich schauen wir uns erst einmal an, ob Sie verletzt sind.« Es war wieder die Stimme der Polizistin. Ich sah, dass aus der entgegengesetzten Fahrtrichtung ein zweiter Rettungswagen in unsere Straße einbog. »Sie sehen aus, als hätten Sie eine Menge durchgemacht.«

Kapitel 37

Die Fahrt im Rettungswagen und der Aufenthalt im Krankenhaus sind mir nur verschwommen in Erinnerung geblieben. Ich bekam Wasser zu trinken, auch Schmerztabletten für meinen Hals, aber ich hatte keine ernsthaften Verletzungen davongetragen. Nur etliche Prellungen und Würgemale am Hals, die mir für ein paar Tage das Essen und Sprechen erschweren würden.

Die beiden Beamten blieben bei mir, und ich hörte, wie der Polizist seine Kollegin mit »Alice« anredete. Später erfuhr ich, dass er Stuart hieß, als sie ihm von unten einen Tee mitbrachte, mit seinem Namen auf der Tasse. Ihre Dienstränge habe ich in all der Aufregung nicht behalten.

Alice brachte auch mir Tee, der lange gezogen hatte und lauwarm war, mit einer gehörigen Portion Honig. Er war so süß, dass mir die Zähne wehtaten. Aber der Tee ging runter wie Butter und tat meinem Hals gut.

Zum zweiten Mal innerhalb einer Woche war ich in einer Polizeiwache, um meine Aussage zu machen. Das Sprechen tat weh, aber ich hatte kaum eine Wahl: Entweder gab ich alles auf diese Weise zu Protokoll, oder ich hätte eine Ewigkeit damit zugebracht, die Geschehnisse in meiner furchtbaren Handschrift zu Papier zu bringen. Ich musste auch all das noch mal erzählen, was in Deutschland passiert war, da es mit Ethan und seinem Plan zu tun hatte. Also fing ich an, die ganze Story noch einmal durchzukauen: die Hochzeit, Witwerberg, die Leichen und die Tunnel. Ich erzählte, wie Ethan auf Umwegen das Dorf verlassen hatte, erwähnte die Tabletten und dass er mich zurückließ, damit die Drogenschmuggler mich erledigen sollten. Und nachdem sein eigener Plan so krachend gescheitert war, musste er auf Zeit spielen und warten, bis sich eine andere Gelegenheit ergab.

Doch inzwischen hatte ich herausgefunden, was er im Schilde führte, und da hatte es bei ihm ausgesetzt.

Die Polizei glaubte mir nicht. Was ich nachvollziehen konnte. Klar glaubten sie mir, dass mein Mann mich attackiert und ich mich gewehrt hatte. Dass er versucht hatte, mich zu erwürgen, darüber hinaus lagen das Navi und die Tabletten genau an der Stelle, die ich den Beamten beschrieb. Aber der Rest war ihnen offenbar zu weit hergeholt. Zumindest war das die Ansicht der Polizei, bis ich sie überreden konnte, Kommissar Voigt anzurufen. In der Hoffnung, er würde ihnen erzählen, was sich in Bayern zugetragen hatte.

Wenn ich bessere Laune gehabt hätte, hätte ich vielleicht gelacht, als der Polizist namens »Stuart« in den Verhörraum kam, die Augen groß wie Golfbälle, und sagte, die Kollegen aus Deutschland hätten meine Version bestätigt. Außerdem wollte Kommissar Voigt mich persönlich sprechen, daher begleitete mich einer der Beamten zu einem Telefon an einem der Schreibtische.

»Geht es Ihnen gut?«, erkundigte er sich, so direkt, wie ich ihn in Erinnerung behalten hatte.

»Ich werde es überleben.«

»Ich habe gerade gehört, dass Ihr Mann Sie tätlich angegriffen hat? Er soll Sie absichtlich an dem einsamen Ort zurückgelassen haben?«

»Ja, das stimmt.«

Er sagte etwas auf Deutsch, es klang scharf und konnte eigentlich nur ein Schimpfwort sein. »Es tut mir leid. Ich habe nicht erkannt, dass er in diese Sache verwickelt war«, sagte er. »Wenn ich mir die Dinge aus dem Mietwagen nur genauer angesehen hätte, bevor ich sie Ihnen schickte, vielleicht hätte ich dann …«

»Das ist nicht Ihr Fehler.«

»Ich hätte es sehen müssen. Ich hätte Sie beschützen müssen.«

Es folgte ein langes Schweigen, nur untermalt von den Geräuschen der Fernverbindung.

»Ich wollte Ihnen mitteilen«, fuhr er fort, nachdem er sich geräuspert hatte, »dass wir den Mann inzwischen identifiziert haben. Den Mann im Anzug, meine ich. Die Uhr war leichter zuzuordnen, als ich es erwartet hatte. Er war Anwalt, ein gewisser Elias Bachmann. Er verschwand, nachdem es ihm nicht gelungen war, ein Paar zu verteidigen, dem man vorwarf, Heroin ins Land geschmuggelt zu haben. Ich vermute, dass irgendjemand, der in der Organisation das Sagen hat, wollte, dass Bachmann von der Bildfläche verschwindet. Vielleicht wusste er zu viel. Oder er hatte das Kartell gegen sich aufgebracht. Aber seine Angehörigen haben es Ihnen zu verdanken, dass sie sich nun nicht länger fragen müssen, was mit ihm passiert ist. Sie sollten stolz sein«, sagte er so freundlich und sanft, dass ich fast in Tränen ausgebrochen wäre.

Er schien zu verstehen, dass ich emotional zu sehr mitgenommen war, um das Gespräch weiterzuführen. Er werde sich bald wieder melden, sagte er, und ich solle mich an ihn wenden, falls ich noch weitere Informationen für meinen Fall benötigte. Nachdem er mir noch gute Besserung gewünscht hatte, legte er auf.

Kurz darauf gab ich weiter meine Aussage zu Protokoll, jetzt, da die Polizei mir tatsächlich glaubte, was ich erzählte. Bald hatte ich alles berichtet, und danach wollte ich nur noch schlafen. Aber der einzige Ort, an dem ich mich aufhalten konnte, war die Wohnung, und ich glaubte nicht, dass ich mich dort je wieder sicher fühlen würde. Ich wollte nicht mal mehr an die Wohnung denken, schon gar nicht an die demolierte Tür und all das Blut im Waschbecken.

»Ihr Mann befindet sich noch im Krankenhaus«, ließ Alice mich wissen, als ich den Verhörraum verlassen durfte. »Die Verletzung war nicht lebensbedrohlich, muss aber aufwendig versorgt werden. Er steht unter Bewachung und wird daher nicht einfach so nach Hause zurückkehren können.«

»Und ich …« Ich räusperte mich. »Werde ich … belangt für das, was ich ihm angetan habe?«

Alice schaute kurz auf zu der Kamera, die an der Decke hing und uns lautlos überwachte. Dann blickte sie sich um, für den Fall, dass jemand in Hörweite war.

»Das weiß ich nicht. Aber unter den gegebenen Umständen wäre ich überrascht, wenn die Strafverfolgungsbehörde diesem Vorwurf nachgehen würde. Doch vielleicht sollten Sie sich trotzdem an einen Anwalt wenden. Für alle Fälle?«

Ich nickte, glaubte ihr allerdings nicht, dass man die Sache auf sich beruhen lassen würde. Immerhin hatte ich meinem Mann ins Auge gestochen. Über so etwas ging man nicht einfach so hinweg.

»Gibt es jemanden, den ich informieren kann, eine Person, bei der Sie eine Weile unterkommen können?«, fragte sie.

Ich schüttelte den Kopf. Da gab es niemanden. Jess war in den Flitterwochen, und lieber würde ich eine Woche im Gefängnis sitzen, ehe ich meiner Schwester diese Zeit versaute. Ich hatte ein paar Freunde, die ich anrufen konnte, aber bei der Vorstellung, ihnen alles erklären zu müssen, fühlte ich mich vollkommen antriebsarm. Sie alle kannten Ethan, zumindest glaubten sie, ihn zu kennen. Es wäre gewiss nicht leicht, sie dazu zu bringen, mir Glauben zu schenken. Vielleicht könnte ich mir mit meiner Kreditkarte ein Hotelzimmer nehmen und das Konto ausgleichen, sobald mir mein Erbteil zuerkannt wurde. Das sah mir im Augenblick nach der besten Wahl aus. Denn dann wäre ich zumindest nicht mehr in der Wohnung, die ich mir mit Ethan geteilt hatte. Ich müsste nicht mehr all die Fotos sehen, die wir gemeinsam geschossen, all die Geschenke, die wir einander gemacht hatten, die Dinge, die wir gemeinsam ausgesucht hatten. All die Lügengebäude, die er errichtet hatte, nur um an meine Schwester heranzukommen.

»Ich werde in ein Hotel gehen«, sagte ich.

»Ich könnte Sie in Ihre Wohnung begleiten, damit Sie ein paar Dinge holen können. Dann bringe ich Sie ins Hotel?«, bot sie an, und es klang, als müsse sie mich erst um Erlaubnis fragen.

Ich nickte.

Alice begleitete mich in den Empfangsbereich und bat mich, zu warten, während sie den Schlüssel zu einem verfügbaren Dienstwagen holte. Ich stand einen Moment da und blickte auf ein verblichenes Poster, das auf die Gefahren hinwies, die der Besitz von Stichwaffen und Messerstechereien mit sich brachten.

Mein ganzer Körper fühlte sich taub an, bis tief in meine Seele. Alles, was seit dem Morgen geschehen war, erschien mir wie ein furchtbarer Albtraum. Ich brauchte jemanden – irgendjemanden –, der mir sagte, dass bald alles wieder in Ordnung sein würde.

Alice kam mit dem Autoschlüssel zurück und führte mich aus der Polizeiwache. Es war dunkel geworden, Regen hatte eingesetzt, dicke Tropfen, die mich unverzüglich bis auf die Haut durchnässten. Wie lange hatte ich auf der Wache zugebracht? Ich wusste es nicht. An diesem nicht enden wollenden, verfluchten Tag zog sich die Zeit in die Länge. Ich hatte nicht einmal eine Jacke dabei, trug nur ein T-Shirt über meinen Leggins. Als wir zum Auto eilten, spürte ich, wie der eiskalte Regen durch das dünne Gewebe drang, bis auf die Haut.

»Mila!«

Ich fuhr erschrocken herum, als ich im prasselnden Regen meinen Namen hörte. Dann blickte ich mich auf dem Parkplatz um, sah die mit Regenschirmen vorbeieilenden Fußgänger jenseits des schmiedeeisernen Zauns. Ein verschwommenes Farbgemisch aus leuchtendem Orange und Türkis lief in meine Richtung, meine Schwester. Sie war klitschnass, trug ein luftiges Kleid mit tropischem Muster und Sportschuhe, hatte einen Sonnenbrand und sah erschöpft aus.

»Jess?«

Als sie bei mir war, schlang sie beide Arme um mich. Sie roch nach billigem Lufterfrischer, Kaffee und Sonnencreme. Wie, um alles in der Welt, war sie plötzlich hier, und wieso sah sie aus, als wäre sie gerade von Barcelona nach Hause geschwommen?

»Ich habe den ersten Flieger genommen, in dem noch Plätze frei waren«, sprudelte es aus ihr heraus, als hätte sie meine Gedanken gelesen. »Pete ist auch auf dem Rückweg, aber er musste einen anderen Flug nehmen, der etliche blöde Zwischenstopps hat.«

»Aber … woher wusstest du …« Ich konnte nicht verarbeiten, was geschah.

»Ich habe dich angerufen, von unserem Hotelzimmer aus. Du bist auch rangegangen, aber dann habe ich nur einen Schrei gehört. Ethan schrie deinen Namen, und ich dachte, dass dir das Handy aus der Hand gefallen sein musste, weil es nur noch knackte und rauschte. Immer wieder habe ich deinen Namen gerufen und überlegt, was passiert sein könnte. Und dann hörte ich, wie du Ethan angeschrien hast und er lautstark verlangt hat, dass du aus dem Bad kommst. Da habe ich die Polizei angerufen und gesagt, dass du in Not bist.«

Seitdem die beiden Beamten mich auf der Straße aufgegabelt hatten, war ich davon ausgegangen, einer unserer Nachbarn hätte die Polizei gerufen. Dabei war es Jess gewesen. Jess hatte mich unter dieser fremden Nummer angerufen und dann die Polizei benachrichtigt.

»Aber woher wusstest du, dass es ernst war? Wie …«

»Ich hatte dieses Bauchgefühl.« Sie trat einen halben Schritt zurück, es schien ihr nichts auszumachen, dass sie total nass wurde. Dunkle Haarsträhnen fielen ihr wie Tinte übers Gesicht. »Ich hatte dieses komische Gefühl schon, als Ethan am Resort auftauchte, ohne dich. Ich machte ihm Vorwürfe, dass er dich allein gelassen hatte, aber insgeheim dachte ich, dass er selbstsüchtig gehandelt und sich feige verhalten hat. Als ich dann deine Stimme am Telefon hörte … da wusste ich, dass Ethan etwas im Schilde führt. Ich habe ihm nie über den Weg getraut.« Sie umfasste mein Gesicht mit ihren kalten, nassen Händen. »Er war nie gut genug für dich.«

Das gab den Ausschlag. Ich spürte, dass ich jeden Moment den Halt verlieren würde. Mein ganzer Körper bebte unter

Schluchzern. Jess musste mich stützen, drückte mich fest an sich, als ich all den Kummer und die Scham rausließ, die schon den ganzen Tag in mir gebrodelt hatten. Jess konnte nicht ahnen, dass ich Ethan in ihr Leben gebracht hatte. Dass er beinahe ihre Beziehung ruiniert hätte – zweimal! –, und alles meinetwegen.

Alice, die sich unauffällig im Hintergrund aufgehalten hatte, räusperte sich nun. Ich hörte, wie sie Jess fragte, ob sie uns zum Hotel begleiten wolle oder ob sie sich etwas anderes überlegt habe.

»Ich werde meine Schwester nach Hause bringen, vielen Dank.«

»Aber ich kann nicht zurück in die Wohnung«, brachte ich unter leisem Wimmern hervor. Ich konnte kaum sprechen, weil ich so sehr schluchzte, mein Atem war unregelmäßig. »Das schaffe ich nicht.«

Jess versuchte, mich zu beruhigen, und hielt mich fest in ihren Armen. »Wir fahren ja nicht in die Wohnung, wir fahren zu mir nach Hause. Dort bist du sicher.«

Irgendwie gelang es Jess, ein Taxi anzuhalten und mich auf die Rückbank zu verfrachten, während ich mich wie ein verirrtes Kind immer noch an sie klammerte. Wir waren beide komplett durchnässt und fingen bald an zu zittern. Aber all die äußeren Unannehmlichkeiten waren nichts im Vergleich zu dem, was ich im Innern empfand. Als würde etwas Verdorbenes unter meiner Haut dahinvegetieren. Während der Taxifahrt bestürmten mich furchtbare Gedanken: Ich hatte Jess die Flitterwochen verdorben. Sie war so eine gute Schwester, wahrscheinlich hatte sie Hunderte Pfund für ein Last-Minute-Ticket ausgegeben, nur um bei mir sein zu können. Offensichtlich war sie von uns beiden der bessere Mensch, und ich hätte lange schon kapieren müssen, dass Ethan nur sie und nicht mich haben wollte. Am schlimmsten war, dass ich mir selbst für alles die Schuld gab.

Ein Teil von mir wusste, dass ich so etwas nicht denken sollte. Weil Ethan schließlich allein verantwortlich für sein Handeln war, für all die Intrigen. Dass er seine wahren Gefühle vor mir verborgen hatte, und ich nichts hatte ahnen können. Dennoch hatte Kommissar Voigt praktisch zugegeben, ihm sei etwas an der Sache merkwürdig vorgekommen, und jetzt erzählte mir Jess, sie habe schon die ganze Zeit ein komisches Gefühl gehabt, sobald es um Ethan ging.

Wieso hatte ich davon nichts bemerkt? Wie war es möglich, dass ich eine Wohnung und ein Geschäft mit diesem Mann geteilt hatte – ja, ein Leben –, ohne nicht einmal zu ahnen, dass all dies für ihn nur Mittel zum Zweck war? Wie hatte ich glauben können, dass er mich liebte, wenn er in mir nichts anderes gesehen hatte als ein Werkzeug? Ein Werkzeug, das entbehrlich geworden war.

Als das Taxi schließlich vor Jess' und Petes Haus anhielt, war ich hundemüde und gleichzeitig nie weiter vom Schlaf entfernt gewesen. Wir stiegen aus, und als ich hörte, was die Taxifahrt kostete, fing ich fast wieder zu schluchzen an. Jess bezahlte kommentarlos und führte mich dann in ihr Haus in der Vorstadt.

»Warte einen Moment«, sagte sie, lief dann die Treppe hinauf und kam mit Pyjamas und Handtüchern wieder. Noch in der Diele zogen wir die nassen Sachen aus, die meine Schwester sofort in der Küche in die Waschmaschine steckte. Dann machte sie Wasser heiß, umfasste sanft meinen Ellenbogen und brachte mich ins Wohnzimmer, als würde ich allein den Weg nicht finden und unterwegs verloren gehen.

Nachdem sie mich in den Überwurf auf dem Sofa eingehüllt hatte, brachte sie mir Tee und kuschelte sich neben mich. Ich hörte das leise Geräusch des Boilers und wusste, dass Jess die Heizung angestellt haben musste.

»Wir müssen nicht jetzt sofort darüber reden, wenn du nicht willst«, sagte Jess schließlich, als es still im Haus geworden war und ihr Herumwuseln keine Spuren mehr in der Atmosphäre hinterließ. »Du kannst so lange bleiben, wie du möchtest. Du brauchst nicht mehr zurück in deine Wohnung, okay? Ich besorge dir alles, was du brauchst.«

Ich konnte die Tränen nicht zurückhalten, als sie das sagte. Ich hatte keine Stimme mehr. Jess nahm mich in den Arm, während ich an ihrer Schulter schluchzte und mich bei jeder ihrer zärtlichen Gesten immer schuldiger und schuldiger fühlte. Doch letzten Endes, als der Tee kalt geworden war und meine Brust vom Weinen schmerzte, gelang es mir, mich zusammenzureißen. Langsam setzte ich mich aufrecht hin und wischte mir einmal mit dem Handrücken durchs Gesicht.

»Das ist alles mein Fehler. Ich habe dir wieder alles ruiniert.«

Jess sah überrascht aus, dann wurden ihre Züge sanfter, und ein Ausdruck trat in ihr Gesicht, der nur Mitleid sein konnte. Sie atmete lange aus und nahm meine Hand.

»Mila … nichts von alldem ist dein Fehler. Es war Ethan, der dich angegriffen hat. In dem Moment, als er ohne dich auftauchte, wusste ich, dass etwas … Aber nichts davon kann man dir vorwerfen. Nur Ethan. Selbst wenn wir nie erfahren, was in ihn gefahren ist, ist nichts davon dein Fehler.«

Ich schüttelte den Kopf, schon wieder kamen mir die Tränen.

»Was ist? Stimmt etwas nicht?«, fragte Jess, und Panik schlich sich in ihre Stimme.

Aber ich konnte es ihr nicht sagen, ich fand einfach nicht die richtigen Worte, um ihr zu erklären, dass er die ganze Zeit nur sie gewollt hatte. Und dass ich ihn geradewegs zu ihr geführt hatte.

Kapitel 38

Jess blieb so lange wach, bis ich mich in den Schlaf geweint hatte.

Als ich aufwachte, sah ich, dass sie es sich neben mir auf dem Sofa bequem gemacht hatte, eine Haarsträhne hing ihr ins Gesicht. Der Couchtisch, auf dem meine Füße ruhten, war eine Wüste aus zerknüllten Taschentüchern, leeren Tassen und Blisterpackungen. Jess hatte mir zwischendurch immer wieder Tee gekocht und dann Wasser gegeben, damit ich die Schmerztabletten für meinen Hals besser schlucken konnte. Schließlich, als ich nach meinen Heulkrämpfen nur noch Schluckauf hatte, gab sie mir einen Brandy, an dem ich dann nippte. Letzten Endes hatte mich wohl der Alkohol ausgeknockt.

Bei Tageslicht sah ihr Wohnzimmer fast wie ein Wartezimmer beim Arzt aus. Nicht wie beim National Health Service, sondern wie einer dieser schicken Wartebereiche, die man nur in Filmen sieht, wo Promis sich neue Gesichter machen lassen oder heimlich eingeliefert werden. Alles war in Weiß oder Hellgrau gehalten, mit edlen und weichen Konturen. Nicht ein Fitzelchen Staub war auf dem glänzenden Glas und den polierten Chromoberflächen zu entdecken. Obwohl überall cremefarbene Kerzen standen – in Glaskugeln, Laternen und Schalen –, war keine je angezündet worden. Nirgends ein Wachstropfen fehl am Platz.

All das nahm ich durch zusammengekniffene Augen wahr, da das grelle Tageslicht durch die Jalousien fiel. Alles fühlte sich so sicher und beherrschbar an. So perfekt nach Jess. Vielleicht hatte sie mich nie hierher eingeladen, aus Angst, ich könnte alles durcheinanderbringen. Wieder bildeten sich Tränen in meinen wunden Augen, aber diese Tränen verbiss ich mir. So konnte es nicht ewig weitergehen. Der Schock vom Vortag war verflogen, geblieben war ein schrecklicher Schmerz, der durch meinen Körper strahlte. Es war noch nicht besser, aber ich konnte zumindest damit umgehen. Wenigstens fühlte es sich nicht länger so an, als könnte ich an diesen Schmerzen sterben. Aber ich ahnte, dass ich noch eine sehr lange Zeit mit dem Schmerz in meinem Innern würde leben müssen.

Am liebsten wollte ich mich gar nicht rühren, wäre da nicht der Drang gewesen, zur Toilette zu gehen und den verkrusteten Schlafdreck aus den Augen zu waschen. Jess schlief noch, ich wollte sie nicht aufwecken. Leise wand ich mich aus der grauen Steppdecke, die sie über mich gelegt hatte, und schlich die Treppe nach oben.

Im Badezimmer fand ich einen Waschlappen und eine Zahnbürste, die noch in der Verpackung steckte. Jess musste die Sachen für mich rausgesucht haben, als sie auf der Suche nach Handtüchern und Pyjamas nach oben geeilt war. Ich spürte, dass ich den Mund zu einem zögerlichen Lächeln verzog. Selbst inmitten einer Krise war Jess die perfekte Gastgeberin. Neben dem Waschbecken hatte sie mir ein paar winzige Proben mit Gesichtscreme hingestellt, dazu Mundwasser und Seife.

Nachdem ich die Toilette benutzt hatte, warf ich einen Blick aus dem Badezimmerfenster und sah, dass im Garten jede Menge Baumaterial lag. Säcke mit Sand und Stapel von Terrassenplatten, die nur darauf warteten, verlegt zu werden. Vielleicht war ich deswegen noch nicht eingeladen worden – Jess wollte warten, bis alles perfekt wäre. Wie lange mochte es dauern, bis ich sie trotz Zweifel beim Wort nahm, anstatt immer vom Schlimmsten auszugehen? Seufzend griff ich zur Zahnbürste.

Der Blick in den Spiegel stellte einen ganz speziellen Schock dar. Mein ganzer Hals war dunkel verfärbt. Ich konnte sogar die Konturen von Ethans Fingern erkennen, die Abdrücke auf meiner Haut hinterlassen hatten. Vorsichtig legte ich mir die eigenen Finger an den Hals und unterdrückte ein Schaudern. Wäre es mir nicht gelungen, ihm zu entkommen, wäre ich sehr bald tot gewesen. Vielleicht wäre die Polizei nicht rechtzeitig eingetroffen.

Wo war Ethan jetzt? In einer Zelle der Polizei oder immer noch im Krankenhaus, wo man sein Auge versorgte?

Mir wurde klar, dass die ganze Sache wahrscheinlich vor Gericht kommen würde. Ich würde als Zeugin aussagen müssen. Unwillkürlich drehte sich mir der Magen um. Die Vorstellung, im selben Raum wie er zu sein, seine Stimme zu hören – ganz zu schweigen davon, ihn zu sehen –, löste Entsetzen in mir aus, ein Gefühl von Übelkeit. Ich suchte Halt am Waschbecken, starrte in meine eigenen, von Panik gezeichneten Augen und stellte mir vor, wie er sich fühlen würde, wenn er mich so sah, im Wissen, dass er der Grund dafür war. Wie sollte ich ihn je wieder ansehen, nach allem, was er getan hatte.

»Mila?« Jess klopfte leise an die Tür. »Alles in Ordnung? Brauchst du noch was?«

»Ich …« Ich schluckte schwer und sah, wie sich meine Lippen bewegten, als wäre ich ein Fisch, der nach Wasser schnappte. »Mir geht's gut. Alles okay. Ich bin gleich unten.«

Ich merkte, dass sie zögerte, doch dann erklangen ihre Schritte auf der Treppe. Kurz darauf hörte ich, wie sie den Deckel des Wasserkochers aufklappte; die Leitung rauschte, als Jess Wasser einfüllte.

Ich musste es ihr erzählen. Heute noch. Ehe Pete nach Hause kam, bevor ich den Mut verlor. Je länger ich das Geheimnis für mich behielt, desto leichter würde es mir fallen, gar nichts zu sagen. Bis auch das zu den vielen Dingen gehörte, über die wir nie sprachen. Damit konnte ich nicht umgehen. Wichtiger war aber, dass Jess meiner Ansicht nach erst Ruhe geben würde, wenn ich ihr alles erzählt hatte. Sollte ich es nicht tun, würde sie immer denken, dass ich ihr nicht vertraute.

Mit diesem Entschluss wusch ich mir das Gesicht, putzte mir die Zähne und versuchte, mir das Gefühl zu geben, ein bisschen menschlicher auszusehen. Wieder unten im Wohnzimmer sah ich, wie meine Schwester die zerknüllten Taschentücher in einen weißen Flechtkorb warf. Sie hielt inne, als sie mich sah.

»Ich hoffe, du hast wenigstens etwas geschlafen«, sagte sie. »Wie geht's deinem …« Sie deutete auf ihren eigenen Hals.

»Nicht so toll«, krächzte ich. »Die Schwellung hat etwas nachgelassen, aber die blauen Flecken sind noch intensiver geworden.«

Sie zuckte voller Mitgefühl zusammen. »Ich wollte gerade Frühstück machen, wenn dir danach ist. Ich könnte schnell noch in den Laden und etwas griechischen Joghurt und Honig kaufen. Das müsstest du gut schlucken können, oder? Ich könnte dir auch Rührei mach—«

»Ich muss dir was sagen«, unterbrach ich sie.

»Was denn?« Ich sah, wie Jess sichtlich gespannt an der Unterlippe nagte.

Im Grunde wollte ich die Bombe nicht platzen lassen. Was, wenn Jess glücklicher wäre, es nicht zu wissen?

»Es geht … um Ethan. Über das, was er gestern noch zu mir gesagt hat. Ich weiß nicht, ob ich es erzählen soll, weil es irgendwie … um dich geht, um dich und mich und um die Hochzeit.«

Jess bekam große Augen. »Was immer es auch ist, du kannst es mir sagen. Du brauchst nicht so zu tun, als ob …« Sie hielt langsam inne. Tausend winzige Veränderungen im Mienenspiel huschten über das Gesicht meiner Schwester. Wie flackerndes Licht auf der Leinwand im Kino. In diesem Moment konnte ich verfolgen, wie sie jedes meiner Worte im Geiste interpretierte. Dann jeden Augenblick, den sie im Beisein meines Mannes verbracht hatte. Alles, was er je zu ihr gesagt hatte, die Dinge, denen sie nur halbe Beachtung geschenkt, die sie beiseitegeschoben hatte, wenn er sie auf bestimmte Weise angesehen hatte. Es waren genau jene Augenblicke der Erkenntnis und des Begreifens, die ich tags zuvor durchlebt hatte, als Ethan mir alles erzählte. Mit einem Mal sah ich die gemeinsame Zeit mit ihm wie im Schnelldurchlauf, und diesmal fiel mir auf, wo genau seine Aufmerksamkeit jeweils gelegen hatte, wie er Dinge gesagt, was er gesagt und wie er sich im Beisein meiner Schwester benommen hatte.

Jess ließ sich langsam auf das Sofa sinken.

»Mila … willst du damit sagen …« Sie sah mich unschlüssig an und schien zu erwarten, dass ich es verneinen oder sie verbessern würde.

»Er wollte mich loswerden, damit er mit dir zusammenkommen konnte«, erklärte ich, und die Worte kamen mir mechanisch über die Lippen.

»Ethan … war hinter mir her?« Jess war offensichtlich nicht imstande, die Tragweite voll zu erfassen.

»Ich glaube, ja. Zumindest wenn ich darüber nachdenke, was er mir erzählt hat. Seitdem habe ich mir noch einmal alles in Erinnerung gerufen. Er ist nie an mir interessiert gewesen, zu keiner Zeit.« Es tat so weh, diese Erkenntnis offen auszusprechen, und für einen Moment verschlug es mir den Atem. Der Schmerz in mir war so heftig, dass ich das Gefühl hatte, meine Rippen würden brechen. »Wahrscheinlich hat er mich zunächst nur ausgenutzt, um ein bisschen Spaß zu haben. Aber dann nahm ich ihn zu Weihnachten mit nach Hause, und da hat er zum ersten Mal dich gesehen … Danach war es ihm plötzlich ernst mit mir. Er suchte meine Nähe, aber ich glaube, er hat nur auf die Gelegenheit gewartet, an dich heranzukommen.«

»Mils …« Sie atmete erschrocken aus und schüttelte den Kopf. »Ich weiß nicht, was ich sagen soll … das tut mir alles so leid.«

»Das muss es nicht!« Ich sah, wie sie bei meiner vehementen Antwort zusammenzuckte. »Das ist nicht deine Schuld! Das würde ich nie denken. Er war … ist … ein Monster. Wenn überhaupt, dann tut es *mir* leid, weil ich es nicht durchschaut habe und ihn nicht aufhalten konnte. Als ihr beiden euch verlobt habt, war Ethan plötzlich so sehr an der Hochzeit interessiert. Ich dachte nur, er mache sich Sorgen wegen der Kosten für die Reise. Ich hatte keine Ahnung, was er vorhatte.«

»Was er vorhatte …«, wiederholte Jess langsam. »Als ihr in diesem Bergdorf gestrandet seid … Hat er das eigens so eingefädelt? Er ließ dich dort zurück … weil es ihm um mich ging?«

»Das darfst du nicht auf dich beziehen«, betonte ich. »Das hat allein er getan. Und er war es auch, der Pete diese Fotos geschickt hat«, fuhr ich fort und setzte mich nicht direkt neben meine Schwester, um ihr Raum zu lassen, all das zu verarbeiten. »An jenem Tag gab er mir Petes Handy, damit ich die Fotos entdecke und dir davon erzähle. Als das aber nicht dazu führte, dass ihr euch trennt, hat er …« Meine Stimme begann zu zittern.

»Er hat mich unter Drogen gesetzt, damit ich die ganze Zeit schlief, und er wollte mich im Wald aus dem Auto zerren und …«, ich hatte Mühe, den Satz fortzuführen, »… den Abhang hinunterstoßen. Es sollte so aussehen, als wäre ich gestürzt. Danach wollte er behaupten, er habe mich nicht finden können. Sodass du die Hochzeit absagen würdest, und er dann …«

Ich musste abbrechen, weil Jess beinahe angewidert das Gesicht verzog, als versuche sie, gegen ein Gefühl plötzlicher Übelkeit anzukämpfen. Sie beugte sich vor, hielt sich beide Hände vors Gesicht und wippte leicht vor und zurück.

»Gestern habe ich ein paar Dinge entdeckt«, zwang ich mich, weiterzureden, »und da wurde mir einiges von dem, was er getan hatte, klar. Als er nach Hause kam, hat er mir offenbar angesehen, dass ich Bescheid wusste, und dann hat er … Ich habe keine Ahnung, wie sein Plan ausgesehen hat. Vor der Reise hatte er mich unter Drogen gesetzt, und das hat er wieder getan, als wir nach Hause kamen. Vielleicht weil er keine Geduld mehr hatte, die Tat wie geplant zu begehen. Aber wahrscheinlich hatte er etwas anderes im Sinn. Ich kam ihm in die Quere, und dann ist er ausgerastet.«

Jess saß reglos da, den Kopf in den Händen vergraben.

»Ich war mir nicht sicher, ob ich es dir erzählen soll«, sagte ich und spürte, wie sich meine Brust zusammenzog. Schuldgefühle plagten mich erneut. »Ich hätte es nicht tun sollen. Das hättest du alles überhaupt nicht wissen müssen.«

Sie hob den Kopf und sah mich an, als hätte ich den Verstand verloren. »Natürlich muss ich das wissen! Mila … ich hätte sowieso davon erfahren, spätestens vor Gericht – jetzt kann ich es wenigstens hier verarbeiten, und nicht im Gerichtssaal … wenn er mich beobachtet.« Der Gedanke schien ihr zuwider zu sein.

»Vor Gericht?«, wiederholte ich.

»Tja, offensichtlich wird er vor Gericht gestellt. Er hat versucht, dich umzubringen, gleich zweimal. Weiß Gott, wofür sie ihn sonst noch belangen werden.«

»Aber ich dachte, dass du nicht …« Ich brach den Satz ab, als ich sah, wie erschrocken sie mich ansah.

»Du dachtest, ich würde nicht mit ins Gericht kommen? Bei dir sein?«

»Ich …« Ich räusperte mich, aber der Hals war mit einem Mal wie zugeschnürt, als würde ich jeden Moment wieder in Tränen ausbrechen. »Ich dachte, dass es dir vielleicht lieber wäre, nicht schon wieder in ein Chaos verwickelt zu werden, das ich angerichtet habe.«

Jess streckte die Hand nach mir aus und umfasste meinen Arm. Dann sah sie mir direkt in die Augen und schien einen Moment zu brauchen, um die passenden Worte zu finden.

»Mila, ich weiß, worum es bei alldem gegangen ist. Du hast uns gedrängt, trotzdem zu heiraten, du hast dich ins Zeug gelegt, obwohl du vollkommen erschöpft gewesen sein musst. Dann das Diadem-Set, das unglaublich teuer …« Sie schüttelte den Kopf. »Das ist mir alles bewusst, okay? Und was den Vorfall beim Beerdigungskaffee betrifft … ich hätte nicht versuchen sollen, einfach darüber hinwegzugehen. Ich hätte mich längst mit dir zusammensetzen und alles erklären sollen.«

Da war sie, die uneingestandene Kluft zwischen uns. Endlich lag sie offen zutage. Mein ganzer Körper prickelte vor Verlegenheit. Jess seufzte und verschränkte die Hände im Schoß, ich sah, wie sie die Finger gegeneinander verdrehte.

»Mila … ich weiß nicht, wie ich es am besten erklären soll. Ich wusste nicht … Als wir Kinder waren, haben sie es uns nie erzählt, aber … sie war nicht meine Mutter.«

Ich konnte nicht mehr atmen. Ich hatte das Gefühl, als hätte man mir den Boden unter den Füßen weggezogen. Und dennoch. Irgendwie schien eins zum anderen zu passen, alles schien sich zu fügen, in all die Lücken und dunklen Stellen unserer gemeinsamen Vergangenheit. Ich konnte die Wahrheit in Jess' Worten spüren. Als hätte ich die ganze Zeit gewusst, dass unterhalb unserer perfekten kleinen Familie ein Geheimnis schwelte.

»Sie glaubten, sie könnten keine Kinder kriegen«, erklärte Jess leise. »Zumindest glaubte Mum das. Dad betrog sie, und die andere Frau war schwanger. Ich bin mir nicht sicher, wie das passiert ist oder wo er sie kennengelernt hat, aber laut den Papieren, die ich beim Ausräumen ihres Hauses gefunden habe, glaube ich, dass Dad Mum überzeugen konnte … diese Frau auszuzahlen. Damit sie mich als ihr eigenes Kind großziehen konnten.«

»Aber … sie hat dich nie wie ihr eigenes Kind behandelt«, brachte ich den Gedanken zu Ende.

Jess sah mich traurig an, dann schüttelte sie den Kopf. »Ich wusste nie, wieso. Du kamst zur Welt, als ich fünf war, und lange Zeit hielt ich es für normal, dass du der Liebling bist, weil du ja das Baby warst. Aber tatsächlich warst du eben *ihr* Baby, und ich war nur der Beweis, dass ihr Mann ihr untreu gewesen war.«

Ich erinnerte mich, dass Mum in ihrem von Demenz beeinflussten Zorn eine Tasse nach Jess geworfen hatte. Sie hatte geschimpft, dass Jess ihre Ehe zerstört habe. Hatte sie an Jess' biologische Mutter gedacht, als sie das sagte? Hatte sie sich all die Jahre zurückerinnert an diese Frau? Und wann immer sie mir einschärfte, ich solle dieses oder jenes nicht anziehen oder gewisse Dinge nicht begehren, weil es angeblich »gewöhnlich« oder »nuttig« aussah – hatte das alles mit Dads Geliebter zu tun, mit Jess' Mutter, die wie ein Geist über uns schwebte?

»Du hast es herausgefunden, ehe sie starben«, sagte ich. »Wieso hast du es mir nicht erzählt? Ich hätte für dich da sein können.«

Jess schluckte, in ihren Augen schillerten Tränen. »Ich fand diese Papiere und … ich wusste nicht, was ich empfinden sollte. Und schon gar nicht, wie ich es dir sagen sollte. Nicht einmal

Pete weiß davon. Dann kamen die Bestattung und der Beerdigungskaffee, als ich so tun musste, als würde ich mich von meiner Mum verabschieden, obwohl sie nie wie eine Mutter zu mir gewesen ist … Ich habe einfach die Nerven verloren, und zufällig warst du in der Nähe. Es tut mir leid.«

»Du brauchst dich nicht zu entschuldigen«, beeilte ich mich, zu sagen.

»Doch«, erwiderte Jess und zog mich dann in ihre Arme.

Ich war viel zu überrumpelt, um irgendetwas zu tun, aber als Jess mich wieder losließ, muss ich wohl erschrocken geguckt haben, denn sie stieß einen Seufzer aus.

»Mila, ich weiß all das zu schätzen, was du versucht hast zu tun. Ich weiß, dass es eine ganze Zeit nicht leicht zwischen uns gewesen ist. Aber ich habe dir deswegen schon lange nicht mehr die Schuld gegeben.«

Das Atmen fiel mir schwer. Ich hatte das Gefühl, als würde gleichzeitig eine Zentnerlast von meiner Brust gehoben und ein Feuer in mir entzündet. Eine fast unerträgliche Zärtlichkeit brandete in mir auf, sodass ich weinen und lachen zugleich wollte.

»Mum – deine Mum – und Dad haben dich oft bevorzugt. Ich könnte nicht sagen, dass ich dir das nie angekreidet habe. Auf jeden Fall tat ich es, als du Teenager warst und ständig in Situationen geschlittert bist, die dann die ganze Aufmerksamkeit der Eltern in Anspruch nahmen. Aber so sind Teenager eben. Sie bauen Mist und geraten in Schwierigkeiten. Insbesondere dann, wenn sie von ihren Eltern überbehütet werden; von Eltern, die ihren Kindern alles vorzuschreiben versuchen. Und als es dazu kam … beschlossen sie, dir in allem den Vorzug zu geben. Dazu hast du sie nicht gezwungen. Und als ich dann herausfand, woher ich wirklich stammte, da begriff ich plötzlich alles. Wow!« Sie stieß ein freudloses Lachen aus. »Wenn du wüsstest, wie viel Geld ich für Therapien ausgegeben habe, um imstande zu sein, das auszusprechen. Aber es ist wahr, sie hätten sich auch anders verhalten können. Vor allem Dad, denn ich war ja seine Tochter.

Aber er ließ zu, dass sie mich so behandelte. Ich mache dir keinen Vorwurf, weil du in all das verwickelt warst. Nichts davon war unsere Schuld.«

»Es tut mir leid«, sagte ich mit brüchiger Stimme. »Ich muss an all die Ereignisse denken – an deinen Abschluss, verdammt – und dann fühle ich mich ganz furchtbar.«

»Ich mich auch«, gab sie zu. »Aber das ist die Vergangenheit, und jetzt sind sie nicht mehr da.«

»Was ist mit ihr, mit deiner leiblichen Mutter?«, fragte ich vorsichtig.

»Ich weiß es nicht. Um ehrlich zu sein, es ist mir ziemlich egal, wo sie ist. Für mich war sie nie Familie, außerdem hat sie nirgendwo irgendwelche Informationen hinterlassen, die ich hätte finden können. Sie überließen ihr eine bestimmte Summe, und dann hat sie mich sozusagen auf die beiden überschrieben. Wie ein Haustier. Ich brauche sie daher nicht. Jetzt sind nur noch wir zwei übrig, und es ist mir auch egal, wer was bekommen hat oder wie wir quitt sein können. Es macht mir nichts aus, ob wir nun Halbschwestern sind oder nicht. Ich möchte nicht, dass du irgendetwas für mich opferst, nur damit ich glücklich bin. Ich möchte nur, dass du meine Schwester bist, damit ich deine Schwester sein kann.«

Ich blinzelte, und zwei dicke Tränen glitten über meine Wangen. Jess' Augen glänzten auch, sie schniefte leise, während sie versuchte, nicht die Fassung zu verlieren. Das ging so lange gut, bis ich nickte. Dann schluchzte sie und lächelte vage, ehe wir uns fest umarmten. Zum ersten Mal seit Jahren war ich mit meiner Schwester zusammen, und nichts stand zwischen uns. Mehr wollte ich auch gar nicht.

Kapitel 39

Elf Monate später

Zum ersten Tag von Ethans Verhandlung kam ich zu spät.

Das passte natürlich zu meinem Image. Aber zu meiner Verteidigung muss ich sagen, dass ich bis dahin einen Pünktlichkeitsrekord aufgestellt hatte, was Leute betraf, die mir am Herzen lagen. So kam ich zum Beispiel als eine der ersten Gäste zu Jess' Babyparty – zum Babypinkeln, wie man so sagt – und begleitete sie ins Krankenhaus, als bei ihr die Wehen einsetzten. Ich dachte sogar daran, den ganzen Aromatherapie-Kram mitzubringen; auch die White-Noise-Einschlafhilfe für das Baby. Letzten Endes benutzte Jess nichts davon, weil sie es sich sofort anders überlegte mit der Epiduralanästhesie. Aber ich hatte zumindest daran gedacht und war präsent. Übrigens auch Pete, aber er weinte die ganze Zeit lang Freudentränen und erwies sich nicht als sonderlich nützlich. Doch es war sehr süß von ihm.

Ich hatte unterdessen gelernt, dass Pete ein ganz schöner Softie war. Seitdem er von Barcelona nach Hause geflogen war, hatte er mich mit Samthandschuhen angefasst. Er verhielt sich mir gegenüber äußerst aufmerksam. Ich denke, das lag daran, dass er ursprünglich sauer auf mich war wegen der Sache mit dem Handy. Inzwischen hatte er aber deswegen wohl ein schlechtes Gewissen bekommen. Ehrlich gesagt saß ich im selben Boot. Aber es war nett, ihn jetzt als Freund zu haben, nach allem, was passiert war.

Es war Ethans erster Tag am Crown Court. Der erste Tag der Verhandlung, die ihn – da waren wir zu neunundneunzig Prozent sicher – hinter Gitter bringen würde. Die Strafverfolgungsbehörde hatte mir versichert, dass es beim gegenwärtigen Stand der Ermittlungen sehr unwahrscheinlich war, dass die Geschworenen ihn nicht schuldig sprechen würden. Jess würde bezeugen, was sie am Telefon gehört hatte. Wir hatten das Navi, aus dessen letzter Einstellung hervorging, dass er mich absichtlich nach Witwerberg gebracht hatte. Die Polizei und die Rettungssanitäter hatten gehört, dass Ethan an dem Tag, als er mich angriff, wie von Sinnen nach mir geschrien hatte. Und natürlich würde ich meine Aussage machen.

Das bedeutete indes nicht, dass ich darauf vorbereitet war, ihn wiederzusehen.

Das hatte mich nachts nicht schlafen lassen, keine Nacht während der zurückliegenden Woche. Obwohl ich Wert darauf legte, gut gekleidet zu erscheinen, wusste ich, dass ich vollkommen fertig aussah. Ich hatte dunkle Augenringe, die ich nicht verbergen konnte, und meine Lippen waren rissig, weil ich sie ständig mit den Zähnen bearbeitete.

Nun saß ich in einem Hinterzimmer und wartete darauf, meine Aussage zu machen. In dem Raum war es sehr still, es roch nach Möbelpolitur und kaltem Instant-Kaffee. Ich konnte aber nicht ruhig sitzen bleiben. Ständig stand ich auf und ging im Raum auf und ab. Jeden Moment würde ich Ethan sehen, zum ersten Mal seit jenem Tag, als ich auf ihn eingestochen hatte. Zum Amtsgericht war ich nicht gegangen, hatte nicht verfolgt, als die Anklage verlesen wurde. Es war mir noch zu früh, und niemand hatte von mir verlangt, dort zu erscheinen. Für den heutigen Tag hatte man mir eine Trennwand angeboten, sodass ich ihn nicht sehen und er mich nicht beobachten konnte. Vielleicht wäre es mir auch lieber, über eine Videoschaltung zu kommunizieren? Ich hatte das tatsächlich in Erwägung gezogen, aber letzten Endes beschloss ich, dass ich ihm Auge in Auge gegenübertreten musste. Nicht, weil ich mir etwas zu beweisen hatte, sondern weil er mich sehen sollte.

Tatsache war nämlich, dass Ethan mich nie wirklich respektiert hatte. Das war mir bewusst geworden. Ich hatte darüber schon mit dem Therapeuten gesprochen, den Jess mir empfohlen hatte. Ethan sah in mir den nützlichen Idioten. Mit mir konnte er Sex haben, über mich kam er in Jess' Nähe, mit mir hatte er seinen Spaß, während er im Grunde auf meine Schwester wartete. Ganz so, als wäre ich eines dieser Magazine im Wartezimmer eines Zahnarztes. Recht unterhaltsam, doch entbehrlich.

Aber an diesem Tag, selbst wenn Ethan mich nicht einmal ansehen würde, sollte er wissen, dass ich ohne ihn überlebt hatte. Dass er nicht der Mittelpunkt meines Universums war und dass mein Leben ohne ihn nicht in sich zusammengestürzt war. Im Gegenteil, es hatte sich maßgeblich verbessert.

Jess war mir eine große Hilfe gewesen. Sie hatte sich mit mir zusammen Wohnungen angeschaut, hatte Pete mitgebracht, um den Laden auszuräumen, als ich die Vereinbarung mit unserem Vermieter beendete. Das Einzige, das sie nicht annehmen wollte, war das Erbe, von dem ich ihr die Hälfte angeboten hatte. Allerdings konnte sie nicht ahnen, dass ich ein Sparbuch für ihr Baby Edgar angelegt hatte. In erster Linie aus dem Grund, weil sie ihm ausgerechnet diesen Namen geben musste!

Mit dem Rest des Geldes hatte ich in einem schickeren Viertel der Stadt einen neuen Laden eröffnet. Keinen Plattenladen mehr, sondern eine Boutique mit coolen Klamotten im Vintage-Look – »Amelia's Attic«. Ganz in der Nähe lag meine kleine Wohnung, nebenbei recycelte ich Vorhänge und Bettwäsche und machte daraus Kleidung. Das brachte mehr ein als der alte Plattenladen. Es reichte, sodass ich mir über den Sommer einen kleinen Urlaub mit Jess leisten konnte.

»Amelia Swift?«

Ich zuckte zusammen, als ich meinen Namen hörte. Den Namen, den ich bei der Hochzeit angenommen hatte. Es erinnerte mich daran, dass es nach der Gerichtsverhandlung noch weitere Hürden gab, die ich überwinden musste, um Ethan ganz aus meinem Leben zu tilgen. Ich hatte zwar die Scheidung eingereicht, doch er hatte beschlossen, dagegen vorzugehen. Vielleicht aus dem einfachen Grund, weil er mich auf diese Weise von meinem Vorhaben abhalten wollte – nämlich vor Gericht gegen ihn auszusagen. Oder er klammerte sich dadurch an die letzte Verbindung zu Jess. So hoffte ich, dass ich nach seiner Verurteilung in der Lage sein würde, die Sache durchzuziehen, mit oder ohne seine Einwilligung.

Meine Beine schlotterten mit einem Mal, als man mich in den Gerichtssaal führte. Plötzlich waren alle Blicke auf mich gerichtet. Ich schaffte es gerade so in den Zeugenstand, ehe meine Knie nachgaben. Dann kam die Sache mit der Vereidigung, und ich suchte nach Worten. Das war nicht gerade der Eindruck von Stärke, den ich nach außen vermitteln wollte. Danach wurde ich aufgefordert, meine Version der Ereignisse zu schildern, und während ich das tat, sah ich zum ersten Mal zu Ethan hinüber.

Er saß am anderen Endes des Saals in einer Box aus Plexiglas, in der zwei Fußballmannschaften Platz gehabt hätten. Ihm zur Seite gestellt waren zwei uniformierte Beamte, die sich unauffällig im Hintergrund hielten. Er sah aus wie ein politischer Hoffnungsträger, der jeden Augenblick eine Ansprache halten würde. Man hatte ihm einen Anzug zur Verfügung gestellt, einen, den ich noch nie an ihm gesehen hatte. All seine Sachen wurden irgendwo gelagert. Pete kümmerte sich darum und nahm alles für mich in Verwahrung, und ich habe ihn nie gefragt, wo sie sind oder was damit geschehen würde. Ich wollte es auch gar nicht wissen.

Ethan sah grau aus, was ich nachvollziehen konnte, wenn man bedachte, dass er seit fast einem Jahr in Untersuchungshaft saß. Eine Kaution war nicht bewilligt worden, da er mich tätlich angegriffen hatte. Darüber hinaus waren Beweise auf seinem Laptop sichergestellt worden: all die Fotos von Jess, die er dort gespeichert hatte. Viele davon hatte er selbst geschossen, allerdings hatte er sie nicht nur bei Anlässen fotografiert, zu denen er eingeladen war – er hatte sie gestalkt und heimlich Aufnahmen gemacht. Wahrscheinlich an den Tagen, an denen er mich unter Drogen gesetzt hatte und dann allein losgezogen war. Er hatte

Jess durch die Fenster des Hauses fotografiert, in dem sie mit Pete wohnte und hatte ihr vor ihrem Fitnessstudio aufgelauert. Allein das war schon unheimlich genug. Als die Polizei die Schachtel mit »Erinnerungsstücken« entdeckte, die er in unserem Kleiderschrank versteckt hatte, dachte ich, mir würde schlecht.

Auf der Schachtel stand »Familienbilder«, und ich hatte nie einen Blick hineingeworfen. Doch hatte ich sie schon mehrmals woanders hingeschoben, wenn ich etwas suchte. Ohne es zu wissen, hatte ich eine Box verschoben, in der sich Sachen meiner Schwester befanden – Lippenstifte, Unterwäsche, private Briefe, ihre alten Tagebücher. All diese Dinge hatte Ethan gestohlen, weil er über mich Zugang zu Jess' Haus erhalten hatte. Und unter diesen Gegenständen befanden sich Sachen, die bis in die Zeit zurückreichten, als ich noch auf der Uni war.

An diesem Tag sah Ethan schlimmer aus, als ich mich fühlte. Abgesehen von seiner gräulichen Haut hatte er an Gewicht verloren. Was er sich eigentlich nicht leisten konnte. Seine Wangen waren eingefallen, die Augen wirkten zu groß. Ich vermutete, dass sie versucht hatten, ihn für den Verhandlungstag zurechtzumachen, aber er sah ein wenig ungepflegt aus. Das Haar war zu lang, den Bartschatten hätte er noch einmal rasieren können. Seine Haut besaß einen unangenehmen Schimmer, wie von kaltem Schweiß. Als hätte er bei jemandem auf dem Sofa übernachtet, um den Rausch einer durchzechten Nacht auszuschlafen.

Aber was mir sofort auffiel, hatte nichts mit seinem Äußeren zu tun. Auch nicht damit, dass er keinen Ehering trug. Was für ein billiger Trick in Gegenwart der Geschworenen. Nein, mir fiel auf, dass er mich partout nicht ansah. Es lag nicht daran, dass er dazu nicht imstande gewesen wäre oder es nicht ausgehalten hätte. Nein, er sah nicht zu mir herüber, weil er nur Augen für Jess hatte.

Sie saß ganz hinten im Saal, weit entfernt von mir. Vermutlich hatte sie sich dorthin gesetzt, weil ich ihr gesagt hatte, sie brauche nicht zu kommen. Und wahrscheinlich hatte sie das so interpretiert, als wollte ich sie nicht dabeihaben. Doch sie war trotzdem gekommen, für den Fall, dass ich Beistand brauchte. Vermutlich auch, weil sie genau wie ich Ethan Auge in Auge gegenübertreten wollte. Denn immerhin hatte er uns beide verletzt.

Sie hatte ihr langes dunkles Haar zu einem Pferdeschwanz zusammengebunden und trug ein Kostüm in gedeckten Farben. Sie versuchte offensichtlich, so unauffällig wie möglich zu wirken. Doch Ethan hatte sie trotzdem entdeckt, und jetzt ließ er sie nicht mehr aus den Augen. Obwohl er darum bemüht war, den Blick von ihr abzuwenden, da er offenbar ahnte, dass das bei den Geschworenen nicht gut ankam. Es wirkte so, als würde er unter einem Zwang stehen, als könne er nicht anders, als ständig zu ihr hinzusehen. Ganz so, als wolle er sie völlig in sich aufnehmen und ihr Abbild verinnerlichen. Dieses Benehmen ließ heiße Wut in mir hochkochen. Ich stammelte nicht mehr, als ich mich erhob und dem Gericht alles erzählte. Doch selbst als Ethan klar werden musste, dass ich ihn mit meiner Zeugenaussage schwer belastete, sah er kein einziges Mal zu mir herüber.

Jess war das nicht aufgefallen, zumindest ließ sie sich nichts anmerken, falls sie es doch bemerkt hatte. Aber obwohl Ethan nicht den Blick von ihr abwenden konnte, sah meine Schwester ununterbrochen zu mir herüber. Sie schenkte mir aufmunternde Blicke, deren Bedeutung ich quer durch den Gerichtssaal verstand. Meine Schwester verlieh mir allein mit ihren Augen Kraft und Unterstützung. Und dieser Einfluss ließ mich durchhalten, während ich den Geschworenen alles erzählte und ihnen einen Einblick in meine Seele gewährte, in die schlimmsten Momente meines Lebens.

Schließlich, nachdem Ethans Verteidiger mit seinem Versuch gescheitert war, seinen Mandanten in ein besseres Licht zu rücken, durfte ich den Zeugenstand wieder verlassen. Gerichtsdiener führten mich zu einer der hinteren Türen, an der ich mich noch einmal umdrehte. Für den Bruchteil einer Sekunde spürte ich Ethans Blick. Doch dann machte ich mir bewusst, dass es nur eine Illusion gewesen war. Denn er starrte immer noch meine Schwester an. Nur sein lädiertes Auge glitt kurz zu mir, offenbar unabsichtlich.

Im Freien vor dem Gerichtsgebäude setzte ich mich auf eine Bank und atmete bewusst die frische Luft ein und aus. Es war nicht so gelaufen, wie ich es beabsichtigt hatte, aber ich war deswegen nicht verärgert. Ich war einfach nur müde. Als hätte ich die Ziellinie bei einem Wettrennen erreicht, das ich eigentlich nicht gewinnen konnte. Aber jetzt war es vorbei, und ich konnte mich zu Boden fallen lassen und verschnaufen.

Kurze Zeit später war Jess an meiner Seite und legte mir einen Arm um die Schulter.

»Du warst großartig«, sagte sie mit Nachdruck. »Die werden ihn bestimmt einbuchten.«

»Danke, dass du gekommen bist«, sagte ich und umfasste ihre Hand, die auf meiner Schulter lag.

»Dafür sind große Schwestern da.«

Sie drückte mich, als sie das sagte. Seltsam, aber wir waren uns plötzlich näher als je zuvor, obwohl wir nun die Wahrheit über unsere Familie kannten. Die Gewissheit, dass wir Halbschwestern waren, hatte keinen Keil zwischen uns getrieben, im Gegenteil, sie hatte eine unsichtbare Barriere fortgenommen, die zwischen uns gestanden hatte. Und diese Barriere war zu einem gewissen Teil von einer verbitterten und verletzten Frau geschaffen worden, die uns beide so unterschiedlich großgezogen hatte. Ich brachte es nicht zustande, unsere Mutter dafür zu hassen – meine Mutter –, aber selbstverständlich sah ich sie und Dad in einem anderen Licht, wenn ich nun an sie dachte. Vielleicht hatte ich endlich ein realistisches Bild von meinen Eltern. Sie hatten Jess nicht aus Versehen im Stich gelassen, und sie hatten Fehler gemacht. Und jetzt hoffte ich, dass ich eines Tages imstande sein würde, ihnen diese Fehler nachzusehen. Wie Jess es vorgemacht hatte.

»Ich hole uns mal eine Flasche Wasser. Brauchst du sonst noch etwas?«, fragte Jess.

»Ich hätte gern einen Tee, bitte.«

Jess drückte meine Hand ein letztes Mal und ging dann in Richtung des Kiosks, wo es Kaffee und Tee gab. Ich sah ihr nach und wusste, wie glücklich ich mich schätzen durfte, dass ich sie hatte.

»So sehen wir uns wieder. Darf ich mich zu Ihnen setzen?«

Ich schaute vollkommen erschrocken auf. Vor mir stand Kommissar Voigt. Er sah genauso aus, wie ich ihn aus Bayern in Erinnerung behalten hatte, nur dass er jetzt nicht in diesen dicken Mantel gehüllt war. Er trug einen verknitterten Anzug und ein Oberhemd und wirkte ein wenig übermüdet, wie jemand, der einen langen Weg mit öffentlichen Verkehrsmitteln hinter sich hat.

»Natürlich, aber wie kommen Sie …« Ich war mir nicht sicher, ob ich diesen Satz mit »hierher« beenden wollte, daher ließ ich die Worte in der Luft hängen.

Er sank auf Jess' leeren Platz neben mir und beantwortete meine unvollständige Frage. »Ich habe heute Morgen das Flugzeug genommen.«

»Man hat Sie gebeten, den ganzen Weg auf sich zu nehmen, um vor Gericht auszusagen?«, fragte ich und dachte sofort, dass der Kommissar sich doch bestimmt über eine Videokonferenz hätte zuschalten können, wenn man das sogar mir angeboten hatte.

»Nein«, erwiderte er, fügte jedoch keine weitere Erklärung hinzu.

»Oh … Ich habe gerade meine Zeugenaussage gemacht«, sagte ich.

Er nickte. »Ist es so gelaufen, wie Sie es sich vorgestellt haben?«

»Nein«, sagte ich und fragte mich, wie er so leicht meine Gedanken erraten hatte. »Aber schlecht gelaufen ist es auch nicht. Nur anders als ich dachte. Es ist endlich vorbei, fühlt sich aber …«

»Nicht so gut an, wie Sie sich erhofft hatten?«, ergänzte er meinen Satz und nickte ebenfalls, als er sah, dass ich nickte. »So fühlte es sich für mich an, als wir endlich den Mörder von Jaqueline Forbes gefunden haben. Ich musste das ihren Eltern mitteilen, und sie hatten endlich Gewissheit … Aber das bedeutete, dass ich ihnen sagen musste, was ihrer Tochter widerfahren war. Dass sie rein zufällig jemandem in die Quere gekommen war, der gerade einen Anwalt getötet hatte. Und dafür musste sie sterben.«

Sie hatten ihn also gefasst. Den Mann aus dem Wald. Die Person, die versucht hatte, mich zu verbrennen, und die zwei andere Menschen umgebracht hatte, von denen wir wussten. Aber wie Kommissar Voigt schon gesagt hatte: Das änderte im Grunde nichts. Für mich fühlte es sich immer noch furchtbar an, wie die junge Frau gestorben war – ihr verbrannter, bis zur Unkenntlichkeit verkohlter Leichnam dort draußen im Wald.

»Haben Sie ein Geständnis von dem Täter bekommen?«

Kommissar Voigt nickte. »Nach etlichen Verhören und einer wirklich ermüdenden Suche nach Beweisen, ja. Wir haben ein Geständnis.«

»Er geht also hinter Schloss und Riegel. Aber das macht es auch nicht besser, oder?«

»Doch, weil er jetzt niemandem mehr schaden kann, und weil er gegen andere aussagen wird, die weitaus mehr auf dem Kerbholz haben. Aber nein, ich habe deswegen trotzdem kein besseres Gefühl. Der Kerl hat die arme Frau durch den Wald gehetzt und durch eine Tür hindurch erschossen, als sie glaubte, sie sei in Sicherheit. Ich denke oft daran, welche Angst sie ausgestanden haben muss.«

Einen Moment saßen wir schweigend auf der Bank, und ich nahm den Geruch von Kaffee und Aftershave wahr, der seinem zerknitterten Anzug anhaftete. Um uns herum war Bewegung, Leute betraten das Gerichtsgebäude oder verließen es, drängten sich um den Kiosk. Ich sah, dass Jess sich zu uns umdrehte und die Stirn runzelte – offenbar hatte sie keinen Schimmer, wer der

Mann war, der neben mir saß. Ich lächelte und winkte kurz, damit sie wusste, dass sie sich keine Sorgen zu machen brauchte. Meine mich beschützende große Schwester.

Ehe er wieder das Wort ergriff, wusste ich, dass er mich jeden Moment fragen würde, ob wir uns noch einmal treffen könnten. Und ehe er sein Angebot halb beendet hatte, wusste ich, dass ich einwilligen würde.

Danksagung

Jeder Mensch braucht eine Jess in seinem oder ihrem Leben, ob es nun eine Schwester ist oder nicht. Ich kann mich glücklich schätzen, jemanden wie Jess zu haben. Vander, auch wenn du nicht meine leibliche Schwester bist, ohne dich ergäbe ich keinen Sinn.

Wenn man bedenkt, wie schwierig es im Augenblick für alle ist, bin ich meinen Eltern zu großem Dank verpflichtet. Ohne ihre Hilfe wäre ich nicht imstande, auch nur annähernd so viel und so oft zu schreiben. Dieses Jahr ist unglaublich schwierig gewesen, aufgrund gesundheitlicher Probleme und bei all dem Stress, einen Umzug zu organisieren. Aber selbst wenn alles zusammenkommt, bin ich froh, hier bei euch zu sein. Ich kann mir ein Leben nicht vorstellen, in dem ich euch nicht jeden Tag sehen könnte.

Ein besonderer Dank gebührt meinem Bruder Jack. Nicht nur, weil du mich immer mit Kaffee versorgst, sondern auch, weil du zumindest so tust, als würdest du mir zuhören, wenn ich wieder einmal bei dem Plot für eine meiner Storys brainstorme, und sei es nur, um mich dazu zu bringen, so zu tun, als würde ich zuhören, wenn du über Animes redest. Danke auch, dass du so eine nette Rezension für mein letztes Buch verfasst hast, obwohl du ja eigentlich gemeint hattest, du würdest das nicht tun. Ich wette, du dachtest, ich hätte es nicht bemerkt, oder?

Wie immer gebührt mein großer Dank meiner wunderbaren Agentin Laura Williams von Greene and Heaton, weil sie mir während des Schreibprozesses und der Überarbeitung mit Rat und Tat zur Seite stand. Es war besonders schön, dass wir uns endlich wieder persönlich treffen konnten, denn meine beiden ersten Romane erschienen ausgerechnet zu der Zeit, als die Coronamaßnahmen in Kraft traten. Ich habe es Lauras einfühlsamen Vorschlägen zu verdanken, dass die endgültige Fassung so gut gelungen ist, und bin immer aufs Neue erstaunt, wie oft sie Aspekte aufgreift und herausarbeitet, von denen ich gar nicht wusste, dass sie sich in meine Story eingeschlichen haben. Das war beim vorliegenden Buch auch nicht anders. Ohne Lauras Input wäre die Figur der Jess nur halb so gut gelungen.

Mein Dank geht auch an meine Lektorin Cara Chimirri, nicht nur dafür, dass sie sich so sehr ins Zeug gelegt hat, meine ersten beiden Romane zu promoten, sondern auch, weil sie dafür gesorgt hat, dass sich dieser Roman so gut zusammenfügte. Caras Beiträge zum Setting meiner Story gaben letzten Endes die Richtung vor, und dafür bin ich meiner Lektorin unglaublich dankbar. Jetzt, da das Buch fertig ist, kann ich mir gar nicht vorstellen, dass die Handlung woanders als in den Alpen stattfinden könnte. Vor allem deshalb, weil es ohne das Setting in Bayern keinen Kommissar Voigt geben würde – was undenkbar wäre! In gleicher Weise möchte ich mich auch bei allen bei Avon bedanken, für die ganze Arbeit, die sie investierten, damit das Buch zu dem wurde, was es geworden ist. Ein großes Dankeschön auch für die exzellente Covergestaltung.

Ich bedanke mich darüber hinaus beim Büchereiverbund in Hertfordshire bei der Zweigstelle in Ware dafür, dass ich dort das Internet und den Arbeitsbereich nutzen durfte, als ich den ersten Entwurf zu diesem Roman schrieb. Auch wenn ich mich von einem Rotkehlchen ablenken ließ, das durch den Lesesaal flog – irgendwann wird dieser Vogel in einem meiner Bücher vorkommen.

Zu guter Letzt kann ich nicht oft genug betonen, wie viel ich dem National Health Service schulde, insbesondere der Belegschaft im Lister Hospital in Stevenage und den Angestellten dort, die das mobile Mammografie-Zentrum betreiben. Die Früherkennung bei Krebs ist so wichtig, und gäbe es diese Routineuntersuchungen und die Fürsorge unserer Hausärzte und Schwestern nicht, so würden meine Eltern heute sehr wahrscheinlich nicht mehr leben. Es ist dem National Health Service zu verdanken, dass sie die Versorgung erhalten haben, die sie benötigten, und dafür bin ich dem Gesundheitssystem zu großem Dank verpflichtet.